L. LYON-CAEN

Souvenirs du Jeune Age

Histoires, Récits et Impressions d'antan

« Il n'y a qu'une chose devant
« laquelle on doive s'incliner : le
« génie, et qu'une chose devant
« laquelle on doive s'agenouiller :
« la bonté. »

Victor HUGO.

Non mis dans le commerce.

1912

Souvenirs du Jeune Age

L. LYON-CAEN

Souvenirs du Jeune Age

Histoires, Récits et Impressions d'antan

« Il n'y a qu'une chose devant
« laquelle on doive s'incliner : le
« génie, et qu'une chose devant
« laquelle on doive s'agenouiller :
« la bonté »

VICTOR HUGO.

*Non mis dans le commerce*

1912

ERRATA

page :	ligne :	lire :	au lieu de :
183	5	étaient	était
204	22	attendue	attendu
206	3	1865	1868
208	25	Lefranc	Lepane
211	5	Cléry	Cléry Chevrier pour
211	6	pour Chevrier qu'il lui substitua	que ce dernier
211	8	Borville	Boswille
211	4	Borville	Boswille
211	11	dépité	député
226	29	rendaient	rendait
228	1	voyager	woyager
229	22	marquée	marqué
231	14	Borville	Boswille
248	6	Beurdeley	Bourdeley
266	33	omni re	omnire
271	7	inégales	inégale
273	33	avaient	avait
279	33	se faisaient	se faisaitent
305	24	Camusat-Busserolles	Camusat, Busserolles
310	19	rien n'ait	rien ait
318	2	supprimer la virgule après clients	
319	35	virgule avant il faut	
321	12	on jouait	on laissait
322	24	supprimer le point entre le rideau se lève, et sur	
323	1	:	après « les voyageurs »
328	13	des précurseurs	de précurseurs
328	21	supprimer ?	
329	12	la Mignon	le Mignon
334	34	« attende »	attend
339	19	composées	composée
352	7	supprimer la virgule après maître	
359	26	supprimer « vous » du commencement de la ligne	
364	33	supprimer ! après « Duchesne »	
365	15	Carvalho	Cawalho
365	35	Les idées de Mᵐᵉ Aubrais	La fille de Mᵐᵉ Aubrais
375	13	supprimer la virgule avant « l'apparence »	
378	34	jointes	joints
382	32	qui portent le nom	qui la portent
387	27	War	Wart
408	35	dans son tempérament	son tempérament

A mon fils Charles.

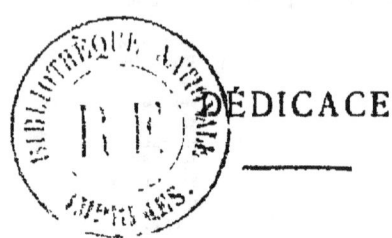

DÉDICACE

Ceci n'est pas une auto-biographie. Elle n'aurait nul intérêt. J'ai écrit non ce que j'ai fait mais ce que j'ai vu, ce que j'ai entendu, ce que j'ai éprouvé dans mon enfance et dans ma jeunesse, les jugements que j'ai portés sur les gens, les choses et les événements, sans vouloir que mon œuvre sorte de mon intimité. Je la dédie à mon fils pour qu'il y puise des renseignements sur le temps, sur l'entourage et le milieu où j'ai vécu jusqu'à l'âge de trente ans. J'aurais pu pousser plus loin et continuer mon travail au-delà de 1870. Je n'ai pas cru le devoir faire. L'intérêt principal de souvenirs est qu'ils se rapportent à une époque assez lointaine pour qu'ils retracent des faits, des incidents des caractères et des mœurs peu connus des nouvelles générations.

Les années écoulées depuis la guerre sont trop rapprochées pour que j'aie pu apprendre quoi que ce fût à mon fils né en 1874. Louis-Philippe, la révolution de 1848, la présidence, puis le règne de

Napoléon III, sont au contraire loin dans le passé. La guerre a opéré un recul du temps qui l'a précédée et a creusé un abîme entre les dernières années de l'Empire et la troisième République, comme il a dû se produire entre l'ancien régime et Napoléon Ier séparés cependant de quelques années seulement.

Ce qui m'a décidé, en outre, à arrêter mes souvenirs à 1870, c'est qu'il est toujours difficile de parler des vivants encore agissants et en pleine activité. On risque de les mal juger sous l'empire des passions mal éteintes. Or il y a quarante-deux ans écoulés depuis 1869 et soixante-trois depuis 1848. Les hommes d'alors ont presque tous disparu. Les survivants achèvent leur vieillesse dans la retraite. Il est plus aisé de les examiner en toute impartialité.

Mon but principal, en écrivant ces souvenirs, a été de fixer sur le papier, non seulement les anecdotes, les faits et l'histoire même, dans la petite sphère où je pouvais observer et apprendre, mais les portraits de tant de gens que j'ai connus, éprouvés et souvent vénérés. Il est toujours consolant pour un vieillard de laisser à ceux qui doivent le remplacer ici-bas, trace du passage des anciens à travers la succession des drames et des comédies dont il a été témoin.

J'ai voulu aussi que mon fils connût mieux ceux des parents, des amis et de mes contemporains disparus quand il est né. Heureux si je parviens à les lui faire aimer comme je les ai aimés moi-même.

L. L. C.

SOUVENIRS DU JEUNE AGE

I

1840-1848

Rue Richelieu, 60. — Ses habitants. — La concierge Duruty. — Madame Planat, modiste, et ses fils. — Marcel Planat, Marcelin, fondateur de la « Vie Parisienne ». — La famille Labitte, les fleuristes. — Mon père et ma mère. — Marchands tailleurs d'autrefois et tailleurs d'aujourd'hui. — L'hôtel restaurant Mansuy à la Porte de Madrid. — Trait héroïque de ma nourrice Rosine. — Progression bourgeoise : les notaires, fils de boutiquiers. — Théophile Fragonard. — Les éditeurs Paulin et Le Chevalier, fondateurs de « l'Illustration ».—Fils et petit-fils de Chouan : les républicains Armand et Georges Le Chevalier. — L'avoué Legras et ses filles. — Amédée Achard. — Mon premier chagrin sentimental. — L'avocat Ganneval. — L'Arcade Colbert. — La Place Louvois et la deuxième légion. — La garde nationale à cheval. — Les bonnets à poil. — Les sapeurs. — Les tambours. — Les billets de garde et les compliments du 1er janvier. — Les conseils de discipline et l'hôtel des Haricots. — Théâtres d'enfants. — Féeries et Opéra-Comique.

La maison du numéro 60, rue Richelieu, où je suis né le 18 juillet 1840, n'était pas une très vieille maison. Elle appartenait alors à l'ancien notaire Jonquoy.

Le corps de bâtiment en façade sur la rue était occupé surtout par des commerçants et n'avait pas l'aspect d'une habitation bourgeoise, avec ses deux escaliers à droite et à gauche dans la Cour, dont deux barrières de bois, basses et à claire-voie, protégeaient l'accès.

Les concierges, les époux Duruty, de vrais pipelets d'Eugène Sue et de Gavarni, étaient de curieux types, la femme surtout. Tous les mois, elle plaçait aux locataires des billets de loterie au profit de pauvres intéressants qu'on soupçonnait méchamment n'être autres qu'elle-même et jamais on ne possédait le numéro gagnant.

Impotente, toujours assise dans son grand fauteuil à oreilles, elle était sans cesse entourée de visiteurs qui encombraient sa loge. Elle écoutait complaisamment leurs potins et leur contait les siens. Malgré son infirmité qui la rendait sédentaire, elle était au courant de tous les scandales vrais ou imaginaires du quartier.

Les deux boutiques étaient occupées, l'une par une modiste, l'autre par une fleuriste plumassière. La modiste, dont la réputation était notoire pour ses bonnets élégants alors en vogue, s'appelait Madame Planat. Elle avait deux fils : — Marcel, qui, sous le nom de Marcelin, fut un dessinateur célèbre ; il a fondé la Vie Parisienne. — L'autre, Paul, devint ingénieur et remplit des fonctions élevées, notamment dans les chemins de fer étrangers. Dans la seconde boutique, un ménage : M. et Mme Labitte exploitaient leur industrie de fabricants de fleurs artificielles. Leur fils est devenu notaire à Paris.

Mes parents habitaient le second étage. Mon père était marchand tailleur, comme on disait alors, ce qui signifiait qu'il n'était pas un tailleur à façon auquel les clients apportent l'étoffe, comme fût Maître Pathelin, mais un tailleur vendant et fournissant les draps, les soies et les coutils.

Qu'il y avait loin de l'installation et de la vie de ces commerçants de 1840 à celles de leurs successeurs de 1911 !

On travaillait du matin au soir, sans trêve ni repos. Mes parents prenaient tout juste le temps de déjeuner sur une petite table dite à portefeuille, dont les deux côtés se rabattaient et qu'on dressait dans l'antichambre, la salle à manger étant réservée aux affaires.

Le dimanche on fermait à deux heures seulement, pour aller en famille, respirer l'air aux Champs-Elysées et au Bois sans dépasser Saint-Cloud.

Pendant que mon père coupait, distribuait le travail aux ouvriers et recevait les clients que, parfois, on appelait encore les « pratiques », ma mère tenait la comptabilité et la caisse. Touchante collaboration qu'on ne trouve guère que dans le monde des artisans et des petits bourgeois et qui rend encore plus parfaite l'union entre mari et femme qui s'aiment ! Levée à l'aube, veillant aux soins du ménage, parée, pomponnée, coiffée dès le matin, ma mère qui dessinait et peignait avec talent, ne dédaignait pas ces occupations et faisait tout avec zèle et dévouement. On trouvait fréquemment et on rencontre encore ces types de parisiennes gracieuses, élégantes d'un goût sûr et éclairé jusque dans les boutiques et les magasins de la capitale. Combien de riches oisifs enviaient cette vie de famille simple et heureuse où les époux, constamment ensemble, n'existant que pour leurs enfants et leur travail, ne pensent pas, pour éviter les dissentiments et les brouilles, à aller chacun de son côté.

De vacances il n'était pas question et de voyages encore moins, si ce n'est de voyages d'affaires dits « tournées » pour mon père. Tout au plus, lorsque la santé l'exigeait, louait-on une chambre dans quelque hôtel-restaurant de Neuilly, de Passy ou d'Auteuil, alors villégiatures des Parisiens. Encore n'était-ce que pour y rester seulement du samedi au lundi matin.

Nos parents nous envoyaient passer avec notre
bonne Rosine, mon ancienne nourrice, un mois d'été
dans un de ces hôtels, près la Porte de Madrid, au
bois de Boulogne, et venaient nous y retrouver le
samedi soir. On y avait des chambres modestes et on
y prenait ses repas dans une grande salle du rez-de-
chaussée, — toute décorée de peintures murales représentant des scènes de chasses à courre, — plus animée lorsque des amateurs bruyants venaient, le dimanche soir, s'exercer sur le cor au milieu des bois
peints, des meutes, du cerf, coloriés, et des chasseurs
en effigie. Cela pouvait leur donner l'illusion d'une
sonnerie en un vrai paysage. Les hôteliers, les Mansuy, étaient de braves gens sans prétention. Leurs
enfants eurent des destinées diverses. Un des fils
devint maître-queux du tzar. Fréquemment des noces
banquetaient, puis dansaient toute la nuit. O calme
de la campagne que recherchaient les Parisiens !

Je me rappelle avec émotion, la conduite héroïque
de ma fidèle et tendre nourrice Rosine, demeurée à
notre service, qui restait seule avec nous pendant la
semaine. Elle adorait la danse et ne résistait que
difficilement à la séduction de la musique entraînante
d'une valse : elle était allemande. Un soir, elle venait
de nous mettre au lit et voilà que l'orchestre d'une
noce se fait entendre. Des pensionnaires l'appelaient
et voulaient la faire descendre. Son amour de la valse
la tentait, mais sa sollicitude maternelle la retenait.
Se sentant faiblir, elle ferma la porte, à l'intérieur et
à double tour, et jeta, par la fenêtre, la clé au maître
de la maison qu'elle avait appelé. Ce geste n'est-il
pas digne d'être admiré, et combien de bonnes d'enfants, aujourd'hui comme alors, en auraient été ou
en seraient capables ? Les simples ont parfois le génie
de l'invention et c'en était une que ce moyen si facile
à trouver et si ingénieux à la fois de ne point faiblir

à son devoir et à son affection pour « *ses* » enfants ?
O vous tous, lorsque vous êtes exposés aux inspirations
d'un démon tentateur, faites comme ma bonne nourrice ? Enfermez-vous dans votre chambre, jetez la
clé au dehors ! c'est le plus sûr moyen de vous mettre
à l'abri et de n'avoir rien à redouter de la faiblesse
humaine !

Ce sont là des mœurs bien vieillottes ! Au 20e
siècle, quel petit artisan n'a pas une villa dans une
région parfois lointaine mais que rapprochent la facilité et la rapidité des communications ? On cesse le
travail tous les samedis après midi pour le reprendre
seulement le lundi ! Et le mobilier luxueux ! Et les
tentures riches et coûteuses ! Et les jardinières fleu-
ries jusque sur les fenêtres des couturières et des
modistes ! Comparez-les aux intérieurs si simples,
aux meubles d'acajou verni, aux sièges massifs et
sans style, aux rideaux de lampas, de serge, de jaconas
aux pendules ornées de sujets bizarres et sous globe,
avec leurs dorures fragiles et ne supportant pas
l'humidité de l'atmosphère ! Le progrès du goût
et du luxe est saisissant, mais les produits sont moins
solides ou moins durables. On sabote même ! Où
sont ces vieilles étoffes et ces vieux vêtements qui,
résistant aux années, presque aux siècles, sont encore
là, ces vieilles robes d'aïeules qui recouvrent les
fauteuils et les pianos, ces « manteaux » de nos grands
pères qui ne finissaient pas avec eux ? Le travail
consciencieux, le respect de la clientèle, de la pratique,
comme on disait alors, ont-ils de même progressé ?
La fidélité de celle-ci était à l'unisson. Comme on
avait des domestiques attachés à la famille de père
en fils, les mêmes fournisseurs étaient héréditaire-
ment transmis par les parents aux enfants. Les mœurs
de la petite bourgeoisie étaient édifiantes. Pas de di-
vorces : le divorce aboli en 1816 n'existait plus. Les

ménages unis étaient de règle. Dans les autres on se supportait souvent. Peu de scandales. La presse ne les connaissait pas et ne pouvait les révéler. Les fils de ces modestes commerçants cherchaient à s'élever, non en devenant des politiciens, profession peu répandue alors, mais en abordant les professions libérales plus considérées, comme on l'a fait remarquer pour les Planat et les Labitte. Les frères Agnellet, qui, en face d'eux, avaient un négoce prospère de fournitures pour modes, ont eu aussi un notaire de Paris parmi leurs descendants.

Le fils du célèbre peintre du XVIIIe siècle, Fragonard, dessinateur éminent, demeurait 60, rue Richelieu : on a de lui une illustration de Quentin Durward, de Walter Scott, vraiment remarquable par sa finesse et la connaissance des costumes et des accessoires de l'époque.

Au fond de la cour, un corps de bâtiment plus élégant était aussi habité par une plus haute bourgeoisie. — C'était en bas, au rez-de-chaussée, un grand éditeur-libraire qui a laissé dans le monde financier un nom célèbre : Dubochet, républicain convaincu, plus tard président du conseil d'administration de la Compagnie Parisienne du Gaz qui mourut millionnaire. Paulin et le Chevalier, également opposants à la royauté de Juillet et républicains non moins ardents lui succédèrent et fondèrent en 1841 le journal l'Illustration.

Le Chevalier mérite qu'on note ici sa curieuse histoire, d'ailleurs contée par Lenôtre. Il était fils d'un Chouan qui fut exécuté pour avoir, avec une bande d'insurgés, arrêté et dévalisé une malle-poste afin de procurer des subsides aux royalistes.

Pour qui croirait encore à l'influence atavique et à la force de l'éducation, quelle déception ! Le fils du Chouan fut le plus militant des partisans de la Répu-

blique. Il publia tous les pamphlets hostiles au Second
Empire et son petit-fils, Georges, esprit éminent, ami
intime de Gambetta, devint préfet de la Sarthe en
1870, puis sénateur sous le gouvernement actuel.

Au premier étage, un des plus grands chirurgiens
du temps, le docteur Chassaignac, avait son appartement et son cabinet.

Plus haut c'était l'avoué Legras, un des hommes
les plus cultivés et un vrai lettré. Il avait été un des
fondateurs de la conférence Molé avec de Morny et
exerçait comme avocat lorsque, ayant épousé la veuve
de son prédécesseur, il prit la charge pour rentrer au
barreau après l'avoir vendue à Hippolyte Marin dont
je reparlerai. Il recevait ce que Rœderer nommait
« la société polie ». Ses bals parés et costumés étaient
fort recherchés. Il avait deux filles. L'une d'elles,
l'aînée, se maria avec Amédée Achard, romancier
connu, l'auteur de la Robe de Nessus.. J'éprouvai
un grand chagrin de ce mariage. J'avais sept ans.
Mademoiselle Legras m'avait gâté et jouait avec moi
comme avec une poupée. Lorsque, un jour, je la
trouvai assise à côté d'Achard dans la tendre attitude
d'une fiancée, je ne pus contenir mes larmes, et,
bientôt, la colère succédant au désespoir, je m'élançai
sur le fiancé que je bourrai de coups de mes petits
poings. Plus je frappais, plus il riait et plus Mademoiselle Legras semblait s'amuser. Je ne me consolai
pas pendant des semaines de ce qui me semblait une
noire trahison. — La seconde fille, Marie, qui était
de mon âge, fut, bien des années plus tard, épousée
par le bel avocat Ganneval, le premier des avocats
d'expropriations. Il fit une grosse fortune en cette
spécialité lors des embellissements de Paris sous
l'administration du baron Haussmann.

Ce coin de la rue Richelieu a bien changé d'aspect.
A côté du 60, un poste de ligne, relié à la « Biblio-

thèque » maintenant « nationale » par l'Arcade Colbert. Depuis plusieurs années elle a disparu, et fut démolie après la révolution de 1848 (une marchande de fleurs s'y installa).

Un peu plus loin, la place Louvois, simplement dallée, sans square et sans fleurs, avec une simple fontaine où, chaque matin, les porteurs d'eau venaient emplir leurs seaux, était triste dans sa nudité depuis la démolition de l'Opéra, après l'assassinat du duc de Berry. On sait que le théâtre fut plus tard transféré rue Le Peletier où il resta, jusque après son incendie. L'achèvement de l'édifice de Charles Garnier, lui permit de s'installer enfin définitivement. C'était sur la place Louvois que s'assemblait la deuxième légion de la Garde nationale dont la musique était encore supérieure peut-être à celle de la Garde républicaine actuelle. Les musiciens appartenaient aux orchestres de l'Opéra et de l'Opéra-Comique. Je me souviens du plaisir que j'éprouvais à contempler ce singulier instrument un peu oublié et qu'on appelait le « Chapeau Chinois » avec son apparence de pagode et ses grelots.

Pauvre garde nationale si fort tournée en dérision et dont un vaudeville « Paris la nuit » a parodié si drôlement les patrouilles ! Elle eut ses heures d'héroïsme aux journées de Juin 1848 si elle trahit la monarchie constitutionnelle le 24 février, en s'alliant aux révoltés des barricades !

Il faut reconnaître que son organisation ne répondait guère aux idées égalitaires qui règnent à l'heure actuelle, — avec sa cavalerie coiffée du Chapska polonais et composée surtout de banquiers, d'agents de change et de rentiers possédant des chevaux dans leurs écuries. — L'infanterie même avait ses compagnies d'élite, d'élite surtout à cause de son recrutement dans un milieu choisi : les grenadiers et les voltigeurs portant le bonnet à poil, tandis que les compagnies du centre n'avaient comme couvre-chef que le simple schako. Ces dernières se composaient de boutiquiers et de petits commerçants. Les « *notables* », seuls électeurs des juges au tribunal de commerce, faisaient partie de l'élite. — Les sapeurs, pour la plupart, bouchers, charcutiers ou charpentiers, portaient leur hache solennellement, avec leurs tabliers et leurs poignets en cuir. — Les tambours seuls exerçaient leurs fonctions rétribuées d'une manière permanente et en dehors des convocations. Ils étaient chargés de porter les billets de garde à domicile et d'y astiquer les buffleteries et les fusils moyennant finance. Ils ne manquaient pas de venir le 1er janvier souhaiter la bonne année aux gardes avec un compliment lithographié et encadré d'attributs guerriers : tambours, trompettes et panoplies d'armes. Ils recevaient ainsi des étrennes.

Les officiers se recrutaient souvent parmi les citoyens exerçant une profession libérale. En dehors des médecins, qui étaient attachés au service de santé comme chirurgiens ou aides-majors, les avocats, les avoués et les notaires étaient très friands des épaulettes. Beaucoup cherchaient à être nommés capitaines pour obtenir la croix de la Légion d'honneur, comme aujourd'hui les territoriaux. Ils faisaient partie des conseils de discipline chargés de punir entre autres délits, le plus fréquent : le manquement de garde. Ils venaient au Palais de justice, revêtus de leurs uniformes sur lesquels ils jetaient leurs toges que dépassaient les pantalons bleus à bande rouge et ils arpentaient ainsi fièrement la salle des Pas perdus. On a toujours eu la coquetterie chez les gens de robe de vouloir paraître hommes d'armes.

Les audiences des conseils de discipline étaient bien amusantes à suivre ? Celles de nos justices de paix en donnent seules une lointaine idée. C'était des défenses fantaisistes et audacieuses qui ne manquaient pas de drôleries et d'imprévu. M. Jules Moinaux ou un Courteline en auraient fait leur profit.

L'un d'eux, pour justifier son absence au jour de la convocation expliquait que son billet de garde était survenu pendant un voyage et qu'il avait donné ordre à ses gens de ne pas le renvoyer, voulant, rentrât-il dans la nuit même qui précéderait, remplir son devoir de citoyen. Son retour avait été retardé par une circonstance fortuite. Et le conseil l'acquitta en le félicitant de son zèle.

Lasalle, dans sa précieuse plaquette : « l'hôtel des Haricots » a réuni tous les détails sur la détention des gardes nationaux moins heureux qui étaient incarcérés dans cette prison peu dure et toute familiale qui leur était destinée. Les poètes et les peintres en avaient décoré les murs de vers et de croquis. Le « Mie Pigrioni » d'Alfred de Musset, figure dans ses œuvres.

Un souvenir toujours gravé dans ma mémoire est celui du général Tom Pouce, le nain minuscule qui fit courir tout Paris en 1848. Il s'exhibait rue Vivienne, au Théâtre du Vaudeville alors Place de la Bourse. On m'y conduisit plusieurs fois. Avant ses représentations, — car il parlait, chantait, se montrait costumé ; — il se promenait dans une toute petite calèche attelée de poneys nains comme lui et conduite par des enfants servant de cochers. Je crois que jamais nain ne fut mieux proportionné ni aussi petit.

La construction des passages Jouffroy et Verdeau en 1845 et 1847, fut une grande attraction pour les habitants du quartier Vivienne. La mode était alors aux passages couverts, refuges contre le soleil ou la pluie, bazars où les magasins de luxe abondaient. On pouvait par les deux nouvelles galeries continuant

de l'autre côté du boulevard, le passage des Panoramas, aller de la rue Vivienne au milieu du faubourg
Montmartre. Ils regorgeaient de monde et on avait
peine à circuler au milieu de la foule des promeneurs.
On a bien délaissé ces abris. On n'a même pas voulu
continuer les arcades de la rue de Rivoli, lors de son
achèvement !

Dans mon enfance, on me conduisait peu au théâtre,
mais les impressions que j'en ai gardées sont demeu-
rées assez vives.

Mon premier théâtre ce fut : « Séraphin », alors installé au Palais Royal. C'était un théâtre de marion-
nettes actionnées par des fils, remuant la tête, marchant, gesticulant comme de vrais acteurs. Le répertoire a eu les honneurs d'une édition de luxe publiée
chez Scheuring de Lyon. Il les méritait. Les pièces
telles que Simbad le Marin, avec de vrais décors, des
effets de lumière et les ombres chinoises que le Chat
Noir a, de notre temps, perfectionnés à l'usage des
« grandes personnes » nous ravissaient. Le Pont Cassé
fut un petit chef-d'œuvre.

Mais surtout Polichinelle, qui distribuait des boîtes
de soldats, des ballons pour les garçons, des poupées
et des raquettes ou des jeux de grâces pour les petites
filles, nous faisait rougir d'émotion lorsque appa-
raissant avec son « Boui ! Boui » traditionnel il nous
appelait de sa voix enrouée pour nous remettre ses
cadeaux que nos mamans avaient été, à notre insu,
choisir au foyer. Polichinelle accompagnait le don
de compliments, d'éloges ou de recommandations comiques. L'un était gratifié pour être allé se coucher
sans pleurer, un autre pour avoir mangé proprement,
d'autres à la condition de ne pas répondre à leurs
parents et d'être polis envers leurs bonnes. Et nous
nous demandions comment Polichinelle avait bien
pu savoir tout cela !

On me menait aussi au cirque où le clown Auriol, en tricorne et en costume dorés, pailletés, étincelants sous le lustre, et plus tard abandonnés par son successeur Auguste qui endossa plus simplement, mais plus tristement l'habit, nous éblouissait et provoquait nos rires. C'était le vrai clown parisien.

Plus grave, plus sérieux, plein de dignité, l'écuyer de haute école « Monsieur Loyal » en noir, avec son chapeau de dandy, son costume correct, son visage impassible nous intéressait aussi, mais tout le succès était certes pour Auriol. On fabriquait même des jouets mécaniques très soigneusement sculptés, ou faisant des culbutes et des pirouettes sur des chevaux richement caparaçonnés ; il était assez fidèlement représenté par un pantin en carton pâte habillé comme lui.

Le voisinage de l'Opéra-Comique et aussi son répertoire très accessible aux jeunes intelligences en firent, dès lors, notre théâtre habituel. Le Maçon, le Déserteur, les Rendez-vous bourgeois, le Tableau parlant me désopilaient. Les nouvelles pièces étaient à ma portée. Les Porcherons de Grisar, avec le spectacle forain et les anciennes guinguettes, sa musique vive, alerte et gaie, m'amusaient fort. Moins dramatique, cet opéra-comique offrait une lointaine analogie avec le Pré aux Clercs, beaucoup plus émouvant et plus sérieux. « Bonsoir, Monsieur Pantalon » qui rappelle un peu le : «Allez-vous coucher », du Basile de Beaumarchais, me donnait le fou rire dans la scène des bougeoirs.

L'Opéra-Comique n'avait pas alors de prétention au lyrisme. Pareil au vieux vaudeville et n'en différant guère que par l'inédit de la musique des partitions et par les ouvertures, il faisait passer une soirée agréable et plutôt calmante pour les nerfs toujours excités des parisiens.

Le théâtre Comte, mes galeries habituelles, n'a jamais été remplacé. Les pièces étaient enfantines et la troupe composée de tous jeunes acteurs, mais déjà très délurés et qui ont marqué sur nos grandes scènes. Je me souviens avoir vu une fois une débutante, Aline Daval, dont le nom fut, plus tard, en vedette sur les affiches, envoyer son pied sur le nez du souffleur, dans son trou, pour ne pas être venu à temps au secours de son manque de mémoire. — Un jeton de cuivre octogonal autour duquel on lisait : « La mère, sans danger, y conduira sa fille », servait d'entrée. Il n'y avait pas de billets de place. Tout était primitif et sans façon dans cette maison où Offenbach et son répertoire devaient succéder à ces pièces innocentes.

A côté de Séraphin et du théâtre Comte, les féeries alors à la mode étaient, avec les transformations, les changements instantanés de décors, les lumières éclatantes et les plaisanteries de haut goût, les calembours et les jeux de mots, les costumes comiques et les défilés d'animaux, de nature à émerveiller les jeunes cerveaux et les yeux novices. — Telles furent les Pilules du Diable qui eurent l'honneur rare, pour ce genre de pièces, de léguer, comme une comédie de Molière, un mot classique à la postérité. Un des personnages de la pièce ayant un confident Lazarille, menteur comme lui-même, s'écriait après avoir conté, les plus grandes invraisemblances : « Demandez plutôt à Lazarille ».

Les fées faisant éclater la lumière d'un simple geste, avec leurs bâtons mirlitonesques ont perdu leurs séductions. On ne connaissait pas alors l'éclairage électrique qui s'allume sous la simple pression d'un bouton et on était ébahi de voir surgir tout à coup ces illuminations aveuglantes ! Et puis, les jeunes générations auxquelles on enseigne dès leur premier âge les phénomènes de la physique et de la chimie sont moins crédules et moins faciles à ébahir que leurs ancêtres de 1845 qui ne connaissaient seulement que les miracles de l'écriture sainte !

II

1848-1852

comme Président de la République. — Echec de Cavaignac.
— Le spectre rouge de Romieu pour 1852. — Coup d'Etat du
2 décembre 1851. — Ratification par le Plébiscite du 30 décembre. — Proclamation de l'Empire le 1er décembre 1852. —
Considérations sur le nouveau régime.

Le 21 février 1848, veille du jour fixé pour le banquet réformiste qui devait se tenir aux Champs-Elysées et que le Gouvernement devait interdire, Paris
présentait déjà un aspect tourmenté. On avait le pres-
sentiment d'une chaude journée, émeute vaincue ou
révolution triomphante. On me conduisit en promenade du côté de la Place de la Concorde, témoin de
toutes nos discordes civiles. La rue Royale, avec ses
maisons sans boutiques, ses fenêtres grillées, ses portes
cochères fermées, était envahie par la foule des hommes de désordre et d'ouvriers, chômant volontairement, excités par les meneurs. Leur mine n'a pas
changé, mais leur mise, en ce temps là, les faisait facilement reconnaître. La blouse qui, sauf pour le travail, a presque disparu grâce aux vêtements à bon
marché, ainsi que la veste, était très répandue.
Elle se voyait interdire l'entrée du jardin des Tuileries par les factionnaires. « Les hommes en blouse »,
expression usitée, étaient suspects. Ils effrayaient.
Il y en avait beaucoup le 21 février, aux abords du
lieu du banquet et on entendait des propos hostiles
et violents contre Louis-Philippe et surtout contre
Guizot, dont la statue s'élève à Passy, sur les murs
du lycée Jeanson. Ils étaient proférés à haute voix
par ces étranges promeneurs et dans les groupes qui
commençaient à se former sur la place.
J'avais l'impression d'un spectacle nouveau et je
ne savais trop si je devais rire ou pleurer. Etait-ce
une fête ou un triste événement ? Cette foule qui
ressemblait, quoique plus dense, à celle du dimanche

pouvait me faire croire à l'une ou à l'autre. Je n'avais pas encore lu Musset et je ne savais pas que :

« Quand le peuple s'assemble ainsi

« C'est toujours sur quelque ruine ».

Ce devait être celle de la royauté de 1830.

Le 22 février, on dépavait les rues, on renversait les voitures et on construisait des barricades. Une d'elles était élevée au coin même de la rue Richelieu et de la Place Louvois, tout près de notre maison. La garde nationale allait défiler devant, musique en tête, et on n'était pas sans trembler et sans redouter une fusillade meurtrière entre la garde et les insurgés. Il n'en fut rien ? Ceux-ci, fort à propos, clamèrent : « Vive la Garde nationale ». Elle répondit : « Avec le Peuple ? ». On fraternisa. Les soldats du poste de l'Arcade Colbert se retirèrent en courant, débandés, la crosse en l'air devant cette manifestation.

On sait comment Louis-Philippe voulut mettre fin à l'insurrection en remplaçant le ministère Guizot par le ministère Molé. Nous vîmes des officiers d'ordonnance venant lire devant la barricade la constitution du nouveau cabinet, aux acclamations de quelques-uns étouffées par les protestations des autres : « On trompe le Peuple ! ». Le soir des bandes parcouraient les rues en criant « des lampions » sur un air connu. Il fallut « illuminer », et ce mot aujourd'hui ne donne guère l'idée de ce qu'étaient ces signes de joie. Pas de gaz, pas de lanternes vénitiennes, mais des plats de terre remplis de suif avec une mèche au milieu : une série de veilleuses sur les fenêtres. On brisait, en jetant des pierres, les vitres de celles qui restaient dans l'obscurité.

Mes parents étaient sortis. Ils avaient été voir un de mes oncles qui possédait une boutique au Pavillon de Hanovre, là où sont les magasins de l'orfèvrerie Christofle. Ils revinrent tout haletants. La fusillade du boulevard des Capucines, devant le long mur des jardins du ministère des affaires étrangères, occupant l'emplacement actuel des magasins Paquin, autrefois Giroux et Boudet, changea tout. Un coup de pistolet tiré en l'air et à dessein partant de la foule, fit croire aux soldats alignés, l'arme au pied, qu'on les avait visés et ils répondirent par une décharge. Des passants furent atteints et à travers les rues éclairées par les lumières vacillantes des lampions que j'ai décrits, un cortège nombreux escortait un brancard sur lequel on transportait un homme aux cris de : « Aux armes, citoyens ! On assassine nos frères ! »

Le vieux roi quittait Paris le lendemain, puis la France, avec la reine Marie-Amélie.

Nous nous souvenions parfaitement avoir vu en 1847 le roi, la reine et la Princesse Adélaïde qui, du château de Neuilly, venaient tous les dimanches assister à la messe. Ils montaient péniblement les marches de l'Eglise située sur l'Avenue où elle est encore, Louis-Philippe tout voûté, en longue redingote, donnait le bras à la reine suivant son habitude. Madame Adélaïde était à sa droite. Aucun cri, aucune acclamation.

A cette époque, les « grands boulevards » dans la partie fréquentée par les promeneurs élégants, étaient fort circonscrits. Cette partie commençait rue Drouot ; elle finissait à la Chaussée d'Antin. Au delà, les grands magasins cessaient et il n'y avait plus de grands restaurants et de cafés en vogue. Presque en face du mur du ministère des affaires étrangères, un établissement de bains, les Bains chinois, avec des pavillons peints en forme de pagodes ; et vers la Madeleine et dans le quartier avoisinant on pouvait presque se croire en dehors de Paris. Le « César Birotteau » de Balzac ne semble pas exagérer en parlant d'une spéculation sur les terrains nus de ces régions. On y avait bâti alors, mais peu de vrais parisiens auraient voulu loger aussi loin du centre et de leurs occupations. Les hommes d'affaires s'installaient, soit sur la rive gauche, soit dans les rues avoisinant la Bourse. Les rues Louvois, Sainte-Anne, Saint-Augustin, des Petits Champs, de Choiseul et de Grammont et la butte des Moulins étaient l'habitation préférée des avocats et des avoués, que l'on dénommait « les gens de loi ».

Sur ces boulevards plus haut délimités se pressaient les marchands à la mode qui avaient magasins jusque dans les passages alors très fréquentés. C'étaient, dans le passage des Panoramas, l'éventailliste Duvelleroy, le chocolatier Marquis, le pâtissier Félix. Le passage de l'Opéra, bénéficiant de sa contiguïté avec le Théâtre auquel on accédait par un couloir obscur avait le coiffeur Gaubert, le confiseur Peuvret et des boutiques de costumiers louant des déguisements, des loups et des dominos les jours de bal. Les galeries du Baromètre et de l'Horloge, si délaissées depuis, étaient le lieu de rendez-vous habituel avant dîner.

Sur le boulevard des Italiens où le Jockey Club s'était installé au coin de la rue de Grammont, dans un hôtel des plus modestes, le tabletier Tahan qui était fort réputé, le marchand de jouets, Tempier, dont la devanture était toujours assiégée par des enfants émerveillés à la vue de jouets nouveaux comme des ballons en baudruche et leurs parachutes, des artilleurs en uniforme assis sur leurs caissons garnis d'acier avec des canons pouvant se charger et des télégraphes Chappe, avec légende des signaux à faire en manœuvrant leurs bras grands comme des ailes de moulin. — C'était encore le fabricant de cannes Cazal, dont les joncs à pomme d'or rivalisaient avec ceux de Verdier.

Les restaurants réputés : — le Café Anglais, la Maison d'Or, le Café Riche, le Café de Paris, Tortoni, glacier et cuisinier, attiraient la fashion. Les romans de Paul Féval et de Balzac nous montrent les *lions* à la chevelure ondulée et frisée, descendant de leurs phaëtons et de leurs tilburys derrière lesquels siégeait un tigre qu'on a plus tard appelé groom. Tous ces établissements étaient sur les boulevards, sauf quelques-uns non moins renommés, dont je parlerai, au Palais Royal. Il y avait fort peu de cercles alors. Le grand monde seul les fréquentait, et, pour les Parisiens, les dîners dans les cabarets de haute marque constituaient une distraction fort goûtée. On commandait d'avance car on n'avait pas encore inventé les « plats du jour » qui furent à la cuisine ce que les confections pour hommes et pour femmes furent bientôt pour les vêtements : la décadence, la fourniture à bon marché, mais mal faite, « Billig und Schlecht » comme disent les Allemands.

Le Paris élégant se continuait entre le boulevard des Italiens et la rue de Rivoli dans la partie des arcades. Elle n'allait pas au delà et ne fut achevée jusqu'à la rue Saint-Antoine que sous le Second Empire. La rue Vivienne et la rue Richelieu, dont j'ai déjà parlé, étaient habitées, en partie, bourgeoisement, comme les boulevards eux-mêmes, mais les grands magasins, comme ceux de la rue de la Paix, y abondaient. C'était plutôt de l'autre côté, dans le quartier dit de la Chaussée d'Antin que demeuraient les bourgeois riches, les agents de change et les banquiers. Rothschild s'était installé, avec ses bureaux, rue Laffitte, dans un magnifique hôtel dont il était très fier et qu'il aimait à faire visiter avec la vanité du parvenu. Ne disait-il pas d'un ton de modestie affectée à Henri Heine : « Que dites-vous de mon petit chenil » ? A quoi le poète répondait : « Ce n'est pas un chenil... car un chenil est un lieu où il y a plusieurs chiens ».

Les théâtres amenaient la foule le soir, en ces parages et les boutiques restaient ouvertes et brillamment éclairées. Les commis ne réclamaient pas la fermeture dès la nuit close et la chaussée n'appartenait pas aux apaches. On était heureux de comparer la sécurité des rues à celle des temps anciens avec les coupe-bourses et les coupe-jarrets. Plus de couvre-feu ! Les noctambules circulaient sans crainte : ils étaient nombreux.

Le Palais Royal était dans toute sa splendeur.

Les galeries de bois, remplacées par cette belle galerie d'Orléans où les dîneurs des restaurants aristocratiques : — Véfour, — les frères Provençaux ; — Véry ; — Le Bœuf à la Mode, avec sa singulière enseigne, rue de Valois, — leurs plus modestes confrères à prix fixe, et les cafés célèbres sous le Premier Empire, Corazza, les Mille Colonnes, — se retrouvaient de cinq à six heures car on dînait alors plus tôt.

C'est dans la galerie d'Orléans que se voyait aussi la librairie Dentu, si chère aux gens de lettres.

Dans le jardin, près du Perron, florissait le café de la Rotonde dont le nom indique la forme et où un garçon répondait par un « boum ! » célèbre, de sa voix de basse, aux appels des consommateurs.

Tous les jours, à midi on voyait, à l'autre extrémité du jardin, une affluence de badauds venant régler leurs montres sur le canon servant de cadran solaire, placé sur une pelouse entourée de grillages, près de la galerie d'Orléans et qui faisait entendre sa détonation à l'heure précise.

Le théâtre du Palais Royal, l'ancien théâtre de la Montausier qui faillit un instant être épousée par Napoléon Ier, alors Bonaparte, donnait à l'entrée de la rue et de la galerie Montpensier : A l'autre extrémité était la Comédie-Française. Les galeries n'étaient donc jamais désertes jusqu'à minuit. Là brillaient les étalages et les devantures des joailliers comme Fontana et tant d'autres aujourd'hui transférés Place Vendôme et rue Royale, des gainiers-maroquiniers comme Boudet, des opticiens comme l'ingénieur Chevalier, des gantiers comme Coup, des graveurs comme Bessaignet, des horlogers comme Oudin.

Quelle transformation et quelle déchéance ! Là où était un des centres les plus animés, les plus élégants et les plus luxueux de Paris, c'est aujourd'hui la tristesse et la désolation. Le Café de la Rotonde a été démoli et celui qui le remplace n'en a plus la gaieté parce qu'il n'en a plus l'achalandage. Les boutiques sont des déballages, quand elles ne sont pas fermées et à louer. Le soir, plus personne. Le théâtre du Palais Royal, alors si recherché, n'a plus sa troupe ni son répertoire. On n'y joue plus Labiche, Gondinet, Lambert-Thiboust, Grangé, Meilhac et Halévy. Arnal, Grassot, Ravel et ceux apparus depuis et disparus, Lhéritier, Lassouche, Gil Pérès, Brasseur père, Priston, René Luguet et les femmes Céline Montaland, Paurelle-Hortense Schneider qui y parut parfois, Zulma Bouffar, Honorine, Alice Régnault, Worms, Madame Thierret, Lavigne ne figurent plus que sur les fresques d'Emile Bayard, au foyer ! Seul le balcon, qui à la hauteur des premières loges domine le foyer, rappelle le temps lointain où les lorettes venaient s'y accouder pour se faire admirer par les spectateurs de l'orchestre durant les entr'actes.

La Comédie-Française, elle, a prospéré. Elle possédait alors des acteurs inimitables, mais, sauf Rachel, dans la tragédie, les Samson, les Got, les Régnier, les Monrose et plus tard les Bressant, les Plessis Arnould, les Brohan, les Denain, les Fix, les Emilie Dubois, les Jouassain et tant d'autres, ne parvenaient pas à attirer la foule.

> « J'étais seul l'autre soir au théâtre français
> « Ou presque seul : l'auteur n'avait pas grand succès,
> « Ce n'était que Molière.... »

On jouait, en effet Molière, à cette époque, devant les banquettes vides. Les rares spectateurs se recrutaient chez les marchands de billets d'auteur ou chez le chef de claque qui, moyennant 2 francs 50 leur procuraient des fauteuils d'orchestre et de balcon, sous condition d'applaudir intelligemment. C'étaient les « *solitaires* », ainsi nommés parce qu'au lieu d'être enrégimentés et parqués avec les autres « romains » sous l'œil et la direction du chef, ils étaient isolés. Partant indépendants !

La rue Saint-Honoré était la limite mondaine de la rive droite du côté opposé aux boulevards. La rue de Rivoli s'arrêtait au Palais Royal. Au delà c'était le dédale de ces petites ruelles qui formaient un cloaque dangereux jusqu'à la Place du Carrousel et près des Tuileries.

Le Louvre n'était pas achevé : un amas de masures puantes et délabrées, dont les boutiques étaient occupées par des marchands d'oiseaux et de bric-à-brac ne recélaient guère en fait de population avouable que quelques chambres de bohêmes des lettres et des arts. C'est dans l'une d'elles, la rue de la Vieille Lanterne que Gérard de Nerval fut trouvé pendu plus tard à une grille, en 1855.

En face des Tuileries, sous les arcades c'étaient comme aujourd'hui, des marchands vendant à la riche clientèle, aux étrangers logés dans les grands hôtels moins nombreux et surtout moins confortables que de nos jours, tel l'hôtel Meurice.

En parlant du 21 février 1848, nous avons décrit la physionomie sévère et peu animée de la rue Royale, sans boutiques, avec ses portes cochères fermées, ses fenêtres du rez-de-chaussée garnies de barreaux de fer et plongée le soir dans l'obscurité. Qu'on était loin de ces éblouissants étalages des parfumeurs, des joailliers, des commerces d'objets d'art, des expositions

pavoisées qui en font aujourd'hui une des plus brillantes et des plus fréquentées promenades ! Heureuse
rue Royale, pauvre Palais Royal ! Ainsi vont le monde
et ses vicissitudes ! L'un grandit et prospère tandis
que l'autre descend et tombe !

Nous ne nous occuperons pas encore de la rive gauche que je n'ai connue que plus tard et qui n'était
qu'une suite de rues étroites où les étudiants et les
grisettes pouvaient se parler de fenêtre à fenêtre.
Cela dura jusqu'au percement des boulevards Saint-
Michel, Saint-Germain et de la rue des Ecoles.

Le jardin des Tuileries, séparé du Carrousel par le
Palais que, sous Louis-Philippe, on nommait plus
modestement « le Château » ne différait pas sensible-
ment de l'état où nous l'avons connu sous le Second
Empire. (Nous ne parlons pas des mois qui suivirent
Février 1848 où on imagina d'y planter des pommes
de terre !). La Commune, en 1871, l'a cependant modifié
en incendiant le Palais et, par un rare phénomène,
la démagogie et l'anarchie ont créé une beauté. Elles
ont, par leur acte criminel, ouvert une admirable
perspective allant de la cour du Louvre à l'Arc de
Triomphe de l'Etoile. Elle serait merveilleuse si le
monument élevé plus tard à Gambetta se trouvait
dans l'axe.

Ma grand'mère demeurait en 1848, 30, rue Vieille
du Temple, dans un vieil hôtel qui, malgré la transformation du quartier et ses locataires nouveaux et
d'ordre moins relevé, avait conservé son antique
aspect. La porte cochère monumentale en bois plein,
massif, produisait pourtant un bel effet. Elle restait
ouverte tout le jour et, le soir, la rue mal éclairée ne
permettait pas d'en admirer les belles sculptures,
entre autres deux têtes de lions dans le style de celui
de Saint-Marc, à Venise. La grande cour, veuve d'écuries et de remises, devenues des magasins, semblait

provinciale. Les pavés étaient disjoints et l'herbe poussait dans les interstices. Le rez-de-chaussée, au fond de la cour, jadis habité par une vieille comtesse douairière, Madame de Dracy, était maintenant occupé par un marchand d'éponges qui, sous son enseigne extérieure, faisait pendre un chapelet de ses produits en guirlande.

Tous ces anciens hôtels, demeurés jadis aristocratiques, étaient loués à des marchands de fer, des droguistes, des négociants en produits pharmaceutiques et chimiques. On respirait des odeurs de camphre, de gingembre, de goudron et de savons, des senteurs d'épices, remplaçant les parfums ambrés ou musqués de jadis. Plus d'équipages : des camions. Plus d'habits mordorés, de robes à falbalas. Des vestes, des blouses, des tabliers de toile marron ou bleue, des casquettes de loutre, et, pour la plupart des femmes, des robes de lainage ou d'indienne. Quelques bourgeois en longue redingote brune, vert bronze ou marengo et leurs femmes en robes de soie étriquées et unies, de teintes sombres : noires, prunes ou moirées.

N'y a-t-il pas une mélancolie des choses dans ces changements qu'amène la mode dans les vieux quartiers et ces maisons qui semblent abandonnées, ruinées ne ressemblent-elles pas à ces gens jadis dans l'opulence qui, appauvris, conservent de leur splendeur des vêtements qui furent brillants, mais qui, râpés, montrent leurs cordes ? Pauvres vieilles demeures qui rappellent aussi les anciens meubles de famille. On ne peut les voir sans qu'ils fassent revivre les ancêtres qui s'assirent dans ces fauteuils, devant ces secrétaires ! Dans ces « bonheurs du jour » on croirait retrouver les papiers jaunis, témoins de leur vie, les lettres qui retraçaient leurs émotions, leurs peines et leurs joies ; on croit voir leurs images dans ces glaces des poudreuses qui ont reflété leurs traits. Et les rares vieillards, car il y en avait encore, qui avaient le bonheur de poursuivre leur existence sous ces antiques lambris, heureux de penser qu'ils pourront mourir près du berceau de leur enfance, dans le cadre familier qu'ils ont toujours vu, ne paraissent-ils pas eux-mêmes des revenants du siècle passé ?

L'appartement de mes grands-parents, un entresol bas de plafond où, sans doute, avaient été logés les gens des seigneurs d'autrefois, était situé dans un corps de bâtiment sur le côté droit de la cour. Là, dans une salle à manger au milieu de laquelle un poêle de faïence blanche avec ses grands tuyaux tout noirs constituait un triste ornement. Ma bisaïeule, qui avait été fort jolie, à en juger par la finesse de ses traits, ma bisaïeule, assise dans un grand fauteuil à la Voltaire, se chauffait ; son bonnet et sa fanchon à la Marie-Antoinette la marquaient bien au coin de son temps. Elle chantonnait, de sa voix chevrotante mais encore pure, les romances du temps passé, allant des couplets du Devin du village, de la chanson si douce, quoique contemporaine, de 1789 : « Il pleut bergère » jusqu'aux nouveautés de la Restauration, les refrains politiques de Béranger et les vaudevilles de Désaugiers.

Je jouais au cerceau dans la grande cour délabrée. C'est là qu'un jour, j'admirais, intimidé, mon cousin Anatole Bère, en uniforme de polytechnicien, aux sardines d'or de sergent et en pantalon à pont, car il appartint à la dernière promotion qui le porta encore.

Je rencontrais là, parfois aussi mes deux grands-oncles, beaux-frères de ma grand'mère et qui n'avaient guère rien de commun que les deux carrés rouges de la légion d'honneur, comme on la portait anciennement : — le docteur Henri, qui, pour se distinguer de son frère, également médecin, ajoutait à son nom, celui du village où il était né, Saint-Arnoult. Grand,

grave, solennel, il m'inspirait une crainte révérencieuse.
Je ne le voyais guère en dehors de là que chez nous,
en cas d'indisposition. Il soignait un peu à la manière
de ses confrères du XVIIe siècle par des saignées à la
lancette, les sangsues, les purgations, les clystères ou
même des vésicatoires fixes. Je porte encore, à 71 ans,
la marque de cicatrices au bras remontant à 1850. Il
parlait toujours avec autorité et m'assurait en m'écrivant de la «pérennité» de son affection. Il restait seul
depuis la mort de sa femme, ma tante. Quoique très
répandu dans une clientèle de choix comptant parmi
elle Grévy, des agréés, des notaires et des avoués ;
le luxe d'installation habituelle chez les médecins de
notre époque n'existait pas chez lui. Son appartement,
des plus modestes, au second, rue Montmartre, no 43,
était meublé très sobrement. Il vivait là entre son
unique bonne, une vieille fille, grande, maigre, osseuse,
portant le prénom peu commun de Prudence qui
convenait si bien à la servante d'un médecin, et un
perroquet qui l'égayait pendant ses repas en lui
demandant comment allaient ses malades. Très éclectique et assez indifférent au point de vue religieux,
il fut marié trois fois, avec une catholique d'abord,
puis avec une juive et enfin avec une protestante.
Il était fort intelligent et avait la réputation d'être
un connaisseur en peinture ; il en était grand amateur,
quoique sa vue ne lui permit pas de distinguer les couleurs. Il était atteint de daltonisme. Il avait un savoir
faire très loin poussé qui assura sa fortune. Ancien
chirurgien-major de la Grande Armée, il fut décoré
sur le champ de bataille. A la chute de l'Empire,
il s'établit médecin civil, et la décoration, si utile
dans une profession qui nécessite des visites à domicile, pour assurer un accueil plus déférent, lui servit
beaucoup. Il ne dédaignait pas les petites fonctions
de la mairie. Il fut membre de la commission d'hy-

giène du 2ᵉ arrondissement. Son dévouement à sa clientèle le faisait apprécier. Il était grand travailleur et s'instruisit jusqu'au dernier moment en suivant les hôpitaux. Sur sa tombe, son successeur, le docteur Bergeron, de l'Académie de médecine, fit son éloge sans exagération et ne s'écarta pas de la vérité en disant qu'il fut un médecin de valeur.

Tout autre était son beau-frère, le peintre de fleurs Jacobber. Il était bien, celui-là, le type de l'artiste consciencieux, ayant un idéal élevé et ne pensant qu'à son art. Il ne quittait pas son atelier de Sèvres où il était attaché à la manufacture de porcelaines. Il y a laissé des chefs-d'œuvre qui figurent au Musée, notamment deux superbes tableaux, dont l'un en lave et un splendide guéridon. Ses commencements avaient été des plus pénibles. Ancien disciple de Van Spaendonk, le maître hollandais qui lui-même l'était de Van Huysum, il fut d'abord attaché au muséum d'histoire naturelle, pour lequel il peignait des fleurs et des fruits. Puis les besoins de la vie le contraignirent à brosser des décors de théâtre. Il exposait chaque année au salon et obtint toute la série des récompenses jusqu'à la médaille d'or. Le roi Louis-Philippe, dont une des filles était son élève, lui apporta la croix à la manufacture même. Petit, avec des jambes courtes, une physionomie qui respirait la bonté et la timidité, il ne fréquentait pas le monde quoiqu'il fut lié avec le peintre Gudin et Horace Vernet. Un autre peintre de fleurs, plus répandu dans la société, Saint-Jean, surpassa de beaucoup sa renommée. Et cependant il eut des élèves appartenant·à la plus haute société, qui le vénéraient et contribuèrent bien des années après sa mort, à faire admettre au Louvre ses tableaux qui sont toujours très appréciés des connaisseurs.

Ménage touchant que celui de cet excellent homme, naïf, candide, sans complications, qui n'arborait la

redingote et le chapeau de haute forme que le jour du
vernissage où il me conduisit. Il n'y avait qu'un sujet
de discussion entre lui et sa femme. Ma tante, qui
veillait au ménage et aimait son intérieur, cherchait à
mettre un peu d'ordre dans l'atelier où, par « un effet
de l'art » toutes les toiles, les panneaux et les cartons
étaient épars. Quand il rentrait de sa promenade dans
les jardins de St-Cloud avec ses fleurs chéries auxquelles il prodiguait les soins qu'on donne à un enfant,
entourées de papier pour les empêcher de se faner au
contact des mains, il trouvait tout rangé. « Tu avais
bien besoin de *déranger* mes affaires », — s'écriait-il, —
« je ne pourrai plus rien trouver ! »

Ils logeaient dans la grande rue de Sèvres, au-dessus
des écuries et des remises du Maître de Poste, et quelle
joie pour moi de voir, de leurs fenêtres, relayer les
diligences qui s'y arrêtaient !

Ils eurent trois enfants qui tous trois peignaient
aussi, mais sans en faire métier.

L'aîné, Lucien, sorti de l'Ecole Polytechnique, fut
capitaine du génie, aide de camp en Afrique, du
général Cousin de Montauban, comte de Palikao, qui
le tenait en haute estime et il aurait eu un très brillant
avenir si une fièvre typhoïde, gagnée au Val de Grâce,
où il dirigeait des travaux, ne l'eût enlevé tout jeune.
C'était le fils le plus tendre que j'aie connu. Son père
qui, après sa mise à la retraite à Sèvres, était venu habiter le n° 43 du faubourg St-Denis, se retira définitivement dans une maisonnette de Batignolles. Lucien transporta lui-même ses œuvres, tableau par tableau, au
nouveau domicile. Sa mort bouleversa ses pauvres
parents. Mon oncle ne dormait plus la nuit, et comme
il se levait pour aller à son atelier, sa femme, inquiète,
survenant tout à coup, le surprit devant son chevalet.
Il dessinait le monument qu'il rêvait pour son fils
bien aimé.

Mes grands-parents durent quitter le Marais à la
suite d'un bien pénible événement. Le 2 décembre
1851, mon grand-père se trouva inopinément près
d'une barricade et assista à la fusillade, comme arrivait un régiment. Il vit tomber devant lui plusieurs
hommes et en éprouva une telle commotion qu'il fut
le lendemain paralysé du côté droit. Pour se rapprocher
de ses enfants, ma grand'mère déménagea et vint
habiter rue du Bouloi, 22, en face des messageries Laffitte et Caillard, dans la cour des Fermes. Comme
l'indique ce nom, les bureaux du fermier général y
étaient installés sous l'ancien régime. Dans cette cour,
on trouvait alors les diligences allant à Versailles, et,
derrière, sur la rue Jean-Jacques Rousseau, celles de
Sceaux, dont les conducteurs facétieux invitaient les
voyageurs à monter en voiture en leur criant : « Allons !
Pour Sceaux ». Là furent aussi ensuite les ateliers de
l'imprimerie Paul Dupont. L'immeuble a disparu, il y
a quelques années, pour faire place à une construction
grandiose donnant sur la rue des Halles. — Que de
fois, en allant au Palais, je passais par cette cour des
Fermes où il me semblait voir encore mon vieux
grand-père, assis près de la fenêtre, donnant des signes
de joie en nous apercevant et ma pauvre grand'mère
travaillant à ses travaux d'aiguilles, ses lunettes noires
sur le nez !

Depuis 1846, un personnage fort intéressant et qui
m'inspirait un vrai respect par ses manières aristocratiques, sa tenue très soignée sous une redingote
râpée et avec sa cravate blanche froissée et défraîchie,
était mon premier professeur, chargé de me préparer
aux études classiques. Ses récits sur sa famille ruinée
lors de la révolution de 89 et de son émigration, exci-
taient ma curiosité et enflammaient mon imagination.
Le peu que j'avais lu sur cette époque m'avait appris
comment tant de seigneurs déchus avaient connu les

misères de toute sorte et la pauvreté. Je voyais en
M. de Marsillac, — c'était le nom de mon maître, — un
de ces hommes de haute naissance, victime du grand
cataclysme. Il appartenait à la petite noblesse du
Midi et il fallait qu'il eût reçu une instruction assez
complète et une éducation professionnelle loin poussée
pour avoir appris tout ce qu'il savait en tant de branches diverses, et posséder si bien son métier d'ins-
tituteur. Il n'appartenait à aucun établissement et
enseignait à domicile et au cachet. Calligraphe émérite, il connaissait toutes les écritures, dessinait les
cartes comme un géographe avec des ornements, des
arabesques et des courbes élégantes. Il possédait à
merveille les éléments du latin, la grammaire française, l'histoire et aussi l'arithmétique. Il avait horreur des pâtés et les taches d'encre sur le papier le
désespéraient. Il portait toujours sur lui un canif
pour les gratter et de la sandaraque dont l'odeur se
répandait sur toute sa personne, pour permettre les
surcharges. La gomme à encre n'existait pas encore.
Il poussait la conscience jusqu'à vouloir récompenser
solennellement son élève, qui était toujours seul et
sans concurrents puisque ses leçons étaient indivi-
duelles. Il organisait une distribution des prix. Au
jour indiqué, il arrivait mieux lingé, mieux brossé,
ganté de noir, plaçait lui-même une table au milieu
du salon et un fauteuil derrière. Sur la table, deux
volumes dorés sur tranches et sur les plats du car-
tonnage de l'éditeur. Il avait collé au verso une
feuille de papier satiné sur laquelle on lisait : « Prix
d'excellence décerné à l'élève... » Les parents devaient
s'asseoir en face de lui, de l'autre côté de la table où
il siégeait. Il prononçait une allocution sur l'origine
des prix scolaires, l'utilité des études et... l'émulation.
Il appelait son élève sans avoir besoin de palmarès,
l'embrassait sur les deux joues et lui serrait la main en

le félicitant. Le pauvre et digne homme croyait bien
que « *c'était arrivé* ». Il avait plus de 70 ans et était
encore vert, à ce point qu'il courait d'un coin à l'autre
de Paris. Ses cartes de visite portaient comme titre :
« professeur de l'Université » qui assurait la considération auprès de sa petite clientèle, ne sachant pas la
signification de cette qualité. Elle ne voulait rien dire
s'appliquant à un professeur qui n'enseignait dans
aucune maison officielle ou libre.

La révolution de 1848 et la proclamation de la
République eurent immédiatement les conséquences
les plus variées, les unes futiles, les autres sérieuses.
Le peuple était joyeux et comme ivre de son triomphe.
La nouvelle monnaie elle-même fut une cause d'engouement bien inexplicable. La hideuse pièce de cinq
francs du graveur Dupré se vendait couramment
avec prime ; des marchands ambulants l'offraient aux
passants, dans les rues. Elle a reparu après 1870 avec
son homme vigoureux et trapu, au torse d'Hercule
et à la tête de Christ, unissant deux jeunes filles représentant à la fois, la justice, la liberté et l'égalité. On
n'alla pas cependant jusqu'à supprimer la devise
séculaire gravée autour de la tranche en bordure du
cordonnet : « Dieu protège la France ». Elle se trouvait
bizarrement voisine des personnages à l'allure mytho-
logique de la face.

Partout on plantait des arbres de la liberté. Un
peuplier fut, sous mes yeux, solennellement dressé
sur la Place de la Bourse. Qui ne connaît la fameuse
caricature de Cham où l'on voit un citoyen ne pouvant
sortir de chez lui parce qu'on a érigé devant sa porte
un de ces arbres gigantesques !

Dans un élan de générosité le Gouvernement provisoire prit des mesures, dont quelques-unes furent
dignes d'approbation, comme l'abolition de la peine
de mort, en matière politique, le 26 février. D'autres

furent habiles comme l'affectation des Tuileries aux
Invalides du travail, ce qui les a peut-être sauvés de
l'incendie qui, en 1871, a détruit le chef-d'œuvre de
Philibert Delorme. La restitution des objets engagés
au Mont-de-Piété dont la valeur n'excédait pas 10
francs, fut un acte de charité très populaire. La même
préoccupation de popularité fit abolir l'impôt du sel
en Mars. On dut le rétablir en Décembre! On a peut-
être oublié, aujourd'hui, que ce même gouvernement
provisoire décréta l'érection de la statue du maréchal
Ney qui s'élève près de l'observatoire. Le rôle de
Ney, lors du retour de l'Ile d'Elbe, n'était certes
pas à l'abri de critique. Parti en promettant à Louis
XVIII de ramener Napoléon mort ou vivant, il
avait trahi le Roi en se mettant à la suite de Napoléon et se ralliant à l'Empereur. Il était excusable
de n'avoir pu, en revoyant son ancien général, maî-
triser l'entraînement de son cœur. Sa fin cruelle fit
oublier sa faute et on ne vit plus en lui que la victime
des passions politiques. Les républicains de 1848 étaient
les premiers, en élevant ce monument, à raviver les
sympathies toujours ardentes des Français pour le
Premier Empire. Ils continuaient l'œuvre de Louis-
Philippe sans se douter que peu à peu la légende napoléonienne se propageant, préparait l'avènement du
prince Louis ! Que de fois j'entendis autour de moi
ces réflexions qui me frappèrent et me parurent plus
tard si justes et si vraies !

Les réformes inspirées par les idées d'égalité portant
atteinte à de vieilles habitudes et à des satisfactions
d'amour propre, ne laissèrent pas de molester toute
une catégorie de citoyens. Les hommes tiennent comme
les enfants à leurs amusements et à leurs hochets.
La suppression des bonnets à poil dans la garde nationale donna lieu à une manifestation grotesque. Les
gardes nationaux tenaient à cette coiffure incom-

mode. Protestaient-ils parce que, en la leur retirant,
il leur semblait qu'on les diminuait ? Perdaient-ils
ainsi aux yeux de leurs femmes, ce prestige dont ils
étaient fiers, si on en croit la caricature de Vernier
qui les montrait paradant devant elles, avant de partir pour leur service ?

Tout comme sous la Commune de 1871, le besoin
de costumes nouveaux et éclatants apparut. Des
corps nouveaux furent créés dans l'armée. On en
recruta même un dans ce qu'on appelait « le sexe »:
la légion dite des Vésuviennes à la jupe courte, au
chapeau tyrolien, ancêtre inoffensif encore des pétroleuses. Les anciens uniformes furent modifiés. Les
buffleteries en baudrier disparurent pour faire place
au ceinturon, moins décoratif, mais plus commode. Le
bonnet de police fut remplacé par le képi venu d'Algérie. La garde municipale, si impopulaire et qui, pendant les journées de Juin, fut enfumée dans son poste
du Palais Royal, changea de nom. Elle s'appela garde
républicaine et porta une tunique aux larges revers
à la Robespierre et un bicorne paré d'une grande
plume sans grâce.

Les soldats, qui aiment les changements de costumes, manifestaient leur contentement et leur enthousiasme en fraternisant dans les rues. On les voyait
marchant en large ligne, artilleurs et cavaliers, fantas-
sins et soldats du train, bras dessus, bras dessous, alors
que les divers corps jadis étaient divisés par des questions d'amour propre. Ils chantaient à tue-tête la
Marseillaise et le chant du départ.

Les enfants, dans les jardins publics, jouaient au
soldat en entonnant aussi les refrains patriotiques.
Aux Tuileries, se formaient des bataillons de gamins
armés et équipés, ayant leurs tambours, leurs officiers et même un colonel. Ils parcouraient ainsi les
allées à la joie des promeneurs. J'ai pris part à la prise

de la Bastille. C'était la resserre servant de remise
aux chaises à rempailler. On y accédait par un escalier de pierre. Sur le sol en contrebas était l'ennemi,
qui donnait des assauts furieux. Des combats achar-
nés s'organisaient et les assaillants battus, le parti
victorieux arborait le drapeau en haut de la porte,
et à la balustrade en fer de la terrasse des Feuillants.

Le soir, dès qu'une nouvelle sensationnelle avait
circulé dans Paris, il se formait des attroupements
avec des chants et des discours en plein air.

Le gouvernement de Louis-Philippe avait fait des
Tuileries sur les Champs-Elysées et de la Place de la
Concorde une vraie place forte. Les statues des grandes
villes de France étaient placées sur ces petits pavillons
dont on ne s'explique plus le but et par la porte qui
subsiste on descendait par des escaliers dans des
fossés profonds, mais garnis de gazon et de fleurs. On
pouvait les inonder en cas d'émeute. — Le long de
la terrasse un autre large fossé empêchait l'approche. On contait qu'un jour le roi en se promenant le
long de la grille avait été grossièrement insulté par
un passant, et, pour qu'à l'avenir il pût être à l'abri
des outrages, on avait imaginé de creuser cette large
séparation. On cria beaucoup alors contre cette mesure.
Peut-être en se rappelant les voies de fait dont les
derniers présidents de la République ont été victimes
aux courses du Bois de Boulogne et aux Champs-
Elysées, trouvera-t-on moins exorbitante la précaution
prise sous Louis-Philippe si souvent exposé aux attentats de ses sujets.

1848 n'était pas assez éloigné de la Terreur pour
ne pas en évoquer le menaçant souvenir. La belle
mais perfide préface de l'histoire de dix ans, où
Louis Blanc fait prévoir la révolution sociale après
celle de 1789 qui aurait escamoté les droits des pro-
létaires au profit du tiers-état, avait excité les appétits

des pauvres et des ouvriers. Un journal, l'*Organisation
du Travail*, rééditant les violences du Père Duchêne
donnait la liste des millionnaires avec le chiffre pro-
bable ou inventé de leurs fortunes. Il provoquait au
pillage. Aussi l'argent se cachait. On ne voyait plus
guère de voitures de maîtres qui craignaient de se voir
jeter de la boue et des pierres. Des maisons de banque
faillirent. Le gouvernement, divisé en modérés et
en rouges, manquait d'autorité, manquant d'unité et de
cohésion. C'est, hélas ! le faible du régime républicain
où les pires inimitiés éclatent entre les diverses nuances
du même parti, comme il arrive, en religion, entre
les diverses sectes du protestantisme. Des émeutes
se succédèrent. Le gouvernement avait décrété l'organisation du travail et proclamé le droit au travail.
Cela n'empêcha pas ceux mêmes qui aspirent surtout
à ne rien faire, de crier bien haut, effrayant les boutiquiers qui fermaient leurs maisons. L'ordre était
chaque jour troublé. Le ministère avait voulu endiguer
le mouvement en créant les ateliers nationaux, qui
devinrent, en leur temps, ce que les bourses dites de
travail et la C. G. T. sont du nôtre ! La réunion des
travailleurs, club permanent, facilita les complots.
Ce fut un lieu de rassemblement. Il fallut dissoudre
ces ateliers, ce qui provoqua les sanglantes journées
de Juin. On aboutissait à la dictature d'un républicain
éprouvé : le Général Cavaignac.

Quel lugubre spectacle ! On battait la générale au
lever du jour pour assembler la garde nationale. Presque tous répondirent avec courage à l'appel et allèrent bravement lutter contre les barricades. Quelques-uns tardaient à descendre retenus par les pleurs
de leurs femmes et les cris de leurs enfants. Un officier, qui accompagnait le tambour, montait dans les
appartements pour décider les hésitants. Des scènes
poignantes éclataient. Il fallait exposer la vie de

ces pacifiques commerçants qui faisaient vivre leur
famille et qu'on envoyait déloger les insurgés jusque
dans les carrières de Montmartre où ils s'étaient
retranchés.

On vit des ouvriers honnêtes, des domestiques,
s'enrôler et marcher sans uniforme, avec un ceinturon
et un fusil. Notre garçon de magasin, Léopold Clément,
un brave et digne homme, plein d'intelligence et de
volonté, s'équipa ainsi et combattit les insurgés. Il
a, depuis, gravissant les échelons, succédé à mon père
et laissé une fortune de 700.000 francs à sa fille. Quelle
réfutation de cette fausse théorie socialiste qui veut
parquer à part les diverses classes de la société, comme
si la barrière qui les sépare était infranchissable, alors
que tant de gens passent de l'une dans l'autre ! Le
baron Paturle, devenu pair de France, était venu de
son village avec une blouse et des sabots qu'il avait
conservés.

La population pauvre, les ouvriers si impressionnables et si faciles à entraîner, et les fauteurs de désordre, habitaient à cette époque, et avant l'annexion
de la proche banlieue, en 1859, dans des quartiers peu
éloignés du centre. C'étaient le faubourg Saint-Martin,
le canal, le faubourg du Temple, le faubourg Saint-
Antoine et les rues avoisinantes, le quartier Saint-
Marcel, sur la rive gauche. Là, était le siège de l'insurrection. Nos plus braves généraux d'Afrique furent
très éprouvés. Les généraux Damesne et Duvivier
furent tués. Le général de Bréa et son aide de camp,
ainsi que l'Archevêque de Paris, abordant une barricade en parlementaires, furent assassinés, tout comme
leurs successeurs de 1871. L'histoire et surtout l'histoire lamentable, recommence sans cesse chez nous.

Dans les maisons, des misérables, embusqués derrière les persiennes fermées, tiraient ou jetaient des
corrosifs sur les soldats.

La garde nationale mobile composée de volontaires appartenant au milieu même d'où sortaient les insurgés, firent preuve, en les combattant, d'un véritable héroïsme. Des enfants de 15, 16, 17 ans, au mépris de la mort, escaladaient les barricades, enlevaient le drapeau rouge et y arboraient le drapeau tricolore. On a bien dit, l'esprit de dénigrement a toujours beau jeu, que les troupes massées derrière eux, les empêchaient de passer à l'ennemi. Rien n'est venu démontrer la vérité de ces assertions et ces actes de courage spontanés sont bien conformes au tempérament du gamin de Paris plein de cœur et de bons sentiments, sous ses dehors espiègles et avec son enthousiasme facile.

Un des épisodes les plus curieux auxquels j'ai assisté pendant les journées de 1848, fut l'arrivée à Paris, des gardes nationales des départements venues pour fraterniser avec celle de Paris et y rétablir l'ordre. On n'avait pas encore vu pareille réunion de tous les gardes de toutes les contrées de France, avec leurs allures provinciales, leurs langages, leurs accents, de terroir et leurs tenues très disparates. Tels les pompiers maintenant. Les assemblées des maires, de mode depuis, rappellent aussi ce premier convent patriotique.

Un autre incident très piquant quand on considère l'extraordinaire fortune des Grimaldi, grâce à l'affermage de la maison de jeu de Monte-Carle, est le refus de cours de la monnaie de billion frappée à l'effigie du Prince de Monaco. Un dessin de Cham représentait le prince en grand costume de général, tout galonné d'or, se voyant refuser son sou par un marchand de marrons. Qui aurait pu prédire alors la prospérité scandaleuse de la principauté devenue le grand tripot international sous la protection de la France et qui fait frapper tant de pièces de 100 francs en or si appréciées ?

Car :

« L'argent a bon goût de quelque endroit qu'il vienne ! ».

L'insurrection de Juin vaincue, la répression fut violente, énergique, d'aucuns disent cruelle. Elle était nécessaire. On oublie trop facilement les plus odieux forfaits quand ils sont commis au nom de la politique et les mines patibulaires des insurgés ne sortiront jamais de ma mémoire. Je fus cependant secoué de pitié et je frémissais lorsque je les vis, arrêtés et prisonniers, passer par longues files dans notre rue Richelieu, encadrés par la troupe, précédés d'une avant-garde de dragons, pistolets au poing et dont les officiers criaient le long du parcours ce sinistre commandement : « Ouvrez les persiennes ; fermez les fenêtres ». On cherchait à prévenir ainsi les coups de fusils tirés des appartements sur nos soldats et qui firent tant de victimes. Les meurtriers étaient ceux-là mêmes qui criaient en Février : « Aux armes, citoyens ! on assassine nos frères ! ».

Mon père me mena visiter les quartiers les plus éprouvés par le canon. Place de la Bastille, une maison, qui existe encore et forme l'angle du faubourg Saint-Antoine, était criblée de projectiles. Elle avait été éventrée. La façade avait en partie disparu et on apercevait l'intérieur des appartements. Les vitres et les clôtures avaient volé en éclats et les locataires avaient déguerpi à la hâte.

De tous ces excès et de toutes ces violences, les révolutionnaires n'ont gardé qu'un souvenir, celui de représailles exercées par l'armée de l'ordre. Le nom de Cavaignac fut exécré par eux, comme en 1871, celui de Thiers par les Communards.

Le prince Louis-Napoléon bénéficia de cette ingratitude. Rentré en France, en 1848, après son long exil, il trouva, dans le pays, une popularité que son

nom lui créait, surtout dans les campagnes où les
moindres chaumières conservaient, encadrés, des portraits de son oncle. Les républicains furent longs à
comprendre le danger de la propagande bonapartiste.
Elle fut d'abord timide et prudente pour devenir
bientôt violente et cynique. Louis-Philippe, pour lutter contre ses ennemis irréconciliables, les légitimistes,
utilisant les passions des vieux partisans du gouvernement impérial, crut habile de glorifier le règne de
Napoléon et sa grande armée. Il fit ainsi revivre le
nom de l'Empereur dont il fit ramener les cendres
de Sainte-Hélène par son fils le Prince de Joinville.
Il préparait ainsi sans y croire, la restauration de
l'Empire. D'autre part, les maréchaux et les généraux
survivants de 1814 ne s'étaient jamais ralliés cordialement aux Bourbons des deux branches. Leur illustration expliquait leur influence. Le prince Louis
trouvait toute facilité pour escamoter la République
à son profit. Les républicains ne le croyaient pas
dangereux. On chercha en vain, quand on s'aperçut
de l'erreur où on était tombé à le démonétiser en
le ridiculisant. On le disait gauche et incapable. La
« Revue comique à l'usage des gens sérieux », publiée
contre lui par l'éditeur Dumineray, le représentait
difforme, avec des jambes cagneuses et une coiffure
de souteneur. On se moquait de son accent allemand.
Mais on ignorait et sa valeur personnelle et celle
de son entourage, composé d'hommes énergiques, dé-
cidés à tous les coups de force, ambitieux et beso-
gneux, ce qui doublait leur audace, comme Fialin de
Persigny, de Saint-Arnauld, le commandant Fleury
et surtout le propre frère utérin du prétendant, de
Morny, fils de la reine Hortense et du général de
Flahaut, dont l'ancienne amitié qui le liait aux princes d'Orléans éloignait encore les soupçons.

Lors des élections présidentielles, trois concurrents

se présentaient avec chances de succès : Louis-Napoléon, Lamartine et le général Cavaignac.

Lamartine avait fait preuve, en 1848, d'un grand courage. On n'avait pas oublié son merveilleux discours contre le drapeau rouge et en faveur du drapeau tricolore. Il avait conquis la sympathie et la reconnaissance des conservateurs.

Cavaignac avait sauvé la société en Juin. Il avait donc, pendant sa dictature, rendu d'inappréciables services à la cause de l'ordre. Son nom, ses traditions de famille, la mémoire de son frère Godefroy, étaient autant de gages de ses convictions et de sa fidélité républicaines.

Lamartine passait aux yeux des foules, comme un grand poète plutôt que comme un homme d'état. On exploitait contre lui sa modération près des républicains avancés. — Contre Cavaignac on dénonçait ses prétendues cruautés contre les insurgés.

Louis-Napoléon fut élu président à une formidable majorité.

Beaucoup de bourgeois clairvoyants l'avaient combattu. Une revue hebdomadaire sur la révolution de 1848 a reproduit une chanson de mon père qui, réfutant tous les arguments donnés en faveur de la candidature bonapartiste, avait pour refrain :

« Moi, je vote pour Cavaignac ! »

Les avertissements n'avaient pas manqué lors de la discussion sur le mode d'élection du Président de la République à l'Assemblée Constituante. Les députés s'obstinant dans leur aveuglement, n'en tinrent aucun compte. Jules Grévy avait en vain tenté, par son célèbre amendement qui lui valut sa grande autorité sur le parti républicain sous le Second Empire, et plus tard les fonctions suprêmes sous la Troisième République, de faire attribuer à la chambre le droit d'élire le Président. Enlevé au suffrage universel si malléable

pour l'intrigue, il eût rendu impossible le succès de
Louis-Napoléon. Les représentants repoussèrent la
proposition et ce fut ainsi que le Prince triompha.
L'incident qui se produisit lors de sa prestation de
serment et le refus par le général Cavaignac de lui
serrer la main quand il descendit de la tribune, ne firent aucune impression sur les électeurs. Sauf l'enthousiasme dont nous fûmes témoins de 1885 à 1890, lors
de l'aventure du Général Boulanger, jamais la France
ne retentit d'un concert de vivats comparable à celui
qui accueillit le triomphe du « neveu de l'Empereur ».
Place Vendôme, devant l'hôtel du Rhin où il était
descendu, une foule énorme stationnant sans cesse,
faisait retentir d'acclamations bruyantes les abords
de la résidence du favori. Le voyage du Prince Président à travers la France fut une apothéose. Des
cantates furent récitées ou chantées jusque sur la
scène de la Comédie-Française. On y entendit Rachel
qui s'était attelée au char du vainqueur. Cavalier
accompli, séduisant à cheval, disgracieux à pied avec
un torse trop long sur des jambes trop courtes, il était
bien l'homme de cirque qui convenait au peuple français de cette époque si accessible aux engouements
pour le prestige d'un brillant cavalier. Ce n'est pas
sans raison que les journaux et les revues d'opposition
le dénommèrent : le prince Franconi.

Le spectre rouge qui ne fut pas l'exclusive création
de Romieu, effrayait, et l'inquiétante perspective de
1852 hâta les événements.

Le 2 décembre 1851, mon père rentrait effaré à la
maison. Il rapportait l'affiche qu'on avait arrachée
d'un mur et qui contenait la proclamation de Louis-
Napoléon annonçant le coup d'état, la dissolution
de l'Assemblée. On apprenait en même temps l'arrestation des hommes politiques les plus éminents appartenant indistinctement à toutes les opinions, à ce qu'on

désignait encore, jusqu'en 1870, sous le nom des anciens partis, et jusqu'à des républicains avancés. Ce furent eux qui, bientôt, dans une coalition où se rencontraient les duc de Broglie, Comte d'Haussonville, les légitimistes avérés, les anciens membres du gouvernement provisoire et les orléanistes, c'est-à-dire tous les ennemis de la veille devenus les amis du jour, ce qui est fort accoutumé en politique, formèrent une puissante et admirable opposition.

L'année suivante, en 1852, le 1er décembre « l'Empire est fait » comme on s'en apercevait alors, mais trop tard. Un sénatus-consulte proclamait empereur le Président de la République, ce soi-disant incapable, ce prétendu grotesque, caricaturé, ridiculisé sous toutes les formes et que la République de 1848 avait commis la faute énorme de restituer dans ses droits politiques.

Le plébiscite de Décembre 1851 avait ratifié le Coup d'Etat qui, comme en Juin 1848, provoqua de sanglantes journées. Comme nous habitions à deux pas du Boulevard Montmartre, nous entendîmes les fusillades et le canon et nous assistâmes aux émouvantes courses de cette multitude fuyant, par la rue Richelieu, les charges de cavalerie et les manœuvres. Au coin de la rue St-Marc était l'armurier Lefaucheux. Sa boutique fut pillée sous nos yeux par les insurgés qui s'emparèrent des fusils, des carabines et des pistolets.

Il serait contraire à toute vérité de représenter le 2 décembre 1851 et la restauration de l'Empire comme impopulaires. Ils furent salués par la grande majorité des Français comme le salut après le danger, et la sécurité après la crainte d'une révolution sociale avec tous ses excès. Il a fallu que cinquante ans s'écoulassent depuis, pour que le socialisme pût être convié à tenter la victoire sans violence, par le scrutin, et mal-

gré les conseils sages et prudents qui lui ont été pro-
digués de ne lutter que par les bulletins de vote dans
les urnes, c'est toujours la violence qui lui reste traditionnellement chère. On comprend l'effroi que cau-
saient en 1848 les « democs-socs » et les « rouges ».
De nos jours, la propagande par le fait, les attentats
des nihilistes et des anarchistes, qui ont sous un
régime républicain, rendu nécessaires des lois de
sûreté générale, des dispositions spéciales impuissantes
et qui n'ont pas mis obstacle aux sabotages, aux
grèves brutales et meurtrières, aux incendies et aux
pillages se sont multipliés plus que jamais dans le passé.

Napoléon III eut le mérite d'enrayer pendant dix-
huit ans cette marche progressive qui, loin d'être une
ascension dans le progrès, est une chute dans le mal,
la cruauté et la barbarie. Il n'avait qu'à suivre l'impulsion de sa nature rêveuse et utopique qui n'avait
rien de celle du grand empereur, à continuer son passé
de Carbonaro, ses prédications pour l'extinction du
paupérisme et au lieu de lui résister avec énergie, il
se mit à la tête du mouvement social. Il jouit ainsi
pendant plusieurs années de la faveur du monde
ouvrier et jusque dans les milieux révolutionnaires.
On vit, au faubourg Saint-Antoine, dételer les chevaux
de sa voiture, que traînèrent, en l'acclamant, les pro-
létaires de ce quartier populeux. L'opposition fut,
sous son règne, plutôt parlementaire et bourgeoise.
Lors du procès des treize, les prévenus étaient des
avocats, des avoués, des ingénieurs. Il n'y avait pas
d'ouvriers. Ce ne fut qu'à la fin de l'Empire qu'inter-
vinrent des poursuites contre l'association internationale des travailleurs. L'Empereur avait, en favorisant des délégations d'ouvriers aux expositions uni-
verselles, facilité ces conciliabules qui dégénèrent en
associations permanentes. On comprit le danger et
il fallut poursuivre. C'était à la veille de 1870.

Le calme et l'ordre régnaient à l'intérieur. En
dehors de quelques tentatives d'émeutes comme celles
dites des « blouses blanches » d'ailleurs avortées et que,
— comme toujours — on attribuait à une manœuvre
policière qui les aurait organisés, en dehors d'attentats peu nombreux contre la vie de l'Empereur commis
surtout par des Italiens : Orsini, Greco et Trabuco,
il y eut peu de troubles dans la rue. Elle connut une
tranquillité et les citoyens eurent une sécurité que
regrettent encore les Parisiens de 1911, non aveuglés
par l'esprit de parti. La faculté de chanter la Marseillaise ou même l'Internationale, ne paraît pas com-
penser ces avantages disparus. La propreté des voies
publiques existait alors. Elles étaient balayées au
petit jour par ces braves alsaciens embrigadés par la
ville, et qui ne demandaient pas à commencer leur
travail à une heure où les passants reçoivent dans les
jambes la boue ou la poussière du pavé. La loi sur
le colportage garantissait, à une époque bien antérieure
à l'apostolat si méritoire et si ridiculisé du sénateur
Bérenger, la pudeur de la jeunesse contre la littérature pornographique, les dessins obscènes et les
exhibitions malsaines.

On pouvait rentrer chez soi à toute heure, se promener fort avant dans la nuit, fût-ce au bois de Boulogne ou de Vincennes sans crainte d'être attaqué. Paris
était divisé en îlots sillonnés de sergents de ville qui
faisaient des rondes continuelles et jamais on n'était
molesté que quand, un peu trop haut, on proférait
quelques-unes de ces injures fort à la mode contre
« Badinguet » ou la « Théba ».

Enfin et par dessus tout, pour toute la durée du
règne, ce qui reste digne d'admiration et de regrets, c'est la générosité de notre politique étrangère
avec le principe des nationalités, et la réelle tolérance
des Français entre eux, d'ailleurs protégée par les

lois bienfaisantes qui permettaient de réprimer les
excitations à la haine et au mépris des citoyens et les
offenses à la religion. Combien de républicains assistant aux excès et aux violences qui ont attristé ces
dernières années, ont appelé de tous leurs vœux le
rétablissement de ces dispositions tutélaires ! Peut-
être même et malgré le souvenir de certains abus auxquels il a pu donner lieu, n'ont-ils pas moins regretté
la garantie constitutionnelle protégeant les fonctionnaires contre la diffamation et la calomnie, l'article
75 de la constitution de l'an VIII.

Ces considérations anticipent un peu sur les faits
qui se succèderont au cours de ces souvenirs. Comme
nous n'écrivons pas une histoire, mais nos impressions,
nos réflexions et nos jugements, nous ne sommes pas
tenus à un ordre rigoureusement chronologique. Je
formule mes pensées au fur et à mesure qu'elles se
présentent, avec les réflexions et les rapprochements
qu'elles me suggèrent.

III

1852-1857

De 1849 à 1857 je fis mes études classiques comme interne au Collège Sainte-Barbe. Nous ne connaissions les événements du dehors pendant les années troublées que lors des visites de nos parents qui nous venaient chercher. Nous souhaitions les émeutes pour pouvoir rentrer chez nous. Les commis, dans les magasins, comme les lycéens, étaient heureux de pouvoir fermer boutique en pareille circonstance. L'égoïsme est commun à tous les hommes et il est précoce.

Sainte-Barbe mérite bien que nous parlions longuement de son rôle si important dans l'enseignement, car il n'est plus qu'un lointain souvenir. Il a disparu ou, du moins, a perdu son ancienne prépondérance d'établissement libre, envoyant seulement pour les classes au lycée Louis le Grand ses élèves les mieux doués. Les autres avaient les professeurs de l' « intérieur », comme on disait. Cet arrangement offrait un avantage : les barbistes tenaient la tête de la liste aux compositions et aux distributions de prix puisque les moins bons élèves restaient enfermés dans les murs de la pension.

Cet habile moyen de réclame caractérise bien le système qui fit la grande réputation de Sainte-Barbe dans la bourgeoisie du 19e siècle. Sous l'impulsion d'hommes habiles comme Scribe, Vavin, Bixio, Devinck, le savoir-faire y était poussé jusqu'aux dernières limites. Son principal moyen était l'organisation savante de la camaraderie que Scribe lui-même a plaisantée dans la pièce qui porte comme titre ce nom. On avait créé une société anonyme chargée de l'exploitation du collège et dont les actionnaires se composaient d'anciens élèves, d'ailleurs désintéressés puisqu'ils se contentaient de l'intérêt légal sans participer aux bénéfices. Ils patronnaient la maison et le conseil d'administration renfermait les illustrations du monde officiel.

La propagande, grâce à cette camaraderie, était singulièrement active et efficace. Ceux qui en profitaient la poussaient jusqu'au chauvinisme. On vit des scènes comiques, comme celle dont je fus un des témoins passifs. Je jouais au cerceau dans le jardin du Palais Royal, sous ma veste aux boutons dorés et aux larges revers, lorsqu'un vieux Monsieur, décoré de la rosette rouge, m'aborde, me tend la main et m'appelle : « Mon cher camarade » quoi que la différence de nos âges n'eût pas permis que nous nous soyions connus sur les bancs de l'étude !

Les parents étaient médusés par cette mise en scène d'une sorte de franc-maçonnerie scolaire. Il devint de bon ton de confier ses enfants à Sainte-Barbe. On trouvait parmi les élèves les noms connus de l'aristocratie de naissance ou d'argent, ceux des écrivains, des artistes, des généraux et même des acteurs et des actrices. — Les deux fils de Rachel, Colonna Walewski et Gabriel y figuraient et on faisait grand état du choix de la maison par la grande tragédienne . — Une anecdote piquante à leur sujet : Un jeudi, jour consacré à la promenade en longue file, deux par deux, précédée d'un domestique en grande livrée pareille à notre uniforme, le petit Walewski montrait du doigt la statue surmontant la colonne Vendôme en s'écriant : « C'est la statue de Grand-Papa ! » Le père Félix — son autre grand-père avait sans doute, dans son orgueil, appris cette filiation à son petit-fils, baptisé parce que, répondait Rachel à l'archevêque de Paris la félicitant d'avoir fait ses enfants catholiques, leurs pères étaient chrétiens.

La composition très disparate du personnel des élèves, sortis non seulement des parties les plus opposées de la société, mais de tous les pays du monde, — on comptait parmi eux des Egyptiens, des Turcs, des nègres, des Polonais surtout et des Roumains, — servit beaucoup le libéralisme et la tolérance. S'il est permis de critiquer les petits et mesquins procédés du charlatanisme et de la réclame, il faut saluer avec respect cette éducation en commun où la présence d'un aumônier pour les catholiques, n'empêchait pas l'enseignement religieux des protestants et des juifs. Le soir, à la prière dite à l'étude, les premiers s'agenouillaient tandis que les autres, debout et têtes nues, écoutaient en silence dans l'attitude la plus recueillie. Dans les classes supérieures surtout, la meilleure amitié régnait entre les diverses nationalités et les divers cultes.

Un certain nombre de jeunes gens distingués étaient raccolés à la manière des soldats de notre ancienne armée, parmi les lauréats des lycées de province. On leur accordait des bourses. Ils contribuaient à la répuputation de Sainte-Barbe par les prix qu'ils récoltaient à Louis le Grand et au concours général. Elle ne connut plus de bornes lorsque, en une même année, le collège remporta les trois prix d'honneur de philosophie, de rhétorique et de mathématiques spéciales avec Lachelier, Belin et Guerry, dont les portraits en pied ornèrent le parloir. Beaucoup de ces boursiers ont parcouru une brillante carrière, sont entrés à l'Institut et sont parvenus au premier rang des professions libérales. L'école préparatoire aux écoles du gouvernement était de beaucoup la plus favorisée par le nombre de ses admissions.

Les études étaient remarquablement dirigées. L'association de Labrouste et de Guérard qui se complétaient si bien, assura la prospérité sans pareille qui ne leur survécut pas.

M. Labrouste, directeur du collège proprement dit et de l'école préparatoire, s'était à merveille incarné dans ces fonctions auxquelles rien ne le préparait. Ancien avoué près la cour de Paris, il avait apporté dans sa nouvelle carrière, la finesse et la malice de la basoche. Le visage glabre, portant perruque, la voix chaude et émue, quoique légèrement enrouée, il était toujours revêtu d'une redingote dont les revers largement croisés, rappelaient bien l'uniforme barbiste. Il jouissait d'une popularité méritée. Homme digne et excellent, il était administrateur très habile. Il accueillait avec bonté, les élèves qui se plaignaient à lui et qui se retiraient satisfaits, même lorsqu'il leur donnait tort, ce qui était presque toujours la solution obtenue.

Il y eut une fois une tentative de révolte. Avec

quelle maîtrise il parvint à l'arrêter ! Il nous con-
voqua au parloir, où, attristé, mais solennel, il gour-
manda paternellement, se faisant malade et vieux à
dessein, — beaucoup plus vieux que nature. Quelques
murmures se firent cependant entendre au cours de
sa mercuriale. Il eut une trouvaille pour répondre
sans prendre un ton fâché ou bourru. Il feignit ne
pas entendre et n'avoir pas compris le sens de l'interruption : « Merci, mes chers amis, dit-il, de vos
« acclamations si flatteuses pour votre vieux direc-
« teur, qui regrette de ne pouvoir, avec la dureté
« d'ouïe que l'âge amène, entendre vos affectueuses
« assurances ». On riait, et tout rentrait dans l'ordre.

Il excellait dans l'art du boniment. Il battait la
grosse caisse avec une verve rare. Il fallait l'entendre,
au Banquet des Barbistes et aux distributions de prix,
se plaindre d'un air navré d'avoir été obligé de refuser
plus de cent élèves parce que les bâtiments n'en pouvaient contenir plus de 1200. Tels les théâtres faisant
annoncer que, chaque jour, on refuse du monde au
bureau de location !

L'homme vraiment supérieur, chargé des fonctions
de préfet des études, ignorait ces petites habiletés.
M. Guérard, grammairien éminent et pédagogue hors
ligne, fut un consciencieux et vigilant chef de services.
Il avait, avec une bonté égale à celle de M. Labrouste,
une plus rude franchise. Son labeur était écrasant
et nous voyons encore sa grande et large écriture
annotant à l'encre rouge tous les cahiers de correspondance, les rapports des maîtres d'étude et les
autorisations de lire les livres qui tous lui étaient
soumis. De taille moyenne, un peu trapu, les yeux
vifs et le regard ferme, un nez un peu fort et le visage
ridé, il retenait l'attention par son physique original.

Le personnel des maîtres d'étude laissait un peu
à désirer. Il se composait surtout d'étudiants de

dixième année, en médecine ou en droit, et si quelques-uns ont pu se créer une place dans les fonctions de la magistrature, au barreau ou dans le monde médical où l'un d'eux, savant de marque, Corlieu, devint secrétaire de la Faculté et bibliothécaire, la plupart étaient des déclassés mécontents et hargneux exagérant et faisant haïr la discipline.

Les inspecteurs des cours étaient plus particulièrement désagréables. On les appelait : chiens de cour. « Le choix était bien mauvais » nous écrivait encore, il y a quelques années, un notaire de Paris, Cocteau, se remémorant, par un calembour, notre inspecteur qui s'appelait Lechoix. Ces vices étaient communs à toutes les pensions du marais et de la montagne Sainte-Geneviève.

De même, la qualification de marchands de soupe donnée à ces internats n'avait rien d'immérité. On tondait sur tout. Les livres et les fournitures scolaires étaient largement exploités. Chaque année, avant les vacances, les élèves devaient représenter les livres dont le prêt était compris dans la pension. Une vieille chanson représentant en dessin un pierrot suspendu à une potence, disait :

> Aspice Pierrot pendu,
> Quod librum n'a pas rendu,
> Si librum reddodisset,
> Pierrot pendu non fuisset.

On ne pendait pas Pierrot quand il ne rendait pas ses livres ou quand il les rendait en mauvais état. On les faisait payer par les parents au prix du neuf, alors qu'ils étaient vieux, ayant antérieurement servi, et ce, à l'inverse des compagnies d'assurances qui diminuent, en cas d'incendie, du montant de l'indemnité l'usage ou l'usure de l'objet détruit. Il est vrai que les compagnies gagnent à cette déduction et que le col-

lège y aurait perdu ! — Il fallait voir M. Joly, exami-
nant à la loupe les livres représentés, les feuilletant
page par page, minutieusement, notant les moindres
taches d'encre et les rebutant en les faisant rem-
bourser. Nous ne voudrions pas calomnier ce fonctionnaire en supposant qu'il les remettait en circulation l'année suivante !

Plus grave était l'installation anti-hygiénique des
bâtiments mal balayés, poussiéreux, sentant la caserne et assurément moins bien entretenus que ce
qu'on montrait aux visiteurs. Le parloir ciré, soigneusement frotté, avec ses beaux meubles de velours,
battus, époussetés, reluisait de propreté.

Il ne convient pas d'insister sur les tristesses et les
misères de cette vie des internes, véritables prisonniers dont l'existence contre nature entraîne tant de
tares parfois irrémédiables. L'internat avait surtout
cet inconvénient d'imprégner les enfants de fausses
idées sur la vie libre... Ne sortant chez leurs parents
que le dimanche, ou allant avec eux à la campagne
pendant les vacances, ils pouvaient se figurer qu'en
dehors du travail forcé et discipliné du collège, tout
n'est que plaisir et *far niente*. De là cette oisiveté, ce
goût du café et du billard chez tant d'étudiants
passés, sans transition du cloître laïque dans la rue
avec les séductions des bals publics et des mauvais
lieux.

Les classes étaient faites par nombre de professeurs
distingués au lycée, les conférences faites à Sainte-
Barbe par des hommes comme Eugène Despois,
un lettré de race, auteur de livres remarquables, comme
les œuvres de la Convention et qui nous fit comprendre
et admirer Lamartine, Victor Hugo, Musset et Gautier.
Il était ennemi acharné de l'Empire, puisqu'il avait refusé de prêter serment ; — l'helléniste Commeau qui

savait nous faire considérer comme un régal la traduction de l'Alceste d'Euripide et des comédies de Plaute ;
— le latiniste Ménard, désert, élégant, et professeur
accompli. — Elles offraient des consolations aux
délicats et ils attendaient impatiemment l'heure de
les entendre.

Le pédantisme, qui ne sévit pas chez les professeurs de haute valeur comme ceux dont il a été question, est au contraire très répandu chez ces demi-
lettrés, maîtres des petites classes et chez les instituteurs. Il donne souvent lieu à des méprises récréatives comme celle de ma bonne et digne mère... Mon
professeur de septième, M. Laumaillié lui disait un
jour que je n'arriverais à être dans les dix premiers —
rêve de tous les parents pour leurs fils — que si je
prenais une grande résolution. Il faudrait, ajoutait-il,
que je fisse les « *douze travaux d'Hercule* ». Ma mère, à
qui il était permis de ne pas voir là une simple image,
croyant qu'il s'agissait de quelque devoir, lui demande
ingénûment si je les avais au moins commencés...
Air ahuri du maître qui pouvait s'en prendre à lui-
même du quiproquo que sa parole prétentieuse avait
créé.

On comprend, quand on se reporte à ces années de
collège, combien les générations suivantes, soucieuses
à juste titre de la santé morale et physique de leurs
enfants, auraient été malheureuses de les soumettre
à une existence déprimante de prisonniers. Et cela
à l'âge où la croissance et le développement physique
exigent le grand air et l'exercice. Ainsi s'explique le
Krach de l'internat. « Les meilleures années sont
celles du collège », disait-on cependant. Oui, si l'on
entendait par là ces années d'enfance où l'on a le bonheur de posséder encore parents et grands-parents, où
l'on vit sans grands soucis et sans préoccupations
d'avenir. Non, si on pense à ces dures privations de

liberté et de communication, avec l'extérieur en des cours entourées de hauts bâtiments.

Nos parents étaient surtout préoccupés d'écarter de notre instruction et de notre éducation les distractions mondaines. L'internat offrait pour certains un avantage précieux. Ceux qui ne pouvaient, par leur métier, par des occupations absorbantes, ou la nécessité d'être hors chez eux et de laisser leurs enfants sans direction et sans surveillance, pensaient mieux faire en se déchargeant de toute responsabilité sur des maîtres d'étude que de les confier à des serviteurs à gages. Enfin, l'internat pouvait rendre de réels services aux parents vivant en mésintelligence ou vivant mal et dont la maison eût donné de mauvais exemples. Tels les fils de comédiennes. Mais, pour les autres, le bon sens et le souci toujours plus grand de l'éducation, la joie de vivre avec ses enfants, d'assister à l'éclosion et au progrès de leur intelligence et de leurs facultés physiques, a réformé et condamné les anciennes idées. L'internat a vécu. Il a presque passé dans le domaine de l'histoire et Sainte-Barbe est presque aussi loin de nous que le collège de Montaigu, si célèbre au moyen âge par son père fouetteur.

Messieurs Labrouste et Guérard ont eu l'honneur de chercher, les premiers, à remédier aux vices de l'internat, au moins pour les jeunes élèves, en créant en pleine campagne, dans la banlieue, à Fontenay-aux-Roses, un petit collège : Sainte-Barbe des Champs. où ils respireraient le grand air, au milieu d'un parc sous une discipline moins tracassière. Leur tentative réussit à ce point que le gouvernement l'imita en fondant à son tour le lycée de Vanves, à l'origine, succursale du lycée Louis le Grand. Avec la décadence de l'internat ces essais sombrèrent.

Pendant nos études classiques, le Panthéon fut rendu au culte et nous nous rappelons avoir suivi, de nos salles d'études, non sans curiosité, les ouvriers chargés de la périlleuse mission de rétablir la croix en haut de l'édifice. Il est de nouveau revenu à sa destination laïque de Campo Santo des grands hommes.

Napoléon III voulait s'appuyer sur l'Eglise, et tout en l'asservissant aux intérêts de sa dynastie, manifestait son respect pour elle. Il ne négligeait pas de demander aux autres cultes reconnus, la même déférence. En toute occasion, invitation était adressée au clergé de faire chanter le « Te Deum » où figurait le « salvum fac insperatorem ». Dans les temples et les synagogues, les prières étaient accompagnées d'actions de grâce en l'honneur des Souverains.

Le mariage de l'Empereur en 1853, avec son cortège somptueux et les carrosses historiques tout en glaces, mit tout Paris en émoi. Mais la naissance du Prince impérial en 1856 fut pour moi un bien autre événement, à un double point de vue. D'abord, on distribua dans les classes de petites médailles d'argent à l'image du nouveau-né. — Puis, ce qui fut moins divertissant, on nous fit composer une pièce de vers latin à l'occasion du baptême. Le sujet à traiter commençait ainsi : « Dès six heures du matin les cloches « de Notre-Dame sonnaient à toute volée et le canon.. « (tormentum).. tonnait aux Invalides ». C'était sans doute un singulier exercice que celui des vers latins légué à l'Université par les Jésuites, mais il exerçait l'ingéniosité des enfants en leur faisant trouver d'heureuses périphrases et des équivalences pour rendre en une langue morte des idées nouvelles et pour désigner ou décrire des objets que les Romains ne connaissaient pas. Il obligeait à une concision et à une précision de style qui se retrouvaient dans la rédaction en français.

Aux vacances de 1853, mon père me fit faire mon premier voyage. Il m'emmena avec lui en tournée à Lyon

et dans la Bresse. Ce fut pour moi une indicible fête.
Je n'avais jamais dépassé Brunoy. A cette époque,
les communications n'étaient ni rapides, ni commodes.
Le chemin de fer, non achevé, s'arrêtait à Chalon-
sur-Saône. On partait de Paris, en diligence jusqu'à
la gare seulement. Là, on hissait voiture et voyageurs
sur la plate-forme, à l'aide d'une grue après avoir
enlevé les roues. Le tout était pesé pour la perception des frais de transport. A l'arrivée à Chalon on
descendait la diligence par le même moyen et on la
remettait sur roues. Puis on rattelait et on repartait.
Mais nous quittâmes la voie de terre et nous prîmes
le petit bateau à vapeur, les Mouches, qui nous conduisit à Mâcon. Jolie route et intéressante pour un
petit parisien de 13 ans auquel tout paysage était
nouveau. Quel attrait que ce passage à travers la
campagne si riante du Mâconnais, ces petits villages
sur les bords de la Saône et tous ces vignobles de la
plaine et des côteaux. De l'hôtel de l'Europe au bord
même de la rivière, sur le quai, on avait la vue de
l'autre rive du pont et, au bout de celui-ci, du village de Saint-Sorlin. Quand mon père s'y rendait,
il me laissait contempler ce mouvement continuel de
bateaux qu'on chargeait et de camions amenant les
fûts pour être embarqués ! Ce souvenir je l'ai retrouvé
trente ans après en revenant, seul cette fois, à Mâcon.
En entrant au même hôtel, et en revoyant le port, je
reconnus la borne près de laquelle, en 1853, je m'appu-
yais en attendant le retour de mon père. Le lendemain
j'allais faire visite au président du tribunal, M. Leduc,
un vieux magistrat et surtout un magistrat de la
vieille roche, austère, froid et digne, ayant conscience
de sa haute mission de justice, mais simple et bienveillant. En lisant mon nom sur la carte que je lui
avais fait passer, il y retrouva, lui aussi, des souvenirs de jeunesse. Quand j'entrai dans son cabinet,

il me demanda, dès sa première question, si je n'étais
pas de la famille d'un monsieur Lyon Caen, habitant
à Paris, rue Richelieu, 60, alors qu'il faisait son droit
et il me fit un touchant éloge de mes parents. Je ne
pus me contenir et les larmes me mouillant les yeux,
je lui répondis tout haletant. « Remettez-vous, Mon-
« sieur, me dit-il, je comprends votre émotion ». Ce
grand vieillard courtois et cérémonieux m'a laissé
une profonde et respectueuse impression.

De Mâcon nous reprimes les Mouches pour aller
à Lyon. Combien le trajet était plus pittoresque et
le panorama plus grandiose que ceux du chemin de
fer actuel. L'arrivée par l'Ile Barbe est du plus grand
effet. Je ne vois guère que Isola Bella sur le lac majeur,
qui ait excité chez moi une pareille admiration !

Lyon m'intéressa beaucoup. Cette grande ville toute
noire où on n'avait pas encore ouvert les grandes
rues, avec ses beaux édifices de la rue de Lyon et
de la rue de la République, avait plus de caractère.
On constatait de suite la prodigieuse activité
de cette population industrielle rien qu'à voir les
maisons à double issue, permettant de passer sans
détour d'une rue dans l'autre. Il fallait à cause de
cela même se protéger contre les voleurs, et les portes
des appartements étaient toutes munies de judas
grillagés permettant de n'ouvrir qu'après s'être assuré
des bonnes intentions du visiteur.

Le Guignol Lyonnais du Passage de l'Argue était,
après Séraphin, un spectacle très original avec
son Chignol et ses pièces écrites dans l'argot spécial
des canuts de la Croix-Rousse, (elles ont été publiées),
et parmi lesquelles figurent tant de petits actes plein
d'esprit. Le Marchand de cotrets est du Courteline
avant la lettre. Le Déménagement pourrait être signé
de Henry Monnier. Et que de parodies en vers comme

celle de la Dame aux Camélias méritent d'être connues !

Les quais de Saône et du Rhône, avec le panorama unique de Fourvière nous attiraient surtout et la jonction des deux cours d'eau était, dans un autre genre, un spectacle saisissant.

De Lyon, nous nous rendîmes à Bourg, la vieille capitale de la Bresse, encore toute imprégnée de couleur locale. Les femmes portaient toutes le chapeau de dentelle à larges bords et s'élevant en ce haut et singulier cornet d'aspect bizarre sans être disgracieux. Elles se paraient de la chaîne en collier à laquelle comme pendentif, elles attachaient une croix, soit en émail bressan, soit en or ajouré et garni de strass serti de place en place et scintillant au soleil comme des diamants. L'hôtel de France, sa grande salle à manger et la longue table d'hôte traversée au milieu par une colonne autour de laquelle courait une corbeille de fleurs était demeurée telle encore au bout de trente ans lors de mon dernier passage.

La merveille du pays est l'Eglise de Brou, tombeau des ducs de Savoie, élevée en l'honneur du duc Philibert par sa femme. Ses stalles de bois si artistement sculptées de têtes baroques et de sujets souvent peu édifiants suivant la mode ancienne et qui sont uniques ne se reproduisant jamais, les marbres découpés en dentelle comme celles du jubé, le tombeau même du Duc tout en marbre très fouillé sur lequel est couchée la statue du duc, un chef-d'œuvre, avec le levrier étendu à ses pieds ; tout cela exalta mon cerveau d'enfant. L'inscription que sa veuve a fait placer autour du socle et qui retraçait sa douleur :

> Fortune
> infortune
> fort une

n'est jamais sortie de ma mémoire. Elle m'intriguait et je dus me la faire expliquer.

Non loin du faubourg de Brou, se trouvait une poterie d'art célèbre, celle de Madame Bozounet qu'Alexandre Dumas avait visitée et dont il a fait plus tard humoristiquement l'éloge dans un de ses récits de voyage si amusants et dont il avait le secret. On voyait, dans ces ateliers, les potiers pétrissant leur terre et donnant avec une dextérité surprenante la forme au bloc placé sur la plaque tournante sans moule, l'élevant puis l'abaissant en le creusant de leurs mains et en faisant ces vases antiques et ces coupes genre Pompéi, revêtus d'empatements polychromes recherchés des amateurs et des collectionneurs. Je sortis de là stupéfait de l'adresse de ces ouvriers qui, sans outils autres qu'un couteau et un tour, produisaient des œuvres céramiques aussi parfaites.

Une excursion à Ceyzériat me fit connaître cette pittoresque localité. On y est déjà en Suisse, non pas dans la Suisse des Grandes Alpes majestueuses, mais dans un site gracieux, tout vert et tout fleuri, rappelant certains environs de Genève. M. Livet, un vieux chef de division de la Préfecture de l'Ain, nous en fit les honneurs dans une maison de campagne, agrémentée d'un jardin où je fus heureux de cueillir des raisins à la treille, ce que je faisais pour la première fois. Je fus péniblement ému au spectacle nouveau pour moi de ces grosses araignées, à l'affût, au milieu de leurs toiles délicatement tissées, se précipitant cruellement sur les pauvres mouches qui s'y laissaient prendre, leur suçant le sang, puis les enroulant dans un sac qu'elles fabriquaient sous mes yeux et les abandonnant pour retourner à leur poste et guetter de nouvelles victimes. Ce spectacle inconnu m'inspirait un profond dégoût et, malgré mon antipathie pour les mouches, je me laissai aller dans mon indignation jusqu'à détruire les toiles de ces meurtrières.

1853 fut une heureuse année pour l'Opéra-Comique.

Quelle bonne et hilariante soirée que celle où nous
vîmes le Sourd ou l'Auberge pleine du si gracieux et
si mélodieux compositeur Adam, avec les calembours
et les coq-à-l'âne de d'Asnières. Musique pleine d'esprit sur un libretto follement gai, tiré de Desforges,
l'auteur comique du XVIIIᵉ siècle qui lui-même, avait
trouvé son sujet dans le Dictionnaire d'anecdotes. —
La surdité, au théâtre, a toujours été une cause de rires.
Elle produit entre le sourd et ses interlocuteurs des
quiproquos et des surprises irrésistibles. C'est cependant une infirmité qui provoque cette peu charitable
gaieté. Aussi nos auteurs ont souvent, comme dans
l'Auberge pleine, mis en scène de faux sourds. La
raillerie alors n'a plus rien d'inhumain. Les Deux
Sourds de Jules Moinaux ont, bien des années après,
eu aux Variétés, le même succès que la pièce d'Adam.

Les Noces de Jeannette, de Victor Massé eurent, sur
un thème bien différent, un égal succès. La musique
en est pimpante et coquette. Qui n'a conservé dans
l'oreille les principaux motifs qu'on entendait fredon-
ner à la sortie ! Nous nous laissions charmer par ces
airs si doux, si gais, sans bouffonnerie et le sujet,
facile à comprendre, n'était pas de ceux qui fatiguent
l'attention et provoquent de violentes émotions.

La Fanchounette de Clapisson fut aussi un succès.
Musique pimpante, alerte, dans un cadre et avec des
chansons populaires. Qui n'a pas entendu le refrain
joyeux de la chanteuse des rues, héroïne de l'Opéra-
Comique :

> « Ah ! Ah ! la Fanchounette
> « Vous chansounera,
>   « Landérirette !
> « Ah ! Ah ! la Fanchounette
> « Vous chansounera
>   « Landérira ! »

Douce gaieté de nos pères, auxquels il ne fallait ni piment, ni complications !

Il nous faut bien passer du plaisant au sévère pour obéir à la succession de nos souvenirs. Le ministre de l'Instruction publique Fortoul introduisait dans l'enseignement secondaire sa fameuse bifurcation. Les élèves étaient appelés à choisir dès les classes de grammaire, entre l'enseignement des lettres et celui des sciences. En ce temps où l'enseignement dit moderne, sans grec et sans latin, est tant préconisé, surtout par ceux qui n'en ont jamais rien su ; — tels les politiciens ignorants, mais charlatans habiles, qui ont une large influence sur la foule des électeurs et par là, dans les chambres et sur les conseils du gouvernement, — on sera surpris d'apprendre quelles clameurs souleva la réforme. On cria à l'abaissement du niveau des études, à l'atteinte portée aux humanités dans un but politique. On accusait l'Empire de vouloir, comme l'Eglise, éteindre les lumières et favoriser l'ignorance pour dominer et asservir plus facilement les citoyens. C'était, disait-on la lutte contre ce que, il y a quelques années, on appelait, mais avec haine et mépris cette fois, les intellectuels, c'est-à-dire les hommes à l'esprit éclairé, d'examen, qui veulent se rendre compte et ne prendre un parti ou une résolution qu'après une réflexion et une discussion dont ils sont seuls capables. L'avenir a prouvé qu'il ne faut pas attribuer au régime impérial d'aussi noirs et condamnables projets. La troisième République a plus gravement compromis le sort des études classiques. Les classes sont moins fortes si le nombre de ceux qui prennent des titres universitaires est plus grand. On peut prévoir à bref délai la suppression de l'étude des langues mortes que la bifurcation respectait encore sous prétexte qu'elles sont inutiles à la connaissance du français ! Les idées égalitaires qui règnent et qu'en

1848 on comparait si volontiers au lit de Procuste
vont plus loin. Elles tuent l'émulation : on n'a
parlé de rien moins que de supprimer les prix, et
surtout les distributions glorieuses pour les lauréats,
humiliantes pour les fruits secs. N'est-ce pas le
même sentiment égalitaire, qui, dans l'industrie, voudrait rendre uniformes les salaires des bons et des
mauvais ouvriers et des fonctionnaires dans les carrières de l'Etat, comme les Postes et les Télégraphes,
qui a produit les désordres affligeants que chaque
jour révèle ?

La suppression du concours général et de l'imposante cérémonie de la distribution des prix que présidait le Ministre, entouré des hauts fonctionnaires
et des illustrations de la France, est un des signes
manifestes du mauvais esprit que je viens d'indiquer.
Le concours donnait lieu, comme toute institution
humaine, à quelques abus. Certains pensionnats, dans
un but de réclame, chauffaient à blanc certains enfants
prodiges qu'ils spécialisaient et dressaient en vue
d'obtenir des prix dans une faculté spéciale et qu'on
appelait des « *bêtes à concours* », — moins bêtes après tout,
qu'on ne le dit car, parmi les lauréats, que de noms
plus tard célèbres, soit parmi les écrivains, soit parmi
les savants !

Au cours de cette publication il est question de
rétablir le concours en le modifiant.

1854 fut surtout marqué au point de vue du
théâtre, par une série de succès pour Madame Emile
de Girardin, Delphine Gay, la Muse, comme l'appelaient les journaux, la chroniqueuse connue sous le
pseudonyme de vicomte de Launay. Elle était incontes-
tablement une femme d'esprit. N'a-t-elle pas été sur-
faite ? Souvent, dans les lettres et dans les arts, les
femmes réussissent par leur charme personnel, à côté
de leur talent. Vieillissent-elles ? leur notoriété dé-

croît, leurs succès s'évanouissent. Il n'y a d'exception
que pour quelques femmes de génie. La plupart des
œuvres de Madame de Girardin sont tombées dans
l'oubli et quand on a la curiosité de les relire, on ne
comprend guère l'enthousiasme de ses contemporains. Pour le comprendre, il faut la revoir, avec
son profil gracieux, sa chevelure blonde, dans une de
ces loges de théâtre où son apparition provoquait
tant de chaleureuses acclamations. Ses œuvres, en
général médiocres ou démodées, semblent vieillottes.
Mais il faut faire exception pour les deux comédies
de cette année là : la Joie fait peur, à la Comédie-
Française et le Chapeau d'un horloger, au Gymnase,
sont restés au répertoire dont ils font définitivement
partie. — La Joie fait peur est bien une œuvre féminine par la délicatesse des sentiments et la sensibilité.
Je me souviens de l'émouvant jeu de scène du vieux
domestique Noël, représenté par le grand acteur Régnier. On pleurait en assistant aux précautions prises
pour préparer une mère au retour imprévu d'un fils
disparu et lui éviter le saisissement dangereux d'une
joie subite. — On riait follement au contraire, au
chapeau d'un horloger où, comme le titre le fait
comprendre, un chapeau est tout le nœud de l'intrigue
si fragile et si menue, mais les quiproquos sont si drôles
qu'on s'amusait de bon cœur, ce qui fit le succès
de la pièce.

1855-1856 ! années de guerre et d'exposition universelle.

Notre génération avait connu la révolution et la
guerre civile. Elle n'avait pas subi les anxiétés de la
guerre étrangère, mais j'en avais entendu longuement
parler par mon père qui, né en 1796, avait le souvenir
des batailles du premier empire et des deux invasions.
Il avait, comme les hommes de son époque, gardé la
pénible mémoire de 1814, de 1815 et de l'humi-

liation que nous avaient fait subir les Anglais, les
Prussiens, les Autrichiens et les Russes. Que de fois
il me disait avoir vu les cosaques campés aux Champs-
Elysées et leurs chevaux rongeant l'écorce des plus
beaux arbres. On était très patriote alors et on allait
même jusqu'au chauvinisme. Tous les soirs on nous
conduisait Place Vendôme, écouter la retraite exé-
cutée par les musiques de tous les corps de la garde
impériale et suivre les musiciens lorsque, après avoir
joué, ils descendaient la rue de Castiglione jusqu'au
jardin des Tuileries où ils se disloquaient pour rega-
gner leurs casernes respectives. Nous allions, comme
en pèlerinage, une fois par an déjeuner au restaurant
du Père Lathuille, avenue de Clichy, et manger pieu-
sement le poulet réputé de la maison et l'énorme
omelette soufflée non moins célèbre, en souvenir de
l'acte méritoire du fondateur qui, ayant l'honneur
d'abriter le quartier général du maréchal Moncey,
avait, à l'approche des alliés, libéralement ouvert
ses caves à nos soldats, ne voulant pas que son vin
fût bu par l'ennemi. La maison a disparu depuis plusieurs années et aussi le tableau qui, au rez-de-chaussée, perpétuait le souvenir de l'héroïque défense de
1814.

Les traités de 1815 étaient restés pour les survivants, une honte nationale et l'espoir de les voir
déchirer par Louis-Napoléon avait été un des facteurs
de son élection à la Présidence, puis de la restauration
de l'Empire.

L'expédition de Crimée en 1855, fut la réalisation
de ces espérances. Elle fut saluée par tous comme un
acte courageux de relèvement national. Napoléon III
allié avec l'Angleterre, déclarait la guerre à la Russie
et accourait au secours de la Turquie. C'était, conformément à la politique impériale, la protection du
faible contre l'ours menaçant. Une carte caricaturale

du temps représente les états d'Europe sous figures d'animaux suivant assez fidèlement leurs formes géographiques : l'Angleterre est un lion, la France est un aigle, la Russie, un ours, l'Italie, une biche traînant le boulet qu'est la Sicile, allusion à la domination autrichienne. Les enfants s'occupaient à noter sur de vraies cartes, avec des épingles de couleurs différentes et de petits drapeaux des pays belligérants, les positions et les marches des armées.

Cette guerre lointaine n'avait pas modifié la physionomie de Paris. C'était la même animation sur les boulevards, les mêmes fêtes mondaines et la même affluence dans les théâtres.

L'exposition universelle attirait une foule internationale qui, pour n'être comparable ni à celle de 1867 ni à celles de 1889 et de 1900, n'en était pas moins considérable. Nos amis les Anglais, étaient surtout en nombre et la visite de la Reine Victoria avait amené une recrudescence de ses sujets. Bien modeste cependant, cette exposition, réplique de celle du Palais de Cristal de Londres ! L'édifice, aujourd'hui démoli pour faire place au grand et au petit palais, avait pourtant son caractère, avec le superbe fronton qui le surmontait et qu'on peut voir encore dans le parc de St-Cloud où il a été déposé. Il bordait les Champs-Elysées et ajoutait à l'aspect monumental de l'Avenue. On lui a reproché de tourner le dos à la Seine et d'en masquer la vue. On a voulu rendre au fleuve un hommage et faire œuvre d'esthétique en perçant l'Avenue Alexandre III sur laquelle s'élèvent de chaque côté, les palais nouveaux, et qui est reliée à l'Ecole Militaire par le pont tout doré qui y fait suite. Il en résulte deux prospects qui se nuisent s'il est vrai qu'en architecture comme en peinture et dans les lettres l'unité soit un élément essentiel de composition. On a d'un côté, cette unique perspective du Louvre à la Place de l'Etoile, brusquement coupée par l'autre avenue et il faut regarder des deux côtés au lieu de n'avoir à fixer son attention que sur les Champs-Elysées. Nous ne parlons pas du dangereux courant d'air créé par cette percée et évité par notre ancien Palais de l'Industrie, si commode pour ses destinations diverses, avec sa forme de gare moins artistique que les deux Palais, mais que l'Empereur aimait pour son confortable.

Les victoires de notre armée en 1856 et le traité de Paris auquel elles aboutirent, portèrent au plus haut degré le prestige impérial. Les affaires commerciales et industrielles prospéraient de plus en plus. Le libre échange n'était pas encore venu brusquement atteindre la métallurgie.

L'introduction en France de la mode des courses de chevaux, auparavant confinées au Champ de Mars, sans paris populaires, sans pelouses et sans affluence de daumonts, de mail-coachs et de breaks, développa le luxe des voitures et aussi des toilettes féminines exhibées à l'enceinte du pesage. Les carrossiers firent fortune. — Qui ne se rappelle ce retour du Bois de Boulogne jadis en friche, broussailleux, à l'herbe drue et jamais coupée, sans gazon et sans fleurs, devenu, grâce aux féeries du maître jardinier Alphand, un parc sans pareil avec ses deux lacs artificiels, tour, de force de l'hydraulique ? Toutes ces voitures princières, celles de la cour, des ambassadeurs comme Metternich, du duc de Brunswich, grotesque sous son fard dans son équipage trop jaune, de la Païva, de la Barucei, d'Anna Delion et Cora Peart et de toutes ces demi-mondaines trop admirées en ce temps-là, descendaient, puis remontaient les Champs-Elysées qui étaient encore ce qu'est devenue depuis l'Allée des Accacias.

Alexandre Dumas père et son fils, Emile Augier,

Ponsard, Labiche, Scribe et tant d'autres hommes d'esprit régnaient au théâtre.

Au Corps législatif, l'opposition ne se montrait encore que timidement. Elle était représentée par les cinq seulement : Jules Favre, Ernest Picard, Hénon, Darimon et Emile Olivier qui, éloquents, courageux, infatigables, étaient sans cesse sur la brèche, parlant de leurs places, car il n'y avait pas de tribune. Les débats parlementaires étaient portés à la connaissance du public par des comptes-rendus officiels et très résumés, où on ne pouvait pas lire les discours prononcés. Dans la presse, les mesures de protection du gouvernement étaient des plus sévères. La création d'un journal était soumise à l'autorisation préalable. L'histoire d'une demande afin d'autorisation du journaliste Leymarie, précédée d'une préface du comte d'Haussonville est un spécimen instructif du bon ton dans l'ironie et la causticité, de mesure dans l'épigramme et la satire qui régissaient alors les discussions les plus vives de la politique. — Le journal créé, autorisé était soumis aux rectifications sous forme de communiqués, aux avertissements, à la suspension ou même à la suppression. Ces peines disciplinaires n'empêchaient pas les poursuites devant les tribunaux correctionnels, car l'Empire, se défiant du jury, lui avait enlevé la connaissance des procès de presse, avec une sagesse et une expérience que notre république a dû souvent regretter de n'avoir point imitées.

Dans l'enseignement supérieur, l'assujettissement au serment imposait la prudence et la réserve du langage aux maîtres les plus frondeurs ; cependant ils furent moins inquiétés qu'à l'heure actuelle. On vit bien peu de mesures violentes contre eux et on supportait la critique, pouvu qu'elle fût spirituelle et courtoise. Telle était celle qu'on entendait aux cours de Saint-Marc Girardin. Son orléanisme connu, proclamé dans

ses « Souvenirs d'un journaliste », en 1859, ne le fit
nullement molester. Il attirait un très nombreux
auditoire friand de ses allusions piquantes et de ses
fines railleries qu'il décochait au régime impérial dans
un cours de littérature dramatique ! Grand, au visage
imposant, correct, en une tenue de doctrinaire, revêtu
d'une longue redingote noire, en cravate blanche,
haute, à la mode de jadis, sans autre barbe qu'une
« patte de lièvre » en haut des joues, l'œil vif, ardent,
malin, la voix chaude, vibrante, portant jusqu'au
haut de l'amphithéâtre, il incarnait le journal des
Débats et la bourgeoisie conservatrice de 1830. — La
jeunesse des écoles non encore sortie de son accalmie,
ne manifestait son libéralisme que par une bruyante
protestation contre la théorie des deux morales au
cours de Nisard.

L'enseignement secondaire, peu exposé aux tentations de la popularité que crée la politique, restait
renfermé dans son rôle d'éducateur. On tenait dans
les lycées à ses vieilles traditions et à ses anciens
usages. — Nos professeurs de Louis le Grand, toujours
en robe, inspiraient en ce costume une considération
qui ne s'attache pas toujours à leurs successeurs en
vestons. L'éclat donné aux places de premier et de
second par les deux petites chaires placées à droite et
à gauche de celle du maître et auxquelles aboutis-
saient les bancs d'honneur rendait plus envié le succès
aux compositions. Le confort ne régnait pas toujours
en ces vieilles salles, où nous devions encore écrire
sur nos genoux.

Un des professeurs qui représentaient le mieux la
vieille université était, pour nous, l'historien Casimir
Gaillardin, très catholique, ami des Trappistes qu'il
allait souvent visiter et dont il parlait en termes
touchants. Il s'avisa un jour d'expliquer en termes
trop bienveillants la Saint-Barthélemy, qu'il excusait

par un prétendu complot des huguenots qu'elle avait
déjoué. Il est vrai que les ligueurs et les hérétiques
n'avaient rien à s'envier. La fureur homicide et des-
tructive était égale dans les deux partis. On trouve
en France nombre d'églises détruites par les protestants. Les ruines de celle de Larchant non loin de
Fontainebleau en témoigne. Talleyrand disait vrai
lorsque il s'écriait de son ton sardonique dans un
salon où on constatait l'adoucissement des mœurs
et la fin des guerres civiles : « Il n'y a plus de religion ! »
Malheureusement il reste la politique ! — L'indulgence
de Gaillardin pour le massacre du 23 août 1572 indi-
gna les protestants de la classe et de Bussières, de
Vivès accompagnés de quelques camarades sortirent
avec fracas en guise de protestation. Gaillardin en
demeura tout penaud et ne songea même pas à punir
car il était excellent homme au fond, avec sa puissante
carrure, sa belle et forte tête toute encadrée d'un
collier de barbe, sa voix puissante. Ses cours étaient
intéressants. Il savait écrire et obtint à l'Académie
française le grand prix Gobert pour sa belle histoire
du siècle de Louis XIV. — Les deux professeurs de
rhétorique latine et française. Glachant : — très mondain dans sa tenue, n'ayant rien du cuistre, élégant
dans ses leçons comme de sa personne, grand et bien
pris, était un latiniste convaincu. La rhétorique comprenait comme aujourd'hui encore, des nouveaux et
des vétérans, parmi lesquels beaucoup se destinaient
à l'Ecole Normale. On ne se préparait guère à la
licence, examen difficile, sévère, que n'affrontaient
pas les médiocres. Le maître nous stimulait par des
marques de satisfaction pleines de candeur aux
« Verum enim vero » et aux « Eheu ! Patres cons-
cripti » dont nous émaillions nos discours. — Le
professeur de littérature française, Eugène Talbot,
était tout différent. Moins bien doué physiquement,

au visage un peu simiesque, mais pétillant de malice
et d'esprit, affectueux et dévoué pour ses élèves, il
avait l'esprit plus large et plus moderne. Un peu
sceptique, très lettré, ayant une égale connaissance
des classiques grecs latins et français et du romantisme
encore en vogue, il publiait beaucoup. Sa traduction
des œuvres de Lucien est restée et les « dialogues des
courtisanes » n'ont jamais été mieux rendus en français. Sans pruderie, mais avec tact et bonhommie,
il cherchait à intéresser et à amuser, le cas échéant,
son auditoire. Je me souviens de la bonne après-midi
que j'ai passée, la veille des vacances, où, pour nous
laisser emporter, sinon un regret, du moins un plus
gai souvenir de la classe, il nous lisait — comme il
savait lire — l'amusant vaudeville : *Bruno le fileur*
et la célèbre parodie d'Hernani de Duvert : *Harnali
ou la contrainte par cor.* — L'intérieur de M. Talbot
était charmant et ceux qui ont eu le bonheur d'y
être admis, se rappellent avec plaisir Madame Talbot,
si aimable et d'une si gracieuse conversation, ainsi
que ses filles, dont l'une est devenue depuis la femme
d'un de ses élèves, Delaroche Vernet. — Excellent
Monsieur Talbot ! Avec quelle joie réciproque nous
nous retrouvâmes en 1891 à la distribution des prix
du lycée Condorcet où il avait été transféré ! Il vibrait
en lisant le palmarès et en proclamant le nom de
mon fils, du fils de son ancien disciple de Louis le
Grand. Il avait peu changé. Sa chevelure même
n'avait pas blanchi. Il savait y remédier « et réparer des ans l'irréparable outrage ». Souvent il m'avait
conté qu'il était fils d'un coiffeur de Chartres.

Il faut dire aussi un mot de notre éminent professeur d'histoire naturelle, Focillon, un des pères et
des apôtres de la pisciculture, éloquent et charmeur,
qui dédaignait peut-être un peu trop son rôle péda-
gogique. On a malignement prétendu que peu appré-

ciateur des connaissances scientifiques de ses élèves
de la section littéraire, il ne lisait pas nos compositions, mais les classait au poids, suivant le nombre
des pages.

Le professeur des sciences physiques, Privat-Des-
chanel, plus tard proviseur du lycée de Vanves, était
un maître des plus consciencieux et qui jamais ne
sacrifiait à la fantaisie. Il avait une bonté très avisée et,
sans grande sévérité, n'admettait pas les distractions
et les causeries pendant ses classes. Il avait le pensum
facile et qui consistait à faire copier des pages du traité
de chimie de Boutet de Monvel. Les coupables avaient
ainsi l'occasion de lire et d'apprendre ce qu'ils n'avaient
pas écouté. Un incident comique me revient en mémoire à ce sujet. Nous le rencontrâmes un jour, vers
1864, au Palais de justice. Il était juré et cherchait
la Cour d'assises. Il voulait voir l'avocat général et
le prier de le récuser. Passe mon ancien camarade
Lascoux, alors juge suppléant. Je les mets en présence et il demande à ce dernier de l'appuyer
près de son collègue de la cour. « Ah ! non » lui répond Lacoux, en affectant un grand sérieux « Vous
m'avez assez fait copier de Boutet de Monvel ! A
vous de faire votre pensum de juré ». Puis riant et
lui tendant la main il lui fit rendre sa liberté.

La fin de l'année 1856-1857 fut aussi celle de mes
études classiques. Le baccalauréat était, plus que
celui d'aujourd'hui, une véritable loterie, car on avait
imaginé de numéroter toutes les questions du programme et le secrétaire de la faculté, l'aimable Géru-
zez, père de notre ami le dessinateur Crafty, tirait
religieusement de l'urne le numéro afférent au candidat.

Certains des membres du jury d'examen ont laissé
une durable trace de leurs fonctions. En première ligne,
le savant M. Hase, examinateur pour le grec. Il était

un de ces nombreux étrangers, érudits, archéologues,
numismates ou linguistes, acclimatés et naturalisés
en France. Il cumulait les fonctions et occupait les
postes les plus enviés. Doté d'un petit hôtel de la
rue Colbert, son accent saxon, son originalité, son
étourderie surtout et ses distractions lui procuraient
parfois un succès de fou rire. Ses erreurs étaient
bouffonnes. Ne s'imagina-t-il pas un jour, ayant
fait passer un examen à un candidat qu'il avait
reçu, de faire rappeler son nom par l'appariteur et de
vouloir lui faire de nouveau subir l'épreuve qui venait
d'être terminée ?

Moins tendre et beaucoup plus redouté était le
mathématicien Lefébure de Fourcy, parlant peu, sec
et dur, à la note impitoyable surtout pour les élèves
de lettres qu'il considérait comme des ignorants.

Comment je fus reçu ? par un heureux hasard. La
composition latine portait sur « les villes qui ont le
« plus courageusement résisté à César, d'après son
« propre témoignage dans ses Commentaires ». Nous
n'avions le droit d'avoir près de nous que le dictionnaire latin-français. Bon Jules Quicherat ! Tu vins à
mon secours ! Je cherchai dans son lexique des noms
propres et notai soigneusement les villes de Gaule
dont quelques-unes me firent remémorer les épisodes
oubliés. Pour les autres, j'inventai avec impudence.
Et le lendemain, dans la cour de la Sorbonne, je pus
voir mon nom inscrit sur la liste des admissibles
affichée dans un tableau, sous un grillage. Je passai
l'examen oral et grâce à cet excellent Hase qui me
mit une bonne note pour avoir traduit « Οι ευυχνεμιδεσ
Αχαιοι » par les Grecs à la belle aigrette quand
il s'agit des grecs aux belles bottes, je conquis ma
liberté ! Je cessai d'être collégien, barbiste et interne ; j'allai habiter chez mes parents, 22, rue Saint-
Marc. Mon père avait acquis en 1846, la maison qui

datait du XVIIIe siècle et remontait même au règne
de Louis XV. Auguste Vitu, dans son livre si plein de
recherches sur la rue Richelieu et la maison mortuaire
de Molière, signale la porte de bois sculpté comme
très curieuse. Elle disparut lors des travaux que mon
père y fit exécuter et fut remplacée par une porte
neuve au goût de l'époque : à claire-voie, avec ornements de fonte ajourés.

Mon père me raconta combien il avait été heureux
de devenir propriétaire foncier, pour être électeur sous
le régime censitaire. Son vendeur était le notaire Culhat
Coreilk. Elle était placée entre deux autres études
notariales, celle de Fould et celle de Galin. En face la
maison appartenant à un quatrième notaire : Sorbet.
Au numéro 14 se trouvait l'hôtel d'Ernest Legouvé,
dont il a dit l'histoire dans ses souvenirs. Au numéro
21, étaient les magasins du tailleur fashionnable Blin,
qui tenait avec Laurent Richard, Renard et Breton-
ville, la tête de la corporation. C'était la partie élégante et riche de la rue, entre celle Vivienne et celle
Richelieu. Elle était habitée par les notaires en des
hôtels dont la porte cochère s'ouvrait seulement pour
laisser passer leurs équipages et par des fournisseurs
en renom. Elle est devenue aujourd'hui semblable
aux rues du Marais. On y voit des camions et ce qui
est pire, des plateaux automobiles portant les bobines
de papiers aux journaux qui en ont fait une rue du
Croissant ou une rue Saint-Joseph, encombrée par
les camelots et les typographes, avec des bars, des
marchands de vins et de petit-noir ? O tempora !

Sont-ce les préoccupations personnelles qui dominaient les événements et m'en ont fait perdre la mémoire, je n'ai guère rien retenu du mouvement théâ-
tral en 1857 qui soit digne d'être rappelé. Je me souviens seulement avoir assisté au théâtre du Palais
Royal à la représentation d'un acte désopilant qui

eut une série incalculable de représentations et est encore reprise de temps à autre : l'Affaire de la rue de l'Oursine, de Labiche. Certes, la pièce qui appartient au genre des comédies à quiproquos n'a pas la profondeur d'observation, la finesse et même la philosophie du Misanthrope et l'Auvergnat. Le thème très simple, mais très invraisemblable, rappelle de loin une nouvelle d'Edgard Poë, réduite et dépouillée de toutes ses complications. C'était une drôlerie jouée avec un brio endiablé. Nous aurons occasion de reparler de Labiche.

Je dirai comment ma « vocation pour le droit » s'était révélée tout à coup et pour une cause bien futile, mais surtout la plupart de mes camarades de Sainte-Barbe, dans la section des lettres, m'avaient donné l'exemple. Les jeunes gens sont souvent guidés dans le choix de leurs carrières par des raisons qui n'ont rien à voir avec la raison. Je n'étais jamais entré au Palais de justice et ne pouvais savoir si j'aurais du goût pour mes nouvelles études, pour les fonctions de magistrat, d'avoué ou de notaire, ni surtout pour la parole en public. Personne dans ma famille n'avait porté la robe. Toutes sortes d'obstacles allaient se dresser sur ma route.

D'abord le préjugé qu'a exploité Drumont mais qu'il n'a pas inventé. Peu de juifs avaient encore abordé la carrière judiciaire ou notariale où les vestiges de l'ancien régime, l'esprit de caste, les traditions bourgeoises sont si enracinés. M. Hébert, mon patron de 1864, me racontait lui-même un fait très significatif. Louis-Philippe avait résisté à faire passer comme substitut du procureur général près la Cour Royale, M. Anspach, alors substitut au tribunal, déclarant qu'il ne pouvait nommer un juif à l'ancien parlement de Paris. Il fallut que M. Hébert, alors garde des sceaux, insistât en faisant remarquer que du moment où M. Anspach avait été admis dans la magistrature, faisait partie du tribunal de première instance, il serait injuste de lui refuser un avancement auquel il avait droit alors qu'il n'avait pas démérité.

Au barreau et dans la compagnie des agréés, deux juifs étaient parvenus au premier rang par leur talent reconnu des justiciables, mais leurs confrères ne leur rendirent pas de leur vivant, la justice dont ils étaient dignes. Schayé était l'objet de quolibets qu'il se plaisait à rétorquer avec sa verve connue. Un agréé l'aborde en lui disant à propos d'un vol scandaleux : « Tu as vu, Schayé, ton coréligionnaire qui vient « d'être condamné à la prison ». — « As-tu lu, riposta « Schayé, en faisant allusion à un assassinat mons- « trueux et récent, la condamnation du tien à la « peine de mort et qui a été guillotiné ? » Crémieux, loué après sa mort par tant d'avocats connus, et à la conférence des avocats elle-même, ne put jamais être bâtonnier et ne parvint à forcer les portes du conseil qu'après de nombreux ballottages et avec une faible majorité.

Cela n'a guère changé, si même la bêtise et la méchanceté humaine n'ont pas encore grandi dans un monde qui est celui de la justice, de l'impartialité et qui se pique d'intelligence supérieure et de sentiments élevés et généreux !

J'ignorais tout cela. Ce fut une visite chez mon bon et fidèle ami, Paul Flandin, camarade de Sainte-Barbe, qui amorça ma préférence pour la carrière dite de robe. Son père, conseiller à la cour impériale, demeurait rue Garancière, proche la place Saint-Sulpice, dans un vieil hôtel. Le jour où je me présentai, il était tout à son important traité de la transcription. La loi du 23 mars 1855 était toute nouvelle et il en écrivait le premier commentaire. Je le trouvai revêtu d'une confortable robe de chambre, coiffé d'une ca-

lotte grecque, dans un costume que Daumier, Gavarni
et Henry Monnier ont tant de fois fait endosser à
leurs bourgeois de 1840 à 1860. Il travaillait dans un
petit kiosque au fond de son jardin, entouré des
recueils in-folio de Dalloz et de Sirey. Je crus ingénûment que telle était la vie des gens de Palais et
je me voyais déjà paisible et sans souci, en une semblable demeure et en un tel accoutrement, au milieu
de livres imposants et d'une bienfaisante tranquillité.

En 1857, au mois de novembre, je faisais mon
entrée à la Faculté de droit. L'école de droit avait
conservé son vénérable aspect, avec son grand amphithéâtre du rez-de-chaussée où, comme à Louis le
Grand, on écrivait sur ses genoux. Un bâtiment nouveau et un autre amphithéâtre plus vaste, mieux
éclairé, mais aussi peu commode, venaient d'y être ajou-
tés. Les professeurs les plus anciens habitaient soit un
pavillon spécial avec jardinet, soit comme Bugnet,
le rez-de-chaussée, Giraud, l'inspecteur général, le premier, à l'Ecole même. Le second était occupé par le
doyen Pellat, le romaniste éminent, auteur d'un recueil de textes en tête duquel il prenait le titre de :
« in Parisiensi facultate professor et decanus ». Le
livre était publié : « Apud Plon fratres, bibliopolas,
via dicta Garancière ! » Que cela est donc loin de
nous ! Pellat vieux, presque aphone, ne se faisait
guère entendre des étudiants placés au fond de l'hé-
micycle. Notre professeur de droit civil, « de code
Napoléon », Péreyve n'était guère plus vaillant ni
plus jeune. Il était agité d'un tremblement sénile si
prononcé que quand il ouvrait son code on voyait
remuer le volume et s'agiter les pages qu'il feuilletait.
Aussi, souvent, les bancs demeuraient vides, les étudiants préférant les traités et les manuels, à l'enseignement oral d'aussi caducs orateurs. Cet abandon
de la salle des cours qui lui donnait l'aspect d'une

vaste solitude, préoccupa un beau jour l'administration.
On voulut forcer les étudiants à plus d'assiduité. Le
moyen imaginé fut singulier. Avec une candeur dé-
concertante, on afficha qu'il serait procédé aux leçons
suivantes à un appel nominal en adoptant l'ordre
alphabétique avec visa des cartes des élèves en commençant pour le premier jour par ceux dont les noms
commençaient par A et ce jusqu'à D ; pour le second
jour d'E à G et ainsi de suite pour les jours suivants.
Il en résulta que les manquants avertis se présen-
tèrent, mais au cours seulement où ils étaient appelés
et s'esquivèrent ensuite comme par le passé. Il en résulta aussi qu'il y avait pléthore d'assistants lorsqu'on
appelait certaines lettres comme D, L, M, tandis que
personne ne venait et la salle était veuve d'élèves
quand survenait le tour des lettres moins favorisées :
I, K, U, X, Y, Z.

Le cours de droit commercial de Bravard-Veyrières
était plus fréquenté. Ce maître, doublé d'un homme du
monde, — on dirait même aujourd'hui d'un « sports-
man » — mais le nom n'était pas encore importé
d'Angleterre — avait, pour le droit romain, un dédain
affiché. Il avait fait courir un cheval baptisé irrévérencieusement : Corpus Juris, au grand scandale
de ses collègues des Institutes.

Ortolan, le professeur de droit pénal, sacrifiait aux
lettres. Son cours et son traité étaient trop empha-
tiques, mais avaient une ampleur et un tour moins
technique qui séduisaient les jeunes étudiants en leur
dissimulant la sécheresse et l'aridité du droit. On n'a
jamais écrit sur les Institutes un livre supérieur au
sien. Il avait quelque prétention poétique et son
recueil « les Enfantines », dédié à son petit-fils, M. Gaston Bonnier, n'est pas sans mérite. — M. Bonnier
père, gendre d'Ortolan aussi professeur de droit pénal qu'il enseignait pendant six mois, chaque année,

les six autres étant consacrés à la Procédure civile,
sous une forme concise et résumée, fut un excellent
maître. Tandis que son beau-père s'adressait surtout
aux candidats à la licence, il avait pour auditeurs
principaux les clercs d'huissiers ou d'avoués, non
bacheliers, qui faisaient une année d'études seulement pour obtenir le « brevet de capacité ».

Les deux professeurs « civilistes » les plus en renom
étaient Valette et Bugnet. — Bugnet attirait la foule
à son cours de code Napoléon. C'était un simplifi-
cateur dont l'enseignement très élémentaire, rudi-
mentaire souvent, répondait bien au désir de la majorité des étudiants, souhaitant surtout d'obtenir leur
diplôme. Il était petit, trapu, d'allures et de mœurs
paysannes. Que de fois, le matin, nous le voyions,
sortant en robe de l'Ecole, pour conduire jusqu'à
son fiacre sa bonne partant pour la Franche-Comté
et qu'il embrassait sans façon rue Soufflot — Valette, un
des plus grands jurisconsultes du 19e siècle, ancien représentant du peuple en 1848, demandant à être incar-
céré, lors du Coup d'Etat, en sa qualité de professeur de
droit, avait peu de monde à son cours trop savant,
trop détaillé, pour les moins laborieux. Grand, mince,
aux larges favoris qui lui donnaient un air magistral,
toujours vêtu de noir, avec son chapeau gibus de mé-
rinos, on le rencontrait partout, familier, recherchant
la conversation avec les plus humbles : les cochers
surtout, auxquels, en sa qualité de membre de la
société protectrice des animaux, il demandait aux
stations de voitures des renseignements sur leurs
chevaux tout en tailladant les arbres de son canif
habituel, sous les regards inquiets du surveillant. Sa
naïveté égalait sa science. On contait, qu'apercevant
dans une cage suspendue à la boutique d'un savetier
une pie affligée d'un kyste volumineux, il entra, et
prôna une opération très facile, affirmait-il, qu'il

offrit de faire de suite lui-même avec un couteau...
et l'oiseau mourut immédiatement après l'avoir subie.

Bugnet et Valette ! c'étaient l'Hippocrate et le
Galien de l'Ecole de droit. « Hippocrate dit oui, mais
Galien dit non » ! Il serait difficile de trouver une
question sur laquelle ils fussent d'accord. Il n'y avait
de leur part aucun parti pris, surtout à l'origine.
Leurs tournures d'esprit étaient différentes et leurs
procédés d'interprétation opposés. Ils ne cherchaient
pas malice dans leur perpétuelle contradiction qui
mettait parfois les candidats en posture délicate aux
examens où l'on reconnaissait facilement les élèves
du concurrent.

Le chemin de la rue Saint-Marc à l'Ecole de droit
manquait d'élégance et de propreté à partir de la
voûte d'entrée de la rue Mazarine. Le passage Saint-
André des Arts surtout, si mal pavé, était lugubre,
obscur, flanqué de vieilles maisons délabrées. La
seule boutique très fréquentée et moins misérable
était celle d'un cabinet de lecture très connu. — D'un
autre côté les rues de la Harpe, de la Sorbonne et,
plus haut de petites rues fétides comme la rue des
Grès, la rue des Poitevins, la rue Cujas, la rue Ste-
Geneviève, tristes avec le mur du lycée St-Louis et
leurs vieilles masures. Les hôtels d'étudiants, sales,
puants, aux chambres mal tenues, aux meubles ver-
moulus, incomplets et tachés n'étaient pas trop en
désaccord avec la tenue et les vêtements de leurs
habitants dont beaucoup vivaient encore de la pension légendaire de 100 francs par mois, servie par des
parents de province au prix de grands sacrifices et
qui grevaient lourdement leurs budgets dans l'espoir
fréquemment déçu que leurs fils deviendraient un
jour des Pothier ou des Dupin. Les lettres de Gambetta donnent une fidèle idée des illusions de ces
parents et de leur naïveté. Gambetta n'écrit-il pas

à son père qu'il a été refusé à un examen parce que ses examinateurs et lui avaient été en désaccord d'opinion sur la question qui lui avait été posée ?

La vie de l'étudiant habitant comme moi en famille était plus isolée. On se retrouvait moins avec ses camarades et la dissemblance des habitudes journalières faisait de moi ce qu'était un externe au regard des internes au collège. Moins d'épanchements, parce que on ne vivait pas ensemble, parce qu'on n'avait pas les mêmes plaisirs ni les mêmes préoccupations. Ce fut encore une désillusion, puisqu'une des attractions qui m'avaient fait choisir la carrière du droit était cette promiscuité constante avec mes anciens amis du collège.

La « vache enragée » que mangeaient en commun tous ces jeunes gens toujours ensemble aux cours et ailleurs, créait entre eux une camaraderie et une solidarité qui plus tard, dans leurs carrières, leur servirent beaucoup. Si rien ne provoque les réunions et les fêtes comme la fortune, rien ne rapproche et n'unit comme la pauvreté et les difficultés de l'existence. Beaucoup de ces étudiants, parvenus aux plus hautes situations, se rappelaient leurs anciens commensaux et condisciples de jadis, et leur tendirent la main pour les faire « arriver ». On dînait pour 80 centimes chez Flicoteau. X. On dînait pour un franc en des pensions comme celle de Laveur où tant d'hommes devenus célèbres avaient jadis pris leur frugal repas.

Les distractions du soir, dans les cafés à billard ou « estaminets », dans le bal du Prado, juste en face du Palais de Justice l'hiver, et à la Closerie des Lilas ou bal Ballier, l'été, dans quelques cafés-concerts, bien nommés beuglants, comme celui de la rue Contrescarpe-Dauphine, ne constituaient pas des amusements de choix !

7

Le restaurant Foyot, avec ses box du rez-de-chaussée sur la rue de Tournon, et surtout Magny, célèbre par sa bonne chère et sa cave de vin généreux fournissaient, les jours de thèses, des agapes, exceptionnelles aux licenciés et aux docteurs en droit ou en médecine.

Telle était — en raccourci — le côté avouable de la vie des débutants dans la carrière de d'Aguesseau et d'Ambroise Paré. Il y avait tout de même loin de cette existence au confortable que j'avais rêvé !

IV

1857-1863

Le bâtonnier Liouville et la Cléricature. — L'étude de Me Hippolyte-Antoine Marin. — Vie des clercs d'avoués. — Le café d'Aguesseau et les déjeuners à l'étude. — Le banquet annuel des maîtres clercs. — 1858. L'attentat Orsini. — Le restaurant italien, 19, rue Le Pelletier. — Le lieutenant des guides Noguier. — Percement du Boulevard Sébastopol. — Square des arts-et-métiers. — Michelet, l'Amour. — « L'amour, un fort volume, prix 3 francs 50 centimes ». — Ouverture du Boulevard du Palais. — Expropriation du Café d'Aguesseau. — « La double conversion » d'Alphonse Daudet. — Adolphe Belot et Edmond Villetard : « Le testament de César Girodot ». — Labiche : « Le Voyage de M. Perrichon ». — « La sensitive ».— Le Duc d'Aumale : La Lettre sur l'Histoire de France. — L'inauguration du Boulevard Malesherbes. — Alfred de Musset : « On ne badine pas avec l'amour ». — Encore l'étude d'avoué. — La chambre des avoués ordonne les veillées du soir. — Conséquence de cet arrêté moralisateur. — Le bal de l'Elysée Bourdon. — Les conclusions grossoyées et leur ventre. — Quelques clients de l'étude Marin. — Charles Baudelaire. — Le « Patron ». — Me Balagny, notaire. — Me Legrand, avoué. — Cousin de l'acteur Delaunay. — Le grand Berryer. — L'affaire Patterson. — Angerville la Rivière. — Me Allou. — Les deux Méline. — Durand-Desormeaux. — Arthur Boyenval. — La conférence Accollas et la conférence Molé. — M. Accollas. — Bonne action d'Alexandre Ribot. — Le Palais de Justice. — Le Nouveau-Palais. — L'assassinat du Président Poinsot. — Jud. — La grand'Chambre de la Cour de Cassation. — Le fauteuil du Grand Juge. — Cour de Mai. — Le grand escalier. — La Galerie des Merciers. — Le vestiaire Bosc. — La salle des Pas-Perdus. — Piliers ronds et écrivains publics. — Me Allou et Me B***. — Pour des cerises tombées. — L'escalier de la Cour impériale. — Le Cabinet du Premier Président. — La Première Chambre et son triptyque. — L'ancienne bibliothèque des avocats. — La chambre des appels de police correctionnelle et son distique latin. — La défense de porter mous-

Le bâtonnier Liouville recommandait, dans un discours de rentrée qui eut un certain retentissement, la cléricature dans une étude d'avoué concurremment avec les cours de l'Ecole. Il avait raison pour les étudiants de troisième année qui peuvent avoir déjà des « clartés » du droit. Mais les élèves de première ou même de seconde année, encore novices ou étrangers à la langue comme aux principes élémentaires du droit, risquaient de perdre leur temps et surtout de fausser leur sens juridique par les errements et les erreurs de la pratique.

Cependant, conformément aux conseils de mon camarade Albert Liouville, sorti de Sainte-Barbe, déjà étudiant en doctorat, et fils du bâtonnier, j'entrai en cette année 1857, dès après mon baccalauréat, comme clerc amateur, c'est-à-dire libre de ne venir que quand il lui plaît et ayant ainsi la possibilité de suivre les cours, dans l'étude de Me Hippolyte-Antoine Marin, successeur de Me Legras, et située rue de Richelieu, no 60, dans la maison même où j'étais né.

Aujourd'hui, les clercs d'avoués vont déjeuner où bon leur semble. La plupart des études ferment à midi. Il n'en était pas de même alors. La basoche avait gardé les vieilles habitudes. Certains avoués, comme Huet, Place Louvois, logeaient leur maître clerc pour l'avoir toujours sous la main. Mais, partout, on prenait son repas à l'étude, sur ces pupitres doubles drôlement appelés d'un nom macabre : *corbillards*, à cause de leur forme, et dont on levait les couvercles pour en faire une table, en les maintenant droits sur les codes, détournés de leur usage mais dans un but aussi utile...

On arrivait à huit heures. On repartait à 5 heures 1\[2.

Chaque jour on désignait le « clerc du Palais » chargé d'assister aux appels des audiences, de demander des remises et d'avertir les avocats des causes retenues pour être plaidées.

On avait déjà du mal à trouver des clercs mal rétribués car le « principal » touchait 100 fr. par mois d'abord, puis 125 francs et enfin 150 francs au bout de quelques années d'exercice. Le troisième clerc devait se contenter de 30 francs. Le patron fournissait le pain et le vin équivalent à l'abondance « du collège ». Les mets venaient d'un charcutier voisin ou de marchands de vins traiteurs, entre autres de celui qui portait pour enseigne : « au Cocher fidèle » parce que sa clientèle se formait en grande partie des cochers de fiacre de la Place Louvois. Nous nous nourrissions donc comme les Midinettes du quartier. Et quels plats ? Croirait-on qu'au bout de soixante-quatre ans, je les savoure encore en pensée tant la jeunesse est bonne cuisinière et assaisonne mieux qu'un Vatel les plats du mastroquet de bas étage ! C'était la limande frite du rotisseur, le ragoût, non de mouton seulement, mais une sorte d'arlequin où se trouvaient confondus en un mélange varié, le bœuf, le veau, les saucisses-chipolata et les pommes de terre ; — la côtelette de porc à la sauce Robert, le fromage d'Italie et les rillettes de Tours. Tel était le menu ordinaire des futurs officiers ministériels, avocats ou magistrats d'avenir.

La camaraderie entre clercs était plus chaleureuse qu'en ce temps-ci. Le tutoiement était presque général et, tous les ans, les maîtres clercs qui, dans l'année, se retrouvaient au Café d'Aguesseau, rue de la Barillerie, en face du Palais, allaient banqueter, au mois d'août, dans la banlieue de Paris.

Les études étaient tout aussi poussiéreuses, aussi mal tenues que celles du collège. Le mobilier en bois blanc peint en noir était centenaire et portait des inscriptions faites au poinçon ou avec la pointe d'un canif par nos prédécesseurs.

Je suis bien aise de quitter, pour y revenir plus tard, le banc de cléricature pour rappeler les événements de 1857-1860 que j'ai vus et connus, qu'ils soient politiques ou littéraires.

Ces années se suivirent avec les contrastes habituels : gaies, tristes ou terribles.

1858 fut celle de l'attentat Orsini qui terrifia Paris.

L'ancien restaurant italien, situé rue Le Peletier, 19, en face de l'Opéra où se réunirent les conjurés avant le crime, est resté encore à peu près tel qu'à cette date mais est devenu un établissement financier. C'est là que s'installa la grande maison d'exportation Hecht Lilienthal, les premiers importateurs en France des vers à soie du Japon. — Nous avons bien connu le lieutenant des guides de l'Impératrice, Noguier, qui commandait l'escorte de la voiture impériale ; il fut notre propriétaire 8, impasse d'Avon à Fontainebleau. Il me montrait avec orgueil le chronomètre que l'Empereur lui offrit à cette occasion avec inscription dans le boîtier de la date sinistre. Je reparlerai de cet excellent homme, type du vieux grognard, toujours bougonnant, mais toujours serviable et toujours obligeant.

Les vieux quartiers Saint-Martin et Saint-Denis furent transformés cette même année par le percement du Boulevard Sébastopol. Faisant une large trouée au milieu de rues étroites et fétides, leur amenant l'air et le jour, installant un square verdoyant et fleuri devant le conservatoire des Arts et Métiers, là où on ne connaissait ni arbres, ni gazons, ni corbeilles, le baron Haussmann réalisa un prodige d'art et d'hygiène.

En littérature, la publication de l'Amour de Michelet fut une surprise et un scandale. Le grand historien de la Révolution, tard remarié avec une jeune femme dont il se montrait épris avec « la faiblesse des vieillards qui va croissant » changeant tout à coup sa manière, son talent et ses sujets d'études, se mit à écrire sur l'amour un livre qu'on a critiqué en le qualifiant de traité d'hygiène et de thérapeutique. Pour lui, la femme est une malade, elle n'est point capricieuse, elle est barométrique ; le mari doit être à la fois son médecin, son serviteur, sa garde-malade, son prêtre. Peu à peu l'amour crée l'*unité* de deux époux quoique chacun conserve la personnalité de son sexe. L'auteur s'est parfois laissé entraîner par son sujet à des détails qui friseraient la pornographie si la noblesse des sentiments et du but ne rendaient pas impossible un tel reproche.

Labiche et Edouard Martin écrivirent pour le théâtre du Palais Royal, une parodie du livre qui n'a pas paru dans les œuvres complètes du grand auteur comique, sous le titre de « l'Amour, un fort volume, prix 3 fr. 50 ».

> « D'un écrivain fort à la mode, disait le couplet final,
> « Nous avons critiqué l'Amour,
> « C'est un droit aussi vieux qu'Hérode.
> « De plaisanter chaque maître à son tour.
> « L'Amour qu'on vous présente
> « A ce joyeux comptoir,
> « Vaut-il trois francs cinquante ? »

L'idée était drôle et dérida même les admirateurs de Michelet. Un mari, Colasse, enthousiaste du livre, veut en faire l'application à son ménage. — Il l'explique à sa tante Anatolie, Mme Thierret :

> « Du mari dont elle a fait choix
> « La femme prend d'abord l'allure,
> « Puis le nez, la bouche, la voix ;
> « Elle en prend même l'écriture
> « Avez-vous l'esprit gai, chagrin ?
> « Elle est joyeuse ou renfrognée,
> « Car, soumise à votre destin,
> « Votre épouse est toute imprégnée ».

Colasse en mettant son livre en pratique, — et Colasse c'était Hyacinthe au long nez, — excède sa femme Hermance par sa maladresse, ses propos et ses soins insupportables, et elle est prête à s'en laisser conter par son cousin. Colasse est désillusionné : « Est-ce que

« l'auteur de ce petit livre ne se serait pas fourré
« le doigt dans l'œil ? ».. ce qu'on a écrit de mieux
« sur l'amour, le voici :

> « C'est l'amour, l'amour, l'amour
> « qui fait le monde à la ronde
> « et chaque jour
> « à son tour
> « le monde fait l'amour ».

On pourrait regretter dans l'œuvre de Michelet cette
élucubration qui la dépare un peu par trop de bille-
vesées et ne supporte pas la comparaison avec ce
que Stendhal a écrit sur le même sujet, s'il n'avait
été comme l'introduction de deux sublimes ouvrages
sur la nature, l'un, la Mer, dont les pages sont si poé-
tiquement éloquentes, l'autre, l'Insecte, qui, moins
scientifique mais non moins remarquable par l'observation, supporterait la comparaison avec les plus
curieux traités d'entomologie du grand savant
J.-H. Fabre.

L'année suivante, en 1859, un nouveau coin de
Paris, non des moins pittoresques, disparait avec
l'ouverture du Boulevard du Palais. Ces rues tor-
tueuses où la police faisait tant de rafles dans les
« tapis francs » faisaient place à cette grande et belle
voie bordée d'un côté par le Palais de justice, de l'autre
par la Préfecture et le tribunal de commerce. Pour
les avocats et les avoués, une perturbation considérable en résulta. Le café d'Aguesseau fut exproprié.
Désormais plus de restaurant confortable où on put
aller déjeuner en robe, plus de jeux pour les maîtres
clercs et les avocats sans emploi, mais un buffet où,
sommairement on prenait un œuf et une côtelette,
l'œuf peu frais, la côtelette dure, et un service très
primitif. Tout au plus pouvait-on s'arrêter plus
longtemps sans faire meilleure chère au restaurant

Louis, rue de la Sainte-Chapelle en face de la porte
de la cour de la Sainte-Chapelle et où on avait la vue
peu récréative des prévenus arrivant dans les voitures cellulaires et des filles publiques amenées en
omnibus clos à la visite sanitaire de la Préfecture
de Police !... Que devint d'Aguesseau ? Il perdit son
enseigne et le patron Serveille transporta son établissement au Passage des Trois Pavillons au Palais
Royal. Son ancienne clientèle ne l'y suivit pas. Les
gourmets du Palais Royal restèrent attachés à leurs
cuisines habituelles et Serveille ferma boutique.

Quoique ce ne fut qu'une simple plaquette, « la
double conversion » d'Alphonse Daudet, fit sensation.
Elle demeure toujours un bijou merveilleusement
ciselé. Comment n'aurais-je pas été un de ses plus
fervents admirateurs ? Jamais en vers plus simples et
plus poétiques à la fois ni surtout avec plus d'esprit,
on n'avait célébré l'amour, vainqueur de toutes les
intolérances et de tous les fanatismes ? — Ce fils
d'un suisse d'église et cette fille du portier de la syna-
gogue qui s'aiment malgré les préjugés de leurs parents, vont chacun de son côté, pour faire cesser
l'obstacle s'opposant à leur union, celui-ci chez le
rabbin pour se faire circoncire, et celle-là chez le curé
pour recevoir le baptême... Mais ils se rencontrent
en route et à l'instar du Huron de Voltaire qui, dans
le roman de l'Ingénu, veut se marier incontinent sans
que sa bien-aimée ait à demander aucun consen-
tement, ils décident de se passer de toutes formalités
religieuses ou civiles pour n'écouter que leur commune
passion.

> « Oh ! puisque l'amour est si grand,
> « Mignonne, qu'au fond de notre âme
> « Il fait table rase en entrant
> « Et qu'il y trône en conquérant
> « Sur des débris et sur des flammes ;
> « Puisque nous voyons aujourd'hui
> « Que ni croyances, ni systèmes

« Rien ne peut tenir contre lui,
« Puisque je t'aime et que tu m'aimes,
« Alors, pourquoi nous obstiner ?
« Laissons faire l'amour, Mignonne
« Et suivons l'élan qu'il nous donne ?
« Donc, maîtresse si tu m'en crois,
« Nous allons courir par les bois,
« Et nous fuirons comme la peste
« La théologie et le reste ?
« Le ciel est bleu, les arbres verts :
« Prenons notre course à travers
« Les Champs de Bièvre et de Chevreuse.
« Toute la terre est amoureuse :
« Allons nous aimer quelque part !

A l'Odéon, la représentation du « Testament de
César Girodot », ayant pour auteurs deux débutants,
anciens camarades de Sainte-Barbe, annonçait deux
écrivains de théâtre « di primoc art ello ». Elle révélait
des qualités rares de gaîté, d'esprit athénien ou même
parisien et une expérience de la scène surprenante
de la part d'aussi jeunes gens. La malice du testateur,
les convoitises des héritiers, leurs déceptions et leur
déconvenue, les jalousies de deux frères, dont l'un
a réussi et l'autre a échoué, étaient d'heureuses trouvailles. Il y avait là des types devenus classiques,
notamment celui de la petite bourgeoise sèche, re-
vêche et envieuse, femme du raté Isidore. L'avenir
ne réalisa pas les promesses de ce début. Les collaborateurs se séparèrent et suivirent des voies différentes. Villetard, devenu journaliste, publia bien des
chroniques à succès, mais il est à peu près oublié.
Belot s'essaya dans le drame et l'article 47 lui valut
quelque regain de vogue. Mais il préféra au théâtre
le roman. Un seul a survécu et se vend encore :
Mademoiselle Giraud ma femme. Il doit ses nombreuses éditions moins à la valeur du livre et aux
qualités de style qu'à son sujet scabreux, à la curiosité
malsaine du public et à une aventure alors scandaleuse, qu'on se contait tout bas dans les salons, que

la victime cria très haut et à laquelle on vit une allusion manifeste et intentionnelle de Belot.

En 1860, le théâtre eut deux pièces sensationnelles : — Ce fut d'abord le voyage de M. Perrichon, auteur Labiche, au Gymnase. Cette pièce fait partie du meilleur répertoire de ce grand auteur comique, celui où il sait vous donner des leçons de la plus joyeuse philosophie. Ce sont entre autres, les Petites Mains, les Petits Oiseaux, le Misanthrope, et l'Auvergnat et Moi, dont l'insuccès relatif ne fait pas honneur au goût du public. Quoi de plus observé, de plus humain et de plus drôle à la fois que ce bon carrossier ? M. Perrichon, qui, sauvé par un homme et ayant sauvé la vie à un autre, finit par être excédé et humilié par la reconnaissance qu'il doit à son sauveteur, le fuit pour jouir en toute béatitude, la vanité satisfaite, de la société de celui dont il est le bienfaiteur. Sous cette forme saine et gaie, au dialogue pétillant et vif, qui caractérise l'œuvre de Labiche, quelle profonde et juste moralité ! Labiche a tenu une telle place dans notre littérature théâtrale du Second Empire que nous le retrouverons souvent avec des pièces d'ordre et de génie très différents.

Cette année-là même, en 1860, il donna au théâtre, qui eut ses plus abondantes productions au Palais Royal, une comédie qui n'avait aucune visée philosophique ou morale, mais était une satire fort drôle contre un vice de caractère, la timidité, et un défaut de nature, l'impressionnabilité nerveuse, une étude plutôt physiologique qui présentait des situations assez risquées, mais si désopilantes ! La Sensitive mettait en scène un jeune marié atteint des deux faiblesses signalées... et ce marié était le comique parfait quoique parfois trop pître, dont le physique seul provoquait le rire dès son entrée en scène : l'acteur Hyacinthe. Le soir de son mariage, en tête-à-tête avec sa femme, pendant que les invités, répandus dans le parc de la maison de campagne, se réjouissent bruyamment, il ne parvient pas à achever le compliment qu'il avait préparé et commençant par ces mots si connus :

« Laure, ma chère Laure, enfin, nous voilà seuls.. » Mais il ne peut continuer, interloqué, troublé, paralysé par les bruits que l'auteur a si drôlement multipliés. — Le feu d'artifice éclatant sur la pelouse — et la sonnerie sur le gong d'une pendule japonaise, — à minuit, — qui douze fois le fait sursauter et se retourner automatiquement, inerte et sans retrouver la parole. L'effet fut tel que nous faillîmes étouffer de fou rire. L'incident du fidèle valet de chambre est une des plus amusantes inventions théâtrales. Comme son maître lui a promis une montre à la naissance de son premier enfant — en or, si c'est un garçon — en argent, si c'est une fille — il craint de n'avoir pas le cadeau, et va consulter une somnambule en lui apportant une mèche de cheveux qu'il a coupée sans avertir son patron. La somnambule répond que l'homme à qui appartient cette mèche sera mort dans l'année. Désespoir du valet qui conte l'histoire à son maître et tous deux tombent terrifiés, lorsque celui-ci se relève gaîment. Il se souvient qu'il porte perruque ! Les cheveux ne sont pas à lui !

Je n'ai pas oublié l'apparition de la lettre sur l'histoire de France par laquelle le Duc d'Aumale répondait à un discours du Prince Napoléon au Sénat et où il reprochait à Louis-Philippe d'avoir abaissé la France. Il faillit en résulter un duel que refusa par ordre le cousin de l'Empereur. Nous parlerons avec plus de détails du procès qui s'en suivit. Mais quelle émotion cause cette publication ! La boutique de l'éditeur Dumineray était, rue Richelieu, près de mon étude. Elle était assaillie par la foule et les exemplaires de la brochure furent enlevés en un clin d'œil. Jamais je n'ai vu pareil engouement ! Cette lettre est un chef-d'œuvre d'ironie et de bon sens aiguisé.

L'inauguration du Boulevard Malesherbes, cette grande voie luxueuse partant de la Madeleine, aboutissant à l'ancien boulevard extérieur et longeant l'admirable parc Monceau, jadis en friche, où Jean-Jacques Rousseau allait herboriser, où les princes d'Orléans chassèrent le lapin et dont la vue était jadis interdite au public par le haut et le long mur qui l'entourait. Le décret de 1852 qui confisquait les biens d'Orléans fit rentrer le parc dans le domaine de l'Etat et les parisiens profitèrent de cette inique spoliation en trouvant là un jardin de plus. Les quartiers voisins furent métamorphosés. Ce fut pour tous les environs de la Madeleine une source de richesse et les masures de la plaine Monceau firent place bientôt à de superbes maisons et à des hôtels somptueux. Je me rappelle les vieilles et branlantes constructions, qui, hors Paris en 1859, étaient si misérables et au milieu desquelles on remarquait seulement la petite école polonaise dont les élèves, en un uniforme rappelant leur pays par leur couleur amarante et noire et leur bonnet pittoresque, étaient si sympathiquement accueillis par la population. — Pauvre Pologne si oubliée depuis la perte de notre Alsace et de notre Lorraine.

Les proverbes d'Alfred de Musset qui ne semblaient pas en général, écrits pour la scène ni surtout pour la Comédie Française y réussirent au contraire avec éclats. Les Nuits mêmes y ont ensuite provoqué les plus vifs applaudissements quoiqu'il s'agit d'un simple dialogue. Mais, en 1860 « On ne badine pas avec l'amour » plus dramatique et si harmonieusement dit par ces deux voix musicales et se mariant si bien, de Delaunay (Perdican) et de Mlle Favart (Camille) fut un triomphe. Got et Mlle Jouarsain, la reine des duègnes, étaient le Maître Blasius et la dame Pluche vraiment rêvés. Quant au rôle de Rosette toutes les ingénues qui s'y sont succédé ont été d'une absolue perfection. C'était alors Emilie Dubois, une jolie miniature blonde de Madame de Mirbel. Nous avons vu pleurer les spectatrices à sa mort, cependant si peu réaliste pour notre temps et nos exigences, se traduisant par un cri et le bruit de la chute d'un corps à la cantonnade.

Ce fut de 1857 à 1860 que la chambre des avoués de première instance eut l'idée de nous imposer, à nous, les clercs, un emploi sérieux de nos soirées. Elle prit un arrêté qui, contrairement à son but si moral, me fit connaître pour la première fois un bal public... et quel bal ! L'Elysée Bourdon !

Cet arrêté portait en substance qu'il était bon et utile que les jeunes gens fussent occupés après dîner et décidait que les clercs seraient répartis en deux séries, dont l'une veillerait les lundis, mercredis et vendredis, l'autre, les mardis, jeudis et samedis. Je faisais partie de la première avec le principal clerc, un charmant homme plein d'entrain, d'une incontestable valeur et qui fut président de la Chambre des agréés, plus tard secrétaire général du journal la « République Française », Alfred Desouches, fils du grand propriétaire de l'Entrepôt d'Ivry. Il me convia, un lundi, à 9 heures 1|2, à venir avec lui visiter cet Elysée Bourdon, près des chantiers de bois, où dansait une fort vilaine compagnie. Le moyen de résister à son maître clerc qui raille votre timidité et vous demande à quelle heure votre bonne vous couche !... O Lavaux, ô Boinod, ô Guyot-Sionnest père, qu'auriez-vous pensé de ce résultat imprévu de votre pudique innovation !

Les études d'avoué n'avaient pas encore complètement répudié les pratiques abusives et certaines exactions des anciens Procureurs. Celles où nous avons passé s'étaient heureusement modernisées. Le Code de procédure civile, qui laissait subsister certains modes de rémunération singuliers, dans le but d'en faire profiter le Trésor grâce à une plus grande consommation du timbre, favorisait la traite exagérée de la clientèle.

Telles étaient les conclusions grossoyées.

Dans les affaires dites « ordinaires » c'est-à-dire ayant une importance supérieure à celles plus modestes et dites « sommaires » l'avoué avait droit à une rémunération de deux francs par rôle de conclusions devant être écrites en grosse écriture, avec un minimum de syllabes à la ligne et de lignes à la page. On pense si les conclusions étaient volumineuses ! Quelques officiers ministériels peu délicats avaient même imaginé d'augmenter leur profit, c'est-à-dire d'utiliser le timbre, et la rédaction de conclusions ayant servi dans d'autres affaires en les comptant une seconde fois. On insérait ces pages dans les conclusions nouvelles en leur faisant ainsi un « *ventre* ». Le juge chargé de taxer les frais n'y voyait souvent rien, car dans toutes les conclusions où les mêmes articles de loi étaient visés c'étaient toujours les mêmes développements. Recommandation était faite au clerc rédacteur dans l'intérêt de la cause de ne pas parler de la cause, c'est-à-dire de ne pas exposer ou discuter les faits, de crainte de compromettre le succès en gênant l'avocat et en fournissant des armes à l'adversaire ! Nous nous souvenons avoir lu dans un procès en dommages-intérêts pour accident, des conclusions qui disaient : « Aux termes de l'article 1382 du Code Napoléon, « disant..., ledit code promulgué le 21 mars 1804 « après discussion devant... — Sur rapport des tri- « buns et après avoir entendu les orateurs du gou- « vernement, après rédaction par une commission

« composée de Portalis, Tronchet, Malleville et Bigot-
« Preameneu, sous le règne de Napoléon Ier, empereur
« des Français, roi d'Italie, protecteur de la confédé-
« ration helvétique, etc., marié en premières noces
« à Joséphine Tascher de la Pagerie, veuve du géné-
« ral de Beauharnais, dont elle avait deux enfants,
« Eugène, connu sous le nom de Prince Eugène et
« Hortense, mariée à Louis-Napoléon, père de l'Em-
« pereur, roi de Hollande, ledit Napoléon Ier remarié
« après divorce avec Marie-Louise, archiduchesse
« d'Autriche... » On croit rêver ! Par bonheur, les
juges taxateurs sérieux et clairvoyants en s'imposant la fastidieuse besogne de parcourir ces fatras
rejetaient « ventres » scandaleux, verbiage étrangers
à la procédure et laissaient à la charge des avoués
timbre et rédaction, les privant aussi des émoluments
y afférents.

La clientèle de l'étude Marin était en général, de
la banlieue. M. Marin père, conseiller municipal de
Neuilly-sur-Seine nous procurait des affaires du pays
et des environs. Nous avons rencontré souvent à
l'étude, les frères Godard, les fameux aéronautes, à une
époque où on ne montait guère en ballon que pour
donner le spectacle d'une ascension téméraire à l'Hippodrome, au Champ de Mars ou à l'occasion de quelque fête populaire comme le 15 août, à l'occasion de
la fête de l'Empereur. Il n'était question de la direction des aérostats que comme de la quadrature du
cercle ou du mouvement perpétuel !

Mais le personnage qui m'intéressait et me capti-
vait le plus, était un homme de taille moyenne, fort
élégant sous un chapeau haut de forme à larges bords,
rasé de frais, sans aucune trace de barbe, aux yeux
doux, expressifs, aux cheveux coupés courts contrairement à la mode. Il entrait silencieusement, à pas
étouffés, semblant timide, dévotement incliné. Poli,

onctueux, il me tendait un papier timbré contenant
assignation devant le tribunal de commerce, en paiement d'un billet à ordre protesté, ajoutant avec obséquiosité : « Serait-ce un effet de votre bonté de solli-
« citer pour moi un délai de 25 jours afin de payer ?... »
Et tous les mois à peu près même visite ! Il se retirait
discrètement comme il était entré. Cet étrange visiteur, ce client peu banal, ce débiteur toujours gêné,
n'était autre que le grand poète Charles Baudelaire,
l'auteur des Fleurs du Mal.

Hippolyte Marin, mon patron, avait tout l'aspect
d'un ancien beau, d'un lion du règne de Louis-Philippe, avec ses épais favoris, sa chevelure abondante
et blonde, naturellement frisée. C'était un homme
simple, aux rapports faciles, sympathique entre tous.
Il avait une des écritures les plus élégantes que j'aie
connues. Il avait ce que jadis les expéditionnaires
appelaient : « une belle main ». Il le savait et copiait
lui-même les cahiers des charges pour les adjudications
d'immeubles. On en retrouverait un grand nombre
dans les archives des Criées.

Un de ses correspondants attitrés était le notaire
des Batignolles dont une rue porte le nom, Me Balagny.
Curieuse figure que celle-là ! Ancien petit clerc, il
avait successivement gravi tous les échelons du stage
dans l'étude dont il était devenu titulaire. Il fit une
fortune considérable, acquise fort honorablement,
grâce au développement de son ancienne petite commune et de l'accroissement de la valeur des terrains.

Toute autre était l'étude de M. Eugène Legrand
où nous entrions ensuite comme 2e maître clerc avec
Albert Delpon, depuis avoué lui-même en remplacement de Me Provent et je succédai à Charles Delpon,
son frère, qui fut avocat à la cour, puis en 1871, préfet
à Vannes, Rennes, Périgueux et, après le 16 mai et la
réélection des 363, directeur des compagnies l'Urbaine.

Eugène Legrand était un charmeur. Sans être absolument beau, avec des cheveux tirant sur le roux et
le nez un peu gras, il était bien proportionné, avait
des mains fines et blanches, et pouvait passer pour
un joli homme. Cousin de Delaunay, le célèbre comédien, il avait de lui l'aisance des manières, l'élégance,
la voix chaude, bien timbrée avec un très léger nasillement. Fils d'un grand négociant en denrées colo-
niales du quartier latin, il avait pris l'étude de Me
Gallard dont le nom est bien connu au Palais. Ses
qualités d'homme du monde intéressèrent à lui le
grand Berryer qui l'avait rencontré dans plusieurs
salons et qui en fit son correspondant. Aussi était-ce
chez lui un défilé non interrompu des plus aristocratiques familles du faubourg Saint-Germain. Il avait
acquis la grande manière de saluer ses nobles clients
et il fallait l'entendre, après une révérence profonde,
faite suivant toutes les règles, dire à ceux qu'il reconduisait jusqu'à la porte : « Votre humble serviteur,
Monsieur le Duc », ou : « mes plus respectueux homma-
ges, Madame la Marquise ». Delaunay n'eut pas mieux
fait ?

Berryer le fit charger du grand procès Patterson
contre les héritiers du Prince Jérôme qui fut une des
plus grandes affaires du Second Empire.

Quoique je me sois imposé la règle de ne pas rapporter les faits des causes judiciaires mais de me borner aux incidents curieux et aux portraits des hommes
du Palais, il est impossible de ne pas rappeler qu'il
s'agissait d'une demande en compte, liquidation et
partage de la succession de l'ancien roi de Westphalie
formée par le client de l'étude contre les enfants
légitimes et faisant partie de la famille impériale.
On sait que Jérôme Bonaparte avait épousé en Amérique, à Baltimore, la fille d'un très riche commerçant
Mlle Patterson, dont il eut un fils, celui-là même qui

venait à l'étude Legrand. Napoléon, investi par
sénatus-consulte de l'autorité du père de famille sur
ses frères et sœurs avait annulé le mariage. Lorsque
mourut Jérôme, en 1880, le fils de ce mariage, Patterson, qui, par un acte gracieux de Napoléon III,
était devenu commandant dans notre armée et autorisé à ajouter à son nom celui de Bonaparte, intenta
contre les enfants du second lit, le Prince Napoléon
et la princesse Mathilde, une action en partage des
biens de leur père commun.

Berryer, plaidant malgré son âge, — il avait plus
de 70 ans, — pour le demandeur, fut merveilleux
d'éloquence et de vigueur. Il eut un de ses plus grands
triomphes. Quel rôle sympathique et élevé il jouait
là ! Défendre les droits de l'héritier naturel dépouillé
par un acte violent du pouvoir personnel et par d'uniques préoccupations dynastiques ! On l'applaudit.

J'eus la bonne fortune d'être chargé d'aller le voir,
pour arrêter les termes des conclusions — pas grossoyées celles-là ? — dans ce château historique d'Angerville-la-Rivière dont la description est connue et
où nous ne devions revenir qu'en 1868 pour assister
aux obsèques du grand orateur. La séduction qu'il
exerçait, la fascination qu'il répandait autour de lui
dépasse toute expression. Ce n'était pas seulement
à la tribune ou à la barre qu'il tenait son auditoire
suspendu à ses lèvres ; sa conversation animée, pleine
de saillies et de traits dominait dans les salons Grand
seigneur sans faste et sans morgue, libertin à la façon
du XVIII⁰ siècle, il ne se défendait guère de son culte
pour les femmes. Je l'ai personnellement constaté,
chez le bâtonnier Allou, dans une causerie intime
après dîner. Marie, — son interlocuteur et son ami —
(ils habitaient la même maison rue des Petits-Champs,
64, dans un vieil hôtel sur cour ayant fort grand air) —
pâlissait devant lui et semblait un simple comparse.

Sa vigoureuse stature, sa tête léonine, sa voix puissante n'étaient que des qualités bien secondaires à côté de la force de sa dialectique et du prestige de sa parole. On a relevé bien des incorrections dans son style lors de sa réception à l'Académie française, mais quel improvisateur ! et si Berryer qui n'écrivait ni ses discours, ni ses plaidoyers, n'est pas à l'abri des fautes de syntaxe, et des métaphores malheureuses, il fallait l'écouter ; on ne peut pas le lire. Dans l'affaire Patterson, il put déployer toute la générosité de son cœur et son libéralisme convaincu.

Son adversaire était un des jeunes premiers du barreau, Me Allou, dont le tempérament était tout opposé. Allou, grand, distingué, aux traits réguliers, au visage correctement orné des favoris réglementaires et à la mode, tandis que Berryer, comme Chateaubriand, comme Lamartine, comme Benjamin-Constant, ne portait que la courte patte de lièvre de son temps. Allou avait l'air d'un magistrat ou d'un notaire, voire d'un notable commerçant. Il parlait avec la plus abondante facilité qui nuisait parfois à ses effets et qu'on a qualifiée de fâcheuse fluidité. Sa phrase était d'une impeccable correction ; l'empreinte qu'elle laissait était moindre. Elle ne mordait pas, pour emprunter une expression à la gravure. On disait que la préparation de ses plaidoiries était trop sommaire ; que, lors de la première conférence avec le client, il prenait des notes, puis fermait son dossier pour ne le rouvrir qu'à la veille de l'audience. Il y avait là une évidente exagération, mais due à ce qu'il avait surtout la manière facile. Sa plaidoirie cependant n'avait ni longueur, ni prolixité oiseuse : elle était bien composée. L'exorde de son plaidoyer pour le Prince Napoléon fut d'une belle rhétorique, mais sentait trop l'huile. Elle laissa froid l'auditoire ; son rôle d'ailleurs était singulièrement plus ingrat que celui de Berryer. Il plaidait le fait du prince, c'est-à-dire de l'Empereur tout puissant, la validité d'une décision dictatoriale et despotique. Aucune place pour le sentiment. Il n'en pouvait être question à propos d'une prétention qui rejetait hors de la famille une épouse légitime qui n'avait d'autre tort que d'être une mésalliée. Allou donna cependant sa note et fut, dès lors, classé au nombre des plus grands avocats. Comme on pouvait le prévoir à coup sûr, il eut pleinement gain de cause.

M. Allou n'était pas seulement un beau diseur, un amoureux de la phrase sonore et mélodieuse. C'était un des esprits les plus ouverts et les plus larges de cette époque où le barreau comptait tant d'avocats soucieux de se tenir au courant du mouvement des idées, de la littérature et de l'art. On pouvait le voir, tous les lundis, jour de demi-repos pour lui, car la plupart des chambres de la Cour et toutes celles du tribunal chômaient, installé dans un coin qu'on lui réservait au café Veron, au milieu des journaux et des revues de la semaine, prenant des notes, compulsant et recueillant tous les renseignements intéressants. Il devint sénateur sous la troisième République et ne sut pas donner toute sa mesure au Parlement. La marque professionnelle, après une aussi longue carrière au barreau, le laissait trop avocat à la tribune. Tant il est faux, contrairement à la théorie de Rousse, que pour devenir un homme politique il faudrait avoir longtemps plaidé et être à la tête de l'ordre ! Jules Favre, qui réalisait cet idéal, n'a-t-il pas provoqué un accès de fou rire au Corps Législatif lorsque, se trompant d'enceinte, il s'écria un jour : « Je le demande à la Cour ? » Gambetta, au contraire, que visait Rousse, dans sa critique, suffirait, par son exemple, à détruire ce préjugé de robin.

Il faut du moins rappeler à la gloire d'Allou qu'il sut, le premier, voir et prédire l'abus qui serait fait

de la loi sur les syndicats et les dangers auxquels
elle nous exposait pour l'avenir. Une telle perspicacité
prouve que, s'il eut vécu, le grand avocat serait tout
aussi bien devenu un grand homme d'Etat qui aurait
rendu les plus précieux services à la République et
au Pays.

Ce fut dans les études Marin et Legrand que nous
nous liâmes avec quelques hommes de valeur, clercs
en même temps que moi. — Durand Desormeaux,
aimable et digne, qui mourut trop jeune, conseiller
d'Etat, après avoir été directeur du personnel au
Ministère de la Justice avec M. Le Royer ; — Boyenval, notre ancien camarade de Louis le Grand, disciple et collaborateur de Le Play, économiste de marque qui fut, un instant, après 1870, sous-préfet de
Poligny, dans l'arrondissement où M. Grévy avait
son domaine de Mont-sous-Vaudrey ; — puis et surtout Jules Méline et son frère Louis plus tard avoué
à Fontainebleau où nous avons eu la douleur d'assister à sa fin. Les deux frères Méline, venus de Remiremont où leur père occupait un modeste emploi,
étaient sans aucune fortune. Ils habitaient ensemble
deux chambres au rez-de-chaussée d'un immeuble peu
luxueux près de la rue d'Assas. Grande était leur
union et touchante leur amitié. Jules, brillant et supé-
rieurement doué, avait la physionomie douce, des
yeux grands ouverts et plein d'intelligence, le front
haut et proéminent. Il compta de grands succès dès
ses débuts. Il était surtout remarquable par sa
facilité d'assimilation. Son instruction était étendue
et variée. A la conférence Molé, la grande école
de la politique à cette époque, le seul club toléré,
grâce au duc de Morny, un de ses fondateurs sous
Louis-Philippe, il était un des orateurs de la gauche
les plus écoutés et Gambetta y était déjà très en
vedette. Malgré une voix ingrate, un accent vosgien

trop prononcé, il parlait bien et fort utilement. C'était
un habile jouteur et un dialecticien. — Le quartier latin
se réveillait alors, comme on disait, c'est-à-dire commençait à organiser dans les écoles une opposition
sérieuse à l'Empire avec deux journaux : « la Jeune
France », puis « La Jeunesse », où écrivaient Georges Clé-
menceau, Vermorel, Eugène Carré et bien d'autres.
Méline était un des rédacteurs attitrés. On le mettait
un peu à tout car, en toutes les branches, il était prêt
et traitait bien les questions. Souvenir amusant !
Il faisait parfois la critique dramatique. C'est ainsi
qu'il publiai un article à fond de train contre l'ineptie
de certaines pièces du théâtre du Palais Royal, notamment du roi d'Amatibou, un des plus lamentables
échecs auxquels nous avions assisté ensemble. Je crois
bien que le fait d'avoir placé les critiques de la Jeune
France à de simples stalles du parterre accentua
encore l'indignation du journaliste ; c'est si humain
et surtout si habituel !

Les succès de Jules Méline ne se bornaient pas à la
conférence Molé ni au journalisme du quartier. Il
était vice-président et comme sous-directeur d'une
conférence d'étudiants qui brilla dans les fastes du
Second Empire : la conférence Accollas.

M. Accollas était une des personnalités les plus
connues du quartier latin. Il demeurait rue Monsieur
le Prince. Après avoir subi les épreuves du concours
pour le titre de professeur suppléant, il s'était voué
à l'enseignement privé et libre du droit. Ce n'était
pas chose facile de réussir avec dignité et conscience
dans un emploi où les Pétillons abondaient. Les répé-
titeurs de droit étaient presque uniquement des pré-
parateurs aux examens par des moyens hâtifs et
superficiels. Accollas voulut réformer cet état de choses et eut une idée qui répondait à un réel besoin.
Il combla d'abord une lacune dans les réunions d'étu-

diants qui fondaient des conférences sans direction
et où la fantaisie inexpérimentée des jeunes gens se
laissait entraîner sur des questions mal choisies à des
discussions sans cohésion, sans méthode et sans
qu'un guide sûr et éclairé pût leur donner des conseils. Il se rendit compte que beaucoup de jeunes
étudiants de province manquaient d'occasions de se
voir, de se connaître et de travailler avec profit en
commun. Il leur fit appel par des affiches apposées
dans toutes les rues et c'est ainsi qu'il vit venir à
lui nombre de jeunes hommes appelés plus tard à de
brillantes destinées. Tels furent Jules Méline, Alexandre Ribot, Edouard Laferrière. Méline suppléait Accollas et le remplaçait lorsque le labeur écrasant de ses
répétitions qui le retenaient à son cabinet de sept
heures du matin à minuit, l'empêchait de présider
la conférence. La force de résistance d'Emile Accollas
nous émerveillait et c'était pourtant un chétif : tout
petit, d'une taille si exiguë qu'on se retournait dans
la rue pour le regarder. Vêtu d'un large vêtement en
forme de sac, avec des traits fins et des favoris qui
eussent été mieux proportionnés sur un corps plus
grand, toujours cravaté de blanc, il éveillait plutôt
l'idée d'un agent d'affaires ou d'un avoué de petite
ville. C'était un cerveau vigoureux, aux pensées pro-
fondes en droit et en économie politique qu'il vulga-
risa peut-être le premier dans le monde des étudiants.
Sans doute, il manquait d'esprit pratique et ses idées
exaltées n'étaient pas toujours justes, mais il était
toujours sincère, original, intéressant, et fut par là
un maître éminent. Très républicain, avancé, révolutionnaire comme son ami Naquet, il fut condamné
à l'emprisonnement et c'est l'honneur d'un de ses
élèves, d'Alexandre Ribot, de l'avoir, durant sa détention, suppléé de la manière la plus généreuse et la
plus délicate. Il mit ainsi la famille à l'abri du besoin.

Accollas avait bien droit à la reconnaissance et à
l'affection de ceux qu'il avait non seulement guidés
avec tant de désintéressement, mais accueillis chez
lui comme ses enfants. Il donnait des soirées auxquelles
il invitait des personnages en vue comme Jules Favre,
un des familiers de ces réunions, pour les mettre en
contact avec la jeunesse. Il a publié plusieurs traités
de droit, entre autres sur le code Napoléon, qui furent
des œuvres très personnelles et non pas seulement
des compilations. Quel fut leur sort ? Ils firent du
bruit lors de leur apparition, se vendirent un peu, puis
disparurent : *Habent sua fata libelli.*

De l'Ecole de droit il nous faut revenir au Palais.
Le chemin est court — trop court même — car la
vie d'étudiant, avec sa liberté, sa camaraderie indulgente, sans arrière-pensées et toute primesautière,
fait vite place à la concurrence moins noble, moins
fertile en efforts méritoires et surtout plus âpre que
l'émulation scolaire.

Le Palais de justice de 1857 à 1860 ne ressemblait
guère au Palais actuel. Si, au point de vue de l'édifice
lui-même, le percement dont nous avons parlé, du
boulevard du Palais, supprimant les petites rues voi-
sines, la construction du tribunal de commerce et
l'incendie de 1871 sous la Commune, ont bien modifié
l'aspect des lieux, la transformation des habitudes,
des mœurs et des caractères a été encore autrement
profonde !

Sans reparler de ce café-restaurant d'Aguesseau,
de regrettée mémoire, et dont l'enseigne me réjouissait
en me rappelant l'auteur des Mercuriales et qui alliait
ainsi la cuisine à la jurisprudence, et où, suivant une
hiérarchie volontairement observée, les avocats et les
avoués déjeunaient au rez-de-chaussée tandis que les
maîtres clercs fréquentaient le premier et son billard,
comment ne pas rappeler ce vis-à-vis du Palais ancien,

le bal du Prado, Bullier d'hiver, fréquenté par les
étudiants et les étudiantes du quartier, non pas celles
de 1911 qui étudient et suivent les cours, mais celles
de Gavarni étrangères à la science et la dédaignant
à ce point, que l'une d'elles reproche à son ami de
dépenser inutilement son argent parce qu'il a acheté
un squelette pour faire sa médecine !

Le Palais n'avait subi que des réparations et des
reconstructions partielles ; — l'une de ces parties neu-
ves était celle où, au début de l'Empire, on venait
d'installer les cinq Chambres civiles du Tribunal, car
il n'y en avait que cinq au lieu des sept actuelles avec
deux ou trois sections chacune. — L'autre était le
bâtiment de la police correctionnelle. Il n'y avait que
trois chambres. A la sixième se jugeaient les affaires
de presse. Le local occupé par la onzième chambre
était réservé aux expropriations.

La salle des Pas Perdus, avec ses grosses colonnes
rondes, disparues lors de l'incendie de 1871, qui étaient
si majestueuses dans leur lourdeur, n'était pas exclusivement occupée par le tribunal. Une chambre de
la cour, — qui ne comptait que quatre chambres civiles seulement, — la quatrième, — était dans le local
de la septième chambre civile actuelle du tribunal à
côté de la chambre des avoués. C'est là qu'un matin, comme on attendait l'ouverture de l'audience,
on apprit avec stupeur l'assassinat du Président
Poinsot, en wagon, sur la ligne du Nord, par un
inconnu mystérieux qu'on nomma Jud et qui ne
fut jamais retrouvé. Comme trop souvent, en pareille occurrence, on fit courir sur la cause du crime
les bruits les plus scandaleux et la victime ne fut
pas seulement tuée, mais largement calomniée !

Nous donnerions incomplètement la physionomie
de la salle des Pas Perdus si nous omettions de parler
des écrivains publics dont les bureaux étaient ins-

tallés du côté où se trouve la statue de Malesherbes.
Ces hommes âgés, aux houppelandes noires ou marrons, plus ou moins râpées, avec leurs calottes et leur
air grave, offraient au public de rédiger les plaintes,
les pétitions, les demandes de grâce ou d'assistance
judiciaire moyennant une faible rétribution, Spectacle
pittoresque pour les gens d'aujourd'hui mais très
ordinaire alors, même sur la voie publique et sur le
Pont Neuf où, au pied de la statue de Henri IV on
voyait fréquemment de petites roulottes vitrées où
se tenaient des écrivains ambulants.

La grand'chambre de la cour de cassation, servant
aux audiences de la chambre civile les jours ordinaires
et aux audiences solennelles était l'ancienne grand'-
chambre du Parlement de Paris. Elle se trouvait
également dans la salle des Pas Perdus, à côté de
la première chambre du tribunal. Je me rappelle
le fauteuil monumental toujours recouvert de sa
housse. C'était celui du grand juge sous Napoléon Ier.
Il n'était jamais occupé. J'y ai plusieurs fois entendu,
étant clerc, le procureur général Dupin, bien vieux,
tout sec, mais religieusement écouté.

Pour aller aux chambres civiles, autres que la quatrième, de la Cour Impériale, le chemin était simple.
Quand on avait monté l'escalier d'honneur de la cour
de Mai on se trouvait dans la galerie Mercier, en
face d'un grand escalier au pied duquel était installé dans une sorte de boutique en planches, en partie
vitrée, le vestiaire Bosc, concurrent du vestiaire Fontaine, qui se trouvait dans une construction bizarre,
cour de la Sainte-Chapelle. On ne peut s'en faire une
idée que par les établissements de bains froids auxquels elle ressemblait.

Chez Bosc s'habillaient *coram populo* beaucoup
d'avocats réputés. On y était à l'étroit et mal à l'aise.
Allou, avec sa haute stature et ses longs bras s'y

trouvait gêné. Une anecdote bien touchante se rattache à cette installation vicieuse.

A côté du célèbre avocat était le carton d'un de ces pauvres confrères plus nombreux alors qu'aujourd'hui et qu'on appelle les pensionnaires de l'Ordre parce qu'ils sont secourus par lui. Il avait une fille malade que la phtisie consumait et il avait acheté à son intention un de ces bouquets de cerises que vendent les marchands des quatre saisons lorsque le fruit fait sa première apparition sur le marché. Allou, en endossant sa robe, renverse le carton d'où il voit s'échapper avec stupéfaction, les cerises du malheureux et tendre père, un de ceux qui, suivant un poème du temps : « défendent pour trois francs la veuve et l'orphelin », et qui, grandeur et décadence trop fréquente au barreau, avait été le défenseur d'un des quatre sergents de La Rochelle. « Mais dit la préposée, au vestiaire, X... « va être au désespoir ! Il voulait apporter ces quelques fruits à sa fille mourante ! » Allou s'empressa de placer 20 fr. dans une enveloppe en y joignant sa carte sur laquelle il écrivit : « pour remplacer les cerises avariées ». Ce qui dépasse encore la délicatesse de cette attention, fut celle de la réponse. Le confrère, touché jusqu'aux larmes, adressa à Allou un remerciement en vers où il contait l'aventure et qu'il nous distribua. N'est-elle pas digne d'être contée cette publique manifestation de reconnaissance ? S'il y a des pauvres honteux qui ne demandent pas la charité, plus rares encore sont ceux qui l'ayant reçue, la proclament, et tiennent à faire connaître celui qui les a secourus ?

A côté du vestiaire Bosc, le grand escalier de la cour peint en ocre, orné de fresques en grisaille, maltraitées par l'humidité, accédait à une petite et exiguë salle des pas perdus commune aux 2e et 3e chambres.

La première chambre était près du palier même. Pour
entrer dans la salle d'audience, il fallait descendre
quelques marches. Nue et sans ornements, cette salle
où pourtant se tenaient les chambres réunies ! Un
portrait en pied de Napoléon III dans son costume
préféré de général mais, surtout, le fameux et admirable
triptyque, chef-d'œuvre d'un primitif, et aujourd'hui
au Louvre, la décoraient seuls. — Quand on voulait
visiter le Premier Président, il fallait attendre dans
un couloir étroit, obscur, et le cabinet n'avait assurément pas la majestueuse dimension et le luxueux
ameublement du cabinet actuel. Là, cependant, ont
reçu les Seguier, les Delangle, les Devienne, les
Gilardin.

Tout était triste dans cet antique Palais... Et la
bibliothèque des avocats ! Cette vieille salle ornée
des bustes des ancêtres, avec ces deux longues tables
vertes parallèles placées perpendiculairement à la
table ovale où siégeaient le bâtonnier entouré des secrétaires, les jours de conférences. Assez mal éclairée,
toute garnie de rayons poudreux où s'étageaient des
livres rares, parmi lesquels les registres de l'ancien
Parlement de Paris ! Et le long défilé à travers les
couloirs obscurs pour conduire, à la rentrée, les cohor-
tes de stagiaires allant prêter serment en tenue réglementaire, c'est-à-dire sans moustaches, car si un licencié moustachu venait à enfreindre la règle, le
premier Président refusait de l'entendre, suivant la
formule : « Le licencié qui porte moustaches n'est pas
« admis au serment ! » Ce couloir longeait la Chambre
des appels de police correctionnelle. Au-dessus de la
porte on lisait, en lettres dorées, le distique mieux
placé dans la nouvelle salle où il contraste avec l'indulgence des magistrats et la loi de sursis :

« Hic Pœnæ scelerum ultrices posuere tribunal
« Sontibus unde tremor, civibus inde salus ! »

Ce « posuere tribunal » ne rappelle-t-il pas un petit incident de la réception de Barboux à l'Académie ? Les journaux firent remarquer qu'il avait, dans son discours, dit en parlant de Brunetière, qu'il s'était assis « au tribunal de la critique » comme si ce fût là une audace ou un néologisme ! Or, on le voit : que le tribunal fut un siège, c'est ce qu'exprimait il y a bien longtemps le distique et le sens de ce mot est classique. Mais les journalistes avec leur ignorance traditionnelle, semblaient l'ignorer, prenant « tribunal » dans son acception courante et pratique comme signifiant exclusivement la réunion des juges.

Cresson a, dans un précieux opuscule, rappelé ces vieilles choses, ces antiques lambris, ces dédales de couloirs qui font battre le cœur des vieux, de ceux qui les ont connus et hantés dans leurs années de début !

L'année 1859 est une date importante dans l'histoire du second empire.

A l'extérieur ce fut la guerre d'Italie.

L'opposition raillait fort la parole de l'Empereur : « l'Empire, c'est la Paix ! », alors qu'on sortait de l'expédition de Crimée pour s'engager dans la guerre d'Italie contre l'Autriche. Certains y voyaient l'accomplissement d'un engagement pris par l'ancien carbonaro qu'était Napoléon III de délivrer l'Italie. La France accueillit cependant avec enthousiasme cette généreuse intervention en faveur de sa sœur latine pour l'affranchir de la domination étrangère. Le départ de l'Empereur allant se mettre à la tête de son armée fut l'objet d'ovations sans précédents. Ce fut à cette occasion que la calèche impériale fut dételée et que les ouvriers la traînèrent triomphalement.

J'ai assisté au défilé de la garde impériale, rue de Rivoli, devant les Tuileries, avant de partir pour la guerre. Nous étions allés, mon ami Fontaine de Rambouillet et moi, chercher son cousin le capitaine adjudant major Marentini, brave comme son épée, ce qui ne l'empêchait pas d'être un artiste de valeur dont les aquarelles ont figuré au Salon, à sa caserne, près de la Place de l'Hôtel-de-Ville. Comme tant d'amis d'officiers, nous escortions le régiment lorsque, au Pavillon de Marsan, nous vîmes l'Empereur, debout, au balcon d'une fenêtre du rez-de-chaussée. Il salua le drapeau et fut salué lui-même par des cris très nourris, très spontanés, et des applaudissements.

On sait les victoires de Magenta, de Solférino, l'entrée triomphale de nos troupes à Milan d'où, de toutes les fenêtres, on leur jetait des bouquets, et ayant comme conclusion le traité de paix de Zurich, à la suite de la conférence qui s'y tint dans l'édifice devenu l'hôtel Baur au lac, où est encore la salle des réunions des Plénipotentiaires. Ce traité nous donna la Savoie et le comté de Nice. La Vénétie fut confiée à l'Empereur qui la remit à l'Italie.

La mise en scène si émouvante du retour des troupes fit grande impression. Je l'ai vue des fenêtres de l'appartement de mon oncle, Boulevard Saint-Martin, 8, dans la maison qu'habitait Paul de Kock. En tête marchaient les blessés, au front bandé, aux bras en écharpe, aux jambes de bois et s'appuyant sur des béquilles, puis l'Empereur en grand costume et culotte blanche, tout rayonnant dans son uniforme et entouré des maréchaux de France. Paris était en grande fête sur le passage du cortège et le patriotisme éclatait en vivats au son des musiques militaires et à l'aspect de toutes ces gloires. Seuls les anciens carbonari trouvaient insuffisante encore l'indépendance de l'Italie et les attentats d'Orsini puis de Greco et Trabuco furent les vengeances de ces mécontents.

L'annexion des communes de la banlieue ne fut pas unanimement approuvée. Après cinquante-deux

ans, que subsiste-t-il des critiques dont elle fut l'objet ?
Comme on avait crié contre les fortifications sous
Louis-Philippe, en prétendant qu'elles étaient édifiées
non contre l'Etranger mais contre le Peuple, on sou-
tint que l'annexion avait pour but d'éloigner du
centre les populations ouvrières pour les plus facilement repousser en cas d'insurrection. La troisième République en voulant encore étendre les limites
de Paris par le déclassement des fortifications, n'a-
t-elle pas jugé à leur valeur les critiques des républicains de 1859 ? Quand on compare l'aspect actuel,
l'assainissement des rues, le luxe des maisons de Batignolles, Montmartre, la Chapelle, sans parler de Saint-
Mandé, de l'Avenue de la Grande Armée et surtout
de Passy, la transformation de ces boulevards exté-
rieurs dont nous avons parlé à propos du percement
du Boulevard Malesherbes, et qui sont devenus de
seconds boulevards centraux, à ce qu'elles étaient
avant avec les masures misérables, le mur d'enceinte,
on pourrait s'indigner à juste titre si on ne savait ce
que sont les jugements humains quand la passion
les égare !

Pour ne parler que de Passy, quelle miraculeuse
féerie que la transformation du Trocadéro ! J'ai vu
ces buttes énormes, couvertes d'herbes et de brous-
sailles qu'on osait à peine escalader là où sont aujour-
d'hui le Palais de Davioud et les superbes jardins
décorés par le fleuriste de la ville. Je me souviens
combien j'avais d'appréhension en allant voir mes
amis, MM. Rischmann père et fils qui habitaient en
haut de ces parages déserts.

Non seulement l'annexion eut ces heureux effets
dans la zone même, mais elle eut une répercussion
dans la banlieue plus éloignée. Nous passions, l'année
d'avant, l'été à Suresnes. En 1858, on n'y trouvait
guère de villas et moins encore de grandes propriétés

d'agrément. Echelonnées autour du Mont Valérien,
une quantité de maisonnettes avec des terrains pota-
gers et maraîchers, des terres plantées de vignes et
produisant le vin aigre du pays. — Le bois de Boulogne tout voisin conservait encore quelques vestiges
de son ancien défaut d'entretien. Les anciennes buttes
de l'Avenue de Neuilly où se tenaient les loueurs de
chevaux pour les promenades au Bois disparaissaient
peu à peu, mais on cavalcadait encore à ânes dans
cette avenue des Acacias, depuis sillonnée par les
brillants équipages du Second Empire pour être aujourd'hui déshonorée par les lugubres, bruyants et
surtout puants automobiles !

Auteuil et Passy sont devenus, après l'annexion,
des quartiers riches et confortables, grâce à la sollicitude de M. Alphand, qui se préoccupa sans cesse
de leur procurer les grandes facilités de communication
avec le centre. Ce grand architecte, cet ingénieur
incomparable, ce jardinier unique, supérieur à Lenôtre
puisqu'il travailla pour le bien-être de tous et non
pas seulement pour les jouissances du roi et des grands
seigneurs, a laissé cette œuvre impérissable : les embellissements et surtout les parcs de Paris ! Il s'imposait à ce point comme l'homme unique, indispensable, que, résistant à toutes les révolutions politiques, il fut maintenu après 1870 en ses fonctions de
directeur général des travaux. Son influence même
et son rôle grandirent encore. Il a bien mérité la statue que la Ville lui fit élever Avenue du Bois de
Boulogne, par Dalou, moins heureux que dans ses
autres œuvres en le représentant courbé et donnant
ses ordres non à une armée de collaborateurs,
mais à quelques personnages émergeant du sous-
sol. Après ses nouveaux prodiges, les expositions
de 1878 et 1889, après les percements de tant de nouvelles avenues, la création de tant de squares, il reçoit

chaque jour, le plus beau des éloges posthumes. Quand
on déplore la malpropreté de Paris, les dangereux
bouleversements des voies publiques, l'impraticabilité
des grandes artères aux tramways à trolleys et aux
autobus, les dégâts des inondations, on invoque son
nom et on s'écrie couramment : « Il en sera toujours
« ainsi tant que Alphand sera mort ! »

Je ne saurais finir de parler de l'annexion sans en
signaler une conséquence très humoristique et qui
défraya la verve des écrivains. L'ancien Paris était
divisé en 12 arrondissements. Le nombre en fut porté
à 20. On désignait avant les faux ménages en disant
qu'ils étaient mariés au XIIIe arrondissement parce
qu'il n'existait pas. Louis Lurine a publié en 1850
une brochure fort drôlatique sur cet arrondissement
fictif. On dit aujourd'hui l'union libre et on n'a pas,
changeant de numéro, substitué aux anciens faux
mariages du 13e ceux du 21e actuel.

L'année 1860 fut marqué pour nous par un voyage
en Suisse que nous fîmes, nos parents, mon frère et moi.

Comme en 1853, et comme deux ans plus tard
en 1862, nous allâmes à Lyon où nous descendîmes
dans un hôtel depuis longtemps disparu et qui, alors,
était un des premiers de Lyon, l'hôtel des Terreaux,
sur la place de ce nom, tout près de la Préfecture.
A cette époque la ligne du chemin de fer était terminée et nous allâmes passer quinze jours à Virieu
le Grand, chez M. et Mme Genêt dans une paisible
petite bourgade rendue bien méconnaissable maintenant par l'installation de grandes usines. Elle était
dominée par une petite colline au haut de laquelle
s'élevaient les ruines du château d'Honoré Durfé.
Que de fois, au coucher du soleil, j'allais m'asseoir là
et me rappelais les vers de Lamartine :

« Je promène au hasard mes regards sur la plaine
« Dont le tableau changeant se déroule à mes pieds... »

Je voyais la rentrée des troupeaux, étendu au pied
des murs écroulés.

Nos amis, les Genêt, braves lyonnais retirés des
affaires, nous recevaient dans une maison de paysans
aisés, mais primitive. La table était loin d'être succu-
lente. On n'y servait de viande de boucherie qu'une
fois par semaine, mais ils nous conduisirent à Ambé-
rieu, Culoz et Nantua où nous nous dédommageâmes
amplement. La Bresse est une des contrées où les gourmets sont peut-être les plus favorisés en France. On
nous servait en un seul déjeuner, perdreaux, faisans
et becs-figues : « Tout plumes et becs ? Festin de roi »
s'écriait notre amphitryon. Quelle pittoresque contrée
voisine des contre-forts des Alpes et où on séjourne-
rait volontiers longtemps si on y trouvait des instal-
lations aussi parfaites qu'en Suisse. Mon frère Charles,
que M. Genêt, ancien militaire, appelait plaisamment
le voltigeur, parce qu'il était le plus petit, riait de tout
cœur à la conversation de cet aimable compagnon qui
avait un langage fort original.

Arrivés à Bourg, nous prîmes une voiture pour
aller à Genève. Quelle route prestigieuse ! Nous au-
rions bien voulu la revoir. En longeant le Rhône qui
coule en torrent, nous avions à chaque tournant une
nouvelle perspective de montagnes. Nous passâmes
par le fort de l'Ecluse, à mi-côte de l'une d'elles.
Nous pûmes, près de Seyssel, aller voir la perte du
Rhône, une curiosité disparue ! Le Rhône s'engouffrait
dans une excavation couverte pour ressortir plus loin.
Une tranchée a mis maintenant le fleuve à découvert.

Nous n'avions pas l'habitude des grands voyages
et nous nous attardâmes à Genève où nous étions
descendus à l'hôtel des Bergues, sur le quai de ce nom,
en face de l'Ile Jean-Jacques Rousseau. Du moins
notre séjour nous permit d'aller à Ferney. Le château
de Voltaire me passionna avec son berceau de char-

milles aux échappées de lointaine perspective. Deux
choses me frappèrent — l'Eglise élevée par Voltaire
avec son orgueilleuse inscription : « Deo crexit Voltaire » — et, dans un autre odre d'idées, le vase ayant
contenu le cœur de Voltaire sur lequel on lisait :
« Son cœur repose ici ; son esprit est partout ». Il y
avait encore deux reliques de lui ; sa canne et sa robe
de chambre. Les Anglais visiteurs la coupaient par
morceaux qu'ils emportaient sans façon, et il n'en
reste plus rien ! — Le château de Coppet où j'allai
aussi me parut moins curieux. Imprégné de mon Paul-
Louis Courier je ne pus m'empêcher de penser que
Madame de Staël, cette grande dame doublée d'un
grand écrivain, poussait loin le cynisme aristocratique
en cette demeure à l'aspect austère, dont Benjamin
Constant fut le seigneur morganatique et auquel elle
donna, déjà vieille, son tout jeune successeur, M. de
Rocca. Les souvenirs de Necker et ceux du baron de
Staël y voisinent avec ceux des amants de la Châte-
laine. — Enfin Divonne-les-bains venait d'être créé
et réalisait le summum du luxe avec son théâtre et ses
pavillons disséminés dans son beau parc.

Nous voulions seulement visiter les grandes villes :
Lucerne, Berne, Bâle, Schaffouse en rentrant à Paris
par Baden-Baden, alors dans sa splendeur due à la
roulette qui ne fonctionnait pas encore à Monte-Carlo.
La rencontre inopinée de mon oncle et de sa famille
nous procura une heureuse diversion. Ils nous décidèrent à faire l'excursion de Chamonix et de la Mer
de glace, en revenant par le col de la Tête Noire à
Martigny puis à Lausanne où nous devions, mon frère
et moi, retrouver nos parents que nous avions laissés
à Genève.

Le voyage de Genève à Chamonix n'était pas alors
aussi commode qu'aujourd'hui. Il fallait prendre la
diligence dite « *inversable* » basse sur roues et comportant

deux coupés, l'un inférieur à la rotonde et l'autre au-dessus d'elle. Ce fut le coupé d'en haut que nous louâmes. On descendait aux côtes et on suivait à pied. A Sallanches des voitures particulières prenaient les voyageurs.

Une famille voyageait avec nous, composée du père, gros, assez commun, de la mère vulgaire aussi et d'un fils âgé de 25 ans environ, employé au Ministère de la Guerre. Le père, tout en gravissant une côte, lia conversation avec mon oncle et lui conta, — ce qui était exact, — qu'en ce moment, les Suisses, redoutant une annexion de la côte helvétique du Léman après celle de la Savoie, nous accueillaient assez mal, nous donnaient les plus mauvaises chambres dans les hôtels et qu'il avait eu à en souffrir particulièrement. On lui avait, en voyant sur ses malles la plaque de la maison de l'Empereur, fait grise mine partout. Aussi avait-il enlevé ces marques. Et il contait, sans tarir, toutes les péripéties de la guerre d'Italie en homme au courant des moindres détails, même les plus igno-rés. Il avait assisté à toutes les batailles et avait été très mal traité au point de vue de l'alimentation, comme, d'ailleurs, l'Empereur lui-même. Mon oncle en conclut qu'il avait affaire à quelque général ou à quelque intendant militaire et me le confia. De retour à Paris, et me promenant sur le boulevard avec Jules Barrême, le préfet de l'Eure plus tard assassiné, nous rencontrâmes le plus jeune de ces compagnons de route. On causa ; on parla de l'excursion au Mont Blanc et quand nous fûmes seul avec mon ami, je lui demandai quel avait été notre interlocuteur : « Comment ? tu ne le connais pas ? Mais c'est Benoist, « le fils du cuisinier de l'Empereur ». Mon oncle avait pris ce cuisinier pour un général ! Ces méprises sont fréquentes en voyage où tant de gens cherchent à se faire passer pour de grands personnages, quand ils sont de fort petits messieurs et où on s'affuble de titres et de distinctions imaginaires !

Une autre rencontre non moins drôle, fut celle d'un couple de jeunes mariés de nos amis, que nous avions quittés le jour de la noce et qui s'étaient mystérieusement éclipsés sans vouloir dire où ils allaient passer leur lune de miel. Et voilà qu'en faisant l'ascension du Montanvert nous les apercevons à mulets, les suivons sur les nôtres et nous étions quinze !

Très instructif fut un ennuyeux incident. A notre arrivée à Lausanne, je loue une voiture pour aller à Vevey. Au retour, je voulus me faire conduire à la gare, au devant de mes parents. En passant devant la remise je vois le patron faire un signe à mon cocher qui s'arrête et j'entends le loueur dire à celui-ci après lui avoir demandé où il allait : « 15 francs ! » Je ne comprenais pas ce que cela voulait dire lorsque, au moment de quitter la voiture, je remets les 30 francs convenus avec le pourboire. Le cocher refuse en me répondant : 45 francs ! Je m'adresse à un agent qui m'engage à recourir au juge de paix ! Il ne siégeait que dans quatre jours et nous repartions le soir ! On me dit au bureau de police que je puis aller trouver le magistrat chez lui. J'y cours. Il était malade et alité. Il m'explique qu'il ne peut juger hors de l'audience que si nous étions d'accord pour lui demander de statuer de suite, mais que je puis consigner au bureau de police les 45 francs réclamés sauf à obtenir la restitution des 15 francs en sus de mes offres s'il échéait. Comme je voulais faire de suite ce versement, le commissaire me déclare qu'il ne peut accepter mon argent qu'en monnaie suisse... et comme c'était un dimanche, les boutiques étaient fermées ; je ne pouvais changer qu'à l'hôtel où je dus me faire mener, pour revenir et payer les courses supplémentaires, soit dix francs ! Ceci nous apprend qu'il faut prendre toutes ses précautions quand on a affaire aux loueurs, au besoin faire spécifier le service sur un bulletin et surtout qu'on a parfois intérêt à en passer par leurs exigences pour éviter de plus désastreuses conséquences.

Le point culminant de la richesse publique, de l'inouie prospérité commerciale, du rayonnement de la France dans le monde et du prestige impérial fut cette période de 1860 à 1867 où la paix nous semblait assurée. Aussi était-ce une fête, une sarabande incessante et interminable.

Partout on dansait, on chantait, on jouait la comédie, des charades. Partout on dînait, soupait, se déguisait. Au contraire de notre époque où la démocratie et le socialisme ont fait abandonner le luxe éclatant au dehors, où on ne voit plus de carrosses dorés, des livrées écarlates et des laquais poudrés à frimas, de victorias en daumont et des piqueurs chamarrés, Paris était étincelant et brillant. Lisez les livres récents de Lolliée !

Les Champs-Elysées, d'anciens champs de foire, étaient devenus l'élégant et fleuri jardin actuel. Là où jadis les saltimbanques jouaient leurs parades, les charlatans débitaient leurs poudres à détacher, s'élevèrent de véritables et superbes théâtres ; des panoramas, le cirque d'été dont les soirées du samedi furent si brillantes et où on rencontrait des ambassadeurs comme le Prince de Metternich et les grandes dames de la Cour, des salles de cafés-concerts, jadis simples baraquements exposés à tous les vents et devenus de coquets salons. Puis les restaurants de luxe : le vieux Ledoyen, le Petit Moulin Rouge sur la gauche, Laurent à droite. — Le bal Mabille était fréquenté par tous les mondes, même par le véritable, avec son éclairage aveuglant, son cercle dallé en plein air où dansaient des amateurs plus ou moins rémunérés et

autour duquel tournaient sans trêve ni repos les
« gandins » et les « biches » dont Taine, dans son Thomas Graindorge et Monselet, dans ses figurines parisiennes, ont si bien photographié les conversations et
les manœuvres. On rencontrait attablés au café-buffet,
toutes les célébrités du monde des viveurs depuis
Arsène Houssaye, Henry de Pène, jusqu'aux Demidoff, Grammont-Caderousse, Narischkine. — Le Château des fleurs avait une clientèle d'ordre inférieur,
mais encore élégante, ainsi que le Jardin d'hiver, une
serre de toute beauté, surtout recherchée pour les
bals d'enfants qui s'y donnaient pendant le Carnaval. — Quant au Casino Cadet, à Valentino, au Vaux
Hall, c'étaient, sous prétexte de bals, des marchés de
basse galanterie. Le château Rouge et l'Elysée-Mont-
martre, en dehors du vrai Paris, étaient fréquentés
par les artistes des environs et les lorettes de la basse
pègre. Le Pré aux Clercs et les autres bals d'étudiants
étaient de plus en plus courus par les commis, les
couturières et les modistes du quartier, derniers vestiges des anciennes grisettes.

Ces distractions chorégraphiques et surtout libertines, n'avaient pas de rivales puisqu'on ne pouvait
recourir à celles de la politique, des réunions publiques et des clubs qui étaient interdits. Le relèvement
de la tribune au Corps législatif avec des comptes-
rendus plus détaillés des débats parlementaires changea peu ces mœurs depuis huit années acclimatées.
Les journaux muselés et surveillés étaient peu nombreux et manquaient d'intérêt. Le « Courrier du Dimanche » n'avait pas encore paru. Le « Temps » seul
avait de nombreux abonnés ; il venait d'être fondé
par Nefftzer.

En dehors des lieux publics et des plaisirs dont j'ai
parlé, il y avait encore le bal de l'Opéra dont j'ai
entendu vanter les attraits et les charmes d'autre-

fois. Il ne vivait plus que par tradition et n'avait
que le souvenir de ses splendeurs passées. On y allait
surtout par snobisme. Seuls, les rendez-vous donnés
sous l'horloge subsistaient et donnaient lieu à d'amusantes mystifications. Souvent le Jobard qui avait
reçu un billet anonyme le convoquant à une heure du
matin se morfondait en attendant la bonne fortune
qui n'arrivait pas. Parfois, un domino survenait enfin
qui se faisait offrir à souper et, retirant son loup,
dans le cabinet particulier, démasquait un laideron
de 50 ans. Mais les intrigues du foyer avaient cessé
d'être piquantes comme au bon vieux temps : ce
n'étaient plus que des tentatives de raccolage par des
professionnelles. De la plupart des promeneurs, errant
en habit noir dans les couloirs, on aurait pu s'écrier
comme du monsieur au faux nez du dessin de Gavarni :
« En voilà un qui est déguisé en monsieur qui s'...em-
bête ! »

Plus gaies étaient les soirées organisées par
les maîtres de danse comme Cellarius, dans ses
salons de la rue Vivienne, Laborde, et surtout le
polonais Markowski qui avait fait installer un bassin
de grande dimension et d'où s'élevait un jet d'eau
de Cologne. A côté de ces bals qui n'avaient rien d'un
cours de danse, mais qui servaient de lieux de rendez-
vous, d'autres plus modestes étaient organisés. —
Passage Verdeau, chez les Grétry-Louvigné se disant
issus du célèbre musicien, et Porte St-Martin, chez
Renausy. Chez les uns, les danseurs offraient aux
dames des bols de punch et des rafraîchissements,
chez d'autres on leur payait des gants.

Les courses de chevaux ne s'étaient pas encore
aussi développées. Elles n'étaient pas démocratisées.
Les hippodromes étaient moins nombreux. Ceux de
Longchamp, de La Marche et de Chantilly étaient à
peu près les seuls ouverts. Celui de La Marche fut par-

ticulièrement brillant et celui de Chantilly où se
courait le Derby, réunissait surtout le monde hippique.

Les spectacles militaires de l'Hippodrome de Paris
attiraient la foule. On y donnait la Prise de Sébastopol ou l'entrée des troupes à Milan et le chauvinisme exultait à voir apparaître le drapeau français
et sous les uniformes de nos zouaves, ces actrices
d'occasion qui trouvaient là une occasion de s'exhiber.
On les avait baptisées du nom d' « écuyères à pied ».

Il ne faudrait pas croire que tous ces amusements
populaires ou galants impliquassent une moindre
ardeur au travail. Magasins, ateliers, études et boutiques ouvraient tôt, fermaient tard. Les chômages
volontaires, les repos hebdomadaires obligatoires et
surtout les *ponts* n'avaient pas encore été inventés.

En 1861, Eugène Grangé, un ami de mon père, son
collègue à la Société chantante le Caveau, qu'on appelait l'Académie de la Chanson, fit représenter au
Palais Royal une pièce de Carnaval qui, fidèle à son
titre, n'était qu'une grosse bouffonnerie. La Mariée
du Mardi Gras, avec Gil Pérès, Lassouche et cette
troupe unique qu'on n'a jamais pu retrouver depuis,
était d'une désopilante gaîté. L'idée d'associer une
noce à des troupes de masques, de la faire défiler au
son des trompes, était burlesque. La fantaisie de Lambert Thiboust unie à la verve et à l'humour de Grangé,
qui, comme la plupart des auteurs comiques était de
mine triste et lugubre, réalisait une heureuse collaboration. Mais il fallait, pour jouer leur pièce dépourvue de tout style, sans intrigue et sans traits, des acteurs brûlant les planches et ces farceurs sans pareils
qui y figurèrent étaient bien les interprètes rêvés.
Théâtre inférieur à celui de Labiche et de Gondinet ! Il
n'en reste rien que le souvenir d'une folle soirée, mais
comme elle me fut agréable, j'ai cru devoir la noter.

Ludovic Halévy qui n'avait pas encore trouvé son

collaborateur siamois Henri Meilhac, mais qui, déjà,
avait son musicien, Offenbach, fit jouer aux Bouffes
Parisiens sa « Chanson de Fortunio ». Il l'avait écrite
avec Hector Crémieux. Elle restera dans son œuvre
comme une spirituelle et fine bleuette à laquelle le
compositeur a su adapter une musique douce, mélodieuse, exquise. Le sujet lui rappelait un de ses premiers succès. Offenbach avait dirigé l'orchestre de la
Comédie-Française... quand, moins grande dame qu'aujourd'hui, elle avait un orchestre, et lors qu'on y joua
le Chandelier d'Alfred de Musset, il avait écrit la musique de la chanson que Fortunio chante à Jacqueline
devant son mari, le notaire Me André et devant
Clavaroche. La petite comédie est très piquante.
Fortunio est devenu notaire et il a succédé à
Me André. Or voici qu'un de ses clercs, amoureux de sa
femme à son tour, découvre dans une des minutes de
l'étude, en collationnant :

> « ...la chanson du Patron... »

Il s'en sert — comme elle ne porte pas le nom de
la dame aimée, — pour séduire Mme Fortunio. La loi
du talion ! Comment rendre saisissable à qui ne l'a
pas vu le jeu du notaire, Désiré, ce grand artiste digne
d'un théâtre plus sérieux, et qui eût été un Harpagon,
un Arnolphe ou Argan accompli ? Comment rendre
la fantaisie de Bache, cet ancien pensionnaire de la
Comédie-Française, grand, efflanqué, d'un extraordinaire sang-froid, qui jouait le rôle du petit clerc :

> « Je porte à destination
> « les billets doux des camarades
> « et les actes de mon patron... »

Ses plaisanteries et ses charges, en dehors du théâtre,
mériteraient un chapitre spécial. N'est-ce pas lui qui,
demeurant à Montmartre, se faisait conduire au théâtre des Bouffes en voiture de deuil qu'il allait prendre

au cimetière. Un jour, comme il venait de monter,
surviennent des membres de la famille du défunt, qui
le regardent et le dévisagent, étonnés de se trouver
avec un inconnu... Bache ne se déconcerte pas. Il
prend un air consterné, murmurant : « Le pauvre
homme ! » — « Comment ? mais c'est une femme,
« c'est notre tante qu'on vient d'inhumer ? » — « Je
« le sais bien ! — reprend Bache, — mais les mal-
« heureux ne sont pas ceux qui s'en vont, ce sont ceux
« qui restent ! » — Il passe avec un ami sur la Place
du Carrousel et veut entrer dans la Cour des Tuileries
à cette époque close par une grille et où il était défendu
au public de pénétrer. Où allez-vous ? lui dit un garde.
— « Monsieur est avec moi », répond-il, et le garde, croyant qu'il était personnage officiel salue, et laisse passer.

La chute des « Funérailles de l'honneur » de Vacquerie, drame en sept actes ! au théâtre de la Porte
Saint-Martin est mémorable dans l'histoire des
« fours ». Aucune ne fut plus accentuée... On avait
cependant fait grand bruit autour de la pièce. Auguste
Vacquerie et Paul Meurice n'étaient-ils pas les inséparables et plus fidèles amis de Victor Hugo ?

Mais quel contraste entre Meurice et Vacquerie.
Paul Meurice, gai, enjoué, plutôt gras, inspirant bien
l'idée d'un haut bourgeois riche et sans préoccupations, tandis que Vacquerie, avec son visage attristé,
ses traits allongés, son teint tourmenté, répandait
autour de lui la mélancolie. Tel je l'ai connu et vu,
silencieux pendant une soirée entière chez un ami
commun. Homme modeste, aux manières simples,
accueillant et bienveillant, il était pourtant très sympathique. Ses « Miettes de l'histoire » des Iles de la
Manche est d'une lecture très attachante ; mais il n'eut
jamais de succès comme auteur dramatique. Il était
oncle d'Ernest Lefèvre, avocat éloquent, ancien premier secrétaire de la conférence en 1858 dont les

aventures comme membre de la Commune en 1871 furent si curieuses et si dramatiques.

« Gaëtana » d'Edmond About, représentée en 1862 à l'Odéon, est une œuvre quelconque. Le charmant écrivain de tant de romans et de tant de nouvelles qui resteront comme Tolla, les Mariages de Paris, le Roi de la montagne et le Nez d'un notaire, n'était pas un homme de théâtre. Il fut abondamment sifflé. Le public s'ennuya-t-il ? La pièce, qui ne semblait pas par elle-même mériter de susciter une cabale, tomba sous les huées parce que About ayant alors quitté la presse d'opposition était entré au Constitutionnel, un des journaux de l'Empire ? Le public, quand ses passions politiques ou religieuses sont excitées, ignore les considérations d'art et d'esthétique. Au lieu de juger l'œuvre qui seule est en cause, il acclame ou honnit l'ouvrier. Ne l'avons-nous pas vu encore récemment à la Comédie-Française ?

Meilhac et Halévy donnèrent cette même année au Vaudeville une de leurs meilleures comédies « les Brebis de Panurge. » Anaïs Fargueil y fut une actrice de grande envergure. Les brebis, c'étaient les femmes sautant à la séduction comme les moutons de Panurge à la mer, par esprit d'imitation, parce qu'un homme est en passe pour être « homme à femmes ». Il fallait entendre Fargueil disant à une camarade : « Mais saute donc, ma chère ! » Elle avait contre elle un physique sans charmes, des traits plutôt anguleux, une voix de nez ; mais savait, à force d'art, faire oublier toutes ses imperfections comme Félix, son partenaire habituel, gros, grêlé de la petite vérole et cependant si séduisant dans les rôles de raisonneurs et même dans ceux à panache. Tous deux créèrent en y laissant leur marque inoubliable, la Dalila d'Octave Feuillet.

« Une Corneille qui abat des noix » de Théodore

Barrière et Lambert Thiboust au Palais Royal, fut
une des pièces les plus réussies de ce répertoire si riche
en chefs-d'œuvre. La Corneille qui abat des noix,
c'est un ami de province fièvreusement attendu chez
de bons bourgeois de Paris, ses vieux amis, qui lui
donnent l'hospitalité, se réjouissent de le recevoir
et dont il trouble le ménage par des méprises et des
soupçons. L'intrigue y était des mieux conduites. La
première scène, celle où on guette sa venue, courant
au devant de lui à chaque coup de sonnette et heur-
tant tantôt l'horloger, tantôt l'accordeur de pianos,
est pleine de gaîté. Très observées les suppositions du
maître de la maison qui, montre en mains, compute
les phases de l'arrivée du train, la visite des bagages,
le choix d'une voiture, les embarras de la circulation
qui peuvent retarder son hôte.

Quoi de plus désemparant que la démolition et la
disparition des édifices et des rues, témoins de nos
jeunes années. Les lieux, comme les gens, ont leur
physionomie, et parfois notre affection. Le boulevard
du Temple, un des sites les plus animés de Paris, avec
tous ses théâtres, ses marchands d'oranges et de raf-
fraîchissements, fut éventré par l'ouverture du Boulevard du Prince Eugène, maintenant Boulevard Voltaire. Evénement pénible à tous les parisiens flaneurs,
amateurs assidus de ces scènes si populaires et si
typiques, où se rencontrait le gamin de Paris de plus
en plus rare en notre siècle, avec ses lazzis, ses mots
drôles et imprévus.

Beaucoup plus loin, vers la Madeleine, sur un autre
boulevard, plus élégant, celui des Italiens, s'ouvrirent
les salons de coiffure de Lespès, associé de Villemessant, le fondateur du Figaro, continuant ainsi le
métier du patron de son journal. Le nouveau coiffeur
s'installa au coin de la rue Richelieu dans l'ancienne
maison de jeu Frascati. Ce fut une innovation. On ne

connaissait pas auparavant ces grands salons de
coiffure où 20, 30 garçons, à l'entrée d'un client l'as-
sourdissent en l'appelant : « Par ici, Monsieur, par ici ! ».
Les salons d'autrefois étaient petits, au contraire,
meublés avec goût. Chacun avait devant lui sa con-
sole surmontée d'une glace et très espacée des autres.
On ne se coudoyait pas. Il y avait quelques garçons
seulement qu'on n'appelait pas encore des « artistes ».
On choisissait tranquillement son fauteuil et on était
servi avec conscience, sans presse et sans hâte. On
vous « soignait ». Chez Lespès, la grosse préoccupation
était de raser vite, car on avait nombre de barbes à
faire, les clients faisaient queue et les pourboires étaient
d'autant plus nombreux que rapides étaient les opérations. Les « figaros » ont toujours eu le goût des lettres
et surtout le culte des écrivains. Chez Lespès, partout
sur les murs s'étalaient les portraits des gens de lettres
et des journalistes. Le voisinage de la Bourse y amena
surtout les coulissiers. Les grands banquiers, beaucoup
de riches boulevardiers préféraient la boutique dis-
crète de Gaubert, passage de l'Opéra, et plus tard
l'entresol du coiffeur Louis, au-dessus du café du
Helder, où on voyait une photographie de l'acteur
Alexandre, en général de la République, avec cette
dédicace spirituelle :

> « La République, en sa tempête,
> « Peut m'exécuter, mais je veux
> « Que, si l'on me coupe la tête,
> « Louis me coupe les cheveux ! »

Nous avons assisté, en 1863, au bizarre remplacement
de la statue du Petit Caporal qui, depuis Louis-
Philippe, surmontait la colonne Vendôme par celle
de Napoléon en César romain. Singulière idée de substituer à l'Empereur de l'histoire et de la légende,
l'empereur à la redingote grise et au petit chapeau,

ce personnage antique qui pourrait être aussi bien
Auguste, Titus ou même Néron !

La vie de Jésus fit un beau vacarme. Renan fut
le lion de l'année. Vilipendé par l'Eglise catholique,
il fut non moins violemment réfuté par l'Eglise réfor-
mée. J'ai assisté à une très savante et très littéraire
conférence du pasteur de Pressensé qui, en termes
courtois et mesurés, combattit le grand écrivain. Les
passions étaient très surexcitées, les attaques contre
Renan allaient jusqu'aux pires outrages :

« Tant de fiel entre-t-il dans l'âme des dévôts ! »

J'ai souvent diné avec Renan dans ces banquets
mensuels où il aimait à parler. Il était causeur séduisant et d'esprit très délié ; sa bonhommie était empreinte d'une légère causticité.

Dans un de ces dîners où se trouvait Jules Simon,
il lui rappelait avec malice le temps où, séminariste
et élève de Saint-Sulpice, il s'échappait de la Faculté
de théologie pour aller à la Faculté des lettres suivre
le cours de philosophie de Cousin, au grand mécon-
tentement des ecclésiastiques, ses maîtres.

Sous son épaisse enveloppe, ses mains grasses aux
ongles coupés en carré, avec sa physionomie monacale
et qui se serait accommodée de la prêtrise, il raillait
volontiers. Au banquet celtique, parmi les Bretons,
s'étaient glissés deux nègres. Ne but-il pas à leurs
santés, heureux, disait-il, de consater jusqu'où s'éten-
daient les côtes de la Bretagne, ce qu'il n'avait pu
jusqu'alors soupçonner. Pouvait-on mieux et plus justement se moquer de ces réunions soi-disant régiona-
les, si nombreuses à Paris et où souvent on rencontre,
des gens de tous pays, excepté de celui dont les originaires seuls devraient être membres ? Ce sont là surtout des occasions recherchées de se pousser et d'obtenir des décorations.

Quels joyeux moments on passait au théâtre du

Palais Royal en entendant « Célimare le bien-aimé »
de Labiche ? Ce fat bête et prud'homme était per-
sonnifié par Geoffroy, si excellent dans les rôles de
bourgeois sentencieux, solennels ou stupides. Il ne
forçait pas la note et est demeuré l'idéal Perrichon.

Meilhac et Halévy firent représenter au même
théâtre leur « Brésilien », petit acte étourdissant dont
le grand succès fut dû à Brasseur, supérieur dans les
rôles de « brésiliens » comme on le vit trois ans plus
tard encore dans la Vie Parisienne. Sa scie de :

    « Voulez-vous
    « Voulez-vous
  « Voulez-vous accepter mon bras ? »

était partout chantée dans les rues.

La translation du Tribunal de Commerce, jusqu'alors
installé dans les combles de la Bourse, en son siège
actuel, en face de la cour de Mai, fut un événement
qui émut autant les agréés que le projet actuel de
passage souterrain entre les deux Palais. Ils redou-
taient la concurrence des avocats qui traverseraient
en robe le boulevard. De cette époque date leur hostilité agissante contre le barreau. N'imaginèrent-ils pas
de demander et le tribunal n'eut-il pas le tort de leur
concéder qu'on réléguât les avocats sur un banc latéral
en leur réservant à eux en face même du prétoire, de
confortables bureaux ? Pas plus alors que maintenant
ils n'étaient cependant menacés dans leurs forces vives.
La cuisine de l'audience avec ses procédés techniques,
son argot, les appels interminables, l'absence de vacances et la faculté pour eux, dont ils usent, de faire appeler les causes pendant les vacations judiciaires et en
l'absence des avocats, sont leurs plus sûrs préservatifs.

C'est une bien curieuse histoire que celle de cette
corporation dont l'existence n'a rien d'officiel, qui
n'a été organisée par aucune loi et qui s'est arrogé
un véritable privilège et un monopole de fait. Quel-

ques agents d'affaires furent, à l'origine, « agréés »
par les Tribunaux de Commerce et obtinrent des facilités de forme pour représenter leurs clients. D'accord
entre eux, ils limitèrent leur nombre et se créèrent
ainsi des « charges » qu'ils purent vendre. Puis ils
gagnèrent les bonnes grâces des commerçants, leurs
juges en favorisant leur paresse et en faisant renvoyer
l'examen des procès devant les arbitres rapporteurs
qui préparent les jugements, et en parlant la langue
commerciale. Les juges crurent qu'ils épargnaient les
longues plaidoiries des avocats, réputés bavards, et
les agréés furent aussi longs qu'eux. Quand on demande
maintenant aux pouvoirs publics de revenir aux règles
de l'organisation judiciaire et d'admettre tout au
moins les représentants légaux des plaideurs, les avocats et les avoués, dans les mêmes conditions maté-
rielles qu'eux, ils poussent des cris féroces comme si
on attentait aux droits qu'ils n'ont pas, puisqu'ils
ne font que bénéficier de tolérances et de faveurs
sans fondement juridique. Tant il est vrai qu'un abus
enraciné fait trop aisément croire au bon droit de celui
qui l'exploite !

L'assassinat de Madame de Pauw par le docteur de
La Pommeraye fut la grande affaire criminelle de
l'époque. On sait que ce médecin avait fait, en omnibus, la connaissance de la malheureuse qui devint sa
maîtresse. Il la fit assurer en cas de mort à son profit,
puis l'empoisonna. Condamné à mort, il fut exécuté
en 1864. Comme il arrive souvent, on prit prétexte
de ce crime pour attaquer l'institution de prévoyance,
bonne en elle-même, qu'est l'assurance sur la vie
humaine. Le Procureur général Dupin prononça contre
elle un terrible et célèbre réquisitoire devant la cour
de cassation. Comme si les meilleures choses ne pouvaient servir d'instruments de crime entre les mains
des malfaiteurs et devaient de ce fait, être proscrites ?

V

1863-1866

Albert Desjardins. — Le comte Delaborde, avocat à la cour de cassation. — Alfred Monod. — Sa conduite pendant la guerre de Sécession et son héroïsme pendant la guerre de 1870. — L'église protestante orthodoxe et l'église libérale. — La Cour suprême. — Le Président Nicias Gaillard et ses facéties. — Les avocats généraux Blanche, de Marnas. — L'avocat général Bédarrides : « argent contre parole et parole contre argent ». — La conférence des secrétaires d'avocats à la cour de cassation. — M. Potel, successeur d'Albert Desjardins à ce barreau. — Engagement de M. Giraud. — Paul Jozon. — Arbelet. — Rauter. — Martinet. — Gonse. — Le Conseil d'Etat : M. Aucoc. — Stanislas Brugnon. — Le barreau de la Cour impériale. — M. Hébert. — Ses secrétaires. — 14, Place Vendôme. — Brisout de Barneville. — Grandmanche de Beaulieu. — Delasalle. — Lefèvre-Pontalis. — Roussellier. — Léon Renault. — Emile Lorois. — Ameline de la Briselaine. — Adrien de Tourville. — Thiroux. — Parmentier. — Bedel. — Othenin d'Haussonville. — Henri Mettétal. — Léon Béquet. — Le coupé de M. Hébert et la cour de la Sainte Chapelle. — Léon Duval et : « Via Scala secondo Piano ». — Une brouille et une réconciliation. — Dives et l'hostellerie de Guillaume le Conquérant. — La famille Le Rémois. — Alexandre Dumas père et Miss Adah Menken. — Henri Rochefort — Adrien Marx. — Le peintre d'Haussy. — Fontaine de Rambouillet, Eugène Carré et Emile Daireaux. — Montjauze. — Mon frère et son premier prix de droit romain. — Louis Renault. — Les Assises et le conseil de guerre. — Les présidents Falconnet et Salmon. — L'avocat général Ducreux. — Le bâtonnier Ernest Desmarets. — Le colonel de Gondrecourt. — M. Hébert à Saint-Gervais d'Asnières. — M. Troplong. — Hébert, Delangle et Mathieu. — Les éloges de Banaston et de Jacques Charpentier. — Georges Lechevalier et Lechevallier. — V*** et la soirée de la Place Vendôme. — « On se croirait en face ». — M. Dufaure et Gambetta. — Mariage d'Adrien Huard et Mademoiselle Etienne Blanc. — « Etre avocat

et se lever matin ». — Me de la Boulie et Me de Barthélemy.
— Les anciens secrétaires de Liouville. — Pourquoi Desmarets
fut préféré à Hébert. — Labiche ; « Moi ». — Emile Augier :
Me Guérin. — Dumas fils : L'ami des femmes. — Labiche :
La Cagnotte.— Meilhac et Halévy : La belle Hélène. — Gounod :
Mireille. — « Fallait pas qu'y aille ». — La grève des avocats
et le rôle d'Hébert. — La conférence et le résumé du bâtonnier.
— Edgard Demange, Alexandre Ribot, Edouard Laferrière,
Lagrolet, Griolet, Lesourt, Cadot et Ernest Hendlé, Maiso-
nabe. — Georges Le Chevalier et ses parents. — Fruneau.—
Eugène Garsounet. — Paul Sipière. — 10.000 francs aux
sergents de ville. — Gustave Chaix. — Le Procureur Général
Chaix d'Est-Ange. — Meyerbeer : L'Africaine. — Sardou : La
famille Benoiton. — Gabriel Benoît Champay. — Rogeard
et les Propos de Labiénus. — Le Café de Fleurus. — Edmond
et Jules de Goncourt : Henriette Maréchal. — Pipe en bois. —
M. et Mme Simon Hayem et leurs fils. — Benjamin Ulmann,
André Wormser et Emile Abraham. — Saint-Gratien. — Un
bal chez le carrossier Ehrler. — Les salons de Monbro. — Bal
costumé chez Madame O'Connel. — Ollivier Pichat. — Armand
Gouzien. — Louis Figuier.

La rencontre au Palais d'un ancien ami de collège,
Albert Desjardins, déjà connu à cette époque par tous
ses succès universitaires, à la fois docteur ès-lettres
et docteur en droit, alors secrétaire du Comte Delaborde, président de l'ordre des avocats au Conseil
d'état et à la Cour de cassation, me fut précieuse en
me fournissant l'occasion de devenir son collaborateur. Il m'offrit d'entrer dans ce même cabinet et
me laissa entrevoir la possibilité de devenir plus tard
avocat aux Conseils, comme on disait encore souvent.
Curieuse individualité que celle de mon nouveau
patron ! M. Delaborde était installé rue de la Chaussée-
d'Antin, dans la partie aujourd'hui disparue par suite
du percement de la rue Lafayette. Il avait le goût de
la grande éloquence sans être éloquent. Plusieurs de
ses plaidoiries imprimées comme celle prononcée devant les chambres réunies de la Cour suprême sur la
fameuse question du caractère des reprises de la femme
commune en biens, commençaient par le même exorde

à la fois pompeux et poncif. Quoique protestant convaincu et ardent, il manquait de simplicité et de naturel. Ce ne fut pas sans émoi que, lors de ma présentation à lui par Desjardins, je l'entendis me recom-
mander la lecture de la Rote de Gênes et du Guidon
de la Mer, m'expliquant qu'il avait une nombreuse
clientèle d'assureurs maritimes et que ces livres archaï-
ques me faciliteraient la préparation des mémoires.
Mon camarade fut le premier à en sourire et à me
rassurer.

Les relations avec M. Delaborde restaient dans les
limites d'une courtoise collaboration. Elles n'allaient
ni jusqu'à l'expansion, ni surtout jusqu'à la familiarité. Nous n'étions pas admis dans l'intimité de sa
famille, et, de la salle à manger où nous travaillions,
nous ne connaissions que le tapis, mais non la nappe,
car nous n'étions pas conviés à dîner. Tout au plus
apercevions-nous de temps à autre Mlle Delaborde,
toute gracieuse, qui passait rarement de face et Mme
Delaborde dont la silhouette seule apparaissait parfois quand elle reconduisait quelques visiteurs, entre
autres les frères de Goncourt, ses cousins.

Le Cabinet de travail de M. Delaborde avait toute
l'apparence de l'austérité. Je ne dirai rien de son mobilier, celui de tous les gens de Palais d'alors : vastes
bibliothèques et grand bureau d'acajou vernis sans
ornements. Au mur, le portrait en pied, en grand uniforme de général de division, son père. Fils d'un
comte de l'Empire, M. Delaborde songeait à utiliser
ses attaches bonapartistes en entrant dans la magistrature. Il devint conseiller à la Cour impériale et le
resta jusqu'à l'âge de la retraite.

Ce fut une bonne fortune pour nous que le choix de
son successeur. Un jour, M. Delaborde nous fit entrer
— solennellement comme il faisait toutes choses, —

dans son cabinet et nous mit en présence d'un jeune
homme, de l'âge même de Desjardins et de quelques
années seulement mon aîné. D'un abord froid, le
front haut et bombé, les lèvres plutôt boudeuses
qu'exprimant le dédain, le visage glabre avec des yeux
doux, d'une taille bien proportionnée, sans prétention, ayant le maintien réservé d'un pasteur, tel était
Alfred Monod, qui devint par la suite mon bien cher
et plus intime ami. Sa poignée de main n'était pas
de nature à faire présager un affectueux abandon.
Mais bientôt la glace fondait, et sous cette écorce un
peu rude, nous découvrîmes une bonté, un dévoûment plein de sollicitude, une loyale droiture qui nous
gagna complètement.

La vie privée de cet homme d'élite était édifiante ;
et quel meilleur exemple pour des jeunes gens de sa
génération comme nous !

Fils de Valdemar Monod, ancien président des courtiers d'assurances maritimes de Paris, dont la vie
était exemplaire, Alfred avait fait de brillantes études. Il avait obtenu un prix d'histoire au concours
général. Le père et le fils demeuraient porte à porte,
rue du Conservatoire, se voyaient journellement et
passaient les vacances ensemble à la campagne.

Notre nouveau patron était marié depuis un an
avec une des femmes les plus complètes et les meilleures que nous ayons connues. Elle était remarquable
par un bon sens très avisé, par sa fine perspicacité,
par son expérience pratique dans le ménage et la direction de l'éducation de ses enfants. Elle était intelligemment bienfaisante et délicate dans la manière dont
elle savait pratiquer la charité. Son souvenir ne s'ef-
facera jamais de nos cœurs. Ils venaient d'avoir un
enfant, Robert, qui devait mourir, tout jeune, su-
bitement pendant une ascension dans la montagne,

alors qu'il était attaché commercial aux ambassades
de France à Berne et à Berlin.

Le ménage était profondément uni. Jamais mari
et femme ne furent mieux faits pour s'entendre. Alfred
Monod, qui souffrit toute sa vie de douleurs hépa-
tiques, avait des vivacités et des amertumes dont
Madame Monod, qui connaissait bien la tendresse de
son mari, ne faisait que sourire. Ils inculquèrent aux
neuf enfants qui leur survinrent les principes les plus
sévères, mais savaient en atténuer la rigidité par les
marques constantes de leur affection. On était religieux traditionnellement chez les Monod et jamais on
ne manquait à ce culte de famille qui, dans le protestantisme, maintient si bien la discipline et la solidarité
par la communion de la prière et la lecture en commun des livres saints. Mais aucune superstition, aucune idolâtrie, ni surtout aucune intolérance pour les
hommes si on en avait pour leurs idées.

Nulle maison ne fut plus hospitalière. Aucune ne
s'ouvrait avec une plus complète confiance. A la campagne, que ce fut à Montmorency, à Maisons-Laffitte,
à Fontainebleau ou à Senlis, et, plus tard, au château
si simple et si modeste du Mesnil-au-Mont, sur la route
de Caen à Laval, on passait de bonnes journées, on
était comme chez soi et on quittait ces dignes et respectables hôtes avec une impression d'honnêteté et
de sincérité. On se sentait édifié et meilleur après
quelques semaines vécues avec eux.

Alfred Monod était aussi bien équilibré sous le rapport intellectuel qu'au point de vue physique et moral. Il avait le goût des sciences naturelles et fut un
botaniste passionné. Il passait, en villégiature, une
partie de ses journées à ses observations microsco-
piques. Il était passionné pour la beauté des sites et
le charme du pittoresque. Nous lui devons la connaissance de la Normandie, de la Forêt de Fontainebleau

et des environs de Paris que nous parcourions fréquemment ensemble.

Quand il traita du cabinet Delaborde, il avait peu
plaidé. Il avait cependant été chargé de quelques
affaires qui firent du bruit, notamment un procès
Jusnel où il s'agissait de l'observation du repos domi-
nical imposé par un arrêté municipal. Sans être jurisconsulte ardent, il avait, en droit, des connaissances
suffisantes et ses mémoires devant la Cour suprême
et le Conseil d'Etat étaient consciencieux et bien
écrits. Sa parole était celle en usage alors devant
ces deux juridictions. On y était moins beau diseur
que plus tard, lorsque les Maurice Sabatier et les
Georges Devin y eurent introduit la forme oratoire
du barreau de la Cour d'appel, sans négliger la dialectique et le langage du droit pur. Bosviel, qui tenait la
tête de l'ordre, parlait fort incorrectement. Ambroise
Rendu ne tenait pas davantage au style que seul
soignait Paul Fabre avant son entrée au Parquet. La
plupart étaient des juristes consommés, habiles à dépe-
cer l'arrêt attaqué, à en découvrir les vices et à formu-
ler les moyens de cassation. C'était là, en effet, toute
l'utilité de leur ministère. Argumenter avec habileté,
raisonner avec justesse, était chose plus importante
que d'être éloquent. Beaucoup ont publié des livres
ou laissé un nom. Tels Groualle et Collet qui devinrent
présidents de section au Conseil d'Etat, Hérisson qui
fut un homme politique de talent, Mazeau qui a été
premier président de la Cour de Cassation et les deux
Larnac.

Le nom de ces derniers rappelle une des causes les
plus importantes de la carrière d'Alfred Monod : le
procès des Protestants libéraux contre les Orthodoxes
devant le Conseil d'Etat statuant au contentieux. Il
s'agissait de savoir si, pour être électeur consistorial,
on pouvait être tenu d'adhérer à une profession de

foi dont les termes avaient été arrêtés par le parti
orthodoxe et si les pasteurs appartenant à l'église
libérale avaient le droit d'officier dans les temples de
l'autre secte. Larnac représentait les libéraux et Alfred
Monod l'orthodoxie. Pour le petit-fils du grand orateur de la chaire protestante, Jean Monod, il était
impossible de rêver une plus belle mission. Il fut à la
hauteur de sa tâche et nous ne l'avons jamais entendu
si hautement éloquent. Plus tard, il se montra aussi
conciliant dans la lutte entre les deux Eglises qu'il
avait été énergique dans la phase judiciaire et il fut
un des principaux artisans d'un arrangement qui laissa
coexister les deux dogmes. Il fut l'un des promoteurs
de la Conférence tenue à Rouen pour rétablir l'entente
au moyen d'une transaction dont les bases ont été
arrêtées par la commission de jurisconsultes constituée
sous la présidence de M. Dufaure. Il devint, après la
mort de Léon Say, président du Conseil supérieur des
Eglises réformées de France. — Il avait, au barreau,
un emploi considérable que lui avaient procuré, en
dehors de son influence religieuse, les relations de son
père dans le monde des assurances maritimes et de la
haute banque. Il était le Conseil de la Société Générale, des Chemins de fer de l'Etat et de la Compagnie
parisienne du Gaz.

Les difficultés qu'il avait éprouvées à conserver sa
clientèle, succédant tout jeune, à un ancien président
de l'Ordre, l'avaient préoccupé pour moi et ce n'est
pas une des moindres raisons de ma gratitude envers
lui, que de m'avoir engagé sous la forme la plus amicale et la plus délicate à renoncer au barreau de la
Cour de Cassation où la fortune est indispensable et
les risques à courir fort gros, pour entrer à celui de la
Cour d'appel de Paris.

Son cœur généreux et vaillant se manifesta en deux
grandes occasions.

Au moment de la guerre de la Sécession des Etats-Unis d'Amérique, il fut passionnément nordiste, partisan résolu de la suppression de l'esclavage qui lui était odieux, alors que certains journaux libéraux comme « Le Temps » se prononçaient pour la cause du Sud. Son nom figura au livre d'or qui fut alors publié à New-York. — Lors de la guerre franco-allemande de 1870, après avoir mis à l'abri, à Daigny près de Sedan, pays de ses beaux-parents, sa femme et ses enfants, il partit avec son cousin Gabriel Monod, fonda avec lui une ambulance pour laquelle il obtint, en Angleterre où il avait des parents, la subvention considérable de 150.000 francs. Parcourant les champs de batailles de Beaumont, Coulmiers, Cravant, Blois, il relevait les blessés au péril de sa vie. Il a conté en pages émouvant le récit de ses opérations et fait un tableau navrant des horreurs dont il avait été témoin. Il reçut la croix de la Légion d'honneur. Il fut Conseiller d'Etat et mourut Conseiller à la Cour de Cassation.

Il y avait, en 1863, d'éminents magistrats à la Cour de Cassation. Parmi eux, il faut citer en première ligne le président de la Chambre des requêtes, M. Nicias Gaillard. Pour être jurisconsulte hors de pair, il n'en était pas moins coutumier de facéties très fantaisistes. Quelques-unes étaient célèbres. Comme un avocat très corpulent s'attardait à discuter une des branches d'un moyen de cassation : « Sautez à l'autre branche ! » interrompait-il. — Une autre incartade d'un goût plus douteux encore, un mauvais jeu de mots lui faisait donner la parole à un jeune avocat, Me Panhard (Pan-hard) en l'appelant « Panard » — Pan-hard, faisait observer l'avocat. — Pardon, j'avais lu *panard*, riposte le Président. — Les arrêts de rejet rendus sous sa présidence n'en resteront pas moins comme des modèles de concision et de lumière juridique.

Parmi les avocats généraux, un des plus distingués,
— il a laissé un recueil de réquisitoires et de conclusions qu'on lit encore avec profit, — était M. Blanche.
— M. de Marnas ne brilla que plus tard de tout l'éclat
de son talent. — M. Blanche s'intéressait aux jeunes
secrétaires d'avocats. Pendant les suspensions d'audience, il aimait à nous réunir autour de son fauteuil,
à nous questionner, à nous donner des conseils. Il nous
demandait surtout si nous avions travaillé chez un
avoué, mettant, disait-il, la cléricature au-dessus du
doctorat en droit à raison de l'expérience que donne
la pratique du dossier. Souvent, lorsque on lui parlait
d'une affaire où il avait à conclure, il nous priait de
passer à son petit hôtel de la Cité Malesherbes et nous
indiquait parfois des moyens qui nous avaient échappé.
— L'avocat général Bédarrides, qui devint, à la fin
de sa carrière, président de Chambre, était aussi un
magistrat de la plus haute valeur. Il avait une nature
très fine de méridional, plein de ressources et contait
avec esprit. Il rappelait volontiers ses débuts. Son
père était banquier. Ce ne fut pas sans crainte que le
futur magistrat lui fit part de sa vocation et de son
dessein de ne pas suivre sa carrière de finance et de
faire son droit pour entrer au barreau. Or, loin de se
fâcher, M. Bédarrides père, lui répondit : « Eh ! bien,
« mon ami, le métier de ton choix ne diffère pas sen-
« siblement du mien. Banquier, je donne mon argent
« contre parole ; avocat, tu donneras ta parole contre
« argent. » Il ne nous dit pas ce que son père, eut
pensé s'il avait déclaré vouloir entrer dans la magistrature où on parle sans contre-partie appréciable.

Les secrétaires d'avocats se réunissaient en une
conférence qui n'était pas encore devenue officielle
et se tenait sous la simple présidence d'un de ses
membres. Elle est aujourd'hui présidée par un membre
du conseil. La plupart de ceux qui en faisaient partie

entrèrent au barreau de la Cour suprême. Quelques-
uns, cependant, cherchant encore leur voie et n'ayant
pas de projets d'avenir arrêtés, venaient là pour s'exercer à la parole et ne suivirent pas la carrière. On sera
étonné en apprenant que Gambetta s'y fit inscrire.
Il avait cherché à entrer dans les parquets comme
substitut et n'avait pas réussi à se faire nommer. On
le trouvait de tenue trop débraillée ! Qui se le figure-
rait discutant des moyens de cassation, lui qui ne
savait guère de droit pour ne pas avoir voulu se donner
la peine de l'apprendre, et qui avait plus fréquenté
les parlottes que les cours de l'Ecole. Nous l'avons
entendu à la Conférence Molé soutenir des thèses vau-
devillesques comme celle de la contrainte par corps
libératoire de la dette. Il croyait bonnement que le
mauvais débiteur s'acquitte envers son créancier en
subissant l'emprisonnement ! Mais ces petites lacunes
n'empêchaient pas Gambetta d'être un grand orateur,
un tribun puissant et de devenir le héros de 1870 !

Albert Desjardins avait quitté le cabinet d'Alfred
Monod un an avant moi. Il s'était présenté au concours d'agrégation et fut reçu quatrième. Mais, en
homme prudent, il avait antérieurement traité d'un
cabinet d'avocat à la Cour de Cassation dont il ne prit
jamais possession et qu'il revendit à Me Potel. Avant
d'opter pour l'enseignement et de rompre avec le barreau, il voulut avoir l'engagement formel de M. Giraud, inspecteur général des facultés de droit, qu'il
serait rappelé à Paris au bout de l'année. Il voulut
même m'avoir comme témoin de cet engagement, ce
qui ne prouve pas la confiance qu'il avait en la pro-
messe qu'il exigeait. Il partit pour Nancy, comme
agrégé dans la faculté nouvellement créée.

Parmi nos camarades de secrétariat au barreau de
la Cour de Cassation, j'avais un excellent ami dont
j'ai gardé un profond souvenir. : Paul Jozon. C'était

un ascète du droit, qui eut, après une thèse de doctorat devenue classique, sur l'exploitation du sol, une
carrière des plus éclatantes. Avocat à la Cour de Cassation, il fut un des premiers, puis il fut Membre de
l'Assemblée nationale en 1871, comme député de
Fontainebleau où une rue, celle qu'il a habitée, porte
son nom. Quelle opposition entre sa nature et celle
de Desjardins !

Tandis qu'Albert Desjardins, très homme du monde,
avec ses traits fins et délicats, sa moustache blonde,
ses yeux bleus, très myope, portant toujours le lorgnon avec élégance, marchant vouté, le corps en avant,
avait l'aisance de manières, la recherche de tenue
d'un gentilhomme appartenant à l'état-major du parti
orléaniste, sous-secrétaire d'Etat aux Beaux-Arts dans
le ministère Batbie, — Jozon était fruste, un peu
gauche, plutôt rouquin. Il n'était pas sans analogie
avec Dufaure dont il avait l'aspect et la voix. Il avait
l'air d'un paysan. Mais quelle force, quelle puissance
de volonté, quelle vigueur dans l'argumentation, avec
une parole dénuée de grâce et d'ornement, rude même,
mais laissant une forte empreinte. Sa vie austère répondait à son apparence. Elle se passait entre une chambre
d'étudiant près de la gare de l'Est, la Ferté-sous-
Jouarre où demeuraient ses parents et sa collaboration
avec Hérold dont il avait les convictions républicaines.
En manière de distraction, il traduisait avec son futur
beau-frère, M. Gérardin, le traité des obligations de
Savigny. — Pendant ce temps, Albert Desjardins écrivait des pièces de théâtre en prose et en vers qui firent
les délices des salons nancéyens... mais cela ne l'empêchait pas de publier des traités juridiques comme
celui sur la Compensation et nombre de monographies
sur les sujets les plus divers comme les Moralistes au
XVIe siècle, qui le conduisit à l'Académie des Sciences
morales. — Jozon, Desjardins, sont morts hélas ! le

premier bien avant l'âge, le second avant la vieillesse quoique moins jeune, et des suites d'une horrible maladie due à l'intoxication par un vaccin infectieux !

Un autre de nos amis du même temps et de la même Conférence de la Cour de Cassation était Arbelet. Je n'ai guère connu de jurisconsulte mieux doué et ayant plus de ressources. Il avait une grande facilité d'élocution et parlait avec clarté et précision. Il eût été le premier des avocats aux Conseils s'il n'avait eu un aimable défaut. Il était le plus grand des musards. Nul n'avait plus le goût de battre les buissons au propre comme au figuré. L'œil vif, gras et replet, ayant, par son visage entièrement rasé, l'air d'un bon curé, plutôt que d'un homme de loi, il ne connaissait pas assez la mesure, — celle de la plaidoirie et celle de la déambulation. Quand il rencontrait un camarade, il le reconduisait quelque loin qu'il habitât et sans se soucier de ses occupations. Un jour, il allait ainsi jusqu'à Billancourt et prenait le bateau puis, ayant déposé l'ami, rentrait chez lui où, connaissant ses habitudes, on n'était pas inquiet. Jamais on ne pouvait dire à quelle heure il rentrerait, même pour prendre ses repas. Quand, à la fin de sa carrière, après avoir indéfiniment fait attendre le dépôt de ses mémoires dont il légua la rédaction à son successeur, il vendit sa charge et devint juge à Paris, les audiences n'ouvraient que longtemps après l'heure, parce qu'il n'arrivait pas. Mais il avait par sa science, son jugement, sa droiture, la plus grande influence. Il était le véritable président de sa chambre, indiquant toujours la vraie décision à prendre et les motifs à donner.

Dans le même cercle et le même milieu, Rauter, dont le nom est si honorablement connu, et qui fut conseiller de préfecture de la Seine après 1870, était également un jurisconsulte qui ne démentit pas la réputation de son père. Sa diction lente, un peu lourde, qui dénotait son origine alsacienne, s'imposait par la clarté de sa logique et l'élégance de ses solutions.

Martinet, qui est mort président de chambre honoraire à la Cour d'appel de Paris, avait bien la figure de l'emploi, les favoris classiques et l'habillement sévère. Il parlait avec facilité, savait du droit, avait des lettres et surtout le dégoût du pédantisme et de la morgue. Son obligeance, ses sentiments affectueux lui attiraient les sympathies dans la vie privée. Sa politesse, sa courtoisie, son accueil naturel et sans gourme le faisaient aimer au Palais.

Gonse, plus raide, plus sec, de relations moins faciles, parlait moins bien, mais sut rendre des services au droit international grâce à la connaissance qu'il avait de l'allemand. Son rôle comme avocat à la Cour de Cassation, fut très effacé ; mais l'estime en laquelle le tenait un ami influent, grâce à ses travaux pour la Société de législation comparée, le fit entrer dans la magistrature où il débuta comme substitut de Procureur général, en province ; il devint directeur au Ministère de la Justice et mourut conseiller à la Cour de Cassation.

Le Conseil d'Etat, où nous assistions aux audiences publiques de la Section du Contentieux, nous a laissé le souvenir d'une assemblée d'administrateurs hors ligne. Le prestige était grand de ces hommes dont les noms étaient connus dans le monde du droit et dans les salons. Le rôle du Conseil d'Etat était prépondérant. Il participait activement à la préparation des lois, qui lui est enlevée en grande partie sous le régime actuel pour être transférée à des commissions extraparlementaires. L'Empereur et le Prince Napoléon en faisaient partie. Le Président avait rang de Ministre et droit au titre d' « Excellence ». Les conseillers et les maîtres des requêtes avaient grand air et n'étaient nullement empesés sous leur habit brodé d'or, endossé sur un gilet de fantaisie. Leur cravate de couleur et le pantalon gris du fashionnable du Second Empire laissaient apercevoir les mondains sous l'uniforme. Ils avaient le droit de porter moustaches et y joignaient souvent les favoris, réalisant ainsi l'aspect du fonctionnaire administratif. Les auditeurs partageaient avec les attachés d'ambassade les faveurs des dames du monde officiel dans les bals où ils avaient charge d'organiser les quadrilles et de diriger les cotillons. A la fin de l'Empire seulement, l'établissement d'un concours substitué au choix arbitraire du souverain y fit entrer des jeunes gens de condition moins élevée et de manières moins aristocratiques. Cette juridiction du Conseil d'Etat au Contentieux fut des plus indépendantes. La confiance du souverain lui permettait d'opiner sans cette préoccupation si nuisible à l'impartialité de ne pas compromettre son avancement. Si on voulait trouver des arrêts qui ne ressemblassent en rien à des services, c'est dans le recueil de Lebon, c'est-à-dire dans les arrêtés du Conseil d'Etat impérial qu'il les faudrait chercher. Le Gouvernement, assuré de la fidélité de ce corps, lui laissait pleine liberté et on ne vit jamais un conseiller révoqué ou tracassé pour avoir jugé contrairement au désir de l'autorité gouvernementale. Les commissaires du gouvernement parmi lesquels on comptait des orateurs éloquents et des maîtres en droit administratif comme MM. Aucoc et L'Hôpital jouissaient d'une influence justifiée sur le Conseil, qui, rarement, s'écarta de leurs conclusions. » Dans ces régions sereines de la Cour suprême et du Conseil d'Etat, on vivait calme. On ne s'apercevait pas de l'agitation et du bouillonnement des sphères moins élevées des Cours d'appel et des Tribunaux, mais où la vie est plus intense, puisque là, les débats ne sont plus confinés dans la procédure écrite, dans les mémoires, ni limités à l'examen des théories du

droit, mais ont toute leur ampleur et tirent leur intérêt passionné de ce que, suivant l'expression consacrée, les magistrats sont juges du fait. Une question
d'état, une affaire de divorce, sont devant la Cour de
Cassation dépouillées de tous les détails piquants ou
scandaleux pour être réduits à une question de fausse
application et de violation de la loi. Au Conseil d'Etat,
sauf dans certaines affaires importantes et exceptionnelles comme celle du litige confessionnel entre les
églises protestantes que nous avons rappelé, on ne
présentait que des observations. Les avocats ne plai-
daient pas.

Le barreau, près de ces deux juridictions, ne ressemble
guère non plus à celui de la Cour d'appel. Le nombre
limité des avocats qui sont en même temps comme les
avoués, les représentants des parties, le nombre restreint des causes sont exclusives de mouvement tumul-
tueux de la salle des Pas Perdus. Installés tranquillement à leur bibliothèque, ils attendent qu'on les vienne
prévenir du moment où, comme les acteurs qui doivent
entrer en scène, ils doivent se rendre à l'audience.

Passer de ce milieu là dans le tohu-bohu du Palais,
de la préparation des pourvois, de la méditation sur
un texte d'arrêt examiné à la loupe, pour y découvrir
une erreur de droit ou un défaut de motifs, dans les
longues promenades des couloirs, pour surveiller à l'audience un tour de plaidoirie qui ne vient pas toujours !
Attendre la clientèle plus longue encore à arriver,
perdre son temps sans voir l'avenir et en se demandant
d'où l'emploi viendra quand on rédigeait si tranquillement ses mémoires ! Quelle troublante et déconcer-
tante perturbation pour moi !

Mon passage dans les études d'avoués me facilite-
rait sans doute mon travail nouveau : entendre les
plaideurs, donner aux faits une tournure favorable
pour étager sur eux un système de toutes pièces, créer

en un mot au lieu de critiquer comme devant la Cour
de cassation... mais il fallait pour cela avoir des dossiers.

Or, aborder la salle des Pas Perdus en 1863 sans être
fils, gendre ou tout au moins cousin d'avoués ou sans
avoir la correspondance d'un cabinet d'affaires !
Toutes les chances sont qu'on se noie. Et ce qui est
angoissant aussi c'est de se sentir isolé dans cette
foule agitée. Sans doute, on rencontre à chaque pas
des mains qui se tendent et des lèvres qui sourient
d'autant plus qu'elles s'adressent à un jeune confrère
inoffensif, qui aura bientôt voix aux élections du Conseil de l'Ordre. Il arrivait même, qu'au moment des
vacances que les débutants passaient alors à Paris,
on reçut l'aumône d'un dossier remis par un avoué
sympathique qui le reprenait à la rentrée pour le donner à l'avocat de son étude où par un confrère quittant
le Palais qui, ayant reçu ses honoraires, cherchait en
vous confiant son procès à éviter les réclamations du
client et la restitution de ce qu'il avait touché. Mais
tout cela ne faisait pas présager un cabinet occupé.

Grâce à mon ami Alfred Monod, et à Stanislas Brugnon, le futur président de l'Ordre des Avocats à la
Cour de Cassation, je pus, du moins, rompre avec l'oisiveté des débuts en entrant comme secrétaire de
M. Hébert au début de l'année 1864.

Ce grand avocat, le dernier garde des sceaux du
roi Louis-Philippe, dans le Ministère Guizot et tombé
en Février 1848, avait une réputation peu rassurante
pour qui voulait collaborer avec lui. Il n'avait ni
l'abord tendre, ni l'affabilité banale. Je suis encore
sous l'impression de ma première visite chez lui. •

Il habitait alors, 14, Place Vendôme, le troisième
étage, au fond de la cour d'un hôtel possédé par le
raffineur Constant Say, qui y occupait le bâtiment
principal sur le devant. Certes, on n'y trouvait pas

ce que l'argot contemporain appelle tout le confort
moderne. Escalier sans tapis, sans chauffage, et par
surcroît obscur. L'appartement était sans caractère,
sans luxe et surtout sans gaîté. Il communiquait par
une vingtaine de marches en colimaçon avec l'étage
inférieur habité par M. et Mme Emile Hébert, les
plus tendres des enfants.

Introduit dans le vaste cabinet, je fus reçu par
M. Hébert qui se leva un instant de son fauteuil de forme
1830 où il se tenait devant une longue table surchargée
de livres et de papiers en désordre. Je le dérangeais
évidemment. Il préparait une affaire suivant son procédé habituel, laissant ses pièces disséminées, éparses,
après les avoir tirées de la cote, et, lorsqu'il les avait
lues, analysées et notées, les classant suivant l'ordre
de ses arguments.

Troublé dans son travail, il me reçut d'un air agacé
et distant. Il me questionna et me remit à huit jours
pour me rendre sa réponse qui fut, cette fois, favorable.

Les secrétaires : « ces Messieurs du Cabinet », comme
il les appelait, étaient nombreux et il en avait eu d'autres avec lesquels il entretenait toujours des relations.

Les plus anciens l'avaient quitté ou ne fréquentaient
plus assidûment la pièce réservée où nous travaillions
et où, sur une étagère, étaient accumulés les dossiers
des affaires en cours. Autour d'une grande table, ceux
qui venaient, comme au rapport, rendre compte de la
préparation faite chez eux, se retrouvaient chaque
soir, au retour du Palais.

Brisout de Barneville, un des plus anciens, était
devenu magistrat. Il devint un des plus estimés parmi
les juges du Tribunal où il siégea longtemps, sans pouvoir, par suite d'un ostracisme politique injustifiable,
parvenir à une vice-présidence.

Grandmanche de Beaulieu, original, plein de fougue
et d'ardeur, resté avocat, se fit surtout connaître par

sa plaidoierie dans le procès du Crédit Mobilier où il malmena fort les Péreire. Il fit un tableau bien vivant et bien humoristique de ces assemblées générales où des actionnaires d'occasion, raccolés pour les besoins d'une majorité factice étaient embrigadés dans les milieux les plus fantaisistes, les garçons de magasins et les concierges. Lisez cette page édifiante dans le livre de Duchêne sur la spéculation devant les Tribunaux. La mort de Mme Grandmainche, une femme charmante, émoussa ses facultés cérébrales et il quitta le Palais en plein succès.

Delasalle s'était fait une importante situation. Plus mesuré, mieux équilibré que Grandmanche, il avait une moindre virtuosité. Il n'empoignait pas, mais il connaissait les affaires et savait les débrouiller.

Emmanuel Lefèvre-Pontalis plaidait beaucoup et avec autorité. M. Hébert lui avait procuré la clientèle de Sax, l'inventeur de tant d'instruments de musique, de tant de cuivres qui portent son nom. On le voyait arpenter le Palais, tenant sous son bras des saxophones ou des saxhorns, pour aller s'escrimer contre des contrefacteurs. Cette rencontre d'un avocat ainsi chargé d'un instrument d'orchestre intriguait et divertissait le public. Son frère, Antonin, qui avait aussi fréquenté le cabinet Hébert, suivait la carrière politique. Il devint, sous l'Empire, député du centre gauche. On disait des deux frères : l'aîné est bonapartiste, le second est légitimiste et tous deux sont orléanistes. Leur nom les rattachait au premier Empire, leur mère ayant été gouvernante du Roi de Rome.

Les deux avocats qui suivaient étaient Léon Renault, encore si vigoureux et si alerte et à l'éloquence de qui, tout récemment, Me Raymond Poincaré rendait hommage. Il a été préfet de police et sénateur. Ses premières années de barreau furent très brillantes. Il a été second secrétaire de la Conférence et a fait le

discours. Il avait tous les dons. Exposant les affaires
avec limpidité, il excellait à la discussion où il se
montrait énergique, pressant, chaleureux. Il trouvait
des images et des raisons qui séduisaient le Tribunal.
Fils d'un savant, professeur à l'Ecole vétérinaire d'Al-
fort, ami du docteur Blanche, il avait les plus belles
relations mondaines. A la Conférence Molé il luttait
sans infériorité contre Gambetta, son ami, qui lui
est toujours resté fidèle.

Roussellier fut tout à fait du même temps que moi.
C'était le droit fait homme. Il entra dans la magistrature et finit conseiller à la Cour de Cassation. Il était
bon camarade, causeur intarissable et plein d'humour.

Les secrétaires en pleine activité, avaient pour major,
nous ne voulons pas dire pour chef, car chacun conservait son indépendance comme son individualité,
Emile Lorois, fils d'un ancien préfet de la Monarchie
de Juillet, un homme de grand mérite, plein de cœur,
esprit fin et délié, d'un jugement sûr et droit. Il tenait
l'agenda, suivant l'expression affectionnée de M. Hébert. Fidèle aux usages de la Chancellerie à laquelle
le ramenaient toujours les souvenirs du passé, M. Hébert avait en quelque sorte un chef de Cabinet, chargé
de la distribution des dossiers que le patron ne remettait pas toujours directement et ayant la mission
d'inscrire les causes et de veiller au service des audiences. Cela n'était pas une sinécure, M. Hébert étant sans
cesse appelé à plaider en province. A ces fonctions
étaient attribués des avantages financiers considérables pour un jeune avocat. Emile Lorois aurait dû
avoir au barreau une place plus considérable. Il avait
contre lui une voix blanche et une santé délicate. Il
était sans attache avec le monde judiciaire, peut-être
trop peu familier pour plaire aux avoués, n'ayant pas
la plaisanterie grasse et facile qui, à défaut de liens
préexistants, crée des relations. Quand il eut quitté

le Palais en 1870, il devint secrétaire général de la
Préfecture de la Haute-Garonne, avec de Kératry,
puis préfet et enfin député du Finistère sous la troisième République. C'était un galant homme dans toute
l'acception du mot.

Ameline de la Briselaine et de Tourville étaient très
assidus. — Ameline, qui fut auditeur au Conseil d'Etat,
nommé au concours à la fin de l'Empire, a été trop
malmené dans la notice qu'a écrite sur lui Me Lacoin
pour l'Association amicale des anciens secrétaires de
la Conférence des avocats. Il goûtait peu, à la vérité,
la familiarité triviale et se tenait en dehors des épanchements superficiels et intéressés de la salle des Pas
Perdus. Il ne recherchait ni la popularité, ni les dossiers
qui, d'ailleurs, ne lui vinrent pas. Il n'en était pas
moins camarade très sûr et très dévoué quand, après
vous avoir étudié, il vous appréciait. Catholique militant, membre de la Société de Saint-Vincent de Paul,
il était, dans l'intimité, très accommodant et sans
aucun fanatisme.

Adrien Letendre de Tourville était de famille de
robe et d'origine normande. C'est un des siens qui
présidait la Cour d'Assises à Rouen, lors du procès de
Beauvallon où il eut un mot célèbre et cruel pour
Alexandre Dumas. Celui-ci appelé comme témoin,
interrogé sur sa profession répondit sur le ton de mous-
quetaire qui lui était familier : « Je dirais homme de
lettres si je n'étais pas dans la patrie de Corneille. »
— « Il y a des degrés, Monsieur répondit le Président. »
De Tourville n'avait aucune morgue aristocratique.
Il s'adonnait à la profession surtout en écrivant. Il
publiait volontiers, pour la Conférence des attachés
au Parquet que présidait l'avocat général Brière-Vali-
gny, des opuscules qui ne manquaient pas de mérite.
Il fut préfet de la troisième République.

Thiroux, ancien prix d'honneur au Concours général, était, avec sa petite taille et un physique ingrat, un homme de grande valeur. Il avait obtenu la médaille d'or de doctorat à la Faculté de droit et eut réussi au barreau sans une conformation particulière qui lui faisait tenir un instant la bouche ouverte avant d'articuler ses mots. Il a publié une plaquette bien curieuse sur la légalité de la profession de « Chercheur de Successions ». — Il quitta le Cabinet pour entrer dans celui de Josseau, dont la nature d'affaires était sans doute plus conforme à ses goûts. — Sa fin fut dramatique et édifiante. Elle montre combien il était tendre, bon et dévoué. Marié à une femme qu'il adorait, il eut le malheur de la perdre. Ne pouvant s'en consoler, il entra dans les Ordres et devint père Sulpicien. Mais il conserva toutes ses relations et ses amitiés au barreau. Il passait ses vacances à Saint-Pair, près de Grandville, avec Delacourtie, un des premiers parmi les jeunes avocats déjà arrivés et sa famille. Les fils Delacourtie, se baignant en pleine mer, allaient se noyer quand Thiroux voulut les sauver et trouva lui-même la mort.

Parmentier, fils d'un médecin connu, Bedel, fils du Conseiller à la Cour, suivaient aussi les travaux du Cabinet.

Othenin d'Haussonville y avait une place fort estimée. Appartenant à une grande famille du Faubourg Saint-Germain, fils de l'éminent académicien qui joua un rôle prépondérant dans l'Union libérale, gendre du Comte d'Harcourt, petit-fils du duc de Broglie et descendant de Madame de Staël, il ne devait pas, avec une telle lignée d'ancêtres, fréquenter longtemps la barre et ses promiscuités roturières et démocratiques.

Il eut cependant le temps d'y cueillir les seuls lauriers accessibles aux stagiaires. Il a été au nombre des secrétaires de la Conférence, président de leur association et, pour tout dire d'un mot, devint, comme son père, membre de l'Académie française.

A côté de lui, sortant de tous autres coins de la Société, ayant des opinions très différentes, ce qui prouve bien la largeur d'esprit et l'indulgente tolérance de M. Hébert, il faut noter aussi Henri Mettétal et Béquet.

Henri Mettétal, fils d'un des plus hauts fonctionnaires de la Préfecture de Police impériale, qui fut un homme remarquable et bon, il avait embrassé les idées républicaines. Il fut même compromis dans une manifestation. De visage doux et sympathique, heureusement doué au point de vue oratoire, il jouissait comme l'a écrit M. Guizot à Emile Ollivier (v. Empire Libéral 1870), en le lui recommandant, d'une grande popularité dans sa génération. Il avait eu des débuts très remarqués lorsqu'il entra, peu de temps avant la guerre, dans la magistrature et la quitta, alors qu'il exerçait les fonctions de juge suppléant à Paris.

Léon Béquet, républicain bien plus ardent, très militant dans la lutte contre l'Empire, ami intime de Jules Ferry, devint secrétaire du Gouvernement de la Défense Nationale, substitut au Tribunal de la Seine et enfin Conseiller d'Etat. On sait quel labeur fournit ce bénédictin qui, après avoir collaboré au recueil de Sirey, publia un répertoire de droit administratif, continué après sa mort par Edouard Laferrière et devenu aujourd'hui l'ouvrage classique en cette matière. Léon Béquet, d'origine algérienne, parent d'Etienne Béquet, l'auteur d'une nouvelle exquise et qu'on lit toujours : le Mouchoir bleu, était de relations fort aimables. Son salon, généreusement ouvert à tous ses amis et à ses confrères, était fréquenté par Ferry, Vitet, Louis Figuier, les frères Cambon, Thierry, que nous avons vu marier à Paris, suivant le rite roumain, en costume national, Maurice et André Sabatier, des artistes comme Mme O'Connel, des écrivains comme Kaempfen, un grand nombre d'hommes politiques de son bord. Sa personne était des plus sympathiques. Ce brun, à l'œil vif, aux cheveux noirs broussailleux, avec son esprit très ouvert, sa vivacité batailleuse qui se traduisait surtout par des escarmouches juridiques à propos de questions électorales, respirait la vie. Il était avec cela affectueux, indulgent et bienveillant. On ne pouvait prévoir qu'il disparaîtrait prématurément. De hautes destinées lui semblaient réservées dans le grand corps de l'État où il s'était si fort distingué.

Un telle compagnie de collaborateurs n'était pas assurément banale. Mais, pour qui a connu M. Hébert, il n'y a rien là de surprenant. Il se connaissait en hommes.

Il fallait travailler avec ce maître et il exigeait qu'on lui fournit une aide utile. Je le vis dès mon entrée chez lui et l'incident qui suivit mérite d'être rapporté. Il fait bien connaître cette nature si rude d'apparence, fantasque quand il souffrait d'une infirmité lancinante, peu accessible aux sensibleries, sans pitié pour lui-même ni pour les autres dès quil s'agissait de labeur, mais sous cette écorce fruste, sympathique et dévoué à ceux qui savaient le conquérir.

Le soir même de mon installation, il me remit un dossier important en me demandant de lui rédiger des conclusions pour le lendemain matin. Il fallut passer la nuit et me tenir éveillé, grâce à un bol de café noir préparé par la fidèle cuisinière de mes parents. — Lorsque, le lendemain matin, j'apportai mon travail, M. Hébert m'accueillit par un : « Pas maintenant ! Vous voyez bien que je suis occupé ! »... et il fallait entendre de quel ton ! Il avait une physionomie très mobile, parfois sèche, sardonique par moments, aimable et souriante suivant ses dispositions, surtout dans

le monde et quand il recevait. Ce jour-là, il était dé-
courageant. J'attendis et il me rappela pour me dire,
avec une expression radoucie et gracieuse que je déjeu-
nerais avec lui, que je l'accompagnerais au Palais
dans sa voiture et que je lui lirais mes conclusions
pendant une suspension d'audience !

C'était son habitude d'admettre le matin à sa table
le secrétaire présent. Table bien frugale ! Il se contentait d'œufs et de thé, faisant ajouter une côtelette
pour son invité. On partait pour l'audience — non à
pied et en portant les recueils de jurisprudence, comme
l'a écrit d'Haussonville, par suite d'une lacune dans
ses souvenirs, — mais dans ce vieux et haut coupé,
très élevé avec ses trois marches que le cocher devait
abaisser lui-même, à défaut de valet de pied. C'était
l'ancien équipage du garde des sceaux de 1847. On
y installait les livres nombreux pour les citations à
faire, suivant une coutume encore existante en province, et on entrait, non dans la Cour de Mai interdite
à toutes voitures autres que celles des cortèges officiels, mais dans la Cour de la Sainte-Chapelle, au pied
de l'escalier du vestiaire Fontaine. C'est par suite
d'une confusion sans importance que Mᵉ Jacques
Charpentier, dans son bel éloge de M. Hébert, a parlé
de la Cour d'honneur, tel était le privilège qu'il partageait avec Senard et Berryer.

J'accompagnai donc M. Hébert à l'audience. Hélas !
il ne songea guère à prendre connaissance de ma rédaction de la nuit ! Il venait de plaider contre ce malicieux et cruel adversaire qui se nommait Léon Duval,
une affaire Barthélemy contre Philippon, et celui-ci
releva avec âpreté l'erreur où était tombé son adversaire qui, lisant l'adresse d'une lettre adressée à sa
cliente « Via Scala... secundo piano » avait traduit par
second piano ajoutant que sa cliente était accompa-
gnatrice au théâtre de la Scala. Je vois toujours Léon

Duval, avec ses yeux moqueurs derrière ses grosses lunettes d'écaille qu'il remuait avec satisfaction, fixer son adversaire. Il commença sa réplique en disant que la bévue de son contradicteur traduisant *secundo piano*, second étage, par second piano, ferait « rire les longues générations des stagiaires à venir. » — M. Hébert fut très mortifié. Il avait été trompé par l'homme d'affaires qui lui avait appris les faits du procès. Il s'en tira tant bien que mal en répondant qu'il savait bien le français, un peu le latin mais qu'il ignorait la langue italienne. Agacé, énervé, il ne put entendre les premières lignes que je lui lus et se contenta de me demander de revenir avec lui.

Rentré, place Vendôme, il n'était pas encore remis de l'incident et, faisant tomber sur moi sa mauvaise humeur, me signifia tout net que mes conclusions ne valaient rien, que les jeunes avocats avaient le tort de ne pas apprendre à les faire chez l'avoué avant de collaborer avec un ancien, et que, n'ayant pas le temps de les recommencer, il allait perdre son procès !

Vivement froissé, je lui répondis que je serais le soir même à sa disposition, quoique je dînasse chez ma grand'mère. — « Je ne veux pas déranger votre repas de famille » me répondit-il impertinemment. J'insistai, je revins et après une conversation sur l'assassinat de la Duchesse de Praslin suivie de ma lecture enfin complète il me dit : « Cela marchera ! »

Je pris congé de lui, mais je lui déclarai que, constatant mon insuffisance et voyant que je ne pourrais lui rendre les services que j'espérais, en échange de son précieux patronage, je voulais reprendre ma liberté. Je m'esquivai sans attendre.

Ma nuit se passa encore sans sommeil. Comment allais-je apprendre à mon père que je quittais mon maître ? Le lendemain matin, le valet de chambre

Désiré, serviteur profondément attaché et dévoué (il
a fermé les yeux à M. Hébert chez qui il est resté jusqu'à sa mort), vint me prier d'aller de suite Place
Vendôme. Son maître voulait me charger d'un gros
procès à plaider à Bourges. Je me rendis, sans grand
entrain à la convocation. Je fus ébahi. J'étais reçu
comme un fils, par mon patron qui s'excusa. Il me
conta qu'il était atteint d'un mal chronique bien connu
au Palais, le rendant nerveux « quand le sang ne venait
pas, comme une femme. » Il me donna l'accolade et
l'année suivante, je succédais à Lorois qui allait essayer
de voler de ses propres ailes. Les années postérieures,
chez cet homme éminent et qui me donna les marques
de la plus précieuse amitié, furent avec celles passées
chez Alfred Monod, les plus heureuses de ma jeunesse.
1864 fut une de ces bonnes années.

Mes vacances furent partagées entre les plaidoiries
d'assises, devant les Conseils de guerre et une courte
villégiature à Dives, à l'hostellerie de Guillaume Le
Conquérant chez Madame Le Rémois-Marais.

J'allai d'abord à Dives pour reprendre ensuite
à Paris le collier de misère. Misère est bien le mot
puisque j'allais plaider d'office sans autre satisfaction que celle d'un devoir accompli.

Dives, où je suis revenu souvent depuis, était un
endroit bien choisi pour se reposer en pleine campagne,
dans une auberge primitive où on vivait plantureu-
sement alors moyennant 5 francs par jour, logement,
nourriture et cidre compris. Que les temps sont chan-
gés ! Alfred Monod, dont la mère était normande et
appartenait à la famille Le Cavelier de Caen, m'avait
découvert ce gîte. Il n'était pas encore fréquenté par
les gens de finance et de bourse comme il l'est aujour-
d'hui et c'est une singulière surprise pour nous, anciens
pensionnaires de la Mère Le Rémois, de lire dans les
journaux mondains les récits des « dîners élégants »

offerts en l'hostellerie par les opulents seigneurs de Trouville et de Deauville.

Il en est des restaurants et des hôtels comme des femmes. A leur début et dans leur jeunesse ils ont le charme et les attraits qu'ils perdent avec les années, quand la notoriété leur est venue. L'hostellerie de Guillaume le Conquérant, jadis auberge de rouliers et de marchands de bestiaux les jours de foire, était encore dans toute la simplicité, nous pouvons dire dans toute l'authenticité de son antique installation quoique les parisiens commençassent à la fréquenter. Pas de salle dite « du Vaisseau » dont le plafond est en forme de quille renversée ; pas de salle des chevaliers qui, par un singulier anachronisme, est éclairée par une lampe juive ; pas de verres de Bohême soi-disant anciens et dont les armoiries qui les décorent sont obtenues par des applications de cires à cacheter polychromes. En fait de collections, il n'y avait que celle des ammonites trouvées par le Père Le Rémois, ancien douanier, dans les sentiers des vaches noires et qui — bien du temps, celles-là — figurent aujourd'hui au Musée de Caen. Mais la cuisine était faite au bois, dans une grande cheminée de campagne, par la bonne « Mère Rémois » grande et grosse, ayant toujours les mains sur son ventre rebondi, comme il convenait au cordon bleu qu'elle était. On prenait ses repas dans une vaste salle à manger et à table d'hôte, sans aucun ornement. Nous avions comme président chargé de servir le potage et de découper, le fils de la maison, Léon Le Rémois, ancien élève de lycée et peintre amateur. Ce fut lui qui eut l'idée géniale d'exploiter la bêtise de ses contemporains et leur passion ignorante pour le bric-à-brac, en décorant la maison de ces antiquités de fraîche date, auxquelles on ajouta bientôt le truquage culinaire. Les mets furent cuits au gaz, car les passants étaient pressés. Un fourneau économique fut installé. Les plats sont préparés non par des mains normandes, mais par des chefs parisiens qui furent fournis par Brébant, le restaurateur du boulevard Montmartre, dont la propriété était voisine.

Tout au plus, en fait de vieilleries pouvait-on, en 1864, où il n'y avait plus vestiges de meubles remontant à Guillaume le Conquérant, trouver un ancien fauteuil vermoulu, recouvert d'une tapisserie mangée aux vers et qu'on m'affirma être celui de Madame de Sévigné. Une lettre d'elle, datée de Dives et dont excipait le jeune lettré, Léon, servait de preuve d'authenticité.

Si les pensionnaires de ce temps-là étaient plus modestes que ceux de notre époque, ils n'étaient ni moins intelligents, ni de société moins agréable : des écrivains, des artistes, des musiciens, et aussi des avocats qui fuyaient la plage de Cabourg, patronnée par Dennery et recherchée par les gens de théâtre, acteurs et actrices surtout. Ceux-là préféraient le calme de la vraie nature et le pittoresque de la vieille maison entourée d'herbages, et ayant vue sur le vieux pont de Cabourg et, le port. C'étaient Alexandre Dumas père, son secrétaire... et Miss Adah-Menken, le peintre animalier d'Haussy, Henri Rochefort, Adrien Marx, — Fontaine de Rambouillet qui a publié un si curieux roman sur la Régence ; — Eugène Carré, mort si mystérieusement et dont on a une traduction des œuvres du poète italien Léopardi ; — Emile Daireaux, rédacteur de la « Revue des Deux-Mondes », auteur d'ouvrages nombreux sur la République Argentine ; — Montjauze, le grand chanteur du Théâtre lyrique et sa femme. Ces éléments divers créaient, par leur variété même, de rares éléments de distraction et de causerie. Aussi eûmes-nous l'idée incroyable de créer, dans la masure même, un casino ! On avait ainsi baptisé une petite salle garnie de meubles modernes, ten-

due de cretonne bleue où on se réunissait le soir. Nous
y écoutions, charmés, les récits de Rochefort et de
Dumas, les anecdotes d'Adrien Marx et surtout le
chant de Montjauze et de sa femme.

Nous serions restés là bien longtemps. La cause qui
me fit écourter mon séjour m'empêcha de regretter
cet éden. Mon frère Charles venait d'obtenir le
premier prix de droit romain et la première men-
tion de droit français au concours de la Faculté
de droit de Paris. Il partageait ces lauriers avec un
homme dont la renommée est, comme la sienne, universelle : Louis Renault, le juge permanent du Tribunal de La Haye, un des prix Nobel. Sous l'apparence ascétique d'un séminariste, c'était déjà un puissant esprit, à la fois jurisconsulte profond, et d'une
culture littéraire loin poussée.

A mon retour, les affaires dites de vacations m'occupaient plus matériellement qu'elles ne fournissaient
un aliment à mon activité d'esprit, quoique ce fussent
d'utiles exercices.

Bien des mécomptes m'attendaient aux assises. Les
présidents ne ressemblaient guère à ceux d'aujour-
d'hui. Ils étaient autoritaires et manquaient d'urba-
nité envers les défenseurs, tout au moins à l'audience.
De quel air sévère ils nous rappelaient les prescrip-
tions de l'article 311 du Code d'instruction criminelle
qui nous enjoint de ne rien dire contre notre conscience
ou contre le respect dû aux lois et de nous exprimer
avec décence et modération ! Ils étaient, en réalité,
grâce au résumé qu'ils faisaient des débats et qui était
souvent un réquisitoire d'autant plus redoutable qu'il
était sans réplique, des auxiliaires partiaux du Ministère public. Prompts à invoquer, à toute occasion, leur
pouvoir discrétionnaire, ils mettaient leur coquetterie
à morigéner, tels des maîtres d'école, les jeunes stagiaires auxquels ils avaient pourtant confié d'office

la défense. Ils étaient très épris de leurs fonctions et plusieurs en faisaient l'idéal de leur carrière. L'un d'eux, d'une grande valeur et d'un réel talent, Falcounet, ancien écrivain romantique très répandu dans le monde des lettres, me disait : « Croyez-moi, entrez dans « la magistrature et devenez président d'assises. Quelle « jouissance ! »

Pour donner une idée du résumé plus tard supprimé, je ne veux citer qu'un épisode de mes débuts. Je plaidais devant le Président Salmon, un des plus estimés et des meilleurs. Comme j'avais eu l'imprudence de dire que l'accusé, ayant recueilli une femme abandonnée avec ses enfants, vivait avec elle dans les liens d'une quasi légitimité, il déclara que « les théories du « jeune défenseur ne pouvaient trouver leur excuse « que dans les divagations d'une imagination dévoyée ».

Dans ma fureur de néophyte, je lui tournai le dos, me couvrant de ma toque, suivant le mode de protestation traditionnel que s'interdisent maintenant ceux qui vont aux audiences tête nue. L'avocat général Ducreux, un des plus honnêtes magistrats de Paris, digne et prud'homme ainsi qu'il était de mise jadis, m'admonesta paternellement de mon manque de déférence envers la Cour.

Ce fut une école qui m'apprit à être moins susceptible, plus indifférent et plus sceptique. Mais cette leçon, qui me fut pénible en me désillusionnant sur l'indépendance de l'avocat à laquelle je croyais, eut du moins l'heureux effet de m'apprendre à connaître le nouveau bâtonnier et à apprécier comme ils le méritaient, son esprit et sa bonté. J'en parle d'autant plus volontiers qu'il eut plus tard des déboires professionnels, par un de ces revirements que le barreau inflige parfois sans pitié à ses chefs. Nul ne saurait lui refuser avec un talent de charmeur, une fine et bienveillante interprétation des devoirs imposés par ses fonctions.

12

Ernest Desmarets, ami intime du Président Salmon, apprit par lui l'aventure de l'audience et tous deux rirent *en catimini*, comme de vieux jouteurs, de la fougue inexpérimentée du jeune débutant.

Je ne soupçonnais rien de cette malicieuse entente, quand le bâtonnier, me rencontrant, m'interpella :

« J'ai reçu, me dit-il, mon cher confrère, une plainte « contre vous de M. le Président Salmon. Il paraît que « vous lui avez manqué de respect. »

Comme je m'expliquais, il ajouta :

« Cette affaire doit avoir une suite. Mon devoir « m'impose de vous adresser ma réprimande ailleurs « qu'ici ; je vous convoquerai. »

Je rentrai chez moi tout penaud. Le soir même, je recevais une carte par laquelle le Bâtonnier de l'Ordre des Avocats et Madame Ernest Desmarest avaient l'honneur de m'inviter à dîner pour le samedi suivant.

En entrant dans le salon, je me retrouvai face à face avec le Président Salmon qui me tendit la main. Je voulais revenir sur mon incident quand il me dit : « Nous avons voulu rire avec Desmarest ; et voilà com- « ment il nous fait dîner ensemble ».

Dans ces souvenirs où je ne veux parler de mon insignifiante personnalité que quand il est nécessaire et pour fixer certaines figures par des traits saisissants, j'ai tenu à révéler les procédés bienveillants et délicats de ce confrère méconnu après avoir joui d'une grande popularité et qui fut la victime d'une cruelle disgrâce, de ce confrère spirituel et aimable qui venait en 1864 de succéder à Dufaure.

Ma première affaire d'assises m'avait causé quelque désarroi. Le Conseil de guerre me réservait un véritable réconfort.

Il était alors courant que les stagiaires se fissent inscrire au greffe de la rue du Cherche-Midi pour obtenir des commissions d'office. Une des premières qui me vint me mit en présence d'un des officiers les plus justement réputés : le colonel de Gondrecourt, qui devint par la suite général commandant de l'Ecole de Saint-Cyr.

On dédaigne souvent, dans le jeune barreau, cette juridiction où les effets oratoires un peu gros ne diffèrent guère de ceux usités devant le jury. On ne plaide certes pas devant des juges d'occasion comme devant des magistrats professionnels rompus à la chicane, esprits avertis et faisant vite litière des spéciosités, des sophismes et des paradoxes. Au Conseil de guerre comme en Cour d'assises, l'avocat doit chercher à impressionner par le sentiment plus qu'à raisonner pour convaincre. Mais, de plus, parlant à des soldats, il ne suffit pas de faire appel à la sensibilité. Les considérations tirées du devoir militaire, du patriotisme, de l'esprit de corps, de l'honneur du drapeau dominent et sont encore les plus sûres garantes du succès.

Il est toujours émouvant d'entrer dans cette salle nue, ayant pour tout décor un faisceau de drapeaux tricolores au-dessous duquel, sur une gaine, était posé le buste de l'Empereur. L'avocat, ici, n'est pas comme dans les audiences civiles et aux assises en bas du prétoire. Il est dans une sorte de chaire à la hauteur des juges et en face du commissaire du Gouvernement. Au pied du Ministère public et de la défense se tiennent deux factionnaires, l'arme au pied. Cette disposition matérielle des lieux, plus égalitaire que celle de nos tribunaux, donne au débutant une certaine assurance. L'attention soutenue des juges, leur courtoisie, en général, le soutiennent.

Le Colonel de Gondrecourt était le type le plus accompli de l'officier mondain et lettré. Il avait écrit des romans à succès et apportait dans ses fonctions une curiosité de psychologue qui se décélait dès l'interrogatoire et surtout en sa manière de questionner les témoins. Il n'en restait pas moins, avant tout, un soldat. Je le vis bien, lorsqu'à la fin de l'audience, il me fit demander en son cabinet. Il me paraissait avoir aucune idée conforme à la justice ordinaire du rôle de la défense qu'il considérait comme un poste auquel il pouvait placer l'avocat.

« Le Conseil » — me dit-il après quelques mots aimables, — « vous demande de plaider les trois affaires « inscrites à la prochaine séance. Comme vous serez « de service toute la journée avec nous, voulez-vous « venir déjeuner avec le Conseil et M. le Commissaire « du Gouvernement au Café Caron ce jour-là ? »

— « Mais, mon Colonel, cela ne se peut. Je ne sau- « rais sans compromettre mon crédit, plaider toutes « les affaires à la suite les unes des autres.

— « Je ne vois pas pourquoi vous ne pourriez pas « défendre toute l'audience. M. le Commissaire du « Gouvernement accusera bien dans les trois affaires.

— « Et l'intérêt des accusés ?

— « N'y a-t-il pas l'intérêt de la Société qui accuse ? « L'un vaut bien l'autre ! »

Je dus m'incliner et m'assis, au jour convenu, à la table des Membres du Conseil. J'eus l'occasion de constater la tendance dominante de mes juges à tout ramener aux principes et aux habitudes militaires et cela au détriment de la saine vision de la justice commune.

L'ordonnance d'un Commandant d'artillerie était accusé de vol domestique au préjudice de son chef, son maître. Celui-ci avait l'habitude de faire endosser une livrée à son soldat pour conduire, comme cocher, sa femme et ses enfants. Le crime était avoué et je déclarai que j'aurais seulement un mot à dire pour implorer l'indulgence du Conseil.

« Comment ! — dit alors un vieux Capitaine. —

« Mais c'est scandaleux ! Voilà un officier qui affuble
« un soldat d'une livrée ! Il fait ainsi perdre à cet
« homme le sentiment de l'honneur du corps auquel il
« appartient et le respect de son uniforme. Il en fait
« un laquais, lui en imposant le costume ! »

Un tel argument m'aurait échappé. Son importance
devenait décisive devant la juridiction militaire. La
culpabilité du voleur disparaissait presque par le fait
de la livrée substituée à l'uniforme !

Avec la fin de ces vacances très remplies, recommença la préparation des dossiers chez M. Hébert. A
la différence de certains hommes dans l'amitié desquels on n'avance pas avec le temps, elle croissait
entre mon patron et ses secrétaires, en proportion de
la durée du travail en commun. Cela ne signifie pas
que la forme du langage devint plus affectueuse ou
plus familière. On n'abusait pas, au temps de M. Hébert, du « Cher Ami » dont on est si prodigue et les
protestations sans portée n'étaient pas habituelles.
Jamais, dans ses lettres ou en parlant, il ne nous
traitait que de : « Monsieur et Cher Collaborateur » ou « Cher Monsieur ». Il fallait être atteint de
maladie pour avoir droit à une qualification plus
tendre. Mais ce n'était là qu'un protocole sous lequel
l'affection s'affirmait d'autre et plus sérieuse façon.
M. Jacques Charpentier a eu raison de dire que le
caractère dominant des manières, des habitudes et du
langage de M. Hébert était l'esprit de bourgeoisie de
1830. Ainsi s'explique qu'à côté d'une vie et d'habitudes simples et modestes, on retrouve cette solennité apparente commune à tous les hommes de l'époque, à quelque parti qu'ils appartinssent. Nul n'en
fut moins exempt que Jules Favre, dont les idées
étaient si opposées à celles de mon maître. Un de ses
secrétaires nous contait qu'en lui remettant un dossier,
acte tout ordinaire de la part d'un avocat, il lui disait :

« Voici un affreux grimoire à dépouiller et que vos
« jeunes yeux déchiffreront sans peine. » M. Hébert,
pour nous charger de préparer une affaire, s'exprimait ainsi : « Veuillez, Monsieur, convoquer dans votre
« cabinet, le client et l'avoué, et, après les avoir en-
« tendus en leurs explications, vous me rendrez compte
« du résultat de votre entretien. »

Voilà qui paraît assurément bien pompeux en un
temps où le sans-gêne de la parole est autant de mise
que celui de la tenue. Que diraient les anciens de la
suppression des formules de politesse et des salutations
dans la correspondance administrative et sur les cartes
postales ? Chaque génération a ses travers, qui parais-
sent si ridicules à celle qui la suit. Que penseront nos
petits-enfants de l'argot d'aujourd'hui avec ses mots
étrangers et ses abréviations ? Comprendront-ils les
P. T. T. les C. G. T., le tram, le métro, le vélo et les
autos ? Le decorum qui préoccupait trop nos parents
n'avait-il pas une plus belle allure ?

Les vacations de 1865 m'apprirent à connaître mieux
encore M. Hébert. Elles commençaient en Septembre
et finissaient à la Toussaint. Mon patron, anticipant
sur la première date, prolongeait son séjour à la campagne jusqu'après la seconde. Il n'y jouissait pas d'un
repos complet. Il emportait avec lui ses dossiers et
travaillait avec les secrétaires qui le visitaient. Il était
si heureux dans sa maison, le château important
surtout par sa ferme, ses bois et ses terres, de Saint-
Gervais-d'Asnières, près de Cormeilles, dans le département de l'Eure... Je fus surpris de le voir là, dans
son pays de prédilection, qui lui rappelait tout son
passé et ses vicissitudes depuis tant d'années, familier
et paternel au milieu de ces paysans normands qu'il
connaissait tous par leurs noms. Il dépouillait sa
gravité magistrale pour se livrer aux occupations les
plus rurales : — enduisant de bouse les arbrisseaux

du parc pour empêcher les animaux de la ferme d'en
manger l'écorce ; — suivant avec intérêt et souriant,
les évolutions d'un âne et d'un porc qui s'étaient liés
d'amitié et gambadaient grotesquement côte à côte,
malgré la disparité de leurs démarches ; — appelant
doucement un perdreau apprivoisé qui venait jusqu'au
salon et que n'effarouchait pas la musique. On ne
savait rien de tout cela dans la salle des Pas Perdus,
où il passait pour un irascible et un violent. On ne
savait pas de quelles attentions touchantes et respec-
tueuses il entourait sa vieille sœur, toujours avec lui
à Saint-Gervais, venant de Pont-Audemer où elle était
demeurée, heureusement ignorante des choses de la
ville et de la politique. Elle me disait un jour naïvement : « Quand mon frère était Ministre de la Justice,
« le président du tribunal et le juge de paix sont venus
« lui rendre visite chez moi où il était descendu, à
« Pont-Audemer ». Elle assistait à toutes les réceptions lorsque venaient les du Hautvel, les de Broglie,
les Guizot ou Madame de Vatry et il était édifiant de
voir les égards déférents de tous pour cette bonne
vieille paysanne dans sa robe de soie noire étriquée et
du cru. On dit à tort qu'il n'y a pas de grand homme
pour son valet de chambre. Je pense au contraire qu'il
n'y a de vrai grand homme que celui qui, loin de
perdre, gagne a être connu en dehors du monde et
de sa représentation. M. Hébert, en famille, à St-Ger-
vais, était un tendre et un doux, s'il était au Palais
un impitoyable lutteur.

Un des épisodes les plus amusants de la vie à Saint-
Gervais, admirablement situé et dominant une des
étroites vallées qui entourent Cormeilles, était les relations nées du voisinage du Premier Président Troplong au Val Séray. Sous Louis-Philippe, alors que
M. Hébert était député de Pont-Audemer et avocat
général à la Cour de Cassation, cumul permis, les deux

voisins étaient tout à fait intimes. Les deux ménages se fréquentaient beaucoup à Paris. M. Troplong, simple Conseiller à la Cour de Cassation, mais très ambitieux, prévoyant l'ascension de M. Hébert au pouvoir, voulut encore resserrer leurs liens d'amitié par une villégiature rapprochée. Quoiqu'il fut bordelais, il acquit une propriété à côté de son collègue. Mais survinrent les événements politiques, la République de 1848 et l'Empire. M. Troplong devint l'un des personnages les plus considérables du nouveau régime. M. Hébert demeura fidèle à la Monarchie. L'auteur de la Constitution de 1852 n'était plus en communion d'idées avec son ancien ami. On se retrouvait à Saint-Gervais, mais M. Hébert restait froid et réservé. On se revoyait, sans plaisir du côté de M. Hébert, avec gêne pour Troplong. Tout se réduisait à une visite rendue lors de son arrivée par le dernier venu au premier installé. Mon maître, plus libre, comme avocat, de quitter Paris quand bon lui semblait, partant à la fin de Juillet, était ainsi favorisé de la visite de son voisin et la lui rendait aussitôt. Lors des rencontres sur la route, la conversation était courte entre les deux anciens amis : — « Bonjour Monsieur Hébert », disait M. Troplong. — « Bonjour Monsieur Troplong », répondait M. Hébert.

Leur séparation était d'autant plus accentuée que leurs trains de maison avaient cessé d'être semblables.

M. Hébert et ses enfants vivaient de la vie de campagne, sans faste et sans nombreux domestiques. Il n'en avaient que sept. M. Troplong, devenu l'un des plus grands dignitaires, comme membre du Conseil privé, président du Sénat, premier président de la Cour de Cassation, tenait maison princière. En passant devant sa grille, on apercevait ses valets en livrée dorée, en culottes courtes et en souliers à boucles. Le contraste était frappant.

Un détail augmentait l'embarras de ces rapports. On avait, sous Louis-Philippe, construit une tribune à l'Eglise, avec escalier particulier à l'intention de M. Hébert qui, gracieusement, avait admis les Troplong à la partager avec lui. M. Troplong conserva son privilège avec M. Hébert, et, le dimanche, à la messe, on était côte à côte dans cet étroit enclos. On se bornait à un échange de politesse, des salutations froides, surtout de la part de l'avocat, car ce fut un des traits les plus marqués du caractère de M. Hébert de ne jamais transiger sur les questions d'estime ou de mépris. Il ne pardonnait pas surtout les palinodies. Les girouettes politiques ne trouvaient pas grâce devant ses yeux.

Il le témoigna souvent, surtout à l'égard de Delangle. L'ancien procureur général de Paris sous la Monarchie de 1830, subordonné de M. Hébert, garde des sceaux, rallié à l'Empire dont il fut Ministre, rencontrant ce dernier dans un salon, s'avança vers lui et lui tendit la main qu'il feignit ne pas voir. Le lendemain de la mort de M. Delangle, il plaidait une affaire de séparation de corps contre M. Mathieu, ancien secrétaire de son adversaire politique. Mathieu, avocat de talent, député officiel, rapporteur de la loi sur les sociétés de 1867, d'un tempérament sec et bilieux, ardent et grincheux, venait de publier dans la Gazette des Tribunaux, un article élogieux sur son ancien maître. Il fit comme d'usage en plaidant, un portrait flatteur de son client, adversaire de M. Hébert qui commença ainsi sa réplique : « Décidément, mon contra- « dicteur a le goût des réhabilitations impossibles ! » Il faisait allusion à la notice parue le matin dans le journal. Mathieu irrité, furieux, bondit en s'écriant : « M. Hébert, vous me rendrez raison de vos paroles ! » — « Où et quand vous voudrez », riposta d'une voix ferme et stridente, Hébert, toujours plein de courage,

aimant la bataille, car il exprimait toujours le regret
de n'avoir suivi, à l'exemple d'un de ses frères, la carrière militaire. La querelle — comme tant de querelles
à la barre — n'eut pas de suite, — mais ce ne fut
certes pas grâce à l'humeur conciliante de mon patron
qui avait pourtant passé depuis longtemps la soixan-
taine.

Pour éviter des redites, je me borne à faire ressortir
ici certains traits seulement de cette intéressante physionomie, laissés dans l'ombre par Emile Durier, par
Banaston et par Jacques Charpentier qui, tous trois,
ont, avec tant de talent, fait l'éloge de M. Hébert, —
le premier dans son discours de bâtonnat, — le second
en faisant revivre l'ancien procureur général et l'ancien
garde des sceaux en l'audience solennelle de rentrée
de la Cour d'appel de Paris, — et le troisième en parlant
de l'avocat et de l'homme politique, comme premier
secrétaire de la conférence en 1910.

Singulière destinée de la biographie que j'avais
esquissée de cette chère figure ! Elle ne devait jamais
paraître : je n'ai pu l'achever. Je me préparais à y
mettre la dernière main, lorsque peu de jours avant
les vacances de 1888, mon camarade Camille Bou-
chez, alors procureur général à Paris, vint avec son
avocat général Banaston, me demander si je ne vou-
drais pas donner à ce dernier les renseignements que
je pouvais posséder sur mon ancien patron. Banaston,
conseiller général de l'Eure, originaire de Lisieux, voulait écrire sur lui le discours de rentrée, encore d'usage
à cette époque. J'avoue que je fus un peu marri, de
prime abord, de livrer mon étude et mes recherches,
mais la perspective d'entendre faire l'éloge de M. Hébert, en audience solennelle, dans l'enceinte de cette
première chambre où je l'accompagnais si souvent
jadis, fut pour moi une compensation au sacrifice de
l'abandon de mon projet. J'offris, non pas seulement

les renseignements demandés, mais toutes mes notes, toute ma rédaction, tout mon travail. J'avais, d'ailleurs, encore le désir et j'entrevoyais la possibilité de publier ultérieurement une étude complète sur ce maître, puisque Banaston devait se borner à parler de lui comme magistrat. A part quelques inexactitudes forcées, le discours fut parfait et reçut l'approbation unanime de la Cour. N'était-il pas piquant de voir rendre par la magistrature ce public et éclatant hommage à l'ancien garde des sceaux contre lequel elle avait lancé en Février 1848 le mandat d'arrêt décerné par les soins de M. le Juge d'instruction Hélie d'Oissel. Singulier retour des choses d'ici-bas et triste inconstance des jugements humains ! La première réparation qui lui fut accordée fut la belle et rare manifestation dont il fut l'objet, à son entrée au barreau de Paris après la révolution de Février. La Cour entière, par un mouvement spontané, se leva, lorsqu'il parut à l'audience, voulant ainsi lui témoigner son respect. S'il y eut là une palinodie, M. Hébert qui les réprouvait, ne les eût pas sévèrement critiquées cette fois : elles étaient une réhabilitation.

Le dernier honneur qui l'attendait — et qui, cette fois, me fit définitivement renoncer à publier sa biographie, — l'eût sans doute plus particulièrement touché. Il émanait, cette fois, du barreau tout entier. Au commencement de 1910, mon confrère et ami Me Charles Charpentier m'apprenait que son fils Jacques, premier secrétaire de la Conférence du stage, se proposait de prononcer, à la séance de rentrée, un éloge de M. Hébert, comme avocat cette fois et que le Conseil de l'ordre avait approuvé le sujet sur la proposition du bâtonnier Me Basson-Billault. Peu m'importait que mon amour-propre d'auteur fut encore et pour toujours réduit à l'obscurité. Je remis à Me Jacques Charpentier ce qu'avait déjà eu Banaston. J'étais heureux

que ce barreau de Paris,— si souvent injuste ou ingrat,
— qui avait incomplètement reconnu les mérites
de M. Hébert, en lui préférant des confrères de
moindre talent et d'une valeur morale inférieure pour
le bâtonnat, — voulut honorer enfin sa mémoire. L'oc·
casion était glorieuse. Il s'agissait de la célébration du
centenaire du rétablissement de l'Ordre. L'éloge eut
le succès le plus grand et le plus justifié. Il peint
inexactement cette physionomie si mobile et si chan-
geante. Parfois sa brusquerie et certaines fantasques
originalités, sa franchise qui ne connaissait ni dé-
tours, ni ménagements pouvaient blesser, même sans
intention. Beaucoup ne pardonnèrent pas. D'autres,
plus intelligents, se contentaient de sourire.

Tel fut le cas de Georges Le Chevalier. Il m'aborde
un jour au Palais pour m'annoncer qu'il vient d'être
invité à dîner chez M. Hébert où j'étais également
convié. Enchanté de passer une bonne soirée avec
un ami, j'en parlai à mon patron qui me répondit :
« Comment connaissez-vous M. Chevallier, ancien avo-
« cat à Pont-Audemer ? — Je ne le connais pas ; je
« suis lié avec Le Chevalier que vous avez invité. —
« J'ai fait erreur »... Et il prend la plume, écrit à mon
camarade pour s'excuser de s'être trompé et le prie
de considérer son invitation comme nulle et non
avenue.

Une autre aventure fut celle du vieux confrère V....
qui, du moins, en profita.

M. Hébert donnait des soirées périodiques le jour
même où le Garde des sceaux recevait au Ministère
de la Justice, Place Vendôme. C'était, de sa part, une
coquetterie. Il était content de voir dans son salon
orléaniste les hauts fonctionnaires qui, sortant tout
chamarrés de décorations de la Chancellerie, venaient
le saluer. L'avocat général Banaston a rappelé son

mot connu lorsque tout radieux, il s'écriait : « On se croirait en face ! »

La liste des invités appartenant au barreau était dressée par les secrétaires. Or, voici qu'un jour, nous inscrivons un vieil avocat que nous ne connaissions pas, mais que la date de son inscription, remontant à près de 40 ans, recommandait suffisamment. C'était un nommé V.... qui ne fréquentait plus le Palais. On ne le voyait que lors des élections, arrivant avec des vêtements râpés et portant à la main une grosse canne de jonc surmontée d'une tête de chien en ivoire. C'était un des pensionnaires de l'ordre. Il n'eut garde de refuser et se rendit à la soirée. Il n'avait pas d'habit et apparut dans le salon en grande redingote marron. M. Hébert aperçut de suite au milieu de tout ce monde en costume de gala, cet étrange accoutrement et ne quittait pas de l'œil le visiteur mal vêtu. Il appela Désiré et lui ordonna de prier, sous un prétexte quelconque, le pauvre V..... de le suivre dans l'antichambre et de lui enlever ce qu'il prenait pour son pardessus. Le brave homme n'avait pas de vêtement de dessous et force fut de le laisser rentrer comme il était venu.

Le lendemain, V..... se présenta Place Vendôme, vint remercier M. Hébert et lui apporter les œuvres de son fils, qui donnait alors les plus grandes espérances. Il fut reçu cette fois avec la plus grande affabilité et la plus large générosité. Combien de maîtres de maison plus aimables et plus gracieux eussent été moins charitables en pareille occasion !

V..... avait conservé dans son dénûment, une grande dignité et ne manquait pas de présence d'esprit et de finesse. On sentait, dans ses réparties, le vieil avocat. Quand il rendit sa visite à M. Hébert, j'étais là et suivant une formule parisienne très usitée je lui dis : « Prenez donc la peine de vous asseoir ». Il me

répondit, me guérissant ainsi, pour l'avenir, d'employer
cette locution absurde : « Ce n'est pas une peine, Mon
« Cher Confrère, c'est un plaisir — d'abord parce que
« je suis fatigué, ensuite parce que cela me permettra
« de causer plus commodément avec vous ».

Nous avons déjà rencontré au cours de ces souvenirs,
M. Dufaure, qui venait de terminer ses deux années de
bâtonnat à la fin de 1864. Cet homme éminent était
demeuré au physique, un épais paysan charentais.
Légèrement claudicant, il semblait marcher sur des
terres labourées. De taille moyenne, il paraissait gauche.
Ses mains épaisses, son masque large, son nez un peu gras,
ses joues fortes laissaient cette impression. Et, malgré tout, cette physionomie était intéressante à regarder
et dénotait une puissante intelligence. Ses yeux étaient
vifs et perçants et ses lèvres plissées étaient la carac-
téristique du grand orateur. Sa voix était merveilleusement chaude et bien timbrée, avec un impercep-
tible nasillement. C'était une des plus puissantes natures qui se soient vues à la barre et à la tribune. Il
était doué des plus belles facultés. Sa phrase était
claire, simple, vibrante, lapidaire, son argumentation
vigoureusement charpentée, son style était pur et
châtié, son émotion contenue dans les affaires passionnelles et les questions d'état, produisait le plus
grand effet.

On le rencontrait toujours à pied, encadré de secrétaires qu'il paraissait avoir choisis de haute stature :
Ferdinand Duval et Martini. Sa bienveillance n'était
pas banale et il ne cachait pas ses mauvaises dispositions. Gambetta, secrétaire de la Conférence sous son
bâtonnat, de 1862 à 1863, fut un de ceux qui l'éprou-
vèrent. Le futur tribun, improvisateur sans pareil,
s'assujettissait difficilement à la discipline d'une longue
préparation. Il voulut, contrairement à l'usage, présenter un rapport oral sur la question à discuter au

lieu de l'écrire. Dufaure lui enleva la parole, et à la fin de l'année, donna à Alphonse Bloch, douzième secrétaire, moins fantaisiste et à la plume moins récalcitrante mais moins brillant, et qui devint magistrat assis, le prix auquel Gambetta avait droit. Le nouveau lauréat était homme de mérite, sans éclat, et mourut président de chambre à la Cour de Paris.

Cette première escarmouche entre Dufaure et Gambetta était la manifestation du contraste de leurs natures et jamais ils ne purent se comprendre ni sympathiser. Gambetta était plein de fougue, impétueux, manquant de mesure, un peu bohême dans sa jeunesse, avant d'être le héros intrépide de 1870, et l'homme d'Etat de 1873. Dufaure, esprit posé, réfléchi, méthodique, bourgeois, attaché à la vie de famille, impeccable de tenue, travailleur assidu et infatigable, haïssait l'irrégularité et le débraillé.

Il se levait à quatre heures du matin, ce qui donna lieu à une méprise connue lors du mariage d'Adrien Huard avec la fille d'Etienne Blanc.

Etienne Blanc, qui fut le maître d'Eugène Pouillet et de Beaume et leur prédécesseur comme grand avocat spécialiste des affaires de propriété industrielle et artistique, habitait la même maison que Dufaure. Il donnait un bal à l'occasion des fiançailles de sa fille. Dufaure, invité, n'apparut pas et on se demandait ce qui avait pu lui être arrivé. Le jour filtrait à travers les persiennes lorsqu'il apparut tout frais et reposé. — « Vous arrivez bien tard », lui dit la maîtresse de maison. — « Vous voulez dire bien tôt, répondit-il, « je viens de me lever pour vous apporter mes félicitations. »

On voit par cet exemple que les hommes de ce temps-là étaient matineux. Pas tous cependant, mais ils cherchaient à le faire croire. Lorsque je me présentai au stage, j'eus pour rapporteur l'excellent Me de La

Boulie qui ne brillait pas au premier rang du barreau.
— Il avait comme secrétaire le Marquis de Barthélemy
et on disait couramment : « On ne sait si c'est Barthé-
« lemy qui est le secrétaire de La Boulie ou si c'est de
« La Boulie qui est le secrétaire de Barthélemy. » —
J'allai lui rendre la visite réglementaire à neuf heures
du matin. Son domestique me conta ingénûment que
le maître de la maison était encore au lit. J'attendis
une heure. Enfin, de La Boulie survint. Son visage
était grave, sa démarche, sa taille imposantes. « Pardon, jeune homme, » — articula-t-il avec aplomb,
— « de vous avoir fait attendre, je dépouillais mon
« courrier de ce matin, car, suivant le mot célèbre
« d'un ancien : être avocat et se lever tôt sont une
« même et unique chose. »

Il ne se doutait pas que j'étais informé et j'appre-
nais qu'au Palais, comme ailleurs, il y a des « trompettes », suivant l'expression aimée de Gavarni pour
qualifier ces petites fourberies journalières, souvent
inoffensives et qui, rarement, font des dupes.

Ces pages, pour présenter un tableau exact de ce
que je voyais et j'observais, ne doivent pas seulement
retracer la vie du barreau mais, comme je l'ai fait
jusqu'ici, parler de la vie mondaine et du théâtre que
je suivais alors avec passion.

La Comédie-Française représentait « Moi » de Labiche. Succès d'estime. — *Moi*, c'est l'égoïste qui
finit par être isolé, abandonné de tous. Il y avait de
jolis mots ; mais la pièce était trop peu étoffée et
languissait. Ce n'était plus la troupe du Palais Royal
brûlant les planches, sans autre prétention, et remplis-
sant la scène par ses figures bouffonnes. Les « Comédiens ordinaires de l'Empereur », même Régnier et Got,
qui tenaient les principaux rôles, jouaient avec trop
de dignité et de lourdeur cette comédie très moderne
et qui n'était pas précisément déplacée sur la grande

scène. Il y a quelque affinité entre Moi et le Malade imaginaire ou l'Avare. Mais le théâtre de Labiche sentait alors trop le vaudeville pour les habitués de la Comédie Française qui, au lever majestueux du rideau, après les trois coups, était déconcerté par la bonhomie sans façon d'une pièce à laquelle il semblait manquer les flons-flons de l'entr'acte. Il n'y avait pas encore un public d'abonnés mondains, faciles et indulgents, amis des nouveautés, mais de vieux messieurs de l'orchestre où on contemplait du balcon, tout un horizon de calottes en soie noire. Labiche, pour eux, cultivait un genre inférieur auquel Moi appartenait.

Emile Augier, au contraire, était de la maison. Son « Maître Guérin » eut un succès marqué et une longue carrière, quoique on le reprenne bien rarement aujourd'hui. Il appartient à la série du « Giboyer » et des « Effrontés » qui fut si heureuse pour l'auteur. Quelques traits d'esprit, beaucoup d'observation et le type de cet homme d'affaires faiseur et intrigant qui, dans son cabinet, a arboré une grande toile, un portrait d'un faux ancêtre, pour capter la confiance de ses clients et ruiner le plus crédule d'entre eux, était des mieux réussis. Il vaut presque le Vautrin de Balzac.

J'ai connu Emile Augier chez sa tante, une de nos bonnes amies, Madame Le Gressier, veuve d'un employé des Droits Réunis, qui demeurait alors rue Tronchet. Sa belle tête, sa conversation, que je ne pouvais cependant bien apprécier quand je l'ai vu, en 1850, m'en imposaient. Son théâtre a vieilli et n'est plus aussi goûté des nouvelles générations. Gabrielle et Philiberte trouvent peu de lecteurs. Il faut faire exception pour l'Aventurière et le Gendre de M. Poirier, tiré d'un roman de Jules Sandeau : Sacs et Parchemins. Ces deux comédies sont toujours jouées et applaudies.

Au Gymnase, l' « Ami des Femmes » était, pour Dumas fils, un thème ou une thèse excellente qui lui permettait d'exposer ses théories sur celles-ci. Esprit paradoxal, mais d'autant plus captivant. Le théâtre de Dumas fils défrayait et passionnait la conversation des salons.

Je retrouve Labiche au Palais-Royal avec la Cagnotte et ses interprètes habituels : Geoffroy, Lhéritier, Lassouche, Madame Thierret. Bien supérieure, suivant moi, au « Chapeau de Paille d'Italie », charge moins bouffonne et tout aussi comique, la pièce provoquait le rire du commencement à la fin. Et quel rire, que celui des spectateurs du Palais-Royal ! Le Monsieur qui était derrière moi glapissait et manquait de s'étrangler à la scène du commissaire. Je préférais celle de l'agent matrimonial, d'une drôlerie moins grotesque et plus neuve.

Labiche procède à l'évidence d'Henry Monnier, comme de nos jours Henri Lavedan de Gyp ; mais tous deux ont perfectionné le genre en l'imitant. Monnier a photographié ses types, sans se soucier de tirer de son œuvre des enseignements. Labiche, auteur dramatique, se souvenant du

       « Castigat ridendo mores »

traduit si irrévérencieusement jadis par « Le rideau cache les mœurs », a, au contraire, cherché à faire ressortir la moralité de la plupart de ses pièces. Tous deux se sont attachés à nous amuser des ridicules et de la bêtise humaine. Qu'on lise la *Religion des imbéciles* de Monnier, son œuvre la plus philosophique, et tout le répertoire de Labiche, on y constatera une semblable satire de la stupidité humaine. Voyez le Roman chez la Portière, de l'un, et la Grammaire, de l'autre. Même bêtise du bourgeois ignorant la grammaire et de la portière lisant dans sa loge un roman qu'elle écorche. Les milieux choisis par les deux écrivains sont surtout différents. Tandis que Monnier se meut dans les classes inférieures ou la basse bour-

geoisie : — les portiers, — les petits employés, — les
locataires du cinquième, victimes du corridor, — et
même les bas-fonds de la société, allant de la fille publique au condamné à mort, visité la veille de l'exécution par sa femme qui vient emporter ses hardes,
— Labiche peint les travers et les ridicules des
moyens et hauts bourgeois, cossus et rentés, ayant
comme les provinciaux de la Cagnotte, assez d'argent
pour voyager à Paris, s'adresser à un agent matrimonial. Plusieurs de ses personnages ont des maisons
de campagne et sont candidats à la députation. Perrichon est un riche carrossier allant en Suisse par
agrément. Son Misanthrope a même les moyens de
payer la franchise de l'Auvergnat. Et enfin, dans la
Sensitive, Bougnol a un valet de chambre, auquel il
a promis une montre en or ; il y a des valets dans toutes
ces comédies puisque l'acteur Lassouche y avait toujours un rôle. Malgré ces différences, les deux auteurs
ont des traits de famille communs. Monsieur Prud-
homme est bien le père de tous les bourgeois de Labiche. Ils disent les mêmes énormités et sont bouffis
de la même grotesque suffisance.

Après « Orphée aux Enfers », Ludovic Halévy, non
plus avec Hector Crémieux, cette fois, mais avec
Henri Meilhac, et son maestro Offenbach, remit en
scène les dieux de l'Olympe dans « la Belle Hélène »
bien supérieure par l'esprit et la drôlerie. Les hellé-
nistes vinrent voir cette parodie, malgré tout,
imprégnée de réminiscences classiques. Les pédants
crièrent seuls au blasphème parce qu'on y tournait les
dieux en ridicule. Quelques-uns, par une pruderie qui,
quoique bourgeoise, rappelle de loin celle du Marquis
de La Critique de l'Ecole des femmes, se voilaient
la face au

      « Dis-moi, Vénus, quel plaisir trouves-tu
      « A faire ainsi cascader ma vertu ».

et criaient aux « mauvaises plaisanteries ». Tant il est vrai que ni les siècles, ni les changements de régime ne modifient les ridicules de la nature humaine ! Hortense Schneider fut acclamée : elle incarne la Belle Hélène et la Grande Duchesse. Dupuis, dans Paris, trouva le moyen d'être le plus séduisant des bergers, tout en restant par ses fameuses roulades, le ténor bouffe. Quant à Baron, il fut inénarrâble dans Calchas. — Croirait-on, si on n'en tentait pas l'épreuve, qu'on peut lire avec infiniment de plaisir le libretto dépourvu du jeu des acteurs et de la musique endiablée d'Offenbach? la pièce n'a pas vieilli.

Le Théâtre Lyrique représenta un opéra qui a résisté lui aussi, aux épreuves du temps : la « Mireille » de Gounod. On peut, dans le siècle de Wagnérisme où nous vivons, tenter de rapetisser l'envergure de ce très grand musicien. La gloire lui est assurée devant la postérité. Nul n'a autant que lui le sentiment et le don de la mélodie. Il a publié sur Mozart, un livre où il exprime en termes enthousiastes son admiration pour Don Juan. Il y a une affinité réelle entre les deux maîtres.

N'est-ce pas une profanation de passer de la musique de Mireille aux chansons, aux « scies » de la rue ? Il faut toujours, à Paris, qu'une ineptie devienne populaire, on ne sait pourquoi. Une locution faubourienne, un cri poussé dans la foule, comme « Ohé ! Lambert ! » et voilà un bruit qui, comme la calomnie, va grandissant, se répand et éclate de tous côtés. C'est une obsession ! Tel fut le refrain d'une chansonnette de café-concert :

> « Fallait pas qu'y aille,
> « C'est bien fait ! »

On ne pouvait sortir de chez soi sans l'entendre sur les boulevards, les promenades ! Les peintres et les maçons l'entonnaient jusque sur leurs échelles et sur les toits !

J'ai dit qu'au bâtonnat de Dufaure avait succédé,
en 1864, celui d'Ernest Desmarest et j'ai conté son
acte affectueux à mon égard. Ancien secrétaire de
Félix Liouville comme Allou, Ernest Picard, Cresson
et Durier, il avait trouvé dans l'appui de ses anciens
camarades, dans ses opinions républicaines hautement manifestées, dans la ligue qui s'était formée
contre la nomination de M. Hébert dont il fut question, le succès de son élection. A cette époque, le
bâtonnier était élu par le Conseil de l'Ordre. Le suffrage universel n'a été rétabli qu'après 1870. Il en
résultait de très grandes facilités pour les coteries dans
un Corps électoral aussi restreint. Si M. Hébert avait
les sympathies de quelques-uns, certains anciens, qui
avaient été ses adversaires politiques ou même judiciaires, quand il était procureur général, lui étaient
irréconciliablement hostiles. Plusieurs lui reprochaient
sa prétendue sévérité — qui n'a jamais existé, — lors
de la grève des avocats et sa tiédeur dans son discours
de procureur général en 1844, lorsqu'il constatait la
présence des avocats réconciliés avec le Premier Président Séguier, à la barre de la Cour. Rien n'était plus
injuste. Il suffisait de savoir qu'il avait été l'ouvrier
de la réconciliation et de relire le discours lui-même.
Il était imposible de mieux manifester sa sympathie
au barreau, car il s'exprimait ainsi :

« Avocats ! — Comment ne pas penser à vous quand
« on parle des intérêts de la justice et de la vérité !
« Ne doivent-ils pas sortir plus évidents et mieux
« éprouvés de ces débats de chaque jour, éclairés par
« votre savoir et votre talent ! Sans vous, la famille
« judiciaire est incomplète ; sa marche serait moins
« facile et son appareil aurait moins d'éclat. Qui pour-
« rait donc vouloir une séparation impossible, diviser
« ce que les lois ont uni, rompre nos traditions an-

« ciennes et ravir peut-être au bon droit l'un de ses
« moyens de succès ?

« Cédons à d'autres sentiments au sein de cette réu-
« nion accoutumée, où, sûre de votre respect, la magis-
« trature aime à vous témoigner son estime et ses
« égards. Hâtons-nous de nous rassembler au prétoire,
« animés du même zèle, poursuivant le même but, et
« reprenons en commun, heureux de cette mutuelle
« assistance, les utiles travaux que nous venons d'inau-
« gurer. »

Il fallait être vraiment de parti pris ou aveuglé par
la passion électorale, pour reprocher au Procureur
Général de 1844, son attitude vis-à-vis du barreau :
« Eclairés par votre savoir et votre talent... sans vous
« la famille judiciaire est incomplète... la magistra-
« ture aime à vous témoigner son estime et ses égards.. »
que pouvait-il dire de plus flatteur et de plus sympathique ?

En regard de ses aspérités de caractère que lui-
même avouait, on vantait l'abord avenant, l'humeur
toujours égale et le visage souriant de Desmarest.
Peut-être son amabilité était-elle trop banale mais
elle séduisait. Il avait l'esprit très ouvert, facile et
plein de grâces. Jamais un mot méchant ou sournois.
Ses plaidoiries étaient charmantes comme sa personne.
Entre un confrère agréable, toujours souriant et
un homme grave, solennel, passionné, inégal, un
peu bourru, parfois brutal pour l'adversaire, mais
profondément juste et honnête, incapable d'une bassesse, d'une platitude ou d'une lâcheté, doué d'un
talent vigoureux comme son caractère, le conseil,
dominé par les considérations que j'ai résumées, n'hé-
sita pas. Il choisit l'homme agréable.

Un des devoirs du bâtonnier est de présider la conférence du stage. Il joue, à l'heure actuelle, un simple
rôle d'auditeur, usant, quand il le juge convenable, de

la faculté de donner des conseils, de décerner des éloges ou de faire des critiques, dans un *a-parte* avec les orateurs. Il était, en ce temps-là, chargé en outre, de faire un résumé de la discussion, après les discours des stagiaires. A la différence de son prédécesseur Dufaure, élogieux pour ceux dont il goûtait le talent, silencieux ou même maussade pour les autres, Desmarest se montrait, tel un homme du monde dans un salon, gracieux et flatteur pour tous. Il saisissait, sans être en aucune façon juriste, la question et, retenant au vol les arguments présentés, il savait à merveille faire son résumé, qui ressemblait plus à un compliment qu'à une mercuriale.

Dufaure lui avait légué un personnel de secrétaires très bigarré au point de vue des opinions politiques et très divers quant au talent. Si les lauréats des études classiques sont, dans l'avenir, souvent dépassés par ceux qui ne les suivaient que de loin, comme il est arrivé pour certains de nos plus grands écrivains, Dumas fils, entre autres, de même les favoris de la Conférence ont parfois démenti les espérances de leurs débuts et n'ont pas toujours confirmé le jugement de leurs contemporains. Les rangs surtout sont loin d'établir la supériorité ou l'infériorité relative des élus. On a vu comment Gambetta n'obtint même pas le prix de l'Ordre et il avait été classé troisième, alors qu'il devint plus tard un de nos plus grands et immortels orateurs. Parmi les secrétaires choisis par Dufaure il faut retenir le nom de Demange, qui devint l'avocat le plus réputé des assises et qui possède de belles facultés Il était quatrième et le onzième fut Jules Méline, qui occupa le premier rang au Parlement et au Ministère.

Desmarest fut particulièrement heureux dans ses désignations et la promotion de 1865-1866 fut superbement olympienne. — Le premier était Alexandre Ribot dont nous avons cité l'acte de généreux dévouement

lors de la détention d'Emile Accollas. Avec sa haute stature, sa tête de parlementaire, son front harmonieusement développé et haut, l'expression si douce de sa
physionomie et la fierté de son regard, ses cheveux
blonds naturellement ondulés, les favoris réglementaires qu'il portait et qui se sont fondus aujourd'hui
dans une barbe luxuriante, il faisait présager ce qu'il
a réalisé depuis. Sa supériorité était incontestable
et non discutée. Ses études, ses connaissances étendues, son talent de parole lui assuraient un grand
avenir. Son tempérament modéré et d'une grande
pondération laissait dès lors penser qu'il serait le premier
ministre désigné d'une monarchie constitutionnelle.
Son amitié avec les Duvergier de Hauranne, ses relations avec Dufaure, qui le fit plus tard secrétaire
général du Ministère de la Justice, le rattachaient au
milieu orléaniste libéral. Mais les débuts sont durs et,
comme Gambetta, il songeait, en attendant mieux,
à devenir magistrat. Il entra dans le cabinet de Nicolet, bien en Cour, invité des séries de Compiègne, ce
qui pouvait lui faciliter une nomination dans un parquet. Malheureusement pour le Gouvernement et par
bonheur pour lui, il ne fut pas nommé par suite
d'événements qui sont tout à son honneur. Il avait
plaidé avec son talent habituel devant le Conseiller
Metzinger, président de la Cour d'Assises. Celui-ci le
félicita et lui promit sa protection. Mais survint la
rentrée de la Conférence et Ribot, indépendant, prononça l'éloge de Lord Erskine, l'apôtre du jugement
par jurés des procès de presse en Angleterre. Le Conseiller Metzinger fit savoir à la Chancellerie qu'on
n'aurait à faire aucun compte de sa recommandation...
Il craignait d'être mal noté, car le gouvernement impérial tenait à la juridiction correctionnelle pour
juger les poursuites contre les journaux. Les débats
étaient conduits bon train par des présidents comme

le célèbre Delesvaux, à la 8e chambre. Ribot n'a rien perdu à sa disgrâce. Emile Ollivier, en 1866, voulant réparer l'injuste exclusion de 1866, le nomma directement substitut au tribunal de la Seine.

Le second secrétaire était Edouard Laferrière, disciple d'Ernest Picard. Il était d'une vive intelligence, très agissant et très combatif, né pour la politique, instruit, cultivé, très versé dans le droit administratif. A la différence de Ribot, doux et souple, il était raide et rageur à froid ; ses relations avec ses amis n'en étaient pas moins très sûres. Son duel avec Maurice Joly provoqué par une rivalité de presse, où il eut comme témoin Georges Coulon et Jules Ferry, eut du retentissement. Sa parole était âpre, concise, à l'emporte-pièce. Elle était précise et mordait. Fils de l'ancien inspecteur général des Facultés de droit, il avait puisé dans son éducation, les meilleurs éléments de science juridique et il se tourna résolument vers le droit administratif par une intuition de sa future carrière. Il y a laissé une glorieuse réputation ; il l'a enseigné en un cours libre à la Faculté de droit. Il présida le Conseil d'Etat. Il continua et acheva le Répertoire de Léon Béquet, devint gouverneur général de l'Algérie, puis procureur général à la Cour de Cassation, en remplacement de ce grand magistrat. Manau qu'on mit assez cavalièrement à la retraite, suivant les procédés à la mode, pour disposer de sa place.

Lagrolet, troisième secrétaire, est mort tout jeune, peu après avoir obtenu le prix d'éloquence à l'Académie française avec un éloge de Vauban. C'était un méridional, né dans les Landes. Il était plein de verve, de jovialité et d'esprit.

Griolet avait, au contraire, quoique du midi comme Lagrolet, le langage froid et exact du jurisconsulte. L'expression était toujours juste, l'imagination ne

jouait aucun rôle dans ses discours sobres et méritoires.
Il avait obtenu la médaille d'or de doctorat à la faculté
de droit. Sa nature réfléchie le portait vers les études
philosophiques. Sa plaidoirie dans la grande affaire
de la succession d'Auguste Comte le fit remarquer au
barreau. Il a utilisé sa science au Conseil d'Etat où il
a été Maître des Requêtes et au recueil de Dalloz qu'il
dirige encore. Un autre débouché s'est ouvert à lui,
et non le moins précieux. Il est devenu vice-président
du Conseil d'administration de la Compagnie des Chemins de fer du Nord, financier renommé, administrateur de grands établissements de banque.

Lesourt ne fut qu'avocat. Il était secrétaire de
Bétoland, auquel il avait emprunté la netteté du style,
la propriété des termes et l'autorité du débit. Il a
plaidé les affaires de Bauffremont et s'y est montré
très brillant. Il est mort d'une affreuse maladie qui
l'avait profondément attristé et découragé en le défi-
gurant : une dermatose eczémateuse de la face.

Cadot, qui a été député de la Somme, et quitta, en
1867, le barreau parisien pour celui de Péronne,
de grande taille, avait un visage énergique, des traits
largement accentués, et était malgré cela d'une extrême douceur. Ses camarades disaient de lui qu'il
avait une tête de tribun et un cœur de Vierge par
opposition avec le 12e secrétaire, Ernest Hendlé, collaborateur de Jules Favre, mort préfet de la Seine-
Inférieure, qu'on définissait, à cause de sa physionomie placide et douce, mais de l'énergie de ses opinions
démocratiques et républicaines, un visage de Vierge
et un cœur de tribun.

Maisonabe, — de Rodez, dont il avait l'accent —
y retourna et y fût bâtonnier. Je ne l'ai pas revu.

Georges Le Chevalier fut une des plus originales et
des meilleures recrues de cette promotion. J'ai parlé
de lui et de ses origines au début de ces souvenirs. Il

était le fils de cet éditeur connu qui créa l'« Illustration », rue Richelieu, 60, et fut, sous Napoléon III, le publicateur courageux de la plupart des pamphlets de l'opposition. C'était un cerveau puissant, une intelligence facile, ouverte. Il était bien organisé et très pondéré. Prompt à la riposte, il avait un esprit d'à-propos remarquable, la riposte vive et mordante. Il était auditeur assidu de tous les procès de presse et militait avec passion aux côtés de Gambetta qui fit de lui, au 4 septembre 1870, le préfct de la défense nationale dans la Sarthe, dont il devint sénateur. Ce ne fut pas un préfet ordinaire que celui-là ! Il suivit l'armée à cheval à côté du général sur le champ de bataille et assista à toutes les opérations de l'armée. Il joignit la courtoisie au courage quand il procéda à l'arrestation d'un des princes d'Orléans qui rendit justice à la correction de ses procédés. Il avait plaidé nombre d'affaires curieuses et connues : pour les magasins du Louvre contre le Printemps dans le procès des soieries Marie Blanche ; — pour Rosa Bonheur contre un acheteur impatient qui lui demandai d'exécuter le tableau qu'il lui avait commandé ; — dans le procès dit des chats, qui révolutionna la ville de Fontainebleau où ce félin pullule et incommode par ses larcins, les propriétaires de la ville. On trouve dans le volume de Champfleury « les Chats » la sentence du juge de paix qui interdit de tuer les maraudeurs parce que « il n'est pas permis de se faire justice à soi-même ». — La bonté de son cœur ne le cédait pas à la supériorité de ses facultés cérébrales. Lorsque la librairie Armand Le Chevalier vint à dépérir, il devint le protecteur et le bienfaiteur des siens, se dévoua à eux, s'expatria pour les relever, devint avocat à Constantinople, succédant à Amiable, un autre avocat de Paris et non moins distingué, et y devint président du barreau, fut ensuite avocat au Caire, puis nommé commissaire du Gouvernement près de la dette égyptienne et Ministre plénipotentiaire. Quand il revint en France, il fut nommé administrateur de la Compagnie de Suez, en outre du siège qu'il occupa au Sénat. J'ai conservé pour la mémoire de ses parents le plus respectueux souvenir. Aucune maison ne fut plus agréable à fréquenter, grâce à l'aménité et à la cordialité de l'accueil. Madame Le Chevalier, bonne et simple, vous mettait de suite à l'aise. M. Le Chevalier était bien le bourgeois lettré, frondeur, libéral de 1830. Ses traits étaient très prononcés, il avait le nez fort comme Corneille et Molière, le regard bienveillant, avec une pointe de malice, sans moquerie. Son fils Lucien, qui partageait avec lui la direction de la maison, lui ressemblait. Ils avaient tous trois la même voix, à ce point que Mme Le Chevalier distinguait difficilement son mari et ses fils en les entendant sans les voir. Dans leur appartement de la rue de Valois, qui donnait sur le jardin du Palais-Royal, ils vous recevaient le cœur sur la main. Mais c'était surtout dans leur propriété de Nanterre qu'on passait de bonnes et intéressantes journées, en compagnie des intimes de la maison : Charles de Lesseps, Georges Coulon et Herbette.

Vie trop courte et trop incomplète que celle de Fruneau, mort à 38 ans. Il avait été fondateur du journal « La Conférence » qui rendait compte des discours des stagiaires, et il plaida un des plus grands procès de l'époque celui du *Fœderis Arca*. Il était sous-préfet de Toulon quand il mourut en 1878.

Le secrétaire suivant était notre bien cher ami, Eugène Garsounet, fils d'un fonctionnaire de l'Université qui, après avoir été chef du Cabinet du Ministre Royer-Collard, devint inspecteur général de l'enseignement secondaire, mais qui fut avant tout un lettré, un écrivain charmant et un homme de beaucoup d'esprit. Sa critique de la loi de 1838 sur les

aliénés est des plus jolies et des plus fines. Eugène
Garsounet fut pour ce père, devenu veuf, plein de
sollicitude et d'abnégation. Il tenait sa maison et l'entourait des soins les plus touchants. Il avait tout l'extérieur d'un « homme du nord », comme disent les gens
du midi, avec son teint blanc, ses cheveux et ses favoris d'un blond clair. Il était de suite sympathique. On
sentait que, chez lui, les qualités affectives, sans nuire
à son activité cérébrale, occupaient la première place.
Il avait une grande, peut-être une excessive faculté
d'élocution dont la rapidité ne permettait pas toujours d'entendre ou d'apprécier les effets. Elle nuisait
à la netteté du discours. Une voix légèrement mouillée
et nasale ne manquait pas cependant d'agrément. On
ressentait, en l'écoutant, une vive impression de sa
science et de son ouverture d'esprit. Après ses succès
de Conférence, il est entré dans la carrière de l'enseignement du droit et est mort doyen de la Faculté
de Paris, par suite d'un tragique accident dans
la gare de Feignies. Nul n'aimait comme lui à recevoir et il le faisait de la manière la plus amicale. Qui
ne se rappelle, parmi ses collègues et ses amis, sa
villa de Montmorency, qu'on quittait avec regret,
cette maison et ce parc à la vue largement ouverte
sur la vallée, jadis propriété de la grande tragédienne
Rachel, où fréquentaient maintenant les jurisconsultes
et les magistrats. Eugène Garsounet a laissé de nombreux ouvrages : une étude sur le bail emphythéo-
tique couronné par l'Académie des Sciences morales
et surtout un cours de procédure civile qui a remplacé
Boncenne, Boitard et Colmet Daage dans les bibliothèques des avoués et des tribunaux.

Lanusse entra, comme Garsounet, dans l'enseignement du droit. Je l'ai retrouvé professeur des plus
estimés à la Faculté de Bordeaux. Il était du Gers,
aussi méridional que Garsounet était flamand, quoique

né à Caen. — Amusante rencontre de tous les types,
de toutes les qualités de terroir, sortis des différentes
régions de France et des milieux sociaux les plus variés !

Une dérogation à l'usage, qui ne laissait parler que
les stagiaires à la Conférence des Avocats, fut faite en
faveur de Gambetta inscrit au tableau et ancien secrétaire de 1862. Desmarest l'autorisa à discourir sur une
question de presse confinant à la politique. Ce fut
un régal.

Quelle bonne aubaine pour moi que d'avoir renoué
amitié au Palais avec mon ancien camarade de Sainte-
Barbe, Paul Sipière, dont la sœur avait épousé Gustave Chaix d'Est-Ange et qui s'était fait inscrire au
stage. Il se trouvait donc allié à la famille du Procureur général, l'ancien grand avocat des assises et des
procès en séparations de corps. Paul Sipière avait
voulu, malgré son immense fortune, faire son droit
et devenir avocat après avoir été associé d'agent de
change. Il venait écouter les orateurs de la Conférence.
Cette amitié reprise après une séparation de six années, m'ouvrit les portes du somptueux hôtel de la
rue Jean-Goujon. Elle me procura surtout l'heureuse
occasion de connaître Chaix d'Est-Ange et de me lier
avec son fils. On n'a rien exagéré en disant que jamais
causeur ne fut plus étincelant que cet avocat illustre,
alors médiocre en son rôle d'accusateur public et de
chef du parquet général. On l'écoutait, médusé, dans
le jardin d'hiver de M. et Mme Sipière. Excellentes
gens que ces millionnaires et fort peu prétentieux.
Madame Sipière était la bonté même. Elle recevait
avec effusion les amis de son fils. Le père avait gardé
de Bordeaux une facilité d'expansion qui ne manquait
pas de saveur. Il avait des choses judiciaires une
naïve ignorance. Il ne savait pas du tout ce que pouvaient être la Conférence et ses secrétaires, au nombre
desquels son fils désirait figurer. Ne sachant pas que

ceux-ci sont nommés au concours et supposant que ce devait être des sortes de fonctionnaires, il me demandait si les secrétaires de la Conférence sortaient d'un milieu choisi et étaient riches. Il lui arriva une plaisante aventure. Après l'émeute dite des blouses blanches, en Janvier 1870, il eut l'idée d'envoyer 10.000 francs aux sergents de ville, comme on gratifie aujourd'hui les victimes du devoir et on souscrit au profit des gardiens de la paix. Ces encouragements sont nécessaires à l'heure actuelle où la police désorganisée, avec un personnel insuffisant, attaquée par les partis de désordre et menacée par les apaches, a besoin d'être soutenue par les honnêtes gens. Mais, sous l'Empire, la police était si bien faite, les agents étaient si nombreux et par suite les rues si sûres, qu'il n'était nullement utile d'ajouter au budget largement pourvu, l'aide de souscriptions privées. Les journaux de l'opposition, malicieux à l'égard d'un homme qui avait des attaches officielles, insinuèrent que cet acte insolite s'expliquait par le désir qu'il avait de se faire décorer. Or, le 1er août 1870, il n'y eut pas de nominations ; hélas ! on avait d'autres soucis. On ne pensait qu'à tenir tête à l'ennemi envahisseur, et la générosité, quelle qu'en fût la cause, demeura désintéressée, quoique alors, Gressier, qui avait épousé la sœur de Gustave Chaix, et avocat discret, non sans emploi, fût Ministre des Travaux publics. Il ne manquait pas d'esprit et me disait un soir que je le rencontrai sur le boulevard : « Les journalistes ont prétendu que Sipière « a donné 10.000 francs aux sergents de ville pour « avoir la croix. C'est précisément à cause de cela qu'il « n'aurait pas été décoré. On dirait qu'il l'a payée ! » Ce scrupule serait-il maintenant un obstacle à l'octroi du ruban ?.....

Gustave Chaix, petit comme son père, élégant, bien pris, était pétillant d'esprit. On se souvient encore de ses mots. On a souvent réédité, entre autres traits, ce qu'il disait dans une affaire où l'objet du litige était une robe. Parlant des corsages trop décolletés il s'écriait : « Ce sont des coupables auxquels on est « d'autant plus disposé à pardonner qu'ils sont tom- « bés plus bas. » Avocat de l'Impératrice, il publia en une plaquette, une réhabilitation de Marie-Antoi- nette qui venait d'être vivement attaquée par de récents écrits, d'autant plus vilipendée que la souve- raine professait, de notoriété publique, un culte pour elle. Il plaida nombre de procès retentissants et valait beaucoup mieux encore que sa renommée au Palais. Les médisants si nombreux dans la salle des Pas Per- dus, prétendaient qu'il n'était qu'une réduction, un diminutif de son père. Il était bien mieux que cela et avait une valeur très personnelle. D'une bravoure à toute épreuve et acceptant la responsabilité de ce qu'il avait plaidé dans une affaire de séparation de corps, il se battit en duel avec le mari de sa cliente. Son mariage avec Mlle Sipière, cousine de Madame Emile Hébert, contribua, en les rapprochant, à réconcilier Hébert et Chaix d'Est-Ange, très en froid depuis l'affaire Do- non-Cadot. L'hôtel de la rue Saint-Georges, 15, qu'ha- bitaient les Chaix d'Est-Ange, méritait d'être visité. Les goûts artistiques du père et du fils se trahissaient dans une collection d'objets d'art choisis avec un dis- cernement éclairé, par de beaux tableaux de maîtres et par toutes sortes de curiosités exposées dans un des salons du rez-de-chaussée. On y recevait, en dehors du monde officiel, ce qu'on appelle le Tout Paris. J'ai vu là le gros Gabriel-Benoît Champy, fils du président du Tribunal. Il ne ressemblait pas à son père, jadis avocat occupé, demeuré mince et séduisant avec son visage très expressif et au teint mat. Gabriel, sous une enveloppe épaisse, avait un esprit délié et causait avec humour. Sa connaissance de tous les mondes,

le vrai et celui où on s'amusait, le tenait au courant
de tous les cancans et de tous les scandales. J'allais là
aussi avec un de mes amis du plus grand air, Guichard
de Mareil, fils d'un ancien avocat aux Conseils du Roi,
propriétaire de ces vastes terrains de Passy, le parc
Guichard, aujourd'hui remplacés par la rue qui porte
ce nom. Des bâtisses les couvrent.

Je fréquentais régulièrement les salons d'une toute
autre société, mais d'un intérêt au moins égal et non
moins brillants, ceux de la famille Hayem. Un professeur de la faculté des lettres de Paris, dans la préface
du livre posthume d'un des descendants, a pu, sans
exagération, la traiter de famille consulaire.

Simon Hayem, le chef de la maison, on dirait presque l'ancêtre, après avoir été simple voyageur de commerce, neveu d'une ancienne cuisinière de ma grand'-
mère, était parvenu, à force d'activité et d'intelligence,
à fonder les plus grands magasins de chemiserie, de
cols et de cravates de France, sous la marque du
« Phénix » universellement réputée. Il était à la fois
fabricant et marchand en gros. Secondé par une
femme supérieure, intelligente et charitable, il fit une
grande et rapide fortune. Nul ne ressemblait moins
à un parvenu, quoiqu'il fut volontiers bruyant en ses
discours. Mais il n'avait aucune morgue, aucune fatuité, ni surtout aucune sottise. Les plus humbles
trouvaient chez lui, le même accueil que les plus riches
et les plus grands. Il avait dans son entourage, nombre
de parents sans fortune et n'ayant pas réussi. Ils étaient
de toutes les réceptions et la maison leur était affectueusement ouverte. Il est vrai que les enfants de ceux-
là s'étaient fait une place dans les différentes branches
de l'art et de la littérature. Les deux frères Ullmann,
ses deux neveux, avaient obtenu les grands prix de
Rome, en peinture et en architecture. Un autre neveu,
André Vormser avait eu celui de musique et fut l'au-

14

teur de l'Enfant prodigue, un des plus grands succès de la fin du siècle dernier. Enfin, dans le monde dramatique, Emile Abraham a été secrétaire général du Gymnase et pendant longtemps directeur du journal « l'Entr'acte », aussi répandu dans le public que le « Petit Journal ».

Les fils Hayem étaient heureusement doués. — Charles, l'aîné, amateur éclairé, protégea les débutants du salon de peinture dont il appréciait le talent et secourait généreusement les autres. Bastien Lepage fut un de ceux qu'il reconnut être un maître dès ses commencements et il fit de M. Simon Hayem, un portrait qui peut rivaliser avec celui de Bertin par Ingres. Il a, de plus, manifesté de la façon la plus touchante, sa gratitude, en peignant d'après nature une saisissante esquisse de Madame Hayem, après sa mort. Charles Hayem n'était pas un collectionneur égoïste et intéressé. Il a, de son vivant, sans rechercher aucune compensation honorifique, offert au Musée du Luxembourg, ses belles toiles de Gustave Moreau. — Le second fils, Georges, est devenu, après un labeur obstiné et en menant, malgré son opulence, une existence de cénobite, le célèbre professeur à la Faculté de Médecine auquel, tout récemment, à l'occasion de sa mise à la retraite, ses élèves et ses collègues, témoignaient leur estime et leur admiration. — Armand, que j'ai beaucoup aimé pour la chaleur de son cœur et le charme de sa société, fut un auteur fantaisiste et polygraphe, qui ne manquait pas de saveur et sut écrire. Epris de Proudhon, il fut d'abord de son école et publia une étude sur le Principe des Nationalités, puis un livre sur le Mariage, qui fut récompensé par l'Académie des Sciences morales et politiques. Sous l'influence de Barbey d'Aurevilly, son grand ami, il fut l'auteur d'un volume : « Le don Juanisme ». Il était très impressionnable et peu fait pour la carrière politique où il ambitionnait d'entrer. En 1870, il devint secrétaire particulier d'Emile Ollivier, un autre ami, au Ministère de la Justice ce qui lui fut opposé par les électeurs devant lesquels il se présenta après la guerre. Il fut bien Conseiller général de Seine-et-Oise, pour le canton de Montmorency, mais ne put franchir le Pont de la Concorde pour entrer au Palais-Bourbon, quoiqu'il eût voulu habiter tout près, Avenue des Champs-Elysées. Il mourut désemparé sans avoir pu encore donner sa mesure. — Le quatrième fils, Julien, avait une nature très pondérée et un sens pratique très aiguisé. Après de brillantes études littéraires couronnées par le diplôme de licencié ès-lettres, il fit son droit, passa au Palais, y plaida non sans succès et le quitta pour reprendre la direction de l'établissement paternel tout en s'occupant activement des questions politiques et sociales, notamment de celle de l'apprentissage. Il a fondé une revue commerciale. C'est, de tous les fils, celui qui rappelle le plus son père par sa vivacité, sa rapidité de conception et aussi, au physique, par sa taille élancée, son teint basané, ses yeux noirs et brillants, sa conversation pleine de feu et de mouvement (1).

Les Hayem avaient quitté leur hôtel patriarcal d'Auteuil, rue Molière, à côté de celui du Prince Pierre Bonaparte, où ils recevaient déjà beaucoup, pour s'installer rue des Petites Ecuries, 46, dans de superbes appartements occupant le rez-de-chaussée avec un vaste jardin, précieux, l'été, dans ce centre populeux et mouvementé, ainsi que le premier étage. Dans les salons vastes et luxueux comme à Saint-Gratien, où ils possédaient une villa, au bord du lac, non loin du château de la princesse Mathilde, se pressaient toutes

(1) Au cours de l'impression de ces souvenirs, le petit-fils de M Simon Hayem, M. Klotz, est devenu ministre des finances.

les illustrations parisiennes et surtout les sommités
du parti républicain : Gambetta, Ernest Picard, Emile
Ollivier, plus tard Méline, étaient les hôtes habituels.
Les artistes, les magistrats, les avocats, la haute
finance, y étaient largement représentés. La table
était toujours ouverte et parmi les convives s'asseyaient Adolphe Frank, beau-père de Charles Hayem,
Ludwig Whil, le poète allemand exilé, auteur d'un
volume de poésies devenu rare et que la famille avait
recueilli et logeait, des érudits comme Louis Leger,
maintenant professeur au Collège de France, dès
lors connu par sa thèse de doctorat ès-lettres sur la
conversion des slaves au christianisme ; Jacques de
Boisjolins, que ses fonctions au Ministère de la Marine n'empêchaient pas d'écrire ; Gidel, le proviseur
du Lycée Bonaparte, et Jules Comte, attaché au Ministère des Beaux-Arts et chef du Cabinet de Maurice Richard, maintenant membre de l'Institut.

A l'attrait d'une telle réunion — et nous n'avons
pas noté l'architecte Aldrophe et le président Puget,
si spirituel, quoique souvent trop gaulois — se joignait
celui d'une élite féminine aussi intelligente que jolie.
Aussi, les Hayem étaient-ils heureux d'offrir à leurs
amis des fêtes qui, parmi toutes celles célèbres du
Second Empire, furent très recherchées. Il y avait
les soirées intimes où on causait et celles où on faisait
de la musique. On dansait et il y eut même des bals
costumés. L'un d'eux, le dernier, je crois, en l'hiver
de 1869, fit sensation dans Paris. Au milieu des invités
en costumes les plus divers, depuis les mignons de
Henri II, les pierrots, les arlequins, les conseillers du
parlement en robe rouge et coiffés du mortier, jusqu'aux ouvriers de l'ancien régime et aux gavroches
du nouveau, les Nelusko de l'Africaine, les Fritz, le
général Boum, les Vanda, et la grande Duchesse de
Gerolstein elle-même, des Nuits et des Etoiles, des

vivandières et des marquises, circulaient des marchands de coco Louis XV, agitant leurs sonnettes, et
versant dans leurs gobelets le champagne frappé de
Moët et de Cliquot.

Les deux salons dont je viens de parler donnent une
idée de ce qu'était le monde bourgeois et riche à cette
époque. Le luxe était grand comme aujourd'hui, mais
on était plus gai et plus joyeux. Je me rappelle l'inauguration du joli hôtel d'Ehrler, le fabricant de voitures de l'Empereur, rue de Ponthieu, où figuraient,
parmi les grands industriels, des professeurs comme
Colmet de Santerre travesti en turc, et des médecins
comme Lannelongue. — Les salons de Monbro, rue Tait-
boulz, étaient le rendez-vous international où se pressaient toutes les colonies étrangères, avec l'attrait
qu'offraient les types les plus divers de la beauté
féminine, surtout les créoles et les polonaises.

Il y a plus de quarante ans qu'ont cessé les bals de
Madame O'Connel, la femme peintre à la mode qui
précéda Nelly Jacquemart et qui est l'auteur du portrait bien connu de la tragédienne Rachel. Dans son
immense atelier situé près de la rue Notre-Dame-des-
Champs, se pressaient peintres, sculpteurs, archi-
tectes, musiciens, écrivains et grands viveurs aussi
— tous costumés, quelque chose comme les Quat'z
Arts d'aujourd'hui, mais plus mondains et plus décents.
Madame O'Connel était très éclectique. Toutes les
parties de la société étaient représentées. Les acteurs
et les actrices étaient également conviés. — La sémil-
lante Emilie Dubois, de la Comédie Française, y dansait
gentiment des quadrilles animés, sans écarts, ainsi
qu'une des plus séduisantes femmes de Paris, Madame
Olivier Pichat, femme du peintre, dont on admirait
l'élégance et la démarche en son costume de Louis XIV
adolescent. Armand Gouzien, cet artiste qui remporta
tant de succès de salons, musicien et journaliste, qui

charma Victor Hugo et le ramena de Guernesey après
le 4 septembre 1870, animait cette foule par son entrain. Il avait, une nuit, organisé une farandole de
diables et diablotins, qui, toutes lumières éteintes, et
menée par lui, à la lumière rouge et satanique des
torches, faisait irruption soudaine au milieu des danseurs restant immobiles et figés. Ces fêtes offraient
la singularité d'être des piques-niques grâce auxquels chaque invité se sentait chez lui. On apportait
son écot obligatoire : « *Ne fût-ce qu'une bougie* »,
disaient les cartes, mais ces bougies se transformaient
en une incalculable quantité de pâtés de foies gras et
de bouteilles de Champagne. L'ami qui assistait Mme
O'Connel n'était autre que Louis Figuier qui recevait
avec elle, costumé en Pique-Nique. Sur un habit noir il
portait suspendues, au lieu de croix, à plusieurs rangs
de brochettes, une réduction minuscule de toutes les
victuailles et de tous les entremets.

On ne peut parler de l'année 1865 sans en signaler
le grand événement musical et dramatique : la première représentation de l'Africaine de Meyerbeer. Elle
avait été très longtemps attendu. Depuis bien des
années, il était question du futur chef-d'œuvre du
vieux Maëstro. On plaisantait du retard. Il n'y avait
pas une revue, — une de ces revues dont les frères
Gogniard et Clairville étaient les auteurs attitrés sur
les scènes des Variétés et du Palais-Royal, — où on ne
fit de nombreuses facéties à propos de cet opéra toujours annoncé et jamais représenté. Enfin, il apparut
avec une partition contenant sans doute des beautés
de premier ordre ; mais il ne justifiait pas l'impatience qu'avait fait naître un retard jusque-là sans
exemple. Il y avait eu, ce qui était aussi une nouveauté
grand tapage et réclame savante autour de la pièce.
Ce qui a eu lieu récemment pour le « Chantecler »
d'Edmond Rostand, peut seul en donner l'idée. La

mise en scène et les décors étaient magnifiques, les
costumes resplendissants et l'exécution parfaite.
Faure, le principal interprète, avait alors atteint la
plénitude de son prodigieux talent de chanteur, de
diseur et d'acteur. Il fut de tous points supérieur dans
le rôle de Nelusko. Il était habillé avec un goût et
une richesse qui extasiaient l'orchestre et surtout le
balcon et l'amphithéâtre. La salle était comble tous
les soirs. Le succès fut pyramidal. La postérité paraît
devoir être moins enthousiaste, car on ne représente
plus guère l'Africaine à l'Opéra. Il est vrai que Wagner
a détrôné Meyerbeer et Rossini, et que la musique
de nos grands compositeurs du XIXᵉ siècle est trouvée
souvent vieillotte et rococo par notre jeunesse actuelle,
— exception faite pour Offenbach.

De quelle frénésie fut atteint Paris par la Famille
Benoîton. La comédie de mœurs de Victorien Sardou
mettant en scène la femme type de 1865, la « Coco-
dette », fut la grande vogue de cette année-là. Madame
Benoîton, toujours sortie, passa dans la conversation
comme la désignation commune de ces évaporées,
toujours en quête de distractions et pour cela jamais
chez elles, ce qu'on appelle aujourd'hui les « Qu'est-ce
que vous faites ce soir. » On disait : « C'est une Benoîton : — toujours sortie, comme Madame Benoîton »
et nous vîmes chez les modistes des « chapeaux Benoîton » comme il y eut des « chapeaux à la girafe »,
lors de l'introduction en France du premier de ces
animaux. Ce n'est pas l'esprit, mais la badauderie de
Paris avec ses engouements et ses caprices.

Dans un tout autre public plus sérieux, plus lettré
et plus passionné pour la politique, surtout dans la
jeunesse des écoles qui se reprenait à son ancien libéralisme et frondait le gouvernement du 2 décembre
sous l'influence de ses maîtres et à la lecture de Napoléon le Petit et des Châtiments de Victor Hugo, une

toute petite plaquette eut un immense retentissement.

Un bohême de l'enseignement et de la littérature, un écrivain de race encore très goûté des délicats, Rogeard, fut un des héros de 1868, et son illustration s'accrut de son martyre. L'expression est excessive ; mais on l'employait couramment en pareille occurence. Il fut du moins victime de poursuites que l'Empire exerçait alors avec un soin jaloux, contre les écrivains de l'opposition qu'il envoyait à Sainte-Pélagie. Rogeard avait fait paraître ses « Propos de Labiénus » un pamphlet vigoureux et cruel à la manière de Tacite et plutôt encore de Suétone. Les tribunaux n'y allaient pas de main morte. Il fut condamné à cinq ans de prison ! Je l'ai souvent vu au Café de Fleurus, situé au coin de la rue de ce nom et sur le Luxembourg, discourant avec ardeur au milieu des curieux consommateurs qui formaient sa galerie habituelle. C'était des professeurs libres, souvent sans leçons ; des écrivains parfois brillants, mais en quête d'un éditeur ; des peintres barbus et chevelus, dont les ateliers étaient situés dans le voisinage et cherchant à attirer l'attention par quelque excentricité ou quelque extravagance. Je me rappelle en avoir vu un qui entrait au Café tenant en laisse un renard muselé, et suivi d'une meute de chiens aboyant à la bête. — Les murs du Café de Fleurus étaient, comme les auberges de Barbizon, couverts de toiles et de panneaux dont plusieurs n'étaient pas dépourvus de talent. Tous ces clients de l'établissement y étaient chez eux, en vareuses, avec leurs pipes suspendues au ratelier. Plus coquet, un de mes anciens camarades de collège, Henri Fouquier, l'auteur de cette piquante étude : « L'art officiel et la liberté », descendait de son logis situé sur les hauteurs de Montmartre, où il s'était fait installer un divan turc, sur lequel il faisait s'asseoir ou plutôt s'accroupir ses amis, leur offrant le narguileh. Il bril-

lait par son costume de velours, élégance inconnue
en ces parages. On se retournait sur son chemin, sur les
boulevards ou rue Vivienne en le voyant passer suivi
de son énorme chien, ses longs cheveux tombant sur
ses épaules. Et ce spirituel, charmant homme de lettres,
artiste et écrivain de goût athénien, ennemi de l'art
officiel, est mort dans la peau d'un haut fonctionnaire,
inspecteur général des Beaux-Arts, sous la troisième
République.

Du Café de Fleurus à la Comédie-Française, la transition est plus naturelle qu'on ne croirait, car du premier se rendit à la seconde le célèbre Cavalié, dit Pipe
en Bois, l'immortel siffleur d'Henriette Maréchal, des
frères de Goncourt, le jour de la première représentation. Henriette Maréchal ! Ce fut un défi aux traditions alors sévères, de la maison de Molière ? Telle est
la routine ? Notre grand auteur comique ne craignait
pas d'offusquer les oreilles des Marquis de son temps
par ses propos gaulois et ses mots salés. Mais, en
1865, le réalisme littéraire n'avait pas encore acquis
droit de cité et il était convenu que toutes les libertés
ou les licences des auteurs étaient, sous l'odieux tyran
qu'était l'Empereur, des signes de décadence d'un art
« bas empire ! » Représenter les couloirs de l'Opéra
un jour de bal masqué avec les « engueulades » du
lieu, fussent-elles traduites en vers dans un prologue
écrit par Théophile Gautier, mais finissant par cette
apostrophe d'un masque : « As-tu fini ? » quelle profanation ! — La pièce eut le sort de Gaétana et les
honneurs d'une chute bruyante qui donna presque lieu
à une échauffourée. Il faut reconnaître que la pièce
était mauvaise mais mauvaise à ce point qu'elle
n'était pas digne d'un tel vacarme !

VI

1866

Le barreau. — Les nouveaux secrétaires de la conférence. Maurice Sabatier. — De Borville. — Melcot. — Gabriel Debacq. — Martineau. — Desprès. — Maritain. — Maillard. — Edmond Bertrand. — Paul Flandin. — Georges Potier. — Le renouvellement du Conseil de l'Ordre et Gambetta. — La causerie au barreau jadis et aujourd'hui. — La Presse judiciaire. — Maurice Joly, Norbert Billiard et *tutti quanti*. — Le Canu. — Barbizon et Chailly-en-Bière. — L'hôtellerie du Lion d'or et l'hôtelier Barbey. — Le Père Ganne et les Luniot. — Le juge de paix et la Sagesse de Sancho. — Bethmont. — Léon Cléry. — Dufaure. — Jules Favre. — Berryer. — Marie. — Du Buit. Crémieux et Hébert. — Narcisse Leven et Lehmann. — Andral. — Sénard et ses codes. — Ernest Picard. — Albert Liouville. — Templier. — Allou. — Nicolet. — Cartier. — Albert Martin. — Ribot. — Fromageot — Edmond Rousse. — Bétoland. — Menesson. — Léopold Toussaint. — Horace Helbrouner. — Léon Devin. — Léon Duval. — Paillard de Villeneuve. — Duverdy. — Plocque. — Lacan. — Rivière. — Magnier. — Reboul. — Eugène Duval. — Péronne. — Thureau. — Boulloche et Binoche. — Germain. — Frémard. — Massu. — Dutard et Fauvel. — De Jouy. — Emile et Charles Durier. — Paul Beurdeley. — Busson-Billault. — Cresson. — Payen. — Eugène Carré. — Lachaud. — Léonce de Sal. — Caraby. — Demange. — Octave et Oscar Falateuf. — Grévy. — Ballot. — Victor Lepane. — Champetier de Ribes. — Emmanuel Arago. — Du Miral. — Nogent Saint-Laurens. — Taillefer. — Limet. — Lenté. — Malapert. — Bertrand Taillet. — Pinchon. — Papillon. — Beaupré. — Jules Périn. — L'avocat A. — Sardanapale et Damoclès. — Cliquet. — Trouillebert. — Craquelin. — Bertout. Guerrier. — Maugras. — Fernand Desportes. — Clément Laurier. — Blot-Lequesne. — Martini — Trolley de Roques. — Rivolet. — Jules Ferry. — Floquet. — Gambetta. — Henri Barboux. — Pouillet. — Huard. — Ernest Lefèvre. — Pataille. — Calmels. — Forni. — Arrighi. — Decori père. — Binoche. —

Les guerres sous le second Empire, jusqu'en 1870,
n'avaient pas de répercussion apparente sur la vie
parisienne. Sadowa, en 1866, n'apparut pas, de suite
sauf à quelques hommes prévoyants et avisés, avec
l'importance fatale qu'il dut avoir quatre ans plus tard.
Les fêtes continuaient et on était tout aux préparatifs
de l'exposition de 1867.

Pour moi, l'existence au Palais m'absorba de plus
en plus avec le travail chez M. Hébert. Je me mêlais
à cette cohue et à ce grouillement, qui font de la salle
des Pas Perdus un des plus curieux théâtres qui soient.
Un jour, — il avait plus de 80 ans — Rousse, accoudé
près de moi, sur la rampe de l'escalier conduisant aux
chambres civiles du Tribunal, tout vieil habitué qu'il
fût de ce spectacle, me disait : « Quelle foule agitée !
Quel bruit de voix ! Que d'appétits et de convoitises ! »
En parodiant la légende de Gavarni, écrite sous l'image
d'un titi qui contemple le bal de l'Opéra et s'étonne
qu'autant de femmes trouvent autant d'hommes pour
les nourrir, on pourrait s'écrier : « Que d'avocats ! et
ils « trouvent des affaires pour vivre ! C'est cela qui
donne une riche idée des plaideurs ! »... Hélas ! il y a
plus de promeneurs dans cette foule que d'avocats
venus pour plaider ! Beaucoup endossent leurs robes
et portent même leur serviette sous le bras pour tenter
la fortune et amorcer quelque avoué sympathique :
« Querentes quem devorent ! »

Je n'en étais pas là encore et la nouvelle promotion

de secrétaire de la Conférence, succédant à celle de 1865, constituait pour moi le principal intérêt.

Le premier, Maurice Sabatier, avait sur nous tous la même supériorité que Ribot sur le secrétariat précédent. Il était né orateur et avait heureusement développé des dons naturels. On racontait que le Père Lacordaire l'avait dénommé jadis l'enfant prodige. Il avait, en effet, une maturité d'esprit, une sûreté de parole, une force et une sobriété d'argumentation exceptionnelles à 25 ans. Son premier discours fut un triomphe. Il s'agissait du droit pour l'exécuteur des hautes œuvres de requérir un logement et des ouvriers pour construire l'échafaud, dans la ville où il venait procéder. Il trouva d'ingénieuses raisons et donna à la question un tour original. Il était secrétaire de Paul Andral, le disciple chéri du grand Berryer, le petit-fils de Royer-Collard, et le fils de l'illustre médecin ; homme d'esprit, plein de talent, célèbre lui-même par sa plaidoirie pour les médecins allopathes contre les homéopathes que représentait Emile Ollivier. Paul Andral pressentit en lui un futur avocat à la Cour de Cassation. L'éloge de Rossi fut un des meilleurs discours de rentrée et, après avoir succédé à Groualle, Sabatier est devenu le plus remarquable orateur du barreau de la Cour suprême. Un conseiller me disait dernièrement que lui et Georges Devin avaient laissé des places vides et qu'on ne les remplacerait peut-être jamais.

De Borville et Melcot ont eu des carrières bien dissemblables dans la magistrature.

Borville, fils d'un juge de paix d'Evreux, était, quoique normand, le type du parisien. Il avait une voix mélodieuse et un grand charme personnel et de parole. Il était fin, lettré, élégant. Son visage rond, son teint fleuri, son sourire aimable le faisaient ressembler un peu au bâtonnier Desmarest qui, cependant, lui fit enlever le discours de rentrée auquel son rang lui donnait droit par son successeur Allou, pour en charger Melcot. Desmarest, dont Melcot était le collaborateur, sachant son désir de devenir magistrat, s'était-il fait le raisonnement attribué par Cléry Chevrier à Beth-mont pour que ce dernier lui substitua dans les mêmes circonstances ? S'était-il dit que le discours servirait plus à Melcot qu'à Boswille, secrétaire de Senard, devant sans doute rester au barreau ? Le résultat de cette disgrâce imméritée, née d'une intrigue, fut que Borwille, député, quitta Paris pour se faire inscrire comme avocat à Rouen où son maître Senard lui assu-rait un appui. Singulière ironie de la destinée ! Ce causeur raffiné, cet orateur attrayant, entra dans les parquets comme substitut à Alais, courut la France pour finir conseiller à la Cour de Douai ! C'est dans cette ville triste et peu animée que je l'ai revu pour la dernière fois en 1887, mélancolique et sans ressort, entre sa femme et ses enfants, faisant des projets de voyages pour ses vacances ; mais ayant perdu la viva-cité de son esprit et son entrain.

Melcot, qui, à 28 ans, était le plus jeune des substi-tuts, à la Cour de Montpellier, a pris sa retraite comme Conseiller à la Cour de Cassation après y avoir été pendant de longues années avocat général très écouté.

Gabriel Debacq est resté aussi combatif qu'à ses débuts. Il n'a été et ne pouvait être qu'avocat. C'est l'avocat fait homme avec toutes ses qualités et ses défauts. Il a, plus que le plaisir, la passion de plaider et la passion égare parfois. Il est le plus complet ora-teur de la barre qu'on puisse imaginer. Ses ressources sont inépuisables. Ses brillantes et solides études de droit lui en fournissent. Il a eu la médaille d'or de doctorat. Mais il a, en outre, des connaissances uni-verselles dont il a donné tant de preuves, quand il a touché à l'histoire avec son livre sur les Libéraux et les Démagogues au Moyen âge (Etienne Marcel et Caboche) — à la jurisprudence avec son traité de l'action du Ministère public au civil. — Il aime et cultive le paradoxe, et nul n'y recourt avec une plus piquante désinvolture. Il possède l'art de faire sourire les juges. Les désarme-t-il et les convainc-t-il toujours ? Ses incursions préférées dans le domaine de la politique et dans les régions les plus inexplorées des littératures anciennes lui sont familières. Elles nuisent souvent à l'ordonnance de ses plaidoiries toujours si originales et si humoristiques.

Martineau, d'origine créole, est mort juge au Tribunal de la Seine.

Desprès fut percepteur à Lyon, après avoir été préfet de Tarn-et-Garonne.

Maritain, à la fois cousin et gendre de Jules Favre, et qui l'imitait un peu trop, non sans talent cependant, devint avocat à Mâcon où il s'était fait une situation. Il avait été au Cabinet de Jules Favre, camarade de mon ami Georges Coulon, mon ancien camarade de Sainte-Barbe et de l'école de droit, un des meilleurs hommes que j'aie connus, brillant causeur, charmant de douceur et séduisant de manières, aux traits fins et distingués, qui eut du talent, et obtint un vrai succès en plaidant la validité du mariage des prêtres et devint vice-président du Conseil d'Etat.

Maillard est mort premier président à la Cour de Lyon.

Edmond Bertrand, fils du Conseiller à la Cour de Paris, est devenu avocat général à la Cour de Cassation puis, à son grand préjudice, procureur général près la Cour de Paris, où il échoua sur les écueils de la politique. L'affaire Zola, dont il était chargé, le fit injustement tomber en disgrâce, comme il arrive trop souvent en un temps où les Ministères, qui se succèdent si fréquemment, sacrifient les fonctionnaires qui ont rempli leur devoir en obéissant aux instructions qu'ils ont reçues des prédécesseurs tombés. Il refusa avec dignité le poste de conseiller à la Cour de Cassation auquel il avait été nommé.

Paul Flandin, un intime ami de Sainte-Barbe et de l'Ecole de Droit, qui parlait avec tant de grâce et d'élégance, obtint tant de succès par sa mesure et sa mansuétude comme président des assises de la Seine, et à qui les jurés adressèrent des remerciements, se retira après avoir été Conseiller à la Cour de Paris. Il a été nommé président de Chambre honoraire.

Georges Potier, plus heureux, est devenu Conseiller à la Cour de Cassation, après avoir été un des meilleurs présidents de Chambre effectifs. A ses débuts, le charme de sa personne, sa facilité de parole, sa verve dans la conversation semblaient devoir le retenir au barreau. Et cependant, il rêvait, nous disait-il, lors de notre stage, d'être Conseiller à Paris. Son idéal a été dépassé.

Tels sont ceux qui furent les camarades de mes débuts, le chemin qu'ils ont parcouru et le but qu'ils ont atteint... ou manqué.

Au moment même où nous commencions à prendre part à la mêlée, s'opéra un changement non dans les règles de l'Ordre, mais dans les usages, et, pour petite qu'elle soit, la moindre modification dans les traditions, prend la proportion d'une révolution radicale dans nos mœurs antiques. Les électeurs décidèrent que le Conseil de l'Ordre serait renouvelable par série.

Jusque-là les membres en fonctions étaient indéfiniment réélus. Ils étaient, en fait, investis d'un mandat perpétuel. Ils formaient ainsi, au barreau, une aristocratie dont l'accès était barré aux ambitions des autres confrères. Cet état de choses avait des avantages et des inconvénients. En général, ne faisaient partie du Conseil que les premiers, les plus en vue, ceux qui avaient le plus de talent et le plus grand emploi ; l'ordre en recevait plus d'éclat et sa direction était confiée à des mains expérimentées et habiles à solutionner les difficultés. Les vacances étant rares, les compétitions étaient moins nombreuses et si les intrigues n'étaient pas moins pratiquées, elles étaient plus restreintes. Ceux qui étaient en fonctions, ayant une grande situation et une grosse clientèle, n'avaient pas besoin de leurs titres pour accroître l'importance de leurs cabinets et majorer leurs profits puisque leur qualité même n'était que la consécration de leur succès, non un moyen de parvenir. Enfin, on n'assistait pas au spectacle peu digne et quelque peu burlesque de huit ou dix tours de scrutin entre confrères auxquels, au dernier moment, on substitue un nouveau venu. Gambetta, dans ses lettres adressées à son père, se montre résolument hostile au renouvellement et il n'est pas suspect d'être influencé par son intérêt personnel puisqu'il appartenait au parti des jeunes. Il fait remarquer que le titre de Membre du Conseil devant être conféré à la supériorité du talent qu'il consacre, il n'y a aucune raison pour l'enlever à celui qui l'a obtenu, ce talent ne pouvant ni disparaître, ni diminuer, tous les trois ou quatre ans.

Gambetta me semble avoir pensé juste.

L'objection qu'on faisait avait une valeur sérieuse. On disait que les vingt avocats immuablement en exercice constituaient une caste privilégiée, qui se signalait à la confiance du public et à la recommandation des avoués à l'exclusion d'autres confrères héritants. De plus, dans un barreau aussi nombreux que celui de Paris, il était équitable que la proportion des dignitaires fut moins restreinte.

L'expérience a démontré que le renouvellement a été une source d'abus regrettables et n'a pas produit les résultats attendus. On a maintenu tous les anciens bâtonniers auxquels la nouvelle règle ne s'applique pas et le mandarinat qu'on voulait supprimer subsiste. L'ordre a toujours ses burgraves. L'exploitation du titre ne cesse pas pour les autres avec leurs fonctions. En dehors du titre d'ancien bâtonnier, qui est indélébile, on a créé les anciens membres du Conseil quoique leur mandat soit temporaire et cesse avec son expiration. On l'a vu, lors du centenaire de la réorganisation de l'Ordre où ceux-ci revendiquèrent avec âpreté, l'insignifiant honneur de présider les tables, honneur qui devait, d'après les traditions, être réservé aux plus anciens. Dans cette démocratie qu'est le barreau, — comme dans toutes les démocraties, — il se crée à chaque instant des titres et des privilèges tout factices. A côté des anciens bâtonniers, — des anciens Membres du Conseil, — on a fondé une association des anciens Secrétaires de la Conférence, perpétuant leur titre d'une année éteint depuis quarante ou cinquante ans. Un prix remporté dans une classe cesse d'exister après la distribution où on l'a décerné ! que penser d'une société de lauréats ? On tenta au début d'en faire un moyen électoral.

Le Palais était donc agité, mais les relations si faciles et si courtoises qui y régnaient n'en étaient point atteintes. L'expansion était plus grande et on s'entendait mieux. D'abord, on causait beaucoup et très amicalement dans la salle des Pas Perdus, et surtout dans cette parlotte où tant d'avocats, de marque et d'esprit, aimaient à se retrouver au milieu d'une galerie d'auditeurs. On cause moins aujourd'hui et on parle surtout d'affaires. Les conversations sont des conférences et les « épanchements » des communications de pièces entre adversaires.

D'où provient ce nouvel état de choses ? Les causes en sont multiples.

Elles tiennent au changement survenu, depuis 1870, dans le personnel qui fréquente la salle des Pas Perdus.

Il y avait avant cette époque, de nombreux avocats qui ne venaient au Palais que pour y parler librement. Ils n'avaient pas de dossiers et ne les recherchaient guère. C'étaient, ou des hommes tenus à l'écart des fonctions publiques pour lesquelles ils auraient eu du goût, par leurs opinions politiques, ou des amateurs de littérature et d'art dédaignant la défense des intérêts privés et le galimatias de la procédure. Entre ceux-ci et les avocats d'affaires, un certain nombre de confrères occupés, à l'esprit cultivé, servaient de lien. Tels étaient Allou, Ernest Picard, Jules Ferry, Grévy, Laurier, Lachaud, Gambetta, Ferdinand Duval, Bouriat, Delprat, Gournot, Maurice Joly, Norbert Billiard, qui, avant de devenir directeur du « Journal Officiel » de l'Empire : le « Moniteur universel », fut le courriériste modèle du Palais dans sa revue : *Le Monde judiciaire.* Tels étaient les tenants habituels de ces entretiens, avec un de nos amis bien curieux et bien attachant, le bon Le Canu.

La seconde, cause plus triste, plus regrettable, ce sont les divisions qui ont surgi, les dissentiments politiques et religieux. On ne s'aventure pas facilement à entamer une conversation avec des énergumènes qui ne savent pas se contenir et se laissent entraîner à toutes les violences et à toutes les véhémences du langage. Le Palais, libéral sous l'Empire, est devenu réactionnaire et clérical sous la République. Cela n'a rien de surprenant puisqu'il est opposant sous tous les régimes. Il a, — et c'est sinon son honneur, car il joue là un rôle passif, celui de récipient obligé, du moins l'avantage d'être l'asile de toutes les victimes de nos révolutions, de tous ceux qui, rejetés de la vie publique, trouvent là un emploi de leurs facultés.

Je viens de parler de Le Canu, un des causeurs très entourés de la Parlotte et de la salle des Pas Perdus. Continuer en parlant de lui, notre galerie de confrères, sera un intermède à des études purement judiciaires,

car il fut si peu avocat plaidant ! Il était peintre, un
des premiers adeptes de l'Ecole de Barbizon. Il a
peint avec conscience et un sentiment exact de la
nature, les sites pittoresques de la Forêt de Fontainebleau. Ecrivain, il a, en un latin très pur, fait, contre
l'Empire, un pamphlet, *le Tyran*, pastiche très réussi
de Tacite, qui lui valut l'amitié de Victor Hugo, de
Berryer et d'Hébert, qu'il vénérait. Il était musicien
et composait avec facilité. — Il a écrit un petit volume charmant sur les femmes, sous le pseudonyme
de Velnac, son anagramme. — Il s'occupait d'enseignement populaire et il a, dans une lettre sur l'instruction publique, été un véritable initiateur. Il proposait de placer des cartes du réseau dans toutes les
salles d'attente de chemins de fer. On sait que son
idée a été réalisée et qu'on est même allé au-delà en
ornant d'aquarelles reproduisant les sites des divers
pays, les salles des Pas Perdus et même les wagons.
Enfin, il a publié sous le titre de « Victor Hugo chez
lui », par un passant, avec des eaux-fortes de Lalanne,
une description qui restera de la résidence du maître
à Guernesey : Hauteville House.

Nos relations amicales datent du jour où il m'em-
menait à Barbizon pour me faire connaître sa belle
forêt que je n'avais pas encore vue. Il la possédait
à merveille, l'ayant peinte et y ayant vécu avec les
artistes, fondateurs de la Colonie. Il était avec eux,
auteur de la fameuse complainte, dont le dernier
refrain, composé par Jules Claretie, est le plus heureux
de tous. Parlant des peintres qui se distinguaient des
bourgeois au visage glabre, le couplet finit ainsi :

> « Quand on voit quell'barbe ils ont,
> « On s'dit : ils sont d'Barbizon ! »

Le Canu était populaire dans cette colonie d'artistes
qui comptait : Théodore Rousseau, Millet, Corot, Diaz,
Bodmer, Charles Jacques, Coignard, Decamps, Ziem,

qui aimait après Venise, les arbres du Bas Breau, Chai-
gneau, Paris, Decamps, Gérôme lui-même qu'on appelait plaisamment Jérôme... Pâturot, et tant d'autres,
sans oublier Lombard, fils, beau-frère et oncle d'avoués
parisiens, un des derniers survivants de la Pléiade.

Le Canu n'était pas moins connu dans l'autre petite
colonie de Chailly-en-Bière où Manet, Monet et Carolus Duran fréquentaient les auberges du Cheval blanc
et du Lion d'or. Carolus Duran fit même les portraits
des époux Barbey, tenanciers de ce dernier hôtel.
Leur nom inspira le peintre de l'écusson en fer, suspendu et se balançant au-dessus de la porte et où on
voyait d'un côté un lion d'or et de l'autre un chien
barbet, arme portante !

A Barbizon, la principale auberge était celle des
Luniot-Ganne. Mme Luniot était la fille du tailleur
Ganne qui quitta son établi pour devenir le logeur
et le traiteur des artistes qui vinrent lui demander
l'hospitalité. Elle avait épousé un bûcheron de la
Forêt, superbe avec sa belle tête de Sylvain. Chez
eux, on dînait en commun et on dissertait sur l'art
jusqu'à une heure avancée de la nuit. En été, on prolongeait encore et on terminait en allant avec des lanternes, prendre le punch sur la Barbizonnière, rocher
situé en haut du village. Dans toutes les salles de
l'auberge Luniot, des panneaux et des toiles garnis-
saient les murs. Il y avait des œuvres de maîtres qui
ne furent pas toujours respectées des rapins. Sur la
frise en bois de la cheminée, dans la salle à manger,
Gérôme avait peint une fresque. En signe de dédain,
pour l'Académie ils frottaient leurs allumettes sur les
couleurs. Une inscription courant le long de la cimaise
portait cette facétieuse légende :

« Sous peine d'amant, il est interdit
« aux visiteuses d'exciter les artistes. »

L'enseigne était l'œuvre de de Penne, le fameux peintre de chiens. Elle représentait un homme et une femme entrant, maigres et hâves chez Luniot, suivis d'un chien étique, puis sortant gras, avec une mine réjouie, accompagnés du même chien aussi gros que le compagnon de Saint-Antoine ! Ils adressaient à l'hôtelier, figuré au milieu du panneau, un geste reconnaissant.

Ces artistes, avec leur gaîté, leur entrain, leur bonhomie sans façon, ne pratiquant pas la politique des gens du monde, amenèrent leurs amis, des hommes de lettres, des journalistes qui firent une réclame au petit village et ces pensionnaires à 3 francs 50 par jour firent la fortune des aubergistes. On y vit des bourgeois cossus, des médecins comme Camuset, l'auteur des «sonnets hippocratiques» «qui a chanté le furoncle et même le ver solitaire ! » :

« Je chante en douze pieds ce ver de douze mètres », — des savants comme Georges Hayem ; — des industriels, comme Henri May ; — des grands brasseurs, comme Dumesnil ; — des distillateurs, comme Cusenier ; — même des avoués, comme Gaston Allain, qui prit sans doute là le goût des arts auxquels il se rattacha plus étroitement en épousant la fille de Georges Petit.

Les peintres « vêtus comme des gorets », dit justement la chanson, partaient le matin avec leur attirail, emportant leur déjeuner composé de pain, de vin et de charcuterie, pour aller travailler en forêt. Le soir, Luniot, dans une petite charrette, allait ramasser les bouteilles vides, dont les tessons avec les boîtes à sardines, lui servaient à construire lui-même, en les garnissant de plâtre, ciment armé avant la lettre, ses villas à louer !

Le Canu, qui trouvait dans ce monde primesautier et artiste, un charme qu'il m'a fait partager, n'était pas un bohême. Il s'en faut de beaucoup. Très recherché dans les salons de Paris, camarade de Georges

Picot, de Desportes, de Cartier, il vivait familiale-
ment avec sa mère qu'il chérissait. Il devint préfet
du Loir-et-Cher en 1870. Puis, on le nomma juge de
paix à Paris et il apportait dans ses fonctions, ses
goûts et sa curiosité d'artiste.

Je le rencontrai un jour, portant sous le bras un
gros in-quarto, relié en veau et à tranche rouge.

—« Où allez-vous ainsi avec ce vénérable volume ? »
lui demandai-je.

— « Je vais juger ! »

— « Ah ! vous avez-là votre code ? On dirait, à le
« voir, une première édition ! »

— « Oui, c'est mon code, le vrai code du juge de
« paix, Don Quichotte, où je trouve la sagesse de
« Sancho Pança, qui m'inspire mes décisions. »

Pas si paradoxale, en vérité, cette idée et ses sentences étaient toujours marquées au coin du bon sens et
de la logique.

Le barreau militant comprenait, dans un autre genre,
de très notables figures. Il me semble que pour
donner une idée de sa composition en cherchant à
le faire voir plus vivant, dans un tableau complet, il
me faut, à côté des plus grands, montrer aussi la foule
des avocats se pressant aux audiences et parmi lesquels beaucoup auraient été dignes de figurer au
premier rang.

Ce premier rang était alors empli d'hommes considérables, non seulement par leur talent mais par leur
situation sociale. C'était de hauts personnages ayant
joué sous les gouvernements précédents, un rôle prépondérant au Parlement, ayant été ministres ou présidents de la Chambre des députés.

J'ai encore connu Bethmont, mort en 1861, l'ancien membre du gouvernement provisoire, dont la
tête si belle et si imposante faisait si bien pressentir
l'éloquence.

Il avait comme secrétaire Léon Cléry, un joueur de mots sans pareil, qui paraissait un peu gavroche dans le monde grave et gourmé des gens de robe, étonnant ses juges par ses réponses audacieuses et trop souvent citées pour que nous les rééditions. Suivant sa propre remarque, il répugnait au « *prechi-precha* » de l'avocat. Il avait le visage complètement rasé d'un acteur, ce qui fit dire de lui, par Théodore de Banville, qu'il ressemblait à la fois à Napoléon et à Pierrot. Napoléon est une ironie. Pierrot est insuffisant. Cléry aimait sans doute, comme lui, à faire des niches et à jouer des tours. Il savait aussi donner le coup de batte. — Brave cœur au demeurant et bon camarade, malgré ses égratignures qu'il n'épargnait pas même à ses amis, et qui le firent considérer comme un des successeurs de Léon Duval. Il était déjà artiste par tempérament, il le serait devenu sans cela dans la société où il vécut. Il avait pour beau-frère, Gérôme, il était gendre de l'éditeur Goupil, et l'ami intime de Got, pour qui il plaida avec tant de brio contre la Comédie française. Dans les deux demeures où je l'ai connu et dont je parlerai, rue Taitbout, square d'Orléans et rue de la Tour des Dames, il s'était entouré de chefs-d'œuvre de maîtres, d'objets d'art précieux et de meubles du meilleur goût. Il a publié ses « Souvenirs du Palais » où, dans une préface abondante en satires et en épigrammes cruelles, il dévoile, enfant terrible, les trucs et les machinations des avoués. — Il a également écrit un volume exquis sur son « Voyage à Lahore » où il conseille à tous d'aller aux Indes, voyage si facile, ajoute-t-il sérieusement. — A son retour, comme je lui demandais si une absence aussi longue n'avait pas nui à son cabinet : « Au contraire ! », me répondit-il à ma grande stupéfaction, « Jamais je n'ai eu tant de dos-« siers ! Dans tout procès, il y a un plaideur pressé « et un autre intéressé à gagner du temps. Tous les

« avoués savaient que le Premier Président Périvier
« m'avait promis de remettre toutes mes affaires jus-
« qu'à mon retour. Ils m'ont envoyé les causes de
« tous ceux qui désiraient terme ou délai : les débiteurs
« n'ayant pas hâte de payer ; — les défendeurs à
« demandes en divorce espérant une réconciliation
« à la longue, ou voulant reculer une liquidation ; —
« les contrefacteurs désirant continuer à fabriquer et
« à vendre ou les brevetés ne tenant pas à voir trop
« tôt annuler un brevet sans valeur. — Aussi, voyez
« cette haute pile de dossiers ! »

L'origine de nos très amicales relations est tout au
moins singulière. Un soir, rentrant chez moi à 10
heures, je trouve un mot de Cléry me priant de passer
d'urgence chez lui pour causer d'une affaire qui nous
était commune. J'accours square d'Orléans où une
camériste m'ouvre la porte en m'expliquant d'abord
que son maître est sorti pour reconduire sa belle-sœur.
Comme je lui montrai la carte de son maître, elle me
fit entrer dans son cabinet qui attenait à la chambre
à coucher. Madame Cléry, entendant du bruit, crut
que son mari était revenu. Elle entr'ouvrit la porte
et m'apparut toute blanche comme Ophélie, sans être
aussi vêtue. Elle pousse un cri, rentre et agite la sonnette. J'entends gronder. La camériste me prie alors
de passer au salon. Elle ajoute naïvement que sa maîtresse était déjà couchée et s'était relevée supposant
que Cléry était là. Je m'en doutais parbleu, bien !
Celui-ci rit comme un fou de l'aventure à son retour et
m'invita à déjeuner : « Vous avez vu ma femme en
chemise, » — me dit-il : « Il est plus convenable que
« vous la revoyiez habillée. » Il me rappela plus tard
cet incident drôlatique en protestant de son affection
pour moi. « Comment ne serais-je pas ami avec un
« homme qui est bien de mon intimité puisque, seul,
« il a vu Madame Cléry en costume de nuit. »

Ayant les goûts d'un grand seigneur, doublé d'un artiste, il avait un palais au Caire et un autre à Venise, le Palais Flangini, du 17ᵉ siècle, sur le Grand Canal. Il eut même à Paris, pendant la dernière période de sa vie, un hôtel rue de la Tour des Dames et ce qui est beaucoup plus rare, un jardin d'acclimatation où on voyait des canards mandarins de la Chine et des gazelles indiennes. Il avait même voulu rapporter un jeune tigre qu'on lui avait offert à Lahore, mais dut y renoncer sur les observations du Capitaine de son vapeur, qui ne voulut pas procéder à l'embarquement d'un passager aussi dangereux. L'équipée de la tigresse, à Marseille, en 1909, prouva qu'il avait été prudent et bien avisé.

J'ai présenté Cléry à côté de Bethmont et, dans ma galerie du barreau, j'encadrerai souvent le patron de ses secrétaires. C'est ainsi qu'on les rencontre dans la vie réelle et il paraît donc naturel de ne pas les séparer.

A côté de Dufaure, dont il a déjà été question, Jules Favre, le grand leader de l'opposition, nous émerveillait tous par la pureté de sa langue et l'élégance de sa rhétorique. Berryer lui-même ne renonça-t-il pas à parler après lui dans le Procès du Treize, s'écriant qu'après les belles choses qu'il avait si bien dites, il ne lui restait plus qu'à s'asseoir et à admirer ? — Berryer exhalait ses derniers accents, mais ils étaient sublimes et ils remuaient encore son auditoire.

Berryer et Jules Favre ! quel rayonnement comparable au leur, en ce siècle écoulé.

Berryer jouissait d'une gloire qui éclipsait celle de ses plus grands confrères et tous s'inclinaient devant lui. Il avait eu les clients les plus illustres et avait défendu les plus nobles causes. N'avait-il pas, à côté de son père, plaidé pour le Maréchal Ney devant la Cour des Pairs ? Il avait été l'avocat de Napoléon III, alors simple prétendant, après l'échauffourée de Stras-

bourg? L'Empereur s'en souvint. Lorsque, élu membre
de l'Académie française, Berryer, se trouva soumis à la
formalité de la présentation aux Tuileries, le souverain,
par un généreux mouvement, qu'on appellerait aujour-
d'hui un beau geste, dispensa son ancien défenseur d'autrefois, son adversaire politique d'alors, d'une démarche
qui lui eût coûté. Il faut reconnaître, pour être juste,
qu'aucun Président de la République n'a accordé
pareille dispense aux académiciens monarchistes et
cléricaux, et que, d'ailleurs, ceux-ci, nullement embar-
rassés dans un temps où les caractères sont plus accom-
modants, se prêtent, sans sourciller, à une obligation
qui ne leur pèse pas.

Jules Favre fut le lion de toute cette époque. Au
Palais, c'était à qui voudrait lui ressembler. Il avait
un tic, un hoquet oratoire comme il y a, au théâtre,
un hoquet tragique : il fut imité. Il portait la barbe,
ne faisant raser que les moustaches, pour obéir à la
règle inflexible qui les prohibait. On vit des barbes
comme la sienne. Vavasseur, Jay, Malapert et d'autres, adoptèrent sa coupe. Il avait des guêtres : on vit
des guêtres sur les chaussures des confrères. Le greffier
de la cinquième Chambre, excellent homme, mais quin-
teux, Durand, pour avoir taillé sa barbe à la Jules
Favre, fut le héros de singulières méprises. Les cara-
vanes d'anglais et d'anglaises venant visiter la Sainte
Chapelle se le voyaient indiquer par leur cicerone
comme étant le grand orateur et Durand ne s'expliquait pas pourquoi tous les regards étaient ainsi fixés
sur lui ! Lorsque vinrent, après tant d'années glorieuses,
les tristesses du procès Laluyé, qui révéla les fausses
et bien inoffensives déclarations qu'il avait faites, lors
de la naissance de ses enfants, d'un mariage inexis-
tant, on sut que Napoléon III avait tout appris et
qu'il avait refusé, quoique pressé par de trop zélés
serviteurs, de révéler ces faits, ne voulant pas, décla-

ra-t-il, se servir de pareils moyens pour se débarrasser, d'un ennemi politique.

Marie, ce grand honnête homme, au visage original, sans barbe quoique républicain de 1848, avec les pois chiches cicéroniens et ses lèvres plissées, avait une grande autorité. Son rôle de modérateur, dans le gouvernement provisoire et son influence, dans le parti républicain, lui créaient une haute situation. Il était jurisconsulte consommé et sa science du droit l'emportait sur son talent d'avocat, très réel, mais trop emphatique et trop déclamatoire. — L'empreinte du maître n'existe pas toujours chez ses collaborateurs. Du Buit a, au contraire, un style simple et rude ; redoutable adversaire par la force de sa logique et son argumentation pressante. Il succéda à son patron dans les grands procès du Crédit mobilier.

Crémieux, petit et laid, d'une laideur légendaire, avec son teint brouillé, ses cheveux crépus, ses mains aux doigts boudinés et trop courts, ses taches de rousseur, fut peut-être à côté de Sénard, le prince du barreau. Nul ne savait comme lui enlever son auditoire et émouvoir ses juges. Que ce fût au civil, où, ancien avocat à la Cour de Cassation, il possédait toutes les ressources juridiques et toutes les connaissances d'un grand lettré ; que ce fût au criminel où il entraînait et émerveillait les jurés, il se montrait toujours supérieur. Sur son corps minuscule, il avait une tête de Mirabeau. Sa mémoire était aussi extraordinaire que sa culture littéraire.

La plaidoirie de Crémieux, dans un procès d'interdiction introduit par un frère contre sa sœur, parce qu'elle s'était fait monter en bague la dent de son chat mort, ce qui prouvait, suivant le demandeur, l'imbécillité, vaut celle de Léon Duval dans la cause célèbre du testament du commandeur Machado.

« Vous magistrats, vous avocats, — plaidait-il, —

« dans ces grandes gloires qui nous sont communes,
« oublierons-nous Antoine Lemaître, l'une de nos plus
« pures, de nos plus magnifiques renommées ? Retiré
« à Port-Royal, quand avec ses deux oncles, immor-
« tels comme lui, il avait, pendant quelques heures,
« conversé des plus hautes questions du temps, chaque
« soir, rentré dans sa cellule, il se plaisait à se délasser
« avec ses deux chats, dont la société lui était chère
« et précieuse, et qui, chaque jour, avaient son pre-
« mier mot au réveil, son dernier au coucher.

« Dans notre société, je puis vous citer une dame
« qui porte le nom de Séguier. Naguère encore, elle a
« soigné affectueusement, perdu et fait enterrer une
« chatte qu'elle aimait. Ses enfants, qui savent ce
« qu'elle vaut comme mère et comme femme, ne se
« sont pas avisés de la faire interdire.

« Le nom du général Houdaille est venu jusqu'à
« vous. Brave comme son épée, parvenu du grade de
« simple officier au grade de général d'artillerie, il a
« conservé, jusqu'à sa mort, une véritable tendresse
« pour les chats. Il en avait trois, toujours avec lui
« dans son appartement de garçon. Forcé de conduire
« de Toulouse à Metz le régiment dont il était alors
« colonel, il revint, de sa personne, à Toulouse, prendre
« ses chats pour les conduire dans sa nouvelle garnison.

« Le dernier grand duc de Russie a fait faire, par
« un grand peintre, le portrait de son chat et la biblio-
« thèque impériale le montre aux visiteurs au milieu
« des chefs-d'œuvre qui la rendait célèbre... »

Par exception, j'ai voulu citer ce passage qui caractérise mieux que ne pourrait le faire une étude critique.
le talent prestigieux d'Adolphe Crémieux. Il faut relire
la note qu'il a rédigée et distribuée dans cette affaire
trop oubliée.

J'ai eu de sa mémoire, une preuve convaincante.
Dans une affaire d'écurie de course, il défendait des

usuriers. Il se mesurait avec Hébert, qui se présentait
pour les Aguado, acheteurs trompés de chevaux dis-
qualifiés. Notre patron voulait malicieusement taquiner son adversaire en lui rappelant que, à Rome, ce
furent les juifs qui avaient introduit le prêt à usure
ou à intérêt, comme on disait. — Il me chargea, —
un peu inconsidérément, puisqu'il me savait bien être
de la même religion que Crémieux, — de chercher
dans le *de Officiis* de Cicéron, le passage qu'il voulait
citer. Je le recopiai. Mais, voici qu'à l'audience, il
lut difficilement mon écriture et balbutia. Crémieux,
d'abondance, achèva la citation commencée !

Les relations de Crémieux et d'Hébert étaient cordiales, malgré leurs différends politiques, qui remontaient à 18 ans et étaient à moitié effacés par leur
lutte en commun contre le régime impérial. On sait
que Crémieux remplaça Hébert comme garde des
sceaux en 1848. Or, ce dernier se rappelait qu'un des
premiers soins de son successeur, en s'installant à la
Chancellerie, fut de lui faire parvenir au château de
Saint-Gervais, les vins par lui laissés dans les caves
de la Place Vendôme. Ils se traitaient ironiquement
de « Mon cher prédécesseur » et « Mon cher successeur ». Lorsque, en 1870, Crémieux redevint Ministre
de la Justice, M. Hébert lui adressait une lettre dont
le ton familier et affectueux dénote la cordialité de
leurs relations. C'était à l'époque de l'assassinat du
Président Poinsot.

« Je vous prie, Cher Confrère et Successeur, de
« n'être point complaisant à demi. Que l'affaire soit
« remise purement et simplement à huitaine sans un
« exposé de qui que ce soit, que je ne pourrais entendre
« s'il se faisait aujourd'hui. Je prierai, dans la nuit de
« Mardi à Mercredi pour que vous dormiez bien en
« wagon, et je tâcherai, Mercredi, de n'endormir ni
« vous, ni nos juges, par une longue plaidoirie. Et

« puisque je parle de vagon, ayez soin de ne pas woya-
« ger sans compagnie dont vous ne soyez bien sûr.
« Je lis, en ce moment même, dans mon journal, en
« déjeunant, que l'horrible assassinat Poinsot vient
« de se reproduire en Angleterre « Gode save the tra-
« vellers ».

Tout à vous,
« Hébert. »

Cette lettre a été publié par Madame Peigné-Cré-
mieux dans le volume où elle a réuni les autographes
de son père.

Crémieux eut plusieurs secrétaires. L'un d'eux, Clément Laurier, aura ultérieurement un portrait plus
complet. — Narcisse Leven, bon, serviable, était,
quoique très simple et très naturel, trop grandilo-
quent en de petites causes. Il ne manque pas de valeur
et a été très considéré au Conseil Municipal de Paris,
dont il a été longtemps membre. Il en est sorti par
suite de calomnies et de mensonges. On le traitait de
prussien parce que son père était né dans les provinces
rhénanes au moment où elles étaient françaises et
quoiqu'il fût resté français après 1815 ! N'est-ce pas
ainsi qu'on entend parfois traiter d'allemands les
Alsaciens ayant opté pour notre nationalité ?

Lehmann, qui entra au barreau de la Cour de Cassation, où il fut avocat du Ministère des Affaires
étrangères, a fait preuve de bonnes études juridiques,
mais il était desservi par une voix et un accent ingrats.
C'était l'esprit le plus large et le cœur le plus généreux
qui se puisse concevoir. Très judaïsant, il poussa la
tolérance et le respect des convictions différentes, jusqu'à faire donner à ses nièces, dont il était tuteur et
dont la mère était chrétienne, une éducation très
catholique qu'il surveilla.

Sénard avait tous les dons de l'orateur et toutes

les finesses de l'avocat. Aucune qualité ne lui manqua
même celles considérées comme secondaires : la prestance, la voix et le geste. Sa tête était superbe, noble
et imposante. Il avait les traits réguliers, la physionomie expressive, et, avec tout cela, une éloquence
réelle, la phrase familière, sans être jamais triviale.
Son habileté était consommée. On la disait poussée
trop loin. Il circulait sur lui, au Palais, un quatrain
attribué à la malignité d'Hébert, ce qui est bien invraisemblable quand on sait les relations amicales, et de
première jeunesse, existant entre eux, et l'étroite union
où vivaient jadis leurs deux ménages. Le quatrain a
eu plusieurs variantes. Celle-ci paraît exacte :

« Ces codes de Sénard sont les amis fidèles,
« Ils ont lutté tous deux pendant de bien longs jours,
« Et les codes, hélas ! ont perdu leurs ficelles
« Pendant que Sénard, lui, a les siennes toujours ».

Hébert m'a raconté que, lorsqu'après 1848 et un
court exercice à Rouen, il voulut se faire inscrire au
barreau, Sénard, avec sa chaleureuse amitié, l'y avait
encouragé en lui disant : « Viens parmi nous ; ta place
est marqué au premier rang. » Comment Hébert,
tel qu'on l'a connu, aurait-il écrit une épigramme mé-
chante contre le camarade de ses débuts envers lequel
il exprimait ainsi sa gratitude ? — Jamais, même
étant adversaires à la barre, ils n'eurent l'un contre
l'autre, aucun mot blessant. — Rien ne peut rendre
ce qu'il y avait de piquant à entendre plaider, soit
comme adversaires, soit dans le même sens, ces deux
illustres Normands. Dans une affaire d'accident de
chemin de fer où tous deux soutenaient les demandes
en dommages-intérêts des victimes : « Plaide la question de sentiment », disait Hébert, « je plaiderai la
question de préjudice et de réparation ». Sénard excellait, en effet, dans l'émotion, Hébert dans les questions
de droit et d'intérêt.

La mimique de Sénard, en écoutant la plaidoirie adverse, est encore connue au barreau. Pendant que son
contradicteur plaidait, il gardait le silence, mais souriait, approuvait, protestait à contre sens et ses gestes
étaient à dessein trompeurs. Certaines fois, il semblait
approuver son adversaire qui lui opposait un argument sans réplique pendant que l'avoué assistant lui
signalait la gravité de l'objection. Ebahissement de
ce dernier. Au sortir de l'audience, Sénard, un jour,
lui expliqua son signe de tête, en lui disant : « Le
Président me regardait ! »

Il avait la parole ample, sans solennité, une forme
élégante et toutes les nuances d'une diction savante.
Il savait aussi bien traiter les questions de droit qu'exposer les faits et exprimer les sentiments et les passions. Ancien Président de l'Assemblée en 1848, il
était fier du décret proclamant qu'il avait bien mérité
de la Patrie. Avec cela, bon et bienveillant, il était,
nous disait M. Hébert, le mari le plus tendre et le
plus attentionné, rentrant rarement chez lui sans rapporter un bouquet à sa femme. — Son secrétaire préféré, et de plus son filleul, était Albert Liouville, fils
de l'ancien bâtonnier, très fort en droit, sachant à
merveille la procédure, ancien principal clerc de
Me Dromery, parlant comme son père sans prétention,
sans recherche de style et avec un certain laisser-aller,
qui nuisait souvent à la correction de sa phrase. La
franchise de son abord répondait bien à sa droiture
et à sa loyauté. Excellent ami, sans forfanterie et
sans morgue, ne laissant voir sa fortune que par l'opulence de ses réceptions et le bon goût de son installation, où on pouvait admirer des toiles de maîtres,
éclairées le soir, grâce à de puissants réflecteurs. En
1870, son beau-frère, Ernest Picard, voulut se
l'attacher comme secrétaire, quand il devint Ministre
des Finances. Il accepta par dévouement, sans en tirer

aucun avantage. Revenu au barreau, il y trouva un emploi considérable. Il devint avocat du Trésor et de la Ville de Paris, puis rédacteur en chef du journal « Le Droit ». Dès ses débuts, il avait montré un grand souci de sa dignité. Nommé secrétaire de la Conférence, il refusa. Il ne voulut pas, descendant d'un ancien bâtonnier, avoir l'air de devoir ce titre à la faveur.

Sénard eut encore comme secrétaire ce brave et énigmatique Philbert, homme de valeur, avocat de talent, qui, d'extérieur froid et compassé, ne riait jamais et publia un livre plein de brio sur le Rire. J'ai cité ses deux autres secrétaires : Georges Le Chevalier et de Borwille.

Templier, gendre du professeur de droit Du Caurroy, réunit les plus rares qualités. Je l'ai toujours considéré comme un très grand avocat, mais sa notoriété n'avait pas dépassé l'enceinte du Palais. Avec sa haute taille, son visage impassible, son nez proéminent, son regard froid, sans dureté, il avait l'aspect magistral. Il excellait dans les discussions d'affaires et il avait, sur les plus illustres, la supériorité de science et de dialectique. Il savait sa procédure à fond et je l'ai entendu traiter comme un Glandaz, des questions d'incidents et de conversions de saisie immobilière. Aimé et estimé de tous, il fut sollicité d'accepter le bâtonnat. Il le refusa pour ne rien changer à la vie simple et familiale qu'il affectionnait.

Le bâtonnier Allou a déjà paru dans ces souvenirs. Je reparlerai de lui à propos des funérailles de Berryer, en 1868.

Nicolet a laissé une glorieuse réputation. Petit, bien pris, les traits fins, les lèvres malignes, les mains aristocratiques ; portant une turquoise au doigt, précieux et coquet, il était ce que les femmes appellent un joli

16

homme. Telle avait été l'appréciation de ses confrères et des magistrats à ses débuts. Ayant épousé une femme artiste et douée de tous les charmes, son ménage fut accueilli avec le plus grand empressement dans tous les mondes. Je l'ai connu fashionnable non sans afféterie, vêtu avec une soigneuse recherche, se faisant remarquer au vestiaire Bosc par une riche pelisse de fourrure, qui n'était pas d'usage courant au barreau et pouvait humilier les pauvres confrères, ses voisins. Il manquait quelquefois de tact. On ne peut taxer de snobisme un homme de cette valeur, et il avait cependant le culte un peu trop puéril des bonnes manières et du bon ton. Ses plaidoiries vives, alertes étaient imprégnées de cette préoccupation et sentaient encore plus le musc que l'huile. Il manquait de force et de vigueur, mais avait la grâce et la séduction qui parurent plus affectées quand l'âge vint. Il recherchait, par amour de l'art plus encore que par genre, le monde du théâtre et les musiciens. Il manquait parfois de goût ; plaidant des affaires de contrefaçon où les questions techniques nécessitaient des explications scientifiques, il parlait de l'*amour* de certains corps et de leur tendresse les uns pour les autres. Avocat des forges de Commentry, il disait, dans un procès où il s'agissait de majoration d'apports que sa cliente « fabriquait ces rails sur lesquelles nous courons, nous *volons* même ! » On lui reprochait d'être courtisan envers les magistrats, un peu fier et hautain au regard des avocats de moindre importance. Clément Laurier le singeait en le montrant courbé, pliant l'échine devant un conseiller, et se redressant en arrière devant le confrère qui suivait. Il y avait là de l'exagération, mais on ne peut nier qu'il était, comme tant de gens de robe et de bourgeois parvenus, médusé et hypnotisé par « le beau monde et les belles relations », trop dédaigneux des gens modestes et sans prétention. Bien

vu à la Cour de Napoléon III qui l'invita à Compiègne,
il plaida pour les plus grands personnages de la Cour,
pour la Princesse de Metternich, ambassadrice d'Autriche, contre le journal « Le Club » qui avait signalé
les allures excentriques de «Madame de Risquenville. »

Laurier, qui troublait facilement Nicolet par ses
sarcasmes, se présentait pour le journaliste, assigné
en diffamation. Ses railleries furent cruelles. Il reprit
constamment le mot « princesse » qui émaillait la plaidoirie de Nicolet et en fit un simple qualificatif, remplaçant celui de *maîtresse* usagé en pareille circonstance : — La plaidoirie *princesse*, l'argumentation
princesse, l'objection *princesse*, la raison *princesse*,
l'une des accusations *princesses*, etc. — La plaisanterie
portait et l'effet fut irrésistible, car nous savions tous
que Nicolet avait soumis au Conseil de l'Ordre, son
hésitation à aller conférer chez sa cliente *la Princesse*.
On en souriait malicieusement.

Nicolet ne pouvait manquer d'avoir des secrétaires
élégants comme lui. Ainsi que beaucoup de petits
hommes, il aimait à s'entourer de collaborateurs de
belle prestance : Cartier, Albert Martin, Fromageot
et Ribot : — Cartier, aux favoris bien taillés, à la
physionomie avenante et avantageuse, aux traits réguliers, rappelant de loin Rousse, son ami ; — Fromageot, également correct avec plus de naturel, un sérieux
talent de parole et la connaissance des affaires ; —
Albert Martin, un vrai dandy parisien quoique de la
Nièvre ; un homme à succès dans les salons, d'une tenue
digne du Jockey-Club. Ce fut le préféré et il méritait
à tous égard cette prédilection. Je ne puis prononcer
son nom sans constater qu'il était bien le meilleur
cœur, l'homme aux sentiments les plus délicats que
j'aie connu, l'ami le plus sûr sous ses dehors mondains.
Ce n'était pas un brillant diseur de riens, mais un avocat plaidant à merveille. Je sais de lui des traits tou-

chants d'exquise bonté et de tendre générosité pour ceux qu'il chérissait.

Edmond Rousse tenait au Palais, une situation tout exceptionnelle. Le futur bâtonnier de 1870-1871, qui se montra sous la Commune, un héros de courage et un modèle de dignité, le futur membre de l'Académie française jouissait alors d'une universelle considération parmi nous. Il avait une clientèle d'élite et des affaires de choix, ne se commettant pas dans les petits procès alors innombrables. Il n'aurait jamais voulu être ce qu'il appelait drôlement : *un usinier.* Il ne bâclait pas ses plaidoiries, il les ciselait. Plusieurs resteront comme certaines du grand Olivier Patru, notamment celle qu'il prononça contre Sénard dans l'affaire Graillat où, sous forme d'une demande en rectification d'acte de l'état civil, un enfant adultérin revendiquait la qualité et les droits d'enfant légitime. — On a souvent contesté son talent oratoire en prétendant qu'il écrivait ses plaidoiries, comme si Jules Favre n'écrivait pas et ne recommandait pas d'écrire ! Ce reproche était sans fondement. Il pouvait trouver sa raison d'être dans la timidité de Rousse et son émoi en abordant la barre. Mais il improvisait, et sa phrase toujours correcte et française, ses traits nombreux et spirituels étaient de la meilleure école. On n'admet pas volontiers au barreau que ceux qui savent écrire sachent parler. Rousse a subi les effets de ce préjugé.

Qui pénétrait cette nature délicate et tendre ne pouvait éprouver pour lui qu'une profonde vénération. Entre sa vieille mère, sa tante et son frère, esprit d'élite aussi, d'une modestie et d'un dévouement édifiants, s'effaçant devant l'illustration de l'avocat, Edmond Rousse vivait par le cœur. Pour le connaître, il fallait être reçu, non seulement dans son modeste entresol de la rue du Helder, plus tard boulevard

Haussmann, mais dans sa petite maison de campagne
de La Roche-Guyon, entouré de ses souvenirs d'enfance, où figurait une panoplie de jouets ayant amusé
les deux frères. Quelle hospitalité touchante on y
recevait et quelle cordialité ! J'aimais mieux sa
bonhomie dans ses effusions qu'une certaine malice
dont on trouve les manifestations dans sa correspondance avec son ami Vesseron. Elle prouve jusqu'à
quel point les petits travers, les plus légers ridicules
de ses amis étaient observés et retenus par lui. Sa
conversation n'était pas exempte de ces épigrammes
contre ceux mêmes qu'il aimait, comme Bétoland, qu'il
appelait « Aristide ». Ne racontait-il pas avec com-
plaisance comment « Aristide », à la chasse, avait
repris le garde lui expliquant qu'un champ qu'il
traversait était hypothéqué au profit de celui de
qui on l'avait acheté, pour rectifier ainsi : « Vous
voulez dire grevé du privilège du vendeur ». —
Il flattait, en riant sous cape, les vanités littéraires
de ses camarades, fiers de son approbation et de ses
compliments, dont ils ne comprenaient pas l'ironie. —
Certaines préfaces qu'il a écrites pour leurs œuvres
édifient le lecteur. — Une consultation rédigée en
réponse à Pouillet, — qui soutenait, non sans raison,
qu'une production sur la scène d'un calculateur qui
s'exhibe pour résoudre des problèmes et faire des cal-
culs — comme il est arrivé pour Inaudi — constitue
une représentation dont le droit exclusif est garanti
par la loi, — dénote son esprit sarcastique et sa causticité. Avec quelle verve il se moque de la spécialisa-
tion qui rétrécit l'esprit, fausse le jugement et conduit
à admettre les plus renversantes propositions. Ses
secrétaires furent peu nombreux et il ne voulut, bien
longtemps, en avoir qu'un à la fois, disant qu'il suffisait et qu'un plus grand nombre eût été du charlatanisme. Decrais, Desjardins, Fernand Worms furent

les principaux. Bellet fut le dernier, mais bien après
1870. Worms a publié ses plaidoyers. Malheureusement, Rousse a voulu, par souci du secret professionnel, en élaguer plusieurs et on a été privé des plus éloquents quoiqu'on les puisse retrouver dans les journaux
judiciaires.

Plus favorisé que les avocats qui ont plaidé, mais
n'ont pas écrit, Rousse a survécu par sa belle préface
des œuvres de Chaix d'Est-Ange, son ancien maître,
par ses discours de bâtonnat et par ses rapports et
ses discours académiques. Il fut un écrivain distingué
quoique homme de robe, parce qu'il n'appartenait pas
assez au monde des affaires pour que sa langue en fût
déformée par l'argot et les idiotismes judiciaires.

Bétoland était déjà une grande figure du barreau.
Ancien secrétaire de Duvergier, il avait l'oreille du
tribunal et de la Cour. Aucun avocat n'eut, comme
lui, l'autorité que donnent le choix sévère des causes,
la rectitude du jugement et la connaissance du droit
qu'il avait appris avec Valette. Son visage austère,
son caractère à l'avenant justifiait le surnom d'Aristide dont Rousse l'avait gratifié. Ses traits accentués,
sa tête d'un ovale exagéré, son front haut mais fuyant,
sa voix grave et sévère, en contradiction avec sa bonté,
son indulgence et son affabilité empreintes de familiarité, faisaient qu'il ne pouvait passer inaperçu. Ses
grandes plaidoiries sont des chefs-d'œuvre de logique,
de bon sens et de précision. Il rappelait Dufaure dont
il n'avait pas l'émotion jacente qui produisait tant
d'effet. Il était plutôt fait, dans les procès en séparation de corps, pour flétrir et accuser la femme adultère, que pour la défendre contre le mari même peu
sympathique. Dans l'affaire Santerre, il fut tout à
fait supérieur, parce qu'il soutenait la cause de la morale à venger contre l'impudeur et la débauche. Il
avait peu de lettres, ayant depuis longtemps peu de

temps pour lire et ignorait les romantiques. Théophile Gautier lui était peu familier, et dans ce procès, où un père, disait-on, lisait à sa fille au bain la préface de Mademoiselle de Maupin, il dut se faire acheter le livre par son secrétaire Menesson et le charger d'annoter, avec des crayons de couleurs différentes suivant le degré d'obscénité, les passages inconvenants. Menesson, qui lisait aussi le roman pour la première fois, s'acquitta consciencieusement de sa mission, tout en laissant encore passer, observait Bétoland, certaines situations graveleuses.

Ce qui caractérise la nature d'esprit de Bétoland, c'est que, dans un milieu sceptique où tous les scandales et les vices sont dévoilés, il resta comme certains savants absorbés, candide et naïf.

Léopold Toussaint, son premier secrétaire, nous disait son effarement, lorsqu'un soir son patron, sans se douter du spectacle, lui proposa d'aller tous deux dans un de ces petits théâtres où, sous l'Empire, s'exhibaient des femmes dévêtues, mais moins nues et se débitaient des polissonneries plus voilées qu'aujourd'hui. Toussaint, depuis longtemps disparu, était, lui, un lettré raffiné, épris des Classiques, amoureux du siècle de Louis XIV, le roi d'un grand règne, suivant la jolie expression de Voisenon, par opposition avec Henri IV, qui fut, lui, un grand roi. On rencontrait chez lui des artistes érudits comme Georges Lafenestre, mais il comprenait des juristes comme ses amis Du Buit et Couteau.

Horace Helbrouner succéda à Toussaint chez Bétoland. Il était également lettré et eut, dans la célèbre affaire Vrain Lucas, où il défendait le faussaire cynique, un succès incontesté. Sa plaidoirie a été insérée dans certaines anthologies. Très versé dans la langue anglaise, ayant habité l'Angleterre, il prononça en 1871, un discours de rentrée à la Conférence sur le pouvoir judiciaire aux Etats-Unis. Il s'adonna aux études de droit international. Son visage fin, la distinction de sa personne élancée et mince, l'amitié qu'il avait liée avec Albert Martin, Oscar Falateuf et surtout Léon Devin, un des plus remarquables parmi les jeunes avocats, qui entra en 1867 dans le Cabinet de Nicolet, et fut après la mort d'Helbrouner le subrogé-tuteur si dévoué de ses fils, lui assurait les sympathies du barreau. Il était déjà occupé et devint, grâce à son patron, un des Conseils de la Chambre syndicale des Agents de change.

Entre Bétoland et Léon Duval dont j'ai déjà souvent eu l'occasion de prononcer le nom, quelle antithèse ! Autant Bétoland était mesuré dans ses attaques contre l'adverse partie, autant il était ennemi des personnalités inutiles ; autant Duval avait la dent acérée, la parole amère et cinglante, n'épargnant personne, prompt à injurier, pratiquant l'ironie blessante, autant Bétoland évitait d'injurier l'adversaire. Duval eut, comme on dit, une mauvaise presse. Emile Augier écrivait ces vers qui devaient le viser :

« Ah ! Ah ! voici l'instant des grâces venimeuses !
« Il s'agit maintenant, sous ta robe abrité,
« De railler vaillamment un fils déshérité ;
« De cribler sans pitié, d'épigrammes brillantes,
« Les mineurs ruinés par tes belles clientes ;
« De traîner dans la boue un époux en fureur ;
« D'être seul incompris de son ange rêveur ;
« En un mot, de salir toute partie adverse,
« Et, pour achalander ton honnête commerce,
« De bien déshonorer, insulteur breveté,
« Quiconque se fournit au bureau d'à côté.
« Bientôt chacun viendra t'acheter tes scandales
« Comme des coups de poing à Messieurs de la Halle ».

Ce genre était mauvais, mais Duval l'a créé. On dit les Léon Duval comme on dit au théâtre les Dugazon ou les Déjazet, quoiqu'il n'ait pas, à vrai dire, fait école. Ni Léon Cléry, ni Chenu, lettrés comme lui, agressifs et mordants, ne se sont réclamés de lui et ne l'ont imité. Ils ne s'en sont rapprochés que par la savante préparation et, sans respecter toujours les personnes, ni les formes courtoises du discours, ils n'ont jamais versé dans les injures et les méchancetés gratuites et inutiles. Léon Duval était le lettré le plus délicat et l'écrivain le plus raffiné du Palais. Il en était le Fréron. Ses plaidoiries étaient des pamphlets. Quel art d'aiguiser le trait et quel soin méticuleux de la période ! Ses plaidoiries avec celles de Laurier et de Chaix d'Est-Ange, — son adversaire accoutumé dans les procès de séparations, et qu'un jour il traitait d'arlequin à la barre, — sont les seules qui ne datent pas et qu'on puisse lire encore sans fatigue et sans ennui. Tout était prévu et ses notes de plaidoirie ponctuaient ses moindres effets, ses mots à sensation : c'étaient des notes de musique écrites dans un ordre mûrement calculé, ascendantes ou descendantes, en marge ou en retrait, suivant les inflexions à donner à la voix, de petite ou de grande dimension, suivant l'importance de l'argument. Elles révèlent un labeur opiniâtre. S'il était féroce pour les autres, il était dur pour lui-même. Je lui demandais s'il ne faisait pas publier ses plaidoyers. Il me répondit qu'il n'en ferait rien et ne voulait pas qu'on les imprimât après lui parce qu'elles étaient faites pour être dites, non pour être lues, critiquant les avocats qui rééditent leurs discours. — Un de nos bâtonniers qu'il félicitait de son élection lui ayant répondu par courtoisie, qu'il serait bâtonnier à son tour : « Non, non », fit-il « toujours avec son geste habituel de remuer ses lunettes « Assez de bâtonniers médiocres, comme cela ! »

On possède cependant quelques-unes de ses plaidoiries. Elles ont été recueillies par les journaux judiciaires et ont ensuite été reproduites dans maints ouvrages littéraires, comme celle dont j'ai parlé, pour la validité du testament du commandeur Machado.

Celle de l'affaire Beauvallon, sous Louis-Philippe, figure dans la brochure à côté de celles de Berryer et de Chaix.

Léon Duval fut-il foncièrement méchant ou, comme le métier d'avocat y entraîne les combatifs, trop passionné, ne fut-il mauvais qu'en paroles ? Fut-il simplement un dilettante de l'épigramme et de la satire, distillant le venin en artiste sans que l'homme même prit part à son œuvre ? Je l'ignore. Voltaire, qui eut au moins la même cruauté que lui pour ses adversaires, n'en fut pas moins susceptible de sensibilité et de mouvements généreux, et la postérité ne lui a pas ménagé son admiration. Le discours que Léon Duval a prononcé sur la tombe de Gournot, un des plus éloquents du jeune barreau, mort avant l'âge, prouve qu'il était capable d'émotion vraie, et d'affection tendre et sincère. Ce jour-là, Léon Duval fit pleurer d'attendrissement l'assistance.

Sa physionomie était peu faite pour plaire. Ses yeux toujours cachés derrière ses grosses lunettes d'écaille, son nez fort, ses traits heurtés, ses grosses lèvres maussades contribuaient à le rendre antipathique au Palais. Les hommes indulgents pour certains, à cause de leur air engageant, de leur apparence ouverte et de leur assurance, sont sévères pour ceux qui, dépourvus de ces avantages, sont gauches, timides ou maladroits. En face de Léon Duval, haï et mal traité, on pourrait citer tel confrère vanté qui fut plus perfide, moins délicat et plus capable de fourberie et de traîtrise, mais auquel un sourire avenant, la familiarité facile, le tutoiement opportun ont valu la popularité.

La vie de Léon Duval était toute bourgeoise et toute simple. Aimant les livres avec passion, c'est sur les quais, devant les boîtes des bouquinistes, qu'on le trouvait, au sortir de l'audience, toujours furetant, feuilletant, prenant des notes, et si vous l'abordiez, il se montrait tout différent de ce qu'il était à la barre ou dans les salles du Palais. Il était tout heureux de causer avec vous, de vous renseigner et de vous instruire sur ces déclassés parmi lesquels il cherchait des raretés ou des beautés littéraires, qu'il savait découvrir. Les vacances venues, il arborait ses vêtements de campagne, et, portant sur l'épaule sa valise ou son sac au bout d'un bâton, il s'en allait, taciturne, dans un village situé au-dessus de Villers et sur les Vaches noires. Il semblait alors encore méditer quelque malice ingénieuse pour la rentrée.

Ses saillies au Conseil de l'Ordre étaient connues Martini racontait que, lorsqu'il fut élu membre du Conseil en 1872, Duval l'invita à venir s'asseoir près de lui. Comme un ancien bâtonnier allait parler, il se pencha vers son voisin et lui murmura à l'oreille : « Vous allez entendre P***. Vous allez voir comme il est bête ! », en appuyant sur l'accent circonflexe. P*** n'était pas un aigle d'éloquence, mais il était aussi un lettré très délicat et son discours de bâtonnat fut un des meilleurs qui aient été prononcés. Son visage était sans charme, avec un nez trop long et sans finesse, sans expression et sans vivacité, mais il respirait la bonté et la douceur. Il était sociable et affectueux.

Paillard de Villeneuve, rédacteur en chef de la « Gazette des Tribunaux », était un avocat réputé et un des gros personnages du barreau. Il était très occupé et avait eu, à ses débuts, une cause éclatante. Il plaidait pour Victor Hugo, demandeur en dommages intérêts, à la suite de l'interdiction du *Roi s'amuse*, et se présenta à côté du poète devant le tribunal de Commerce. Depuis, il eut un des cabinets les plus chargés de dossiers. Sa forme était moins soignée que jadis, sa diction était monotone, sa parole manquait de relief, mais sa plaidoirie était substantielle et utile. Il était l'avocat de la Compagnie des Chemins de fer de l'Ouest et de la Ville de Paris. Bien en cour, homme d'esprit, il n'eut à souffrir ni de sa petite taille, ni de ses traits, sans noblesse, ni du manque d'élégance de son port, au contraire de son gendre Duverdy, qui lui succéda à la « Gazette » et a publié deux excellents volumes sur les transports par chemins de fer et sur l'application des tarifs. Il était, celui-là, plein de distinction et de séduction personnelle, parlant avec correction naturelle et avec clarté ; loyal et droit, il avait l'oreille des juges. Son nom, confiné jusque-là au Palais, fut tout à coup répandu dans le public par le procès qu'il fit à Zola pour avoir donné son nom de Duverdy à un des personnages les plus antipathiques du roman de Pot-Bouille. Rousse plaida pour lui et comme cette question des noms littéraires était dans ses cordes, il fut des plus brillants.

Lacan, ancien bâtonnier, et Da, dont les premières années au barreau avaient été très heureuses et très remarquées, étaient tous deux doux, bienveillants, placides. Da plaidait utilement, sans éclat. — Lacan, qui avait écrit un livre estimé sur le théâtre et les engagements des artistes parlait avec lenteur et délayait. Obligeant, serviable, plein d'aménité, il réunissait autour de lui quelques jeunes gens en une sorte de Conférence dont fit partie Albert Desjardins et était tout heureux de les diriger.

Son beau-frère Rivière, sous une grosse enveloppe, avec un teint rougeaud, un grand embonpoint, un facies large et gras, plaidant sans répit et transpirant sans cesse, ayant une clientèle très étendue, avocat des Chemins de fer de l'Est, était au contraire un combatif plein de feu et d'ardeur, avec un esprit souple et délié. C'était un des adversaires les plus redoutables qu'on put voir se dresser contre soi et cependant nul ne fut de rapports plus constamment faciles et courtois. Il eut un fils, Charles, qui devint un des plus forts, si ce n'est le plus éminent, des procéduriers parmi les avoués de Paris. Comme son père, il avait tout un arsenal de moyens, une grande richesse de ressources juridiques et son sac était rempli de finesses avec lesquelles il fallait compter. — Rivière avait une fille qui se maria avec mon bien cher ami de collège et d'école, Armand Masson, qui avait une sérieuse culture d'esprit et écrivit une thèse remarquable sur la séparation des patrimoines. Mon camarade devint secrétaire de la Conférence et commençait à être très occupé au barreau lorsqu'il fut, tout jeune, emporté par une maladie qui ne pardonne pas.

Magnier fut un maître précieux, connaissant à fond les affaires, et qui fit d'excellents élèves : — Reboul, dont l'éloge n'est plus à faire après celui qu'a prononcé sur lui Du Buit, et qui avait lui-même prononcé celui de Marie, maître de celui-ci. — Eugène Duval, aujourd'hui conseiller à la Cour de Cassation, — et Charles Charpentier, ancien président de l'assistance judiciaire près le tribunal. L'extérieur et l'abord de Magnier ne pouvaient manquer de plaire. Il était accueillant, gai, sans jovialité excessive et de manières parfaites. Il était plein de tact, sachant se tenir à sa place sans obséquiosité vis-à-vis des magistrats, sans courtisanerie envers les avoués, aimable envers les confrères.

Prosper Péronne était un des avocats les plus occupés. Il avait eu de grands succès à la Conférence où, en 1851, il avait fait le discours. Il avait pris comme sujet l'éloge d'Olivier Patru, ce grand ancêtre du XVIIe siècle, dont certaines plaidoiries peuvent encore être lues avec plaisir comme celle pour un jeune homme accusé d'avoir séduit une fille d'auberge. Il était homme d'affaires consommé et d'excellent conseil. Il était avocat des plus Grandes Compagnies d'Assurances, de la Caisse des Consignations et de la Compagnie des Chemins de fer de Lyon. Il attachait moins d'importance à la forme qu'à l'argument lui-même et plaidait avec force et habileté. Petit comme son voisin, l'avoué Fitremann, de caractère parfois rageur comme lui, il avait une ténacité, une vigueur qui étonnait. Sobre de geste, avec une bonne voix d'audience, il possédait et pratiquait les meilleures traditions du barreau.

Thureau, son ami intime, était un esprit curieux et original. Il recherchait les questions nouvelles et en découvrait qui n'étaient pas banales. Il a écrit sur les marmites des glaciers, considérées au point de vue du droit, une monographie sans précédent. Il était de cette phalange d'avocats comme Boulloche, Frémard, Germain, Massu, qui représentaient le bon ton, la respectabilité de la vieille bourgeoisie de robe. Leur place au barreau, pour être modeste, n'en était pas moins enviable. Ils étaient très considérés.

Boulloche, président de l'assistance judiciaire, était bien sympathique. Son visage doux et bienveillant, sa conversation agréable et facile, son abord toujours aimable en faisaient un homme du monde dans la salle des Pas Perdus qui, en sa société, devenait presque un salon. Dufaure faisait grand cas de lui et ses fils tiennent dans la magistrature, les plus hauts emplois.
— Frémard avait aussi l'apparence d'un bourgeois notable, éclairé et d'une intelligence pondérée. Il plaidait avec un goût qu'on retrouvait chez lui en toutes choses et il avait un cabinet achalandé. — Germain, avec les mêmes qualités, avait un esprit très ouvert. Son activité intellectuelle était très vive. C'était un charmeur, très primesautier, causeur fin et captivant. Il exerçait, avec son brio naturel, les fonctions de maire de Saint-Cloud et il contait volontiers, dans ses détails les plus ignorés, la vie de la Cour dans sa résidence d'été.
— Massu, moins expansif, mais également gracieux et de bonne compagnie, était très recherché dans la so-

ciété polie. Il plaidait sans avoir le courant d'affaires
qui absorbe, mais ses dossiers étaient choisis et on
trouve encore dans les journaux judiciaires du temps,
certaines de ses plaidoiries qui ne furent jamais entachées de vulgarité.

Dutard et Fauvel étaient deux inséparables. Leurs
silhouettes ne se ressemblaient guère : Dutard, petit
et gros, avec une voix toujours enrouée, le nez aquilin, le menton frisant la galoche. Il plaidait de très
gros procès. Il avait l'art de grandir ceux de moindre
importance en prodiguant — peut-être aussi parce qu'il
avait peur de n'être pas toujours bien écouté à cause
de sa prolixité — les mémoires volumineux. A la
barre, il témoignait d'une opiniâtreté, d'une ténacité à
faire valoir ses moyens, d'une ingéniosité à les discuter
qui faisaient de lui un des meilleurs du banc de derrière les plus éminents. — Fauvel avait l'air d'un
notaire ou d'un magistrat, avec sa physionomie et ses
favoris corrects. Il avait toutes les flèches dans son
carquois et savait les lancer avec une extrême habileté. Il plaidait surtout les affaires moyennes, sans
dédaigner celles de la 5e chambre. Son savoir-faire
fut égalé par beaucoup, dépassé par aucun. Il fut un
de ceux qui répandirent l'usage des secrétaires dans
les cabinets d'avocats secondaires et peu occupés. Ses
collaborateurs n'étaient pas toujours exclusivement
affectés au service des audiences et à l'étude des procès. Un d'entre eux, revenant avec moi du Palais,
allait acheter pour lui un pâté chez Lesage et des vers
de terre chez Moriceaux pour les lui porter le lendemain à Andrézy où il villégiaturait.

De Jouy, ancien substitut à Paris, en 1848, était
une des figures les plus attirantes. Par son neveu,
Manet, qui fit de lui un portrait réussi, il avait une
attache avec le monde artiste ; par sa nature, il était
plutôt homme d'affaires et procédurier. Il était très

chargé de petits procès qu'il plaidait avec le même soin, la même chaleur que s'ils eussent été considérables. Sa vivacité, sa mimique extraordinaire et exagérée à la barre, d'où il sortait pour reculer vers l'auditoire, puis pour avancer vers les juges, regardant à gauche, à droite et du côté du public jusqu'au fond de la salle où il était très goûté, satisfaisaient fort ses clients présents à l'audience correctionnelle où on le voyait souvent. On le rencontrait toujours arpentant de son pas rapide, la salle des Pas Perdus, montant ou descendant en courant les escaliers, une serviette bondée sous le bras. Il était un des princes de la 5e chambre. Il figurait dans presque tous les procès d'accidents où il représentait les assureurs, ce qui faisait dire de lui : « Voilà encore De Jouy, qui va plaider qu'un passant a écrasé un omnibus ». Il était aussi dans les affaires de diffamation verbale entre particuliers et dans les contestations entre propriétaires et locataires. Sa parole était pleine de verve, mais il faisait, à cause sans doute de la nature des litiges, et aussi du milieu social auquel appartenaient ses clients, un peu trop fi du beau langage. L'avocat parle, on le sait, suivant la clientèle qui lui donne sa confiance, comme l'auteur dramatique écrit pour le public qui doit entendre sa pièce. De Jouy ne devait plaider, ni comme Dufaure, ni comme Allou. Valette, l'illustre jurisconsulte, le grand Maître de l'Ecole de droit, fut, malgré tout, un peu trop dur pour lui, quand il répondait à Gambetta, le consultant pour savoir s'il devait accepter d'être secrétaire de De Jouy, qui rémunérait ses collaborateurs : « Il ne vous enseignera pas le droit, il ne vous enseignera pas l'art de la plaidoirie, mais il vous apprendra la manière de vous procurer des dossiers... » ce qui n'empêcha pas Gambetta d'entrer chez lui. Au contraire, peut-être. De Jouy avait d'autres talents. Mort très âgé, il était resté

jeune et gai, d'une gaîté parfois exubérante jusqu'au
dernier moment. A près de 80 ans, étant allé avec
lui au concert des Champs-Elysées, je l'ai vu esquisser
un tour de valse, entraîné qu'il était par la musique !
Son esprit était demeuré aussi alerte que son corps.
Il ne cessa de plaider que terrassé par la maladie.

Les anciens secrétaires de Liouville, que j'ai déjà
rencontrés, furent en dehors d'Allou, bâtonnier en
exercice, Durier et Cresson, qui le furent plus tard, et
Busson-Billault, qui l'eût été sans ses opinions bonapartistes. C'était une tare alors dans ce barreau où,
comme aujourd'hui, la politique altérait le jugement
sur les confrères. Enfin, Ernest Picard avait une place
particulière au Palais qu'il fréquentait, mais sans être
aussi assidu à la barre que ses anciens camarades.
J'ai voulu les réunir ici, ces secrétaires comme je les
aurais groupés autour de leur maître s'il eût encore
existé.

Tous quatre n'avaient qu'un point commun malgré
leurs opinions différentes (nous laissons Allou de côté,
car il faisait plus grande figure). — Ils personnifiaient
bien les bourgeois du temps : — Durier avec son teint,
coloré, son nez aquilin, ses yeux expressifs, avec son
regard pénétrant, sa voix perçante, un peu nasillarde,
manquant de gravité, était un orateur à la barre.
Dans une plus grande enceinte, les moyens lui eussent
manqué. Il avait une plume réputée dans le journalisme d'opposition. Sa dialectique était savante, avec
une violence contenue, une grande énergie dans la
discussion : c'était un maître. Quelle bonne et aimable
nature et qu'il gagnait à être vu chez lui, dans l'intimité de la famille ! Il était, — comme Rousse, — un fils
tendre, un frère aimant. Il faut avoir fréquenté cet intérieur où Madame Durier mère, femme supérieure par
l'intelligence et le cœur, était restée jeune malgré l'âge,

17

— Charles Durier, à qui sa dureté d'ouïe rendait la conversation plus difficile, mais qui fut un esprit délicat et charmant, auteur d'un bel et curieux ouvrage sur le Mont-Blanc, alpiniste émérite, — vous retenait si cordialement avec M. Leroux, le gendre d'Emile Durier ! — Les secrétaires de ce dernier firent leur chemin. — Paul Bourdeley qui, sous une épaisse enveloppe, à la chevelure hirsute, fut un artiste au goût très sûr, et devint un des meilleurs maires de Paris dans le VIIIe arrondissement, plaidait bien, excellait dans les toasts, les allocutions de mariage et tournait les vers avec aisance et sans trop de chevilles. — Bulot après avoir été procureur général, s'est assis comme conseiller à la Cour suprême.

Busson-Billault avait une facilité inouïe pour plaider sans grande étude préalable. On pouvait, pour ce motif, reprocher à ses plaidoiries d'être un peu trop brossées. Je l'ai vu, ayant oublié ses pièces chez lui, faire ce tour de force d'exposer et de discuter sur le dossier qu'il empruntait à son adversaire. Sa tête très intelligente, sa bouche souriante et fine, l'aisance et la bonne grâce de ses manières, son accueil toujours bienveillant pour les plus modestes, lui attiraient toutes les affections. Je ne lui ai jamais connu aucun ennemi. Sa bonne humeur inaltérable et son apparent scepticisme, qui pouvait bien n'être qu'une foncière tolérance, lui permettaient de vivre en parfaite intelligence avec ses adversaires politiques. On le rencontrait fréquemment bras dessus, bras dessous, avec Jules Favre, Ernest Picard, Gambetta, et les plus farouches républicains. Ce galant homme avait le cœur sur la main. Son fils l'a dignement continué. Il a été le bâtonnier modèle de ces dernières années. Busson père demandait fréquemment des renvois et comme il était avocat de la Compagnie des voitures on fit ce mot malicieux sur lui : on l'appela l'avocat des petites voitures et des grandes remises.

Ernest Picard, avec sa forte corpulence, son visage
à la fois énergique et souriant, spirituellement ironique,
qui aurait pu être aussi bien celui d'un tribun, semblait dédaigner de dépenser son esprit au Palais où
il était cependant occupé. Ce fut surtout au Corps
législatif que ses saillies, ses réparties et ses boutades
imprévues désarmaient et déridaient la majorité et
même le Gouvernement. On ne lui en voulait pas de
ses attaques, car la violence de la forme lui était inconnue. — Ses secrétaires étaient Edouard Laferrière
dont nous avons fait le portrait, Georges Pallain, le
gouverneur de la Banque de France, et Camille Sée,
d'abord sous-préfet à Saint-Denis, quand il y avait
encore là une sous-préfecture, et ensuite conseiller
d'Etat, le véritable père des lycées de jeunes filles,
comme Naquet fut celui du divorce.

La conversation d'Ernest Picard était étincelante,
émaillée de réflexions du bon sens le plus aiguisé, et de
mots heureux. Quand on avait la bonne fortune de
le rencontrer sur le boulevard, faisant après dîner sa
promenade quotidienne en fumant son cigare, on ne
perdait pas sa soirée. On lui parlait une fois, du rétablissement possible, quoique encore problématique, du
régime républicain : — « Napoléon Ier, — disait-il —
« a construit un merveilleux édifice, solide et protec-
« teur d'institutions indispensables, qui doit être conser-
« vé dans son ensemble et il n'y faut toucher qu'avec
« d'infinies précautions. Sachons-nous y installer et
« gardons-nous de le démolir. Que mettrions-nous à
« sa place qui le vaille ! »

Pour avoir cherché à démolir l'œuvre napoléonienne,
où en sommes-nous en 1911 ? Nous avons provoqué
l'anarchie dans toutes les sphères gouvernementales
et dans l'organisation sociale.

Prudent, avisé, perspicace, Ernest Picard sauva le
Gouvernement de la défense nationale, au 31 octobre

1870, et, ministre des finances, il sut, en maintenant et en protégeant son personnel contre le bouleversement révolutionnaire, sauver aussi le trésor de l'Etat.

Cresson incarnait les belles traditions du barreau et fut le plus grand homme de cœur qu'il fût possible de rencontrer.

Il aimait le barreau et les avocats avec tant d'exaltation qu'on pouvait se demander, quand on ne l'avait pas éprouvé, s'il n'y avait pas, dans ses manifestations de confraternité tendre et émue une attitude voulue et une préoccupation de savoir-faire. Il n'en était rien et j'ai, moi qui l'ai connu et ai, dès mon stage, ressenti les effets de son amicale bienveillance, constaté personnellement la délicatesse de ses sentiments, la franchise de sa camaraderie et la générosité de son caractère. Un de nos confrères ayant dû se retirer à Sainte-Périne, il lui venait directement et discrètement en aide, en doublant la pension que l'Ordre lui faisait.

A la barre, il plaidait utilement dans le style le plus simple. Il savait écrire. Ses notices à l'Association amicale des anciens secrétaires, ses mémoires d'un préfet de police en sont la preuve. Il avait une grosse clientèle parmi les syndics de faillite et les commerçants que son habitation, rue du Sentier, qui dura de longues années, lui conserva. Son geste trop abondant quoique juste et ses grands éclats de voix, alors très répandus, ne détonnaient pas trop. La froideur du débit de Waldeck-Rousseau n'était pas encore de mise et les plaideurs se seraient mal accommodés d'une plaidoirie sans mouvements et sans chaleur apparente.

Cresson fut à la fois le saint et le législateur du barreau. Son livre sur les règles de la profession, sobre, complet, bien écrit, est un modèle. Il est devenu notre code. — On s'est trompé en présentant son auteur

comme inflexible dans sa sévérité, routinier et esclave
des vieilles idées au point de vouloir interdire aux avocats de venir au Palais à bicyclette ! Il avait l'esprit
plus large et il était à la fois doux, indulgent, débonnaire même quand il s'agissait de sévir, toutes les fois
qu'il ne s'agissait pas de manquements à la probité.
Il sauva bien des délinquants en proclamant très haut
les principes dont il faisait ensuite l'application la plus
mitigée. — Il a été, pendant son passage à la Préfecture de Police, où Jules Favre l'appela en 1870, un
héros de courage et de fermeté à l'égard des dangereuses sollicitations de certains de ses amis. Si on l'eût
écouté, le 18 mars et la Commune eussent été évités.
Sa mémoire demeurera vénérée : elle est l'histoire
même du Palais. C'est à lui que l'Ordre doit sa belle
bibliothèque et il a consacré les dernières années de
sa vie à orner et à embellir la demeure du barreau. Il
y a dépensé toute son influence et les forces qui lui
restaient.

Cresson était fils du négociant en bronzes d'art, dont
les magasins existent encore, boulevard Montmartre,
au coin du Passage des Panoramas. Chargé du discours
de rentrée à la Conférence, il prononça, en 1849, l'éloge
du Chancelier L'Hôpital. Il aimait à rappeler un touchant épisode à ce sujet. Liouville, qui avait pris plaisir à l'entendre, lui en demanda un exemplaire. Or, à
cette époque, l'Ordre ne faisait pas imprimer à ses
frais les discours des stagiaires, et Cresson, sans grande
fortune, ne voulait pas faire les frais d'une publication. Il dit à Liouville lui demandant un exemplaire
pour le relire qu'il n'avait que son manuscrit, mais qu'il
le lui communiquerait. Quel ne fut pas l'étonnement de Cresson en recevant, quelque temps après,
cinq cents exemplaires de son œuvre que le bâtonnier
avait fait composer et tirer à ses frais !

Ces attentions confraternelles et la délicatesse des

procédés ne pouvaient mieux s'adresser qu'à celui qui en fut toute sa vie coutumier.

En 1867, nous avions plaidé, lui et moi, un procès pour un syndic de faillite. Le juge commissaire, prenant en considération son âge, sa situation au Palais et ma qualité de stagiaire, alloua à Cresson un honoraire double du mien. En rentrant chez moi, je trouvai sur mon bureau le pli du client et un mot de Cresson me priant d'accepter la différence : « Comme preuve « de mon affection pour vous et de mon respect pour « nos règles professionnelles ».

Je lui rapportai son envoi en lui faisant remarquer que je ne pouvais accepter ce cadeau de lui. Il alla, à mon insu, trouver le juge et obtint une nouvelle répartition m'accordant ce que j'avais refusé.

Comme, le lendemain, assis près de lui et d'Albert Liouville, au Palais, je contais à ce dernier l'acte édifiant de Cresson : « Eh bien ! s'écria-t-il en parlant à Liouville : « Je n'ai fait que suivre l'exemple de ton père » .... et il m'apprit l'histoire de l'impression de son discours de 1849.

Ce sont-là des aventures qui remontent aux temps héroïques des mœurs pures du barreau ?

J'ai réfuté la légende de la prétendue sévérité de Cresson et de son interprétation mesquine des règles professionnelles. On va en juger. Une cantatrice très connue de l'Opéra, Mlle Bernardine Hamakers, m'avait confié un procès. Souffrante et gardant la chambre, elle m'adressa une lettre par laquelle elle me priait de venir chez elle conférer de son affaire. Je lui répondis, tout imbu de la lecture de Mollot, que je regrettais de ne pouvoir déférer à sa demande, mes règlements m'interdisant de consulter ailleurs que dans mon cabinet. Le soir même, je recevais un billet où elle me disait :

« ... Puisque vos usages vous interdisent d'aller chez

« les clients, ils ne doivent pas vous défendre d'accep-
« ter à dîner chez une amie. Je compte sur vous de-
« main à 6 heures 1/2. J'aurai Me Chéramy, avoué,
« M. Auber, Mesdemoiselles Dameron, Poinsot et le
« compositeur Jules Cohen ».

J'étais tout penaud de la leçon. Quelle figure allais-je
faire et qu'allait penser Mlle Hamakers du refus
d'aller conférer de son affaire suivi d'une acceptation
d'aller dîner ! Cela me paraissait manquer d'élégance
et les usages du barreau dont elle me parlait ne me
donnaient-ils pas toute l'apparence de manquer à
ceux du monde ?

Je confiai mes réflexions à Cresson, qui me répondit :
« L'avocat peut sans déroger aller chez son client
« malade. Vous vous êtes trompé. Excusez-vous en
« reconnaissant que vous avez calomnié inconsciem-
« ment nos règles ; je n'ai qu'un regret, celui de n'être
« pas invité et de ne pouvoir vous accompagner ».

Payen, ancien agréé, qui devint avocat à Paris,
après avoir passé par le barreau de Rouen où il avait
exercé près le Tribunal de Commerce était un avocat
d'affaires consommé. Sa parole était agréable, sa voix
sympathique, son physique à l'avenant ; un peu replet,
sans obésité, le visage coloré du Normand ; son sourire
aimable et son abord très accueillant le rendaient populaire.—Il eut pour secrétaire Eugène Carré, déjà nommé,
qui a écrit des notices très appréciées sur Léon Cléry et
sur Allou, et publié la meilleure traduction des poésies
de Léopardi. Il devint un avocat fort occupé depuis
1870. Il a été un des conseils de la Ville de Paris dont
il plaida les affaires d'expropriation. Au contraire de
son patron, il était mince, élancé et ses traits étaient plutôt anguleux. Il était agité, toujours en mouvement. Sa
fin mystérieuse m'a vivement ému. Je relisais dernièrement une lettre de lui où il me parlait de ma notice

sur Barrème, qui fut la victime d'un assassinat et s'exprimait en homme de cœur sur notre ancien ami. Il était bon camarade et prêt à rendre service.

Les avocats d'assises avaient perdu le plus illustre d'entre eux, Chaix d'Est-Ange, devenu magistrat.

Lachaud tenait le premier rang. Il n'avait certes pas le style, l'ampleur et le panache de son prédécesseur. Il avait plus de tempérament. Il n'était pas moins mais il était autrement artiste. Il était improvisateur, non écrivain. Ce qu'il avait d'admirable, c'était sa faculté de grouper, d'assembler les faits, de profiter des moindres incidents en les retenant au vol, c'était la structure de son argumentation pressante, sa présence d'esprit qui lui permettait d'embarrasser les témoins à charge en relevant leurs contradictions, de confondre les experts, sa divination des impressions des jurés qu'il surveillait de près, sortant de la barre, allant jusque vers leurs bancs et parvenant ainsi à saisir un mot, à surprendre un geste d'eux. Comme il était prompt à méduser les hostiles ou à encourager ses partisans ! Sa tactique finit par préoccuper à tel point les magistrats que, lors de la construction de la nouvelle salle des assises, on fit fermer la barre de la défense à son extrémité... pour empêcher la gymnastique de Lachaud ! Si je voulais caractériser d'un mot l'effet qu'il me produisait, je dirais qu'il avait l'air d'un prestidigitateur faisant passer la muscade sous ses gobelets.

Petit et trapu, de forte complexion, il louchait. Ses yeux sortaient facilement de leurs orbites et avaient une expression singulière et troublante en harmonie avec les causes des grands criminels, ses clients. Ses mains, petites et grasses de prélat, ne manquaient pas de puissance et ses gestes étaient toujours justes. Sa voix, que ne déparait pas son accent berrichon, était superbement nuancée. Il savait l'assouplir, la domes-

tiquer et en tirer de grands effets. Sa phrase, qu'il sac-
cadait à dessein, prenait, quand il voulait, la valeur
d'une période qu'il ne développait jamais. Personne
n'a su comme lui, par des diversions habiles, faire
oublier les chefs embarrassants de l'accusation et y
substituer, sans en avoir l'air, ses moyens de défense.
Il inspirait aux médecins légistes, comme au Ministère
public, de telles préoccupations qu'Ambroise Tar-
dieu consacra à la Faculté, dans son cours de Médecine légale, de nombreuses leçons à mettre ses élèves
en garde contre ses embûches, en leur indiquant les
réponses à faire à ses questions insidieuses. Orateur
né et passionnant, il était fort admiré de Gambetta,
son ami, qu'il appréciait aussi à sa valeur et l'intimité
de ce bonapartiste avéré et de ce tribun de l'opposition était constante. Aucun avocat n'eut un nom aussi
universellement connu. Il avait de nombreux disci-
ples. Léonce de Sal, son cousin, fut un de ses plus
fidèles collaborateurs. — De Sal, grand, svelte, à la
figure fine, avait de belles facultés oratoires, sans avoir
la puissance du maître dans le rayonnement duquel
il vivait. Il était moins comédien et plus scrupuleux
de la vérité. Il était bon avocat, ardent et dévoué,
droit et loyal. Il fut très estimé au Sénat dont il fit
partie jusqu'à sa mort.

Edgard Demange ne perdait pas non plus une
occasion d'entendre plaider Lachaud, auquel il devait
succéder. Je l'ai déjà trouvé en chemin dans ma
revue des amis de jeunesse. Il avait été secrétaire de
Caraby, un autre idolâtre de Lachaud, dont il ne se
séparait pas au Palais.

Caraby était naturellement prédestiné aux succès.
Il avait tous les avantages personnels : un profil de
César romain, avec des yeux expressifs, doux, le regard onctueux, la larme facile, une voix chaude avec
des intonations tendres et émues quand il voulait ; il

n'était ni agressif, ni violent. Il était plutôt envelop-
pant et caressant que combatif. Bien pris, élégant, il
était la coqueluche des salons et, disait-on, des bou-
doirs. Avocat des demi-mondaines, des actrices et des
acteurs, il devint, grâce à eux, le conseil des directeurs
de théâtres, puis des financiers. Il avait, dans le monde
des journalistes où il était très répandu, — familier du
« Figaro » et ami de Villemessant avec Lachaud, — la
réputation d'être un homme à bonnes fortunes. — Un
vaudeville du théâtre du Palais-Royal, dont on a publié le compte-rendu dans le journal la Conférence,
ayant pour titre « l'Avocat des Dames », le mettait en
scène sous le pseudonyme transparent de Maître Coli-
bri. On le représentait dans son cabinet, ouvrant un
courrier volumineux, composé de pantoufles brodées,
d'ouvrages à la main, de poulets parfumés et de bouquets. Une plaideuse d'âge mûr voulait soudoyer son
valet de chambre pour obtenir un rendez-vous. — Il
apportait à la barre sa chaleur naturelle, pratiquant
plus l'émotion que l'ironie. Il était écouté avec faveur
au tribunal correctionnel, aux assises, dans les causes
passionnelles, dans les procès en séparation de corps
et dans les litiges entre gens de théâtre. Il était aimable causeur et savait être, à l'occasion, homme d'esprit
dans le monde. Ses relations extra-judiciaires étaient
très étendues et très variées. Ami, non seulement des
artistes, mais du Père Didon, des Rothschild, du
comte de Franqueville, on le voyait à toutes les premières. On le citait aussi bien dans la « Gazette des
Tribunaux » que dans les comptes-rendus du « Monsieur
de l'Orchestre ». Il faisait partie de ce clan fantaisiste
et arbitraire qui est ce qu'on appelle le Tout-Paris. Avocat de la Comédie-française et de plusieurs autres
scènes, il avait une clientèle en harmonie avec ses
goûts mondains, dans son somptueux cabinet du rez-
de-chaussée, Avenue de Messine. Il manquait de robus-

tesse dans la discussion et le droit ne semblait pas avoir grand attrait pour ce charmant diseur.

On ne peut parler de Caraby sans penser à Oscar Falateuf, son ami, son ancien camarade de Louis-le-Grand. Tous deux avaient une marque commune. Falateuf, de la même taille, harmonieusement proportionné, avec des traits plus fins, plus parisiens, l'air éveillé, volontairement spirituel, était un tempérament. Le lorgnon sans cesse braqué sur les yeux, il n'en avait pas moins le regard vif et pénétrant. Sa voix était chaude, mélodieuse, bien timbrée. Il est difficile, hélas ! de faire revivre les voix et de les décrire, surtout à une époque ou le graphophone n'était pas inventé. Ses épithètes étant trop vagues, peu nombreuses et manquaient de précision. Il avait toute l'allure d'un jeune premier. Il plaidait avec verve et entrain, sans grands horizons et parfois sans un exact sentiment de la mesure. Il n'était pas dans la note. On a pu juger de ces défauts lorsque, il y a quelques années, devant la Haute Cour, il présenta une défense emphatique et déclamatoire, mais sans éloquence véritable, pour Paul Déroulède dont il avait l'enthousiasme et la passion. Il était grand conteur et souvent amusant ; comme tous les causeurs, il répétait trop les mêmes mots et les mêmes anecdotes dans ces dîners judiciaires où sa conversation était si goûtée. Il aimait à recevoir le barreau, et ses salons offraient la particularité, dans le milieu collet-monté du monde du Palais, de semer nombre de jolies femmes au milieu des habits noirs. Il offrait même des bals costumés aux gens de robe. Il n'était pas artiste. Il était surtout absorbé par l'observation des formes, des usages et de la mode. — Je l'ai vu jusqu'à ses derniers jours pratiquant avec frénésie des exercices de gymnastique et ce n'était pas un spectacle banal que celui de cet ancien bâtonnier faisant du trapèze, des rétablissements et conservant

une souplesse de jeune homme. Sa popularité dans
une partie du Palais fut grande, et, aujourd'hui encore,
ne l'entend-on pas vanter comme un ancêtre, alors
qu'on a du mal, quand on a conservé le souvenir de
sa perpétuelle jeunesse, à ne pas voir uniquement en
lui un gai et joyeux contemporain. — Son union avec
son frère Octave était édifiante. Il m'a raconté que,
lorsqu'il fut élu bâtonnier, il tendit les bras à son aîné
en s'écriant : « Tu ne m'en veux pas, au moins ! »
Octave Falateuf aimait trop son plus jeune frère pour
ne pas être heureux de son triomphe sans arrière-pensée.
C'était un brave cœur. Tous deux avaient connu la
gêne, les soucis d'avenir en débutant et quand Octave
s'établit avocat, sortant de l'étude Moulin où il avait
été maître clerc, il avait cédé sa place à son frère, ils
se retrouvèrent dans la salle des Pas Perdus. Oscar
Falateuf fut plus favorisé. Son frère, avec son visage
coloré, ses traits peu harmonieux, son nez s'inclinant
sur un menton qui se relevait, ses yeux sans expression, sa chevelure tirant sur le roux, d'une couleur
indécise, son grand corps dégingandé et sa voix rauque,
attirait moins les sympathies banales. Mais quand on
le connaissait, on trouvait en lui de rares qualités de
simplicité et de bonté. Sous un extérieur moins séduisant, il avait, comme avocat, des qualités plus solides.
Il était vraiment jurisconsulte et avait une grande
sûreté de jugement.

Grévy et Ballot n'étaient pas causeurs. Ils étaient
même silencieux. Très amis, ils revenaient souvent
ensemble au sortir de l'audience, l'un habitant 15, rue
Richelieu et l'autre 3, rue de Choiseul. De temps à
autre, Ballot, plus grand, se penchait pour demander :
« Vous me disiez, Grévy ? » — « Rien » répondait celui-
ci et on continuait le chemin sans autre entretien.

La fortune de Grévy, pour être singulière, n'en était
pas moins justifiée par une rare pondération, une fine

perspicacité, un bon sens toujours en éveil et des qualités de diplomate qui auraient fait de lui un ambassadeur hors ligne. Il prévit le premier, en 1848, le danger du
rétablissement de l'empire que le parti républicain, dans
son aveuglement, croyait impossible, et il l'eût empêché
grâce à son fameux amendement, (si on l'eût voté), qui
confiait à l'assemblée l'élection du président de la
République, en l'enlevant au suffrage universel. Plus
de trente ans après, devenu à son tour, chef de l'Etat,
il sut, par son habileté, lors du fameux incident de
frontière Schnœblé, éviter une guerre imminente entre
la France et l'Allemagne. Quel gré lui en a-t-on su ?
Une misérable intrigue parlementaire le chassa incons-
titutionnellement de la Présidence à laquelle il venait
d'être réélu. On voulait sa place ! On prit comme prétexte des fautes qui ne lui étaient pas personnelles.
On eut l'infamie de poursuivre correctionnellement son
gendre, Daniel Wilson, pour trafic d'influences et de
décorations, quand il n'avait été qu'imprudent dans
le choix de courtiers d'abonnements pour son journal,
et alors que, par sa fortune, il était à l'abri de tout
soupçon de prévarication. On voulut déshonorer le
beau-père en flétrissant le gendre et on méconnut un
de nos plus grands citoyens. — Grévy avait l'aspect
d'un anglais plein de respectabilité avec son crâne
chauve, impeccablement net et poli, son masque froid
et son impénétrabilité. Ses plaisirs habituels n'étaient
pas faits pour le dérider. On ne lui connaissait que
deux distractions favorites : le jeu d'échecs et le billard.
Le voisinage du Café de la Régence lui permettait de
satisfaire ces deux goûts. Il se retrouvait là avec les
grands joueurs qui s'y donnaient rendez-vous. Il y
avait comme partenaire, l'acteur Maubant, de la
Comédie française. Ces deux personnages également
solennels et graves, la queue du billard en main, faisaient sans sourciller, leurs carambolages. Grévy plai-

dait avec la même impassibilité. Il était concis jusqu'à la sécheresse, mais parlait dans une langue correcte un excellent français.

Ballot avait peut-être un cabinet plus occupé. Il devint après Henri Bertin senior, directeur du Droit. Comme Grévy, il était froid jusqu'à paraître compassé. Il savait parfois s'animer cependant à la barre, où il était adversaire sérieux, avec lequel il fallait compter. Confrère courtois, il se montrait d'une délicatesse éprouvée. Il devint Président du Conseil d'Etat sous la troisième République et on ne pouvait faire un meilleur choix.

Victor Lefranc et Champetier de Ribes offraient certains points de ressemblance. Tous deux avaient au Palais, une situation considérable due, pour l'un à la politique, pour l'autre à ses relations dans le monde de la grande industrie et avec Ferdinand de Lesseps. Leur talent était estimable sans être transcendant. Leurs manières parfaites, leur bon ton, leur affabilité les faisaient aimer.

Victor Lefranc, qui fut ministre après 1870, avec sa physionomie ouverte, expressive malgré l'œil dont il était privé, sa chevelure ondulée et bouclée, son front développé, son teint mat et brun de pyrénéen, paraissait à première vue être *quelqu'un*. Il avait un fond de timidité qui se trahit le jour, où, présidant la Conférence du stage, il s'embrouilla dans son résumé qu'il eut de la peine à terminer. Sa parole était diffuse et il brilla moins à la barre qu'à la tribune. Quel excellent et obligeant confrère, sans morgue et sans hauteur vis-à-vis des jeunes !

Ayant bien l'air d'un gentilhomme basque, Champetier de Ribes, chaque année, aux vacances, ne manquait jamais de retourner dans son pays, fréquentant à Orthez, chez son ami Chernelong, qui joua un rôle si important en 1873, lors de la tentative de restauration monarchique. Il était bien fait et souple comme ses compatriotes. Il était très brun et avait le teint basané. Son bonheur fut d'être apparenté avec le grand orfèvre Christofle. Chargé de nombreux procès en contrefaçon, son rôle dans les affaires de propriété industrielle lui assura une place de second plan, après Pouillet et Huard. Modestement logé dans un entresol de la rue de Louvois, il recevait peu, vivait sans faste et élevait avec soin ses fils. — Il quitta plus tard le barreau et devint directeur de la Compagnie du Canal de Suez.

Emmanuel Arago, grand et fort, ayant le type bourbonien, ressemblait à Louis XVI, avec un port plus imposant. Il avait le front haut, un regard olympien et fut un des grands seigneurs de la seconde et de la troisième République. Tout lui souriait. Fils d'un astronome illustre, membre du Gouvernement provisoire en 1848, il fut, à 36 ans, ministre plénipotentiaire à Berlin. Ses succès féminins sont célèbres : George Sand et Madame Arnould Plessy furent éprises de lui. Il était trop franc et trop expansif pour ne le pas avouer et trop exempt de fatuité pour s'en vanter. Il paraissait être un puissant orateur, un tribun même quand on entendait sa voix retentissante, capable d'emplir les plus grands vaisseaux. Je l'ai entendu, en 1878, comme orateur du rite écossais de la Franc-Maçonnerie : ses moindres mots portaient jusqu'au fond et en haut de la grande salle des fêtes du Trocadéro. Il ne prenait pas toujours la peine de classer ses idées et la méditation souriait peu à sa facilité. On a rapporté que George Sand questionnée sur ce qu'elle pensait de lui aurait répondu : « Ce n'est qu'un beau buste ». Le mot pouvait s'appliquer aussi à l'orateur dont il avait toutes les qualités secondaires, mais sans le génie et l'éloquence qui font vibrer l'auditoire. Il avait cependant l'esprit de la conversation et des mots heureux.

Il était très artiste, sans aucune prétention, et par dessus tout très cordial et très bon.

Comme en 1887, je me trouvais à Berne où il était ambassadeur de France, je lui rendis une visite obligatoire. Comme je ne voulais pas saluer trop familièrement cet ancien confrère, je lui dis en entrant que je venais rendre mes devoirs au représentant de mon pays. — Mettant la main dans son gilet, en un geste à la Chateaubriand, il me répondit : « L'ambassadeur « de la République française est particulièrement sen« sible à votre marque de déférence et vous remercie ». Puis, changeant de ton, il ajouta : « Et maintenant, « Mon cher ami, comment cela va-t-il ? Je suis en« chanté de vous recevoir ici. Votre couvert sera mis « matin et soir, et si je ne vous offre pas une chambre, « c'est que mon gendre, Benjamin Constant, et ma « fille sont ici. Je vais vous reconduire à votre hôtel, « mais je n'arborerai pas comme vous, le chapeau de « haute forme, parce que tous les gamins de Berne, « qui ressemblent à ceux de Paris, nous suivraient. « Je ne mets le grand chapeau que quand il y a tir « fédéral ou grand enterrement. » Tel j'ai connu Arago au Palais, au Trocadéro et à Berne. Il était partout et toujours le même : aimable, sans façon, naturel.

Avec une taille imposante aussi, mais une moins séduisante apparence, Du Miral plaidait et parlait peu, mais se montrait souvent dans la Salle des Pas Perdus. Il était sénateur de l'Empire. Ernest Picard, président de la Colonne de stagiaires dont j'étais secrétaire, posa malignement la question de savoir s'il y avait incompatibilité entre le mandat salarié de sénateur et la profession d'avocat. Il ne pouvait y avoir de difficulté. Le barreau n'admet pas que l'avocat reçoive un traitement ou des appointements. Mais les sénateurs, investis d'une dignité à laquelle était attachée une dotation ne pouvaient être assimilés à des mandataires

salariés non plus que les députés touchant une indemnité. Subtilité en apparence, distinction très justifiée
en réalité puisque ni les uns, ni les autres, ne se trouvaient sous le lien d'une dépendance contraire aux
règles. Du Miral et Picard étaient les meilleurs amis
du monde et il ne s'agissait là que d'une simple plaisanterie.

Nogent Saint-Laurens plaidait encore, mais je n'ai
pu bien juger de son talent aux assises, son théâtre
ordinaire. Il y avait été, disait-on, l'avocat romantique
par excellence. De ce romantisme il ne restait plus de
traces. Il parlait brièvement, en petites phrases sacca-
dées et courtes, mais il avait l'agrément de la voix,
du bon goût dans le geste, l'élégance du style. Il a été
député de la majorité, ayant été élu comme candidat
officiel. C'était un homme grand et fort sans excès,
au teint olivâtre, ne portant pas de barbe, dans le
genre de Saint-Marc Girardin. — Je lui ai connu comme
secrétaire le bon Taillefer, avec sa voix chanton-
nante et son intarissable faconde. On n'aurait pas
pensé qu'il deviendrait conseiller à la Cour de Paris,
où il était heureux de faire montre de ses connaissances
techniques de mécanicien dans les procès en contrefaçon. Il était resté avocat sur le siège où il étonnait
ses collègues par ses familiarités avec nous, nous inter-
pellant par nos noms tout courts, nous tutoyant même
et risquant des plaisanteries très grasses et trop gauloises à l'audience et dans la chambre du Conseil.

Limet, devenu doyen de l'Ordre, honneur qui n'est
dû ni à l'intrigue ni à la faveur, et qui serait enviable
si, en général, elle n'était la triste constatation de la
caducité, est resté encore vert et actif. A cette date
(1866), il n'avait encore que 23 ans de tableau. Petit,
mince, vif, toujours courant, grimpant les escaliers,
allant de chambre en chambre avec une serviette bondée sous le bras, il faisait partout entendre sa voix

aiguë, fluette et glapissante, que Rousse sardonique
appelait une voix de chanteur de la Chapelle Sixtine.
Il était l'homme chéri des avoués. Il l'a dit lui-même
dans ses souvenirs. Ils appréciaient son exactitude, sa
conscience dans l'étude des dossiers, la fécondité de
sa parole, son aménité, sa camaraderie de bon aloi et
les traits dont il savait émailler sa conversation. Il
était l'invité toujours convié à leurs dîners ; sa connaissance de la procédure, sa gaieté douce mais constante comme sa bonne humeur, quand il contait ses
voyages, son zèle matinal et son assiduité aux appels
le faisaient apprécier et citer comme un modèle. Il plaidait énormément. Il ne dédaignait pas de taquiner « la
Muse » qui souriait à ses petits vers et à ses courts poèmes
toujours dédiés aux sommités du barreau et à leurs
épouses. Rousse le traitait de poète. — En quelque
pays qu'on allât en vacances, on était sûr de le trouver
à l'hôtel, dans les sites les plus solitaires. En quelque
maison qu'on fût, l'hiver, en soirée ou à table, dans
tous les mondes réguliers et classés, il était là, heureux
et plein d'entrain.

De toute la jeune génération, le plus précocement
arrivé était Lenté. Comme Limet, il était le préféré
des officiers ministériels, avoués ou huissiers. La cinquième chambre et les référés ne connaissaient que
lui. Il y avait alors un président bourru mais bienfaisant, excellent homme qui a laissé un nom vénéré de
ses collègues et des avocats : M. Destrem. Il aimait les
plaidoiries courtes où l'avocat, sans développements,
traite de suite le point utile du débat. Lenté était,
qu'on me pardonne la vulgarité de l'expression, son
type préféré. Aussi les dossiers de tous ces petits procès
à plaider devant la cinquième chambre confluaient-ils
à son cabinet. Il arrivait avec 50 ou 60 cotes contenant
chacune quelques pièces seulement et, s'installant à
la barre, combattait souvent toute la journée, chan-

geant de rôle, tantôt demandeur, tantôt défendeur, ou appelé en garantie. Il était infatigable, jamais vulgaire, la dent acérée, la langue agile et rapide. Les envieux trouvaient qu'il avait le parler commun. Ils ne soupçonnaient pas que, sous son attitude voulue de discuteur de chiffres et de procédurier, se cachait un lettré, ayant fait de brillantes études et qu'il s'était d'abord destiné à l'Ecole Normale. On le vouait aux affaires de validité d'opposition ou de saisie-gagerie, ou aux demandes en revendication. Tout à coup on le vit s'élever aux plus grandes causes et donner des preuves de son tempérament et de son talent d'orateur. Il fut très admiré par Hébert dans ce grand procès Aguado dont j'ai parlé. Mais, après la guerre, il donna sa note la plus élevée dans le procès Wilson où il fut merveilleux de haute et belle éloquence, ému, touchant, quand il montrait le Président Grévy, traité d'égal à égal par tous les souverains, humilié, terrassé par une poursuite toute politique et qui l'atteignait dans ses forces vives : il fit pleurer ses juges. « Hardi, familier, courtisan », a dit de lui Cresson. Il avait bien toutes les habiletés et tout le savoir-faire honnête du métier, mais il avait surtout le don et le feu sacrés. — Il n'avait jamais un mot blessant pour ses adversaires et plaidait avec une infinie bonne grâce.

Bien au-dessous de Lenté, parmi les avocats d'affaires courantes il faut citer : — Bertrand Taillet, ayant un grand emploi et fort grand air, parlant avec vivacité, bâtonnier des vacances, car il ne quittait jamais Paris. — Blondel, portant beau, habile et plein de ressorts, parlant la langue des affaires avec aisance et facilité ; — Pinchon, fils d'un peintre connu, mais n'ayant rien gardé de l'artiste, homme excellent dont les éclats de voix détonnaient dans les salles aux parois trop resserrées pour son organe puissant, mais légèrement trivial. — Papillon, un gros réjoui, aimant trop

les plaisanteries scatologiques entre amis, intention-
nellement commun, mais dévoué, bon camarade, un
clerc d'avoué plaidant sans souci de la forme, ami
intime de Glandaz et Castaignet, familier du canotage
et un des meilleurs clients du pêcheur Maurice de
Bougival. — Craquelin, grand, gras, rose, normand
de Fécamp, avocat utile, plus distingué de manières,
de langage et d'esprit, très instruit en dehors du
métier.

Comment oublier Beaupré, un avocat plein de talent
dont Cléry a écrit si spirituellement la biographie, un
gros homme très fin sous sa bonhomie apparente, très
fantaisiste, travaillant ses dossiers chez Fournaise, le
restaurant du Pont de Chatou, les rapportant souvent
maculés, mais plaidant avec une force et une dextérité qui en firent un avocat remarquable.

Il y avait aussi deux quasi homonymes : Perrin et
Périn.

Perrin, le plus grand des deux, avait le geste abondant, la conversation facile et plaidait avec ardeur.

Jules Périn n'avait avec lui aucun air de famille.
Ancien élève de l'Ecole des chartes, placide, à l'air un
peu éteint, de taille plus modeste, il était plus réservé et
moins gesticulant. Il n'avait jamais l'occasion de se
montrer éloquent. Il s'était spécialisé dans les affaires
d'entrepreneurs de maçonnerie, de menuiserie, de ser-
rurerie et d'architecture. Il a fondé le journal « le Bâtiment ». Nul ne parlait plus compétemment de che-
vrons, de jambes étrières, de jours de tolérance et de
souffrance ou de mitoyenneté, et il s'occupait même
d'expropriation. Il plaidait longuement.

Malapert était un puits de science par la profondeur,
mais aussi par l'obscurité. Il avait accumulé des connaissances nombreuses et il aimait à causer « de omnire scibili
et de quibusdam aliis. » Seulement, il fallait qu'il fût bien

disposé. Ce savant, sans méchanceté foncière, avait la
dent dure et la morsure facile. Il semblait aigri par ce
qu'il se croyait méconnu. Son visage hirsute, ses cheveux broussailleux, sa barbe taillée comme celle de
Jules Favre, dont il partageait les opinions politiques,
son regard méfiant, fixe et sans douceur n'incitaient
pas trop à aller deviser avec lui sur son banc habituel.
Il vous appelait quand bon lui semblait et alors ses
lèvres semblaient manifester une meilleure humeur
qui rassurait. Mais il ne faisait pas bon de le contre-
carrer ! Il n'admettait guère la contradiction. Avait-on
besoin d'un renseignement, d'un avis, il se métamor-
phosait et était tout prêt à vous obliger. Il plaidait
sans apprêt, mais sans souplesse et ne retenait pas l'attention de ses juges par la clarté de sa discussion et
la netteté des idées qu'il exprimait. Il a trop embrassé
et mal étreint. — Ses écrits ont porté sur les expropriations et il n'en a guère plaidé; — sur la matière
des brevets d'invention, en collaboration avec Forni,
et les procès en contrefaçon ne lui sont pas venus ; —
sur les assurances et il a bien eu pour cliente une Compagnie dont il avait fait apposer la plaque au-dessus
de la porte de son appartement, mais elle n'a pas vécu.

L'avocat du Ministère de la Guerre, X..., commettait
des lapsus piquants qui amusaient l'auditoire. Un
jour il s'écriait que son client avait eu une épée de
Sardanapale suspendue sur sa tête. « Maître, — interrompit le Président, — ne faites-vous pas erreur ?
« Je croyais que Sardanapale n'était connu que par
« ses bons dîners. Ne voulez-vous pas plutôt parler
« d'un nommé Damoclès ? » — Et toute la salle
s'esclaffa de rire. A regarder de près, cette ridicule
confusion n'est pas aussi grave pour son auteur et
le compromet moins qu'il ne paraît. Les plus grands
orateurs ont commis dans l'improvisation de pareilles
énormités et on peut relever dans leurs discours quan-

tité de pataquès. Ne rions pas trop de l'épée de Sardanapale !

Salle était mieux qu'un débutant après huit ans d'inscription au tableau. Il était soigneux, consciencieux dans l'étude de ses affaires, plaidait avec verve et même rageusement. Les relations avec lui étaient amicales, sans jamais être entachées de banalité. Il fallait lui plaire. Avec ses traits réguliers et fins, sa physionomie intelligente et énergique, sa distinction de tenue et de manières, il était un des meilleurs parmi ceux de sa génération.

Cliquet était avocat d'affaires très expérimenté et ne manquait pas de facilité. Ses plaidoiries étaient claires, toujours utiles, sans éclat.

Trouillebert était doué de belles qualités de style et savait son métier. Il avait du goût, du discernement et du tact. Ses avantages physiques contribuaient à son succès.

Fernand Desportes de la Fosse était né sous une heureuse étoile. Fils de famille, jouissant d'une belle fortune, bien de sa personne avec sa face rasée, son visage de jeune premier, beau cavalier, avec ses cheveux et ses yeux noirs, son teint de brun, il avait une intelligence et une culture d'esprit supérieur. Il savait le droit, l'histoire du droit et a publié, sur la Condition des enfants naturels sous le droit intermédiaire, un livre précieux. Il plaidait avec autorité et avait un talent très personnel. Sa voix nasillait parfois, mais cela ne nuisait pas à sa diction de tous points parfaite. Il eut de grands succès à la Conférence Molé, dont il fut un des principaux orateurs. Gendre de Desboudets, un des avocats les mieux posés et les plus occupés du barreau, il eut de belles et nombreuses affaires. Il avait la clientèle de la Compagnie des Omnibus, qu'un confrère lui subtilisa par un de ces procédés adroits qui ne rappellent ni ceux de Liouville, ni ceux de Cresson. Il ne se contentait pas de paraître à la barre et de discourir dans les conférences. Il se consacra à l'étude des questions sociales, de l'économie charitable et à l'amélioration du régime des prisons. Galant homme et homme de bien !

Clément Laurier, pour avoir disparu relativement jeune et avoir été enlevé au barreau par la politique, n'en restera pas moins comme un des plus grands avocats de son temps. Avec une figure chafouine, indice de son esprit malin et mordant, ses petits yeux enfoncés et moqueurs, il possédait un talent de parole original et caustique, que faisait encore valoir une voix à l'emporte-pièce aux intonations riches et variées. Il était espiègle, sans être facétieux, il lardait l'adversaire sans l'injurier, il était courageux sans forfanterie. Il avait appris les affaires financières qu'il connaissait en homme ayant passé par la Bourse et les plaidait avec une maîtrise que tous reconnaissaient. Il était également supérieur dans les procès de presse, dans les causes politiques et sa réputation était grande auprès des journalistes qu'il fréquentait au Café Riche et à celui du Grand Balcon avec Gambetta, son intime ami, et Ferdinand Duval, le futur préfet de la Seine. Les procès en séparation de corps qu'il plaidait cruellement sans ménagements pour l'adverse partie, lui convenaient autant. Il y était supérieur. Ses traits acérés, ses audaces presque venimeuses, ses mots qui blessaient, faisaient dire qu'il tenait de Léon Duval. Hantant beaucoup Aurélien Scholl et Henri de Pène, il était au courant de la vie mondaine et des milieux où l'on pratiquait la grande fête ; aussi, nul aussi bien que lui ne savait mettre en scène les scandales parisiens devant les tribunaux. Son plaidoyer dans la célèbre affaire dite de la Barucci, fit fortune. On sait qu'il s'agissait de tricherie au jeu dans une partie de baccara chez la célèbre courtisane.

Laurier eut des trouvailles d'expressions heureuses.
Parlant d'un des tricheurs sur le corps duquel, sous
vêtements, on avait trouvé des cartes biseautées, il
dit qu'il était « truffé de cartes ». Sa verve était endiablée. Il avait les qualités les plus diverses. En regard
de l'affaire dont nous venons de parler, qu'on lise
le compte-rendu de l'affaire Pierre Bonaparte, accusé
du meurtre de Victor Noir ! C'est un chef-d'œuvre
d'indignation et d'ironie, inspiré de Juvénal.

Il devait, pendant la guerre de 1870, être investi
des plus hautes et plus graves fonctions. Son amitié
avec Gambetta le fit déléguer à Tours pour remplacer
le Ministre. Il y fut, comme toujours, très intelligemment actif et ingénieux, sans cesser, à l'occasion, de
cultiver l'épigramme. Un de ses camarades, Laffitte,
étant venu s'offrir à lui pour un emploi : « Je te nomme
« Chasse-mouches » lui répondit-il. Laffitte était fort
intrigué. Il ne comprenait pas : « Ce sont les plus uti-
« les fonctions près du gouvernement. Elles consis-
« teront à me débarrasser de tous les importuns qui
« viennent quémander ici ».

Blot-Lequesne était un avocat de valeur et un lettré
passionné. Il était imposant de taille et d'aspect. Il
avait une tête de parlementaire, sans l'avoir été et
surtout sans devoir l'être, car il était très catholique,
ultramontain comme on disait, clérical comme on
l'appellerait maintenant. Il fréquentait beaucoup les
congrégations, se plaisant à deviser avec les moines.
Il avait une clientèle sérieuse, entr'autres celle de la
Compagnie Mutuelle immobilière contre l'incendie.
Sa conversation était des plus instructives, sans aucun
pédantisme.

Maugras, toujours en mouvement, combatif et de
temps à autre grincheux, avait le grand mérite d'être
enfant de ses œuvres. Il avait commencé par être
petit clerc à Melun, où on parle encore de lui. Il se

plaisait surtout dans sa retraite de Billancourt, jouissant de toutes les distractions que les bords de la Seine peuvent offrir.

Martini et Trolley de Roques faisaient figure au barreau.

Avec des talents inégaux, des origines et des situations personnelles et de fortune inégale, des clientèles d'ordre très différent, ces deux lutteurs énergiques avaient la même forte et vigoureuse carrure. Aimables, malgré l'aspect hargneux que leur donnait leur visage aux traits ramassés, avec des nez relevés et des lèvres maussades. J'ai entendu des malveillants dire d'eux : ce sont des boule-dogues. En tous cas, c'étaient de bons chiens. Tous deux avaient, à la barre, le coup de gueule avec la dent dure et tranchante. Trolley moins fin que Martini. Martini plus élégant, en une forme concise. C'était un avocat de la plus grande lignée.

Fils du chef de la comptabilité de la banque de Rothschild, Martini avait trouvé là un client qui valait toute une clientèle. Au début, il marchait dans l'orbite de Dufaure, alors avocat des barons et du Chemin de fer du Nord. Peu à peu, il lui succéda et ne lui fut nullement inférieur dans la défense de ces grands intérêts. Ce n'était pas un rhéteur ni un parleur inutile. Il dédaignait les fleurs du langage, mais sa plaidoirie se détachait en vigueur. Il pratiquait l'ironie en maître qu'il était, traitait les questions de droit et d'affaires les plus ardues avec une saisissante logique. Il savait les rendre intéressantes, en les animant. Il excellait à reprendre, en les tournant en dérision, les arguments qui lui étaient opposés. Au privé, c'était un homme de relations faciles. Il était bienveillant sous des allures moqueuses. Il aimait à jouer des tours sans méchanceté et à faire des niches dont il était le premier à rire avec ses victimes. Il savait conter l'anecdote et ne reculait pas devant les plaisanteries gauloises qu'on se répétait entre confrères. Il fut, à la fin de sa carrière, le conseil écouté de toutes les Compagnies de Chemins de fer et il a été bâtonnier.

Trolley de Roques, enfant de la balle, fils d'une receveuse du timbre, émergea vite au Palais, grâce à son activité et au patronage d'avoués dont il avait été principal clerc. Les avoués étaient, à cette époque, tout puissants pour disposer des dossiers. Son genre d'esprit, un peu gros et épais, leur plaisait et ses histoires toujours tirées des cancans judiciaires, les amusaient fort. Sa manière de plaider leur convenait, sa parole n'était pas recherchée : elle était simple, d'une pureté contestable ; il dédaignait les grands effets oratoires, mais il parlait en homme convaincu, chaleureusement et semblait en colère, quand cela lui paraissait être opportun.

Un des moyens de séduction qui lui étaient communs avec Talleyrand, Thiers et même Gambetta, et qui lui valut une grande notoriété, était le soin qu'il apportait à sa table où on servait des mets savamment préparés. Il était le Brillat-Savarin du barreau et ses dîners étaient très recherchés des gourmets. Il ne mit jamais la plume à la main comme l'illustre conseiller, son ancêtre, pour faire la technique de la gastronomie, mais il mettait volontiers, à l'instar de Dumas père, la main à la pâte. On contait qu'un jour, dînant en ville, comme la maîtresse de la maison se désolait de ce qu'une sauce avait été manquée, il quitta la table, alla à la cuisine, ôta son habit, et, ses manches retroussées, fabriqua lui-même une sauce nouvelle digne de Carême. Il fallait l'ouïr, vous conviant à déjeuner en vous murmurant goulûment à l'oreille : « Il y aura un chou farci ! » Ses dîners lui servirent et, son talent d'avocat aidant, il s'assit à la table... du Conseil de l'Ordre.

Rivolet cherchait à assurer sa popularité par des soirées offertes à la jeunesse. Beau-frère du professeur de droit Vuatrin, il invitait les étudiants ayant obtenu l'éloge à leurs examens. Il le faisait avec une candeur qui désarmait. Il tenait tant à être élu ! On le voyait les jours de vote dans le couloir précédant la bibliothèque, se rappelant à vous par de cordiales poignées de mains. Ce brave homme qui plaidait honnêtement, ne manquait jamais une occasion de présider la conférence comme remplaçant du bâtonnier et ce fut un crève-cœur pour lui que de rentrer dans le rang lorsque le principe du renouvellement lui fut appliqué.

Jules Ferry et Floquet furent des avocats renommés. Le premier plaida de grandes causes, notamment celle du comptoir de Colmar à côté de Grévy et d'Hébert. Le second préférait les procès politiques.

Jules Ferry, grand, au visage ovale et long, avec ses grands favoris, semblait un maître d'hôtel de bonne maison. Sa voix n'était pas mélodieuse. Son débit à l'accent vosgien manquait de brio. Son intelligence était supérieure ; ses idées furent larges, généreuses, élevées. Son patriotisme était éclairé et désintéressé. Il ne faut pas le juger par l'opuscule qui le fit connaître grâce au calembour qui lui sert de titre : « Les comptes fantastiques d'Haussmann », critique amère des dépenses qu'entraînèrent les embellissements de Paris. Que dirait aujourd'hui son ombre si elle assistait au désordre et au gaspillage des deniers de Paris par une municipalité républicaine qui pressure les contribuables avec plus de sans-gêne que l'administration d'alors ? Haussmann et la Commission qui l'assistait n'avait pas les coûteuses distractions des voyages à travers l'Europe pour aller étudier sur place des services publics, alors qu'un ingénieur suffirait, avec plus de compétence, et à

moins de frais, sans les banquets, les cadeaux et
autres politesses à rendre aux municipalités étrangères qui rendent ses visites à la nôtre. Ferry s'en
scandaliserait, lui, si préoccupé de défendre les intérêts et la bourse des Parisiens. Esprit pondéré, très
avisé, il sauva avec Ernest Picard, le gouvernement
de la défense nationale au 31 octobre, où il rencontra
au nombre des insurgés, son confrère Maurice Joly.
On sait les fonctions qu'exerça Ferry pendant la
guerre. Il fut membre du gouvernement de la défense
nationale, délégué à la mairie de Paris. Ce fut la cause
de sa première amertume. On lui reprocha sans fondement, son impéritie et on le rendit responsable du
manque de vivres et de leur mauvaise distribution.
Il fut, après 1871, plusieurs fois ministre, président
du Conseil et renversé par des amis politiques ambitieux du pouvoir. Il fut l'apôtre de notre expansion
coloniale. Nous lui devons l'Indo-Chine et la Tunisie.
Il en fut récompensé par une impopularité et une
haine des plus violentes. On l'appela par dérision
« le Tonkinois ». Ce nom lui était jeté à la face jusque
dans les cérémonies auxquelles il assistait par les
laquais et les garçons de café. Il conçut un vif chagrin de cette ingratitude et ne put se guérir de la
blessure qui lui avait été faite malgré une élection
réparatrice à la présidence du Sénat.

Floquet, son ami et son allié, qui fut, à un moment,
divisé d'opinion avec lui, n'avait ni l'ampleur de
son éloquence, ni surtout sa largeur de vues. Il était
plus sectaire. Sa voix glapissante avait des notes
discordantes. Sa tête était belle avec ses cheveux
blonds et abondants rejetés en arrière et son regard
qui voulait être dominateur. Il avait adopté un costume ridicule. Il s'habillait comme Robespierre,
qu'il avait pris comme idéal et qu'il imitait sans
aller jusqu'au fonctionnement de la guillotine et sans

subir le même sort : gilet à grands revers, chapeau évasé par la base et à forme conique. Il était violent en paroles. Ses mots n'eurent d'abord pas de succès ; telle l'apostrophe contestée au Czar, visitant le Palais en 1867, et devant lequel, levant sa toque, il aurait crié : « Vive la Pologne, Monsieur ! » Il l'a toujours nié et, lorsque beaucoup plus tard, après 1872, il dut recevoir l'Empereur de Russie devenu notre allié, malgré notre vieil enthousiasme pour la cause du Polonais. — Il se révéla ensuite comme un homme à saillies heureuses. Sa réplique au général Boulanger qui parlait du premier empire : « A votre âge, Napoléon était mort » eut une fortune supérieure à ce qu'elle valait. N'aurait-il pas mieux dit en s'écriant : « A votre âge, Napoléon avait remporté toutes ses victoires ! » Mais il fut très courageux, payant sans compter de sa personne, risquant sa vie dans son duel courageux avec Boulanger et fut surprenant par sa présence d'esprit et sa bonne humeur comme président de la Chambre des Députés.

Le barreau, qui témoigne d'une certaine hostilité contre la présence des hommes politiques dans l'ordre, n'a pas été trop atteint dans son honneur et son éclat par la présence de tels orateurs. Des préoccupations mesquines de concurrence ne justifient pas les récriminations que certains utilitaires d'ordre inférieur font entendre. Le plus bel ornement de la salle des Pas-Perdus, symbole de la gloire du grand avocat, n'est-il pas cette statue de Berryer qui montre, sous sa robe ouverte, son habit d'orateur parlementaire et son attitude habituelle à la tribune. Si Chapu l'avait figuré sous sa robe fermée, la main appuyée sur une pile de dossiers, eût-il produit la même grande et émouvante impression ?

Ne fut-ce pas également la belle et noble figure de Gambetta, non pas l'avocat de l'affaire de la sous-

cription Baudin, mais le grand tribun, le héros de
la guerre de 1870 qui, vibrant de patriotisme, sut
enflammer les masses et, à lui seul, enfanter des
armées, qui fit rayonner sa gloire sur le barreau ? A
sa mort, les réactionnaires du Palais eux-mêmes,
Oscar Falateuf, le bâtonnier en tête, ne furent-ils
pas fiers d'assister à l'apothéose de ce confrère qui
fut en même temps et surtout le lion de la Tribune ?
Comme ces grands compositeurs, dont le talent ne
saurait se confiner dans une musique de chambre,
il lui fallait les grands espaces, les réunions publiques,
le parlement et la foule qu'on harangue du haut d'un
balcon. Il était jugulé par l'étroitesse de la défense
des intérêts privés et sa voix détonnait à la sixième
Chambre. Il a, par là même, élevé et élargi le rôle
de l'avocat, il l'a montré capable d'une grandeur et
d'une noblesse qui dépasse le talent qu'on peut déployer à la barre. On loue avec raison la courageuse
conduite de Rousse qui exposa sa vie en allant trouver
Raoul Rigault pour sauver Chandey. Que dire de
Gambetta qui risqua autrement la sienne en sortant
en ballon de Paris assiégé ? Son courage civil ne fut
pas moindre. Incapable de faiblesse et de compro-
missions, il se souciait peu de la popularité. Qu'on
lise son discours de Belleville où il menace la populace grondante qui l'écoutait d'aller la poursuivre
jusque dans « ses tannières ». Même au Palais, ce qui
prouve qu'on peut être tribun et avocat éloquent,
il eut ses triomphes. On ne saurait rendre l'effet produit par sa plaidoirie de l'affaire Baudin. On a voulu
diminuer la hardiesse de ses audaces en faisant remarquer la surdité du président, M. Vivien, qui ne
les apprenait que par ses assesseurs, trop tard pour
les réprimer. Il n'y serait pas parvenu même s'il les
eût entendues. Il fallait voir Gambetta, avec son
corps d'athlète, son col vigoureux, rendu plus im-

pressionnant encore par cet œil de verre qui lui donnait une expression terrifiante, son nez puissant, ses longs cheveux rejetés en arrière ! On eût dit un lion rugissant qu'on eût été impuissant à mâter.

Henri Barboux s'est trompé quand il l'a représenté même au temps de sa jeunesse comme un vulgaire bohême, politiqueur d'estaminet. Il l'a méconnu en disant qu'il était, sans transition, passé du Café Procope à la dictature. Mieux informé, il aurait su que Gambetta n'allait pas s'installer dans la salle enfumée du Café qui, d'ailleurs, était bien fréquenté puisque des doctrinaires comme Arthur Desjardins, ne rougissaient pas d'y venir s'asseoir. Dans un temps où on ne pouvait se réunir sans une autorisation qui eût été refusée, il avait adopté un salon tout privé et où on pouvait parler entre amis au premier étage de la maison. Là, avec Lachaud, Laurier, de Sal, les secrétaires de Jules Favre et quelques intimes, il s'entretenait des choses les plus sérieuses, des événements du jour et organisait des moyens de résistance au gouvernement. Il était l'invité recherché des plus grandes maisons, passant ses vacances au château de la Pointe de Dives chez le comte Fouché de Careil ou, à Clarens, en Suisse, au château des Crêtes chez Dubochet et, plus tard, chez Arnaud de l'Ariège. On le voyait chez Fernand Desportes. Ce n'était pas là, assurément, la société d'un grossier buveur de bocks du quartier latin !

Comme Jules Ferry, il connut les joies et les déboires de la vie politique. Ses amis de la Chambre, dans leur course aux portefeuilles, renversèrent son grand ministère dont firent partie tant d'hommes éminents. Quand il fut tombé, quand on ne convoita plus sa place, et surtout à sa mort, on lui rendit une tardive justice. Les pèlerinages annuels aux Jardies, son ancienne maison de campagne, vengent sa mémoire des anciennes attaques de ces envieux, de ces esprits mesquins, qui s'acharnent après tous nos grands hommes.

Henri Barboux — et pour cela sans doute il ne comprit pas Gambetta — n'avait rien du tribun. Il était avocat incarné. Son talent était merveilleux de clarté, d'habileté. Sa rhétorique était supérieure, mais il en suivait les règles traditionnelles, tandis que Gambetta s'en était fait une : la sienne. Il avait une préoccupation dominante de la recherche raffinée de l'expression ingénieuse, de l'épithète rare. Les vastes horizons lui étaient peu connus. Quand on relit la plaidoirie où il dut déployer la haute, la grande éloquence, dans l'affaire du Panama, on constate qu'il manqua la note. Il fut rhétoricien là où il fallait être naturellement touchant et émouvant. Son exorde où il compare de Lesseps à Napoléon Ier rappelle, sous une forme ampoulée, celle d'Allou qu'il critiquait sans bienveillance dans l'affaire Paterson. Sa voix claironnante et aigrelette dont il savait tirer de surprenants effets, sa personne étriquée malgré son élégance, son visage émacié avec des favoris à la mode du second Empire, ses lèvres minces et fines avec un menton prononcé, sa tenue correcte et son langage étudié jusque dans la conversation étaient en contradiction avec le masque largement sculpté de Gambetta, avec sa voix tonitruante et ses néologismes risqués sans préoccupation de la grammaire, du dictionnaire ou du traité de rhétorique de Leclerc. Ce fut, malgré ces défauts de nature, un grand, un très grand avocat, le dernier de la vieille école. Il avait des facultés exceptionnelles de travail. Ses recherches étaient poussées jusqu'à l'extrême, sa préparation était minutieuse. Il lisait tout, scrutait tout et trouvait des arguments ignorés qui, dans leur force, désarmaient même les partis-pris des juges.

Il savait exposer avec un art raffiné et déconcertait l'adversaire, groupant les faits, faisant ressortir avec un étonnant relief des détails sans portée, qui prenaient dans sa bouche une importance décisive. Du reste, sceptique et goguenard, n'enseignait-il pas qu'on doit plaider pour son client comme s'il était adversaire de demain et contre son adversaire comme s'il devait devenir plus tard votre client ? Il avait le mot sévère à l'occasion. Comme je venais lui demander son adhésion à une consultation en le priant d'ajouter à son nom sa qualité d'ancien bâtonnier, il me répondit : « Cela n'ajoutera rien à la valeur de ma signature ». Et comme je lui dis que la plupart de ses confrères ne manquaient pas de rappeler leur titre en signant, il ajouta : « C'est un signe de notre « régime démocratique où tout le monde parle d'éga-« lité et où chacun cherche à se placer au-dessus « des autres par des distinctions qui ne signifient « rien. Ainsi, notre bâtonnier actuel ? Ce n'est assu-« rément pas ses fonctions ni son titre qui pourront « lui donner le talent qui lui manque ».

Si elle était dure pour son successeur, sa réflexion, du moins, était juste. Jadis, les Dufaure, les Berryer, les Chaix d'Est-Ange, les Allou, quand ils se présentaient à la barre, où l'égalité entre avocats à l'audience est la règle absolue, n'auraient jamais été traités autrement que de : « *Maîtres* » par les magistrats. On n'abusait pas du « Monsieur le bâtonnier ». En un temps plus lointain, du temps de Liouville, la camaraderie allait entre adversaires, jusqu'au tutoiement. Estimant, comme Barboux, que le titre n'ajouterait rien à la valeur de leurs noms, quelques-uns, comme mon patron, se faisaient simplement désigner sur leurs cartes que par leur nom seul comme : « Monsieur Hébert ». Il y avait là peut-être une pointe d'orgueil, mais combien plus noble que l'étalage des distinctions aujourd'hui de mode ! Il est vrai que pour ne pas vouloir passer pour quelque chose, il faut avoir l'assurance d'être *quelqu'un.*

Un avocat connu, comparant Barboux et Oscar Falateuf, me disait : « L'un est un cerveau sans cœur, « l'autre un cœur sans cerveau. » Ce jugement est doublement inexact. Je connais de Barboux, des actes qui font le plus grand honneur à sa sensibilité et à sa charité. Sans parler de la tendresse de ses sentiments familiaux, je l'ai vu encourager de la manière la plus délicate, le fils d'un ami disparu, voulant être tenu au courant de ses moindres succès universitaires pour l'en récompenser. Oscar Falateuf était loin d'être un sot. Il savait être éloquent. Son discours sur la tombe de Gambetta fut l'œuvre, non seulement d'un homme de cœur mais d'un véritable orateur.

Je n'ai pu parler longuement de Barboux. Tout a été dit sur son compte, après sa mort et de son vivant, dans de nombreux articles de revues et de journaux, mieux que je ne saurais le faire, par Raymond Poincaré tout comme Barboux a tout dit sur Poincaré.

Pouillet et Huard, après Etienne Blanc, furent les premiers des spécialistes en matière de propriété industrielle, artistique et littéraire.

Pouillet avait été le secrétaire de Blanc et ce fut d'abord entre eux une collaboration sans nuages. Il avait fait les plus brillantes études classiques. Fils d'un ingénieur connu, qui a coopéré à l'érection de l'obélisque sur la place de la Concorde, sous Louis-Philippe, neveu du célèbre professeur de sciences physiques, il était tout destiné à la spécialité qu'il embrassa dès son entrée au barreau. Pressé d'arriver, à cause de son absence de fortune, il se mit à l'étude avec toute la fougue de son tempérament. Il alla jusqu'à fréquenter le laboratoire de chimie de Würtz pour acquérir une instruction technique qui le mit

hors de pair. Avec cela, très versé en littérature, ayant
pensé jadis à être écrivain, auteur dramatique et même
acteur, il était très supérieur à son patron. Le
charme de son esprit et de sa personne le recommanda
aux clients. Il eut une bonne fortune, rare au stage. Il
plaida à la conférence, une question alors à l'ordre du
jour, qui ne manquait pas de piquant et offrait à un
jeune avocat éloquent un thème fertile en développements originaux : le droit à une rémunération pour
les agences matrimoniales. Les tribunaux avaient été
saisis de demandes en paiement par les intermédiaires
et on contestait le caractère licite de leur prétention.
M. de Foy, qui inondait les journaux de ses réclames
fit imprimer son discours.

Premier secrétaire de la conférence, il choisit comme
sujet, l'éloge de Liouville qui, pour emphatique qu'il
fût, avec sa prosopopée finale, son : « Et maintenant,
Liouville, tes contemporains t'ont jugé : Passe à
la Postérité » était l'indice de grandes facultés oratoires et prouvait qu'il savait écrire

Dans une note, Pouillet, qui avait loué en Liouville
le patron modèle, protecteur dévoué de ses secrétaires,
témoignait de sa reconnaissance pour Etienne Blanc.
Or, voici qu'il publia son traité des brevets d'invention. Etienne Blanc en prit ombrage et y vit une contrefaçon de son propre ouvrage. Pouillet, qui avait
écrit moins un livre personnel qu'un article de Dalloz,
précédé d'une préface magistrale, croyait user de son
droit et accomplir son devoir, en reproduisant, dans
leur texte, les opinions de son ancien maître et
celles des autres auteurs en concluant par la sienne.
Mais les spécialistes sont jaloux et vigilants. Les
places à prendre sont peu nombreuses. Il faut
occuper la première et écarter les concurrents pour
la conserver... et ce patron tant loué, porta contre
son ancien collaborateur, une plainte au bâtonnier

La solution était délicate. Il est admis que le droit de citer n'emporte pas celui de reproduire de longs passages d'un livre sans l'autorisation de l'auteur. Templier fut chargé de l'instruction et du rapport. On n'était pas très favorable, en ce temps-là, aux spécialités et Templier fit cette remarque qui a sa saveur : « Il faut que les affaires d'Etienne Blanc baissent puisqu'il fait pour son propre compte un procès en concurrence déloyale ». L'incident n'eut pas de suite, mais Pouillet fut définitivement brouillé avec son ancien patron qui ne le revit jamais.

Il eut bientôt le premier rang, qu'il conquit de haute lutte. L'entendre était un vrai régal. Dans le meilleur style, il savait exposer son affaire avec une clarté lumineuse. Il excellait dans les démonstrations techniques. Il excellait à dévisser, remonter, faire manœuvrer ses machines, les analyser pièce par pièce dans le langage d'un savant du métier, faire ressortir les caractères d'une invention, tirer la quintessence des revendications d'une demande de brevets, ou en montrer l'inanité, opposant des antériorités dont il s'armait avec une dextérité prodigieuse. Sa discussion était étourdissante de verve et d'abondance. Il n'avait qu'un filet de voix, dont il tirait le plus grand parti. Avec de petits yeux de myope, un nez fort développé par une affection rhino-pharyngienne dont il souffrit toute sa vie, il exerçait une séduction manifeste sur ses juges et son auditoire. Sa diction était rapide, au point de troubler et de déconcerter son adversaire. Sa finesse était extrême, trop loin poussée pour ne pas se laisser voir et souvent les tribunaux se défiaient de sa malice.

Au contraire, Adrien Huard, gendre d'Etienne Blanc, un fashionnable doublé d'un artiste, un gentilhomme avocat, était posé, grave, articulait sans presse, tranquillement, avec une voix bien timbrée, harmonieuse, fleurant la droiture et la sincérité. On croyait sur parole ce qu'il affirmait. Il n'avait pas la faconde et le tour de main de Pouillet, mais son autorité était plus grande.

Fils d'un avoué à la Cour, gendre d'Etienne Blanc, il débutait au barreau sur un lit de roses. Il ne s'y endormit pas et publia une quantité de livres et de monographies nécessaires à développer la notoriété d'un avocat qui se voue aux affaires de propriété industrielle, artistique et littéraire. Il avait une tête d'une exquise distinction, des traits réguliers, un front noble et intelligent. Bouguereau a fait de lui un portrait qui est une de ses plus belles toiles.

Trois autres avocats s'étaient aussi spécialisés dans ces mêmes matières : Pataille, — Calmels, — Forni.

Pataille était peut-être le plus versé en droit et dans la jurisprudence spéciale de cette branche. Il avait fondé les *Annales*, qui lui ont survécu, continuées par Pouillet et par son cabinet. C'est le recueil le plus complet et sa collection, devenue introuvable, est précieuse.

Il n'avait pas grand talent de parole et commettait parfois, avec une parfaite ingénuité, les plus graves facéties. Ainsi, plaidant pour la liqueur dite Chartreuse, et poursuivant en contrefaçon, il s'appliquait à signaler les ressemblances et les dissemblances non exclusives du délit entre les deux étiquettes. « Remarquez, s'écriait-il, que le Q du contrefacteur est plus gros et plus fourni que celui du Père Garnier. » — Sa phrase était incorrecte, il plaidait lourdement. Mais, la plume à la main, il devenait remarquable par la netteté de sa pensée, la parfaite élégance de son style, par son ingéniosité et parfois la poésie de ses images. Quand, voulant justifier le droit de l'auteur sur son œuvre par sa création, quoiqu'il puise ses idées et trouve ses éléments dans le domaine public, mais se les assimilant pour faire d'eux une œuvre nouvelle et personnelle, il trouva cette comparaison saisissante avec les abeilles qui, butinant de fleurs en fleurs composent leur miel avec les sucs qu'elles ont recueillis.

Ce petit homme chauve, aux larges favoris, aux yeux doux et bons, fils d'un conseiller à la Cour de Cassation, fut un citoyen zélé et consciencieux. Il avait été capitaine de la 8e compagnie de la garde nationale et en a retracé l'histoire en une brochure. Il était artiste et tournait spirituellement le vers. Sculpteur, il a fait son propre buste signé : « J. P. Semetipsum fecit » qui est d'une expression très exacte, très vivant et très ressemblant. Il a été reproduit par Barbedienne. Il était bon ami, serviable, l'obligeance même. Sa clientèle était très nombreuse et faisait grand cas de ses conseils.

Moindre était celle de Calmels qui parlait mieux, plaidait avec plus d'agressivité et connaissait aussi bien le droit.

Forni, qui avait travaillé avec Malapert et publié avec lui son traité des brevets, était de la colonie corse du Palais avec Arrighi et Decori. C'était, des trois, celui qui s'exprimait le plus clairement dans le meilleur français et sans accent. De petite taille, il était d'un physique intelligent et agréable.

Arrighi était très occupé. Il avait, entre autres clientèles, celle des Contributions indirectes, qu'il partageait avec Boinvilliers fils, un avocat de talent quoique amateur, dont le père était président de section au Conseil d'Etat. Arrighi, à l'accent corse et italien très prononcé bredouillait sans trop bafouiller. Sa diction en était rendue obscure et, chose singulière, il dut à ces défauts de terroir, le gain de beaucoup de procès. Le juge, qui ne comprenait pas, cherchait à suppléer aux arguments qu'il n'avait pas saisis en leur donnant un sens et une portée différente et se montrait enclin à la bienveillance envers un avocat qui se démenait et parlait avec une grande ardeur de paroles et de gestes, manifestant une chaleureuse conviction.

Le grand Decori, corse aussi, avait également conservé son dialecte insulaire dans la langue du continent. Il avait bien le type de son pays, mais sa taille dépassait singulièrement celle de ses compatriotes. On se le figurait difficilement enfourchant les tout petits chevaux de ses montagnes. Excellent cœur, aimant, affectueux, il plaidait surtout pour la colonie Cyrnienne.

Bertout, qui mourut conseiller d'Etat, était le type du bon bourgeois sans malice, il plaidait sans brillant, mais avec honnêteté, dans une langue suffisamment correcte et simple.

Quétand, savoyard, ou plutôt savoisien, comme on disait depuis l'annexion, plaidait aussi pour ses compatriotes, tandis que Tourseiller, auvergnat, laborieux comme les siens, instruit, sachant le droit, avait un emploi sérieux et une clientèle qui n'était pas bornée aux gens de son pays.

Binoche était petit et trapu. Il était pétillant d'intelligence et lettré avec passion et discernement. Membre du bureau d'assistance judiciaire, dont Boulloche était président, il avait de l'emploi au Palais. Boulloche et Binoche, noms dont l'accouplement inquiétait ! je les rencontrais souvent ensemble sur le boulevard et quand, au retour, je disais avec qui j'avais déambulé, on croyait que je voulais plaisanter.

Ernest Lefèvre, dont j'ai prononcé le nom en parlant de son oncle Auguste Vacquerie, avait toutes les belles qualités oratoires et littéraires. Neveu de ce dernier, intime de Victor Hugo, il vivait dans une atmosphère toute intellectuelle. Premier secrétaire de la Conférence en 1857-1858, il avait prononcé un discours remarqué sur les légistes et leur influence au

XIIe et au XIIIe siècle. Il l'avait emporté sur des
hommes de la valeur de Guibourd, Varambon, Bérard
des Glajeux et Arthur Desjardins, qùi a laissé le souvenir d'un des plus grands avocats généraux à la
Cour de Cassation. Auguste Vavasseur, dont j'ai écrit
la biographie, le meilleur des amis, avocat consciencieux et savant, auteur d'un traité des Sociétés par
actions, devenu classique, faisait partie de cette promotion avec Chenal, qui eut des succès à la barre et
s'était concilié d'unanimes sympathies.

Dans la familiarité de Victor Hugo et de Vacquerie,
comment ne pas devenir républicain et comment ne
pas écrire ? Républicain, Ernest Lefèvre le fut avec
fougue. Sous l'Empire, il ne joua pas pourtant un rôle
politique militant et plaida les affaires d'intérêt privé
qui lui vinrent nombreuses. Il entra, après 1870, au
journal « Le Rappel », et, ardent patriote, excité par
la guerre et le siège de Paris, il accepta d'être membre
de la Commune. Sa curiosité d'artiste, à côté de ses
convictions, l'y fit rester trop longtemps. Il ne démis-
sionna que lors des premières hostilités contre Versailles. On exerça plus tard des poursuites contre lui
devant un Conseil de guerre, et il fut défendu par
Allou. Malgré le superbe plaidoyer de ce dernier, il
dut surtout son acquittement à la belle réponse qu'il
fit au Président. Comme celui-ci lui demandait pourquoi, au lieu de rester membre du Comité insurrec-
tionnel, il n'avait pas été se mettre à la disposition du
gouvernement, il répondit fièrement : « Trahir mes
« collègues, mes amis ? L'auriez-vous fait, à ma place,
« vous, Mon Colonel ? »

Hubbard et Versigny furent surtout des hommes
politiques sous la robe. Ils faisaient partie du clan des
républicains avancés, des intransigeants, comme on
disait alors. C'étaient deux confrères très conciliants,
dans les rapports quotidiens.

Henri Bertin, le plus jeune des deux Bertin, avait tout l'air d'un anglais, beaucoup plus encore que James Nérot, un avocat d'inscription postérieure à la sienne et qui était né à Londres. S'il n'avait pas de l'insulaire la naissance même, il était fils d'un professeur d'anglais de Sainte-Barbe. Net, propret, irréprochable dans sa mise et dans sa tenue, il plaidait utilement, sans phrases, et avait l'oreille du Tribunal. L'avoué Cesselin, un des premiers et des plus occupés de Paris, l'avait pris en affection et le protégeait.

Delacourtie, qui était de famille judiciaire, comptait parmi les meilleurs avocats de sa génération. Par la sûreté de son jugement, l'étendue de son savoir et son expérience des affaires, par la netteté de sa parole et son soin de la forme il avait acquis une légitime réputation et formé un cabinet achalandé.

Parmi les jeunes d'alors était Lebrasseur, si gracieux, si délié d'esprit et qui réussit brillamment : — Barrême, devenu avocat au Conseil, puis préfet de l'Eure sous la troisième République et qui eut une fin si terrifiante. Il fut trouvé mort sur la voie, près de Maisons-Laffitte, comme il retournait à son poste à Evreux ; — Decrais, que Gambetta appela « La Sirène », était un orateur plein de talent, un diseur séduisant ; — Charles Delpon, méridional, d'une nature de feu, avait une grande facilité de parole. Il a plaidé dans l'affaire d'attentat à la vie de l'Empereur, Gréco et Trabuco. Sa situation au barreau était faite quand il accepta d'Ernest Picard, en 1871, les fonctions de préfet du Morbihan d'où il passa à Rennes, fut envoyé en disgrâce à Périgueux, par un ministère républicain avancé, puis promu préfet à Versailles par M. de Fourtou au 16 mai. Révoqué, lors de la réélection des 463, il devint directeur de la Compagnie d'assurances l' « Urbaine ». Il était né à Clermont-l'Hérault, dont les originaires sont, dit-on, épris de l'éternel féminin. Est-ce pour cela que, dans son cabinet de la rue de Paradis-Poissonnières, une gravure représentant Don Juan, tenait la place d'honneur ? Il était de commerce aimable et fut pour moi ami sûr, fidèle et dévoué. C'était un charmeur et, de plus, un administrateur hors ligne. On se souvenait de son passage à la Préfecture de Seine-et-Oise où tout son personnel le regretta longtemps.

Lassis, fils d'un Conseiller à la Cour de Paris, avait tous les goûts du gentilhomme. Chasseur adroit, écuyer parfait, il était d'une loyauté exemplaire, et, jamais on n'aurait pu le trouver en défaut dans ses relations confraternelles et amicales. Il semblait plutôt un magistrat par l'élégance observée de ses manières, et sa sévérité pour les manquements aux règles du barreau. Il plaidait avec une probité qui lui valait la confiance. La mort de sa femme désorganisa complètement sa vie, et sa dernière pensée fut pour elle. Il voulut être inhumé dans le même caveau.

Guerrier, ancien secrétaire de Paul Andral, était surchargé de dossiers. Il était plein de ressources sans être orateur. Sa voix et son langage étaient entachés de vulgarité. Il suppléait, par la chaleur de la parole, à l'insuffisance de la forme. Il était très goûté des avoués.

J'ai voulu me promener au milieu de tous ces avocats sans ordre et sans plan, comme au hasard des rencontres dans la salle des Pas Perdus. Cela donne mieux, me semble-t-il, l'idée de cette foule où se coudoient, sans trop se heurter, tant d'hommes de complexions, de goûts, de mondes, de talents et de caractères différents. En dehors de l'esprit de corps et de l'intérêt commun, la communauté des études et des occupations, la lutte même avec sa courtoisie, parce qu'elle n'a rien de personnel puisqu'on se bat pour au-

trui, créent une facilité d'entente qu'on ne retrouve pas
ailleurs. En se voyant tous les jours, on finit par se
créer une habitude qui, sans être une affection, crée
presque un besoin. Cela est vrai surtout pour l'époque
dont je parle. Du Buit, dans sa notice sur Reboul, a
dit ce que tous nous pensions de nos conversations
« inoubliables » entre tant de gens d'éducation polie,
d'esprit éveillé et curieux.

Ces conversations, ou plutôt ces causeries, ne se
tenaient pas seulement dans la salle des Pas Perdus
ou à la Parlotte, lieu de rendez-vous pour tous, du
plus grand au plus humble, depuis Allou jusqu'aux
stagiaires. La réunion était plus restreinte, plus intime,
combien plus instructive et plus captivante, à la Bibliothèque des avocats, avec le conservateur Hauréau, qui est devenu depuis membre de l'Institut et
directeur de l'Imprimerie Nationale. Il aimait à parler
avec notre petite société, de l'histoire de la Révolution qu'il connaissait aussi bien que Aulard, ayant
publié son livre : « La Montagne » qui pourrait être
considéré comme la contre-partie des « Girondins » de
Lamartine. Ce volume est illustré de magnifiques
eaux-fortes de Jeanron. Il causait de tout avec brio
et compétence. Autour de sa table, nous nous réunis-
sions, avec Gournot, Bouriat, Delprat, Bournat, rédacteur en chef du Bulletin de la Cour d'appel et surtout
Ferdinand Duval, le directeur habituel de nos entretiens.

Hauréau était de haute taille et avait une tête d'artiste. Il portait les cheveux longs, avec un front élevé. Il
était aussi obligeant et prêt à renseigner que modeste. Il
avait l'esprit très ouvert et les idées larges et généreuses. Sa gravité, l'autorité de sa parole, exerçaient une
grande influence sur son petit auditoire, qui éprouvait
pour lui une très respectueuse sympathie. Ce personnage
éminent remplissait son emploi, auquel il était si supérieur, avec une conscience scrupuleuse. Il n'a pas dé-

daigné de dresser un catalogue très complet et très
étudié des livres de la bibliothèque incendiée en 1871.

Curieux de savoir pourquoi Ernest Cartier, dans la
plaquette qu'il a consacrée à la bibliothèque, n'avait
pas parlé de cette grande figure et fort étonné de cette
omission, qui ne pouvait être involontaire, je l'ai interrogé et j'ai reçu de lui cette réponse piquante, qu'il
n'avait pas voulu s'occuper de lui parce qu'on avait
jadis — c'est-à-dire il y a quarante et quelques années!
— vivement protesté contre sa nomination, Hauréau
n'ayant jamais appartenu au barreau ! J'avais toujours pensé, au contraire, que le choix, fait de lui par
les chefs de l'Ordre, avait été des plus heureux. N'était-
il pas précieux d'avoir comme bibliothécaire un
homme initié au mouvement de la littérature, de
l'histoire et de la philosophie, familier avec le commerce des livres plutôt qu'un professionnel de la
plaidoirie ?

Parler de la bibliothèque et d'Hauréau, c'est évoquer le souvenir de ces laborieux, alors jeunes et
vaillants, Brésillion, Pradines et Tanon, qu'on ne voyait
guère qu'assis devant les tables, en train de compulser
des livres, ou près des rayons où ils allaient les prendre,
studieux, érudits, toujours notant et écrivant. —
Brésillion, grand et fort, souriant, bon vivant, qui
fut juge au tribunal de la Seine ; — Tanon, grave et
peu rieur, semblant préoccupé de l'avenir, peu soucieux
de la tenue, négligeant sa mise, très savant en histoire
du droit. Il débuta comme rédacteur au Ministère de
la Justice, fut attaché au cabinet d'Emile Ollivier,
puis substitut au Tribunal de la Seine. Il est aujour-
d'hui président de Chambre à la Cour de Cassation. —
Pradines, au contraire, élégant, ayant déjà l'aspect
du magistrat, l'est devenu. Il a été aussi conseiller à la
Cour Suprême.

Deux avocats formaient contraste avec ceux-ci. Ce

furent Laborde et de Lagarde, trop agissants et dési-
reux de parler à la barre pour venir causer à la bibliothèque.

Laborde, méridional exubérant, plaidait avec fougue,
ce qui ne l'empêchait pas de conférencier avec passion.
Je l'ai entendu faire aux matinées de Ballande, la
Conférence qui précédait la représentation de Don Juan.
Il se faisait applaudir en parlant de Molière comme
l'un des précurseurs de la Révolution. La trappe par
laquelle le Commandeur disparaît avec Don Juan était,
suivant lui, le gouffre où fut engloutie l'aristocratie
en 1789. Après tout, Ginguené a bien écrit un livre
où il parle, à la même époque « de l'autorité de Rabelais dans la présente révolution ». Les idées semées
par ces hommes de génie mettent du temps à germer,
mais exercent sur les générations qui les récoltent,
une influence que leurs auteurs ne soupçonnent pas
et ne peuvent prévoir. Laborde ne tenait pas compte
de la présence de Don Louis, le noble vertueux, qui
ne mérite pas le sort de Don Juan et ne le partage pas.
Le tribunal de Fouquier-Tinville, il est vrai, ne s'at-
tacha pas à ces distinctions-là et envoya à la guillotine les Don Louis avec les Don Juan.

J'ai surtout connu Laborde, grâce à un de ses amis,
un homme charmant, un avoué doux et débonnaire,
qui abandonnait volontiers à son maître clerc, très
connu au Palais, les broutilles de la procédure, auxquelles il préférait ses relations mondaines. On dirait
de lui qu'il était un avoué bien parisien. C'était Audouin, toujours aimable et souriant, observateur et
fin, sous une apparence de bonhomie, qui était de la
bonté. Il avait tout l'air d'un gros financier.

De Lagarde, bel homme, bien découplé, solide au
physique comme à la barre, où il se campait vigoureusement et avec une assurance difficile à déconcerter ! Il canotait et menait joyeuse vie, ce qui ne l'em-

chait pas de beaucoup travailler ses procès. Il avait la voix chaude, sympathique et parlait avec aisance. Nous étions dans les termes d'une très affectueuse intimité. Nous avions comme trait d'union un avoué, notre ami commun, qui n'avait aucun des goûts d'Audouin, son confrère. Gaston Lemaire n'aimait pas le monde et fréquentait peu les salons. Très épris de Rabelais, il savait par cœur des chapitres entiers qu'il récitait sans oublier une seule des drôleries de Pantagruel et de Gargantua. Cela ne l'empêchait pas de diriger son étude de la rue Bergère, où il avait succédé à Boulogne, Meuret et Devin. Il était de l'école de Trolley, gastronome émérite, gourmet excentrique, n'allant pas jusqu'à mettre la main à la pâte, mais combinant, avec les maîtres-queux de Brébant et de Foyot, les repas les plus fantastiques où il se faisait servir le filet d'ours à la chasseur et le cochon de lait grillé à la maître d'hôtel. Lors de son mariage, il nous invita, de Lagarde, Le Brasseur et moi, à un dîner dit « d'adieu à la vie de garçon » où le restaurateur, par ironie, voulut assortir le menu à la circonstance et il nous servit un poulet demi-deuil et des ortolans au tombeau. Petit, chauve, les yeux gris, des lèvres sensuelles, les mains grasses, il annonçait bien le gourmand qu'il était.

Il existait au Palais un clan littéraire, je dirais volontiers un divan. J'entends par là les avocats qui étaient plutôt et surtout gens de lettres et qui appartenaient à leur société, auteurs de romans et journalistes. Les plus en vue étaient Frédéric Thomas, Henri Celliez et Norbert Billiard. Il faut ajouter Maurice Joly et un pauvre rédacteur de journaux judiciaires Fauvre.

Henri Celliez, dont les traits exprimaient la finesse, l'air ouvert, la bouche toujours souriante, de petite taille, mais bien pris, soigneusement rasé, plaidait les causes littéraires. Il avait infiniment d'esprit et écrivait comme un homme de lettres qu'il était.

Frédéric Thomas, avec moins de finesse, mais plus de verve, avait infiniment de charme Méridional, né à Castres, il avait tout l'entrain et la faconde du Midi. Il avait imaginé une Conférence contradictoire avec Méry sur la question de savoir si César devait ou non passer le Rubicon. Impossible d'être plus paradoxal et plus amusant. Il est l'auteur des « Vieilles lunes d'un avocat » où il a réuni tous ses souvenirs judiciaires, qu'il conte avec beaucoup d'humour. Il a été préfet du Tarn pendant la guerre et s'est montré excellent administrateur. Il plaidait comme un écrivain qui n'a pas l'habitude de la parole, avec un débit très lent, dû aussi au soin scrupuleux qu'il avait de la forme.

Je me suis lié de vive amitié avec lui à Albi. Il venait d'y être nommé, quand j'y suis arrivé, comme procureur de la République. Nos premières relations manquèrent d'expansion. Il se montrait très réservé, se demandant quelles seraient les dispositions de son ancien confrère à son égard et s'il pouvait compter sur lui. Comme il nourrissait le projet de poser sa candidature aux élections législatives, il craignait, soit mon hostilité, soit mes révélations sur le rôle secondaire qu'il jouait au barreau. Mais, après m'avoir mis en observation, quand il eut acquis la conviction que je lui étais cordialement attaché, la glace fut rompue. Mon couvert fut mis à la Préfecture. Jamais cette expression ne fut plus exacte, car je faisais apporter mon dîner et le Préfet ne fournissait que la cuillère, la fourchette et le couteau. Thomas était célibataire. Il n'avait pas de maison montée. Notre traiteur, Vivent, était un maître-queux émérite comme on en rencontre surtout dans le Midi, auquel nous avons dû les Frères Provençaux à Paris et Cabassud à Ville-d'Avray. Il tenait l'hôtel du Nord et envoyait, en des paniers, le dîner préfectoral avec le mien. Sans les poignantes émotions qui nous torturaient en cette terrible année, j'aurais regretté cette bonne vie en commun avec un homme que j'ai appris à aimer. Mais hélas ! C'est dans son cabinet qu'il nous fallut attendre, certain soir, jusqu'à minuit, la fameuse dépêche que les télégraphistes déchiffraient et annonçant la jonction de l'armée de la Loire avec celle de Paris à Epinay, dans la banlieue la plus rapprochée. Elle était signée de Gambetta. Ce fut une joie et un enthousiasme indicible, quand Frédéric Thomas apparut sur la terrasse de la Préfecture et la lut à haute voix. On s'embrassait dans la rue et c'étaient des acclamations sans fin... Le lendemain, on apprenait avec consternation que l'on s'était trompé, qu'on avait confondu Epinay-sur-Orge avec Epinay-sur-Seine et que notre armée battait en retraite !

Thomas, dans ses fonctions de préfet, avait conservé son esprit satirique d'autrefois et les occasions ne lui manquaient pas de l'exercer. — Un jour, un bon Albigeois se présente au Parquet avec l'aplomb méridional. Il était fier et radieux. Il apportait un pli qu'il agitait en disant au secrétaire, le bon Boyer : « D'ordre de Môssieu le Préfet ! » On l'introduit, j'ouvre et je lis :

« Mon Cher Confrère, — M. Caysac me recommande « son cousin germain. Il vous dira pourquoi. — Soyez « ferme comme la loi, cela va sans dire, et doux « comme la justice, c'est-à-dire soyez vous-même.

« Alors, me direz-vous, pourquoi cette lettre ?

« Je n'en sais rien... ni vous non plus.

« Prenons que je ne vous l'adresse que pour vous « serrer la main. »

Frédéric Thomas.

Il a publié, sur la Responsabilité pénale, un livre
sérieusement pensé et il était chargé des comptes
rendus judiciaires dans le Siècle. Bienveillant et prévenant, sans courtisanerie, il était ami dévoué et sûr.
Le 12 mars 1871, lors de la démission de Gambetta
qui quitta le Ministère de la Guerre et de l'Intérieur,
il se démit de ses fonctions de Préfet dans une lettre
pleine de dignité où il disait : « Nommé par Gambetta
je me retire avec lui. » Combien peu de préfets en
ont fait autant ? Pour lui, son mandat n'était pas un
métier servile, qu'on peut exercer sous des maîtres
différents. Il se considérait comme investi d'un poste
de confiance et il ne voulait pas y rester avec un
ministre dont les opinions étaient en contradiction
avec celles de Gambetta et les siennes propres. Il est
mort au barreau où il était rentré.

La chronique des tribunaux n'avait pas alors l'importance quasi officielle que lui a donnée la création
d'un syndicat de la Presse judiciaire. Elle n'avait pas
de salle de rédaction prise sur les locaux déjà trop
exigus du Palais. Elle n'avait aucune influence sur
les magistrats, trop préoccupés aujourd'hui d'avoir
une « bonne presse », qui peut servir à leur
avancement. Jamais on n'aurait permis aux journalistes d'avoir accès au prétoire, sur l'estrade, avec une
table à côté du tribunal, ce qui eut constitué un scandale. Elle était modestement parquée au tribunal
correctionnel et à la Cour d'assises, dans de petits box
soigneusement clos. Elle ne distribuait pas les éloges
et les blâmes, traitant l'un d'éloquent, d'autres d'amusants, d'éminents, d'illustres, de grands ou de très
grands avocats et d'autres enfin, tout simplement, de
distingués, suivant le caractère de leurs relations avec
le journaliste. Tous les rédacteurs étaient avocats
sans dossiers et y suppléaient par le subside que les
journaux leur fournissaient. — En dehors du joyeux

Moinaux de la « Gazette des Tribunaux », le père de
Courteline, les autres étaient : Maurice Joly, qui excellait dans les portraits d'orateurs qu'il a réunis en
un volume sous le titre de « Le barreau ». Ceux de
Dufaure, de Jules Favre et de Lachaud sont de tous
points des modèles achevés. Cet esprit, qui fut un
des plus éminents du Palais d'alors, n'était malheureusement pas équilibré. Il a produit un Machiavel
écrit de la plume la plus délicate. Il a beaucoup parlé
des moyens de parvenir, a même publié un livre sur ce
sujet qui l'a tenté comme il a tenté tant de gens qui
n'ont pas réussi. Il a piteusement échoué en politique.
Caractère aigri, il est devenu insurgé et a été un des
principaux acteurs de la triste journée du 31 octobre
1870.

Norbert Billiard, un observateur et un anecdotier,
qui a été le Dangeau et souvent le Saint-Simon du
barreau, fut chroniqueur pour son propre compte. Il
a créé le « Monde Judiciaire », revue qui dura près de
cinq ans et qui est le document le plus complet sur le
Palais de 1862 à 1868. Portraits tracés de main de
maître, en quelques lignes, personnages bien campés,
comptes-rendus de procès importants en une ou deux
pages, tout cela était mis en mouvement, rendu vivant
sans exagération, sans méchanceté, sans flagornerie
et sans bassesse. Il n'était pas révolutionnaire et on
en fit le directeur du Journal officiel.

Beaume, un ancien secrétaire d'Etienne Blanc, fils
d'un peintre connu, un instant collaborateur de Pataille dans les Annales de la Propriété industrielle,
plaidait en même temps les affaires de propriété
artistique, notamment pour l'éditeur Susse. Timide
avec du talent, il joignait à sa profession d'avocat
celle d'auteur dramatique, en collaboration avec
Truinet, son confrère, qui, sous l'anagramme de
Ruitter, a été de longues années, bibliothécaire de

l'Opéra. Ils eurent, avec l'opéra-bouffe « le Cœur et
la Main », une heureuse veine au théâtre. Beaume
écrivait facilement, parlait avec hésitation. Il paraissait gêné et sa personne était étriquée, quoique rien ne justifiât ni son embarras ni son attitude
craintive, car il n'avait ni ennemis, ni envieux, et ne
rencontrait que des sympathies. A côté du barreau,
de l'art dramatique, de ses articles sur les brevets
et les droits des artistes, il était suppléant de juge
de paix et fonda un journal fort utile à sa juridiction, un recueil de sentences, ce qui le faisait passer du
plaisant de l'opérette au sévère du style judiciaire. En
une autre sphère, il était bien à l'image de Le Canu,
qui fut poète, satiriste poète, musicien et juge de paix
titulaire à Paris.

Fauvre fut un des ancêtres des reporters judiciaires
actuels, avec une humilité qui les ferait rougir. Toujours en robe, il allait comme un frère quêteur, dans
les salles d'audience, à la Parlotte, à la bibliothèque,
dans les couloirs et dans les vestiaires toujours errant,
le teint allumé, s'attachant aux pas des confrères, leur
demandant, d'une voix basse et humble : « Avez-vous
quelque chose d'intéressant ? » Et il glanait de ci,
de là, des notes qu'il transformait en copie. Il avait
cette timidité dont La Bruyère fait l'indice de la pauvreté et c'est la toque à la main qu'il questionnait les
avocats, ses confrères.

En dehors des journaux judiciaires, les comptes
rendus du Palais étaient très sommaires et paraissaient souvent sans signature. Le « Figaro » fut le premier qui consacra une ou plusieurs colonnes aux procès. Son premier rédacteur était étranger au Palais.
Albert Bataille, son successeur, donna à ses repor-
tages l'allure d'une critique littéraire ou dramatique,
plaisantant les témoins, louant les avocats, leur donnant parfois des leçons, jugeant les juges, vantant

ou démonétisant les présidents et le Ministère public.
La grande presse suivit l'exemple et on vit alors, non
plus les petits reporters ayant conscience de leur rôle
secondaire, cherchant leur aliment près des avocats
qu'ils courtisaient, mais les avocats courtisant leurs
courriéristes dans un but de publicité pour leur cabinet. Ce qui est plus grave, c'est que comme je
l'ai dit en passant, la magistrature en fit autant.
Il lui fallut compter avec les journaux sous un
gouvernement qui les écoute et en a peur. On vit
les magistrats suivre, du haut de leur siège, d'un air
inquiet, les mouvements des chroniqueurs. Qu'allaient-
ils dire d'eux le lendemain ? Seraient-ils qualifiés ironiquement de bons juges ? Leurs mots seraient-ils
tournés en ridicule ? Allaient-ils, au nom de la morale
et du respect dû à la vie privée, dénoncer avec indignation, dans leurs interrogatoires, des incursions dans
les secrets de la famille, que les journaux cependant,
révèlent sans scrupules ? — Et ces abus se sont pro-
pagés à ce point, qu'être journaliste en même temps
qu'avocat, met comme on dit, des atouts dans le jeu
des plaidoiries.

Il faut reconnaître que la magistrature contemporaine, en perdant son ancienne morgue et sa hauteur,
est trop descendue du prétoire dans l'arène et y a
perdu son caractère plein de respectabilité. Des journalistes qu'elle craint, aux grands et aux petits personnages politiques qu'elle flatte, elle a franchi la
distance. Qu'un président s'agite sur son fauteuil à
l'entrée d'un directeur, d'un chef ou d'un simple attaché du cabinet du garde des sceaux en lui annonçant
qu'il va appeler de suite son affaire, ou demande à
un député pour prendre acte de ses convenances :
« Vous allez à la chambre, Maître ... ? Ce sont-là des
incorrections dangereuses pour la réputation d'intégrité
et d'impartiale justice que doivent mériter des juges.

Je serais heureux d'avoir réussi à donner une idée
du barreau au temps de mes débuts, non sans m'être
permis des rapprochements et des comparaisons avec
le barreau actuel. Ils ont des ressemblances et ils sont
différents à beaucoup de points de vue. Ce qui leur
est commun, c'est la grande diversité des aptitudes
et des travaux de tant d'hommes, dont beaucoup sont
distingués, dont les uns cultivent le genre sérieux,
d'autres le genre tempéré ou même gai. On compte
parmi eux des jurisconsultes éminents, des hommes
d'État, des hommes d'affaires, des spécialistes, conseils de compagnies financières, des artistes, des écrivains. Toutes les classes de la société, depuis les som-
mets jusqu'aux bas-fonds, leur sont connues pour
avoir eu recours à eux. — Toutes les questions d'art,
d'industrie, de commerce, de théâtre, de propriété
leur ressortissent. Tous les mobiles nobles ou vils
leur sont familiers et révélés par ces procès d'état ou
de famille et de successions. Quelle source précieuse
d'étude pour un cerveau épris de philosophie ? Quelle
profession est aussi étendue, touchant à toutes les
variétés de l'activité humaine ? Sans doute le barreau
ne donne pas l'intelligence, mais il la développe et
l'assouplit. Cela explique comment, en politique, tant
d'avocats ont rempli les fonctions les plus diverses et
s'y sont montrés compétents grâce à la facilité de
compréhension et d'assimilation que donnent les
affaires judiciaires. Et tout ce monde-là est soumis à
une discipline moralisatrice garantissant encore la
tradition de probité, de délicatesse et de désintéressement ! Nous n'irons pas jusqu'à répéter après Cresson : « Quand on met sa main dans celle d'un avocat,
« on sait qu'on touche la main d'un honnête homme »,
mais il y a présomption qu'il en est ainsi tant que le
contraire n'est pas démontré. En serait-il de même
dans un autre milieu ?

La différence fondamentale entre le barreau de 1860-1870 et le nôtre est dans le relâchement de la discipline et dans la conception différente du rôle de l'avocat. Les anciens se rapprochaient de la magistrature de leur temps. Leurs règles n'étaient pas exemptes d'une excessive sévérité. Elles remontaient loin ! On lit dans les Galeries du Palais d'Amédée de Bast, qu'il était, jadis, défendu aux avocats de danser, la danse étant contraire à la gravité. Le bâtonnier d'alors ayant mandé un jeune confrère qui avait enfreint la prohibition, celui-ci lui opposa que Jésus avait dansé lui-même aux noces de Cana. « Avouez, Monsieur, répondit le bâtonnier, que ce n'est pas ce qu'il a fait de mieux. » Sans aller aussi loin, l'interdiction de recourir à tout moyen de publicité comme de faire imprimer son nom et son adresse sur son papier à lettres, de ne pas mettre de plaque indicatrice sur sa maison ou sur sa porte étaient des garanties de dignité et de bonne tenue. Lisez Mollot et Cresson. On y voit à chaque page la préoccupation d'empêcher l'avocat de se commettre dans les pratiques du mercantilisme. Aujourd'hui, toute une nouvelle école cherche à les introduire dans l'Ordre en autorisant l'acceptation de mandats qui feraient du cabinet de l'avocat une agence d'affaires. Le jour où cette aspiration aura triomphé, ce sera fini de cette profession où tant d'hommes ne sont entrés qu'à cause de son caractère de profession libérale et de ses règles de noble indépendance et de moralité. Le moment de cette fin est proche. On a trop vanté la noblesse et la grandeur du métier d'avocat dans un temps où la démagogie ne veut plus de grandeur ni de noblesse !

VII

(1866 (suite et fin)-1867

Relations de la magistrature et du barreau. — La vie au Palais.
— Quelques portraits de magistrats. — Le conseiller Flandin
père. — Le Premier Président Devienne. — Marguerite Bellan-
ger et Daniel Wilson. — Le Président Benoît Champy. —
Pinard. — Le Peletier. — Aubépin. — Hémard. — Ducreux.
— Choppin d'Arnouville. — Descoutures.— Partarrieu Lafosse.
— Casenave. — Portier. — Hortensius de Saint-Albin. — Ans-
pach. — Haton de la Goupillière. — Saillard. — Delesvaux.
— Emmanuel Arago. — Lascoux. — L'avoué Martin du Gard.
— Déroulède. — Glandaz. — Lacomme. — Dromery. —
Les théâtres. — Bressant. — Delaunay. — Octave Feuillet :
Dalila. — Alfred de Musset : Les caprices de Marianne et la
censure. — Meilhac et Halévy : La Vie Parisienne. — La
Grande Duchesse de Gérolstein. — Hortense Schneider. —
Dupuis. — Offenbach et sa musique. — L'Opéra-Bouffe ou
opérette. — Ponsard : Le Lion amoureux. — Le théâtre lyrique. — Ambroise Thomas : Mignon. — Soirées et bals du
monde. — La danse. — La Saint-Sylvestre : bals du Gaulois. — L'imprimeur Kugelmann. — L'ouverture du Corps
législatif et du Sénat au Louvre. — Napoléon III et l'Impératrice au théâtre. — Les « Cocottes » et les « Cocodettes ». —
Le bal du Ministère de la Marine : Les cinq parties du Monde.

On a vu, dans le chapitre précédent, combien l'existence au Palais était paradisiaque à côté de celle qu'on
y mène à l'heure actuelle. J'ai vanté la solidarité,
l'égalité, la fraternité entre avocats sous Napoléon III.
Singulier accouplement des vertus républicaines et du
régime d'alors ! Le barreau était plus indépendant

et plus fier. Il était certes plus respectueux de la forme
envers les magistrats qui avaient plus d'égards et
de politesse avec moins de familier sans gêne envers
lui. Toutes les haines, tous les mépris, toutes les violences de langage étaient accumulés contre le gouvernement. On était tous d'accord pour le maudire et
l'exécrer et l'Empire nous avait rendu ce service de
réunir ainsi en une cordiale union les hommes de
mondes, de confessions et de partis divers. Ai-je exagéré ? Le vieillard est toujours « laudator temporis
acti ». Je ne crois pas cependant avoir altéré la vérité
dans le tableau que j'ai présenté de cette époque.

Les rapports de la magistrature et du barreau
viennent d'être caractérisés. La politique seule, cette
démoralisatrice qui ne recule jamais devant les taqui-
neries, les persécutions et qui sévit brutalement suivant les intérêts du moment, les ont parfois altérés.
On sait entre autres, le cas d'Emile Ollivier suspendu
pour avoir dit : « M. l'avocat impérial a fait appel aux
« passions les plus irritantes et cela est mauvais ! »
Ces paroles paraîtraient bien anodines aux magistrats
qui, sans sourciller, en entendent aujourd'hui de plus
dures et de moins parlementaires ! Il est vrai qu'elles
furent punies, moins à cause de leur irrévérence, qu'à
raison du rôle politique d'Emile Ollivier, un des cinq !

On a toujours accusé l'Empire d'avoir asservi la
magistrature en lui donnant des ordres et à celle-ci de
s'être abaissée en s'y soumettant. On ne saurait nier
que si le gouvernement n'intervenait pas dans les
procès d'ordre privé, il exerçait sur les tribunaux une
pression occulte dans toutes les affaires où s'agitaient
des intérêts politiques. Sous la République, les ministres et même les sénateurs et les députés observent-ils
une plus grande neutralité et s'abstiennent-ils de
telles fâcheuses immixtions ?

On a aussi manifesté la plus grande indignation

contre l'institution d'une Haute Cour de justice dont le jury était composé de conseillers généraux et le président était pris parmi les conseillers à la Cour de cassation ! Tous les gouvernements hélas ! ont eu recours aux tribunaux d'exception chargés de juger les affaires politiques pour lesquelles la justice impartiale serait à redouter pour eux ! Nous avons aujourd'hui aussi notre Haute Cour ! Elle offre moins de garanties car ce ne sont plus des juges choisis parmi les élus du pays, mais c'est le Sénat républicain qui juge ses ennemis comme sous la Restauration et sous Louis-Philippe, c'était la Cour des Pairs.

La nomination et l'avancement des magistrats offraient, comme maintenant, peu de garanties de capacité aux justiciables. La faveur et le choix y président seuls. Il y avait de pauvres sires sous la toge et la simarre. On disait plaisamment que, pour être juge, il ne suffisait pas d'être bête ; qu'il fallait encore avoir de la tenue ! La tenue, c'est encore quelque chose, car elle impose une conduite honnête et sans scandales, une dignité soutenue et une courtoisie d'homme du monde. La tenue n'est plus guère observée, les scandales sont criants. L'intelligence et la science sont-elles supérieures ? — Pour les nominations, elles appartenaient à l'Empereur qui avait toujours le dernier mot et la décisive autorité. Les députés et les sénateurs dépendaient du Gouvernement qui lui, dépendait moins d'eux. Ils n'avaient pas la même influence et ne s'ingéraient pas abusivement dans les questions de personnel. De même à la Chancellerie, les salons d'attente n'étaient encombrés que par les magistrats eux-mêmes. Il y avait peu de parlementaires sollicitant pour leurs créatures. En revanche, les chefs de corps n'avaient pas qu'un droit de présentation nominal mais leurs propositions étaient presque toujours ratifiées.

A défaut de conditions de capacité, l'exigence de
ressources suffisantes pour vivre en dehors du traitement mettait les magistrats à l'abri des tentations
et des moyens honteux de se procurer de l'argent,
comme il arrive grâce au principe admis qu'il faut
ouvrir aux citoyens pauvres une carrière où ils ne sont
pas rémunérés ! On n'en a pas vu alors emprunter
à leurs justiciables !

Il y avait de grandes figures de magistrats et je ne
veux pas dire qu'il n'y en ait pas encore que je serais
heureux de citer. Cela dépasserait la limite que je me
suis imposée. Mais rappelons que, tandis qu'aucune protection ne leur est assurée, non plus qu'aux autres fonctionnaires, avant tout préoccupés de ne pas se créer
d'affaires et d'éviter les interpellations, ils étaient
alors sûrs de l'appui du Gouvernement.

L'immixtion du parlement dans les mouvements,
agite les concurrents et les excite à des démarches qui
les avilissent, près des députés et des sénateurs qui, de
leur côté, considérant les magistrats de leurs ressorts
comme des protégés, leur recommandent leurs électeurs quand ils ont des procès. On ne voyait pas non
plus le titulaire d'un poste convoité par un collègue
influent et disposé à rendre plus de services que d'arrêts, tracassé, traqué et finalement forcé de se retirer
ou d'accepter une compensation insuffisante. Le gouvernement impérial n'aurait pas toléré de semblables
procédés. Il prenait ses fonctionnaires sous sa protection
et les soutenait même contre les rivalités et les intrigues
de leurs concurrents. On ne connaissait pas davantage
les lamentables dissensions entre les parquets, les
tribunaux et la police ce qui a énervé et détruit l'effi-
cacité de celle-ci. On n'assistait pas à ce spectacle
déconcertant d'agents de l'autorité quels qu'ils fussent, malmenés par un président avide de popularité
et cela à la joie d'un public spécial avec l'approbation

des détenus et à la satisfaction des journalistes. En un mot l'ordre régnait dans le fonctionnement de tous les organes et de tous les engrenages du corps social. Ni anarchie, ni incohérence !

Le magistrat menait une vie, sinon austère et retirée, du moins circonspecte et prudente dans le choix de ses relations. Il ne fréquentait pas tous les mondes, mais le monde. J'ai parlé de M. le Conseiller Flandin père et de son habitation dans une chartreuse de la rue Garancière. L'avocat général Ducreux logeait tout près, rue Férou. Peu nombreux étaient ceux qui, s'éloignant du Palais avaient établi leurs résidences dans les quartiers agités et bruyants. Il y avait chez eux un grand décorum. Somme toute, la moyenne des magistrats n'était pas inférieure à celle du barreau. Par la justesse du jugement ils leur étaient souvent supérieurs. Par leur culture d'esprit ils les égalaient. Faut-il citer le Premier Président Devienne, le Président Benoît Champy, les avocats généraux Pinard, Le Peletier, Aubépin, Hémar, Choppin d'Arnouville et Descoutures ? Faut-il évoquer les figures des présidents Partarrieu-Lafosse, Casenave, de conseillers laborieux et jurisconsultes comme M. Portier, d'hommes plus mondains comme Camusat, Busserolles et Berthelin, mais expérimentés, spirituels, jugeant bien, d'aimables et faciles esprits comme Hortensius de Saint-Albin qui, courageux et résolu, sauva, lors de la révolution de 1830, la statue de Malesherbes menacée par la populace ? Une plus longue nomenclature serait fastidieuse et ces quelques exemples suffisent à donner une idée de ce qu'était ce personnel sous Napoléon III.

A la Cour, le Président Partarrieu-Lafosse était très coutumier de drôleries légendaires. Une d'elle mérite d'être rappelée. Le conseiller Anspach, doué d'un fort beau talent de parole, réputé comme président d'assises, était enclin au sommeil quand il n'était

qu'assesseur. Il ronflait même bruyamment. Partarrieu le tirant par la manche un jour qu'il était assoupi,
le réveilla en lui disant : « Voyons, Anspach, passe
« encore de dormir, mais ronfler à l'audience ! Cela
« empêche les autres de dormir ! »

Le Président Casenave qui, si longtemps siégea à
la Première Chambre, à côté du Premier Président
Devienne, et rédigea les arrêts dans la plupart des
grands procès, était en vedette. Indulgent et bienveillant, il appartenait à la lignée des plus grands
magistrats. Il avait le masque impassible et ne laissait pas deviner ses impressions. Il était inaccessible
aux sollicitations et sa conscience ne fut jamais effleu-
rée par le soupçon.

Le conseiller Portier était un des plus respectés
pour sa vie de travail très retirée et très simple. C'était
un homme d'une rectitude de jugement et d'une expérience des affaires qui faisait le plus grand honneur
à la Cour de Paris.

Le Premier Président Devienne n'eût pas été déplacé, sous l'ancien régime, comme président du Parlement. Il en avait toutes les qualités. Son visage
fin et émacié, son teint bistré, sa maigreur imprimaient
à sa personne une élégance, accentuée encore par la
distinction raffinée de ses manières. Aimable, tout en
demeurant distant et réservé, accueillant dans le
particulier avec grande politesse, il aimait à suivre
sur son siège, l'étiquette des traditions, même avec
une nuance de hauteur et d'impertinence. Sous prétexte qu'il continuait l'usage de l'ancien Parlement,
il n'attendait pas, quand il voulait suspendre l'audience, que l'avocat eut achevé son argument ou fini
sa phrase. Se levant tout à coup brusquement, sans
dire mot, il agitait la main pour dire d'arrêter et
sortait gravement, suivi de ses conseillers. Sénateur,
familier des Tuileries, on le disait courtisan. De fait,

il fut chargé d'une mission délicate et confidentielle
entre toutes, témoignant à coup sûr de la confiance
du souverain celle de régler l'affaire de Marguerite
Bellanger. Tout le monde a su que cette courtisane
affichée pour avoir, avec Daniel Wilson, fréquenté
le grand 16 du Café Anglais, avait eu, à Biarritz, les
faveurs de l'Empereur. L'Impératrice en avait pris
ombrage et le ménage impérial était menacé d'une
rupture. La situation très tendue était aggravée par
la naissance d'un enfant dont Napoléon, avec la candeur d'un bourgeois amoureux, ne déniait pas la pa-
ternité plus qu'incertaine. Devienne consentit à né-
gocier dans cette aventure sans caractère litigieux,
et dont il ne pouvait être exposé à devenir juge. Il
alla trouver Marguerite, non comme magistrat, mais
comme ami dévoué, et obtint d'elle une lettre adressée
à son ancien adorateur, dans laquelle elle avouait à
« son seigneur » qu'elle l'avait indignement joué et que
l'enfant n'était pas de lui.

Pour qui connaissait l'existence de cette femme à
la mode, qui, dans la maison du Boulevard des Capucines, 39, était une habituée des petits salons du restaurant Anglais Hill, une telle supercherie n'avait
rien d'invraisemblable.

La lettre écrite à Devienne fut trouvée, en 1870,
dans les papiers de la correspondance impériale et on
en fit grief au Premier Président de la Cour de Paris,
devenu alors Premier Président de la Cour Suprême.
Des esprits réfléchis et sans prévention, verraient
difficilement là un manquement aux devoirs professionnels et à la dignité du magistrat. Il semble que la
démarche toute privée faite pour éviter un scandale
dans le ménage des souverains, honorait au contraire
celui qui la faisait, sans exercer une pression qui n'a
jamais pu être alléguée. Les purs poussèrent de grands
cris et ceux qui ont assisté depuis aux incidents nom-

breux où furent compromis tant de hauts personnages de notre République, se demanderont avec étonnement la raison de tant de clameurs. Le magistrat qui en fut victime n'avait assurément pas démérité.

La Chambre des appels de police correctionnelle était le lieu redouté des défenseurs. Le Président Haton de la Goupillière, le conseiller doyen Saillard et plus tard Rohault de Fleury, appartenaient à cette sorte de magistrats inflexibles, prompts à la répression, que le barreau avait surnommés « *coupe-toujours* » parce qu'ils débitaient sans cesse des condamnations. L'espèce a disparu. Au criminel, être répressif constituait alors une qualité qui comptait pour l'avancement, comme aujourd'hui être prompt à juger avec indulgence même excessive et fournir à la statistique le plus grand nombre de décisions possible sans qu'on examine ce qu'elles valent. Les magistrats civils qui se soumettent à cet exercice ingrat de produire plus que leurs collègues, sans se préoccuper de la qualité de leurs jugements sont donc les dignes héritiers des « *coupe-toujours* » de la chambre des Appels correctionnels. Ils débitent sans cesse et sans répit.

La réputation d'humanité et de douceur est plus profitable maintenant, comme si la justice ne résidait pas entre la sévérité et l'indulgence ! Mais la réforme des mœurs judiciaires, sous ce rapport, vaut mieux sans doute, à la condition de ne point aller jusqu'à une inexcusable faiblesse, mettant en péril l'ordre social et la sécurité des honnêtes gens.

Le Président du tribunal civil, Benoît Champy, a-t-il eu des successeurs, qui, par leur prestige personnel, la dignité de leur vie et leur valeur intellectuelle l'aient égalé ? Qui l'a connu ne saurait oublier cet ancien avocat estimé si bien assoupli à ses nouvelles fonctions. Je n'ai jamais entendu critiquer son impartialité et ses jugements étaient marqués au coin d'une raison sage et avisée. Indulgent envers les jeunes qu'il encourageait, il était bienveillant et sans morgue avec ses anciens confrères. Très artiste, il avait, rue de la Chaussée-d'Antin, un hôtel très couru par la société intellectuelle. On ne lui reprochait qu'un travers bien léger et sans inconvénient pour les plaideurs. Il grandissait outre mesure son emploi. Il avait créé : « la Présidence du tribunal ». Un huissier à chaîne remplaçait le simple garçon. Il y avait même « un secrétaire de la Présidence » comme s'il se fût agi de la Présidence du Sénat, et alors que M. Devienne, infiniment moins vaniteux, recevait comme un simple bourgeois dans son plus modeste cabinet de Premier Président. Cela n'empêche pas que M. Benoît Champy ait été un magistrat brillant et exemplaire.

Plusieurs vice-présidents du tribunal ont laissé traces de leur passage. Tel M. Vivien, qui portait un grand nom parlementaire et présida le procès de la souscription Baudin avec une patience et une impartialité que sa demi-surdité ne suffit pas à expliquer. La conscience qu'il avait de la gravité du rôle du magistrat, en fut la cause déterminante. Il était naturellement observateur rigoureux des devoirs d'un président devant tout écouter sans passion et respectueux des droits de la défense. — Tel n'était pas un autre homme qui a été plus qu'il ne convient peut-être, voué à l'exécration publique. Passionné sans frein, il a été à son tour victime des passions politiques. J'ai nommé le Président Delesvaux quoique il eut ensuite et pendant longtemps présidé les chambres civiles où il se montra supérieur par sa perspicacité et la justesse impartiale de son jugement. Il reste pour la postérité, le président célèbre de la sixième chambre où se jugeaient les procès de presse. Là, il fut en effet, violent, de parti pris. Ancien fonctionnaire de la Sûreté générale, il voyait dans les journalistes préve-

nus, des ennemis qu'il n'était pas disposé à ménager.
Il apportait dans ses fonctions nouvelles, avec son
dévoûment à l'Empire un manque de mesure et surtout de tact qui méritèrent la dureté de ses adversaires. Les avocats mêmes qui défendaient les prévenus
et qui appartenaient au même parti qu'eux, étaient
traités sans courtoisie et sans ménagement. Il ne
manquait jamais une occasion de les fouailler, fussent
les plus grands. Remarquablement doué, il possédait
une surprenante présence d'esprit. Il avait l'ironie
sanglante. Un jour, Jules Favre, qui aimait les figures
et les métaphores, commençait sa plaidoirie ainsi :
« Je tombe d'étonnement... » Delesvaux l'interrompit
en lui répondant sur le ton de la sollicitude : « Ne
tombez pas, M. Jules Favre ». On aurait pu faire un
recueil de ses boutades drôles, mais insolentes. Il mourut misérablement, déclassé, délaissé de tous. Son
teint enluminé le faisait passer pour un alcoolique
sans que rien ait confirmé sa réputation. C'est peut-
être le seul exemple d'une disqualification aussi marquée dans le monde des magistrats d'alors. Et celui-là,
entré tard dans la carrière, était plutôt rangé parmi
les policiers.

Le parquet compta des hommes éminents et des
orateurs dignes de se mesurer avec les premiers du
barreau.

D'abord Pinard, Le Berquier, Aubépin, Le Peletier.

Pinard présentait au physique, dans son profil
tranchant, dans sa stature, en plus petit, et dans sa voix
même, une analogie frappante avec Barboux. Mêmes
favoris fournis et soignés, même correction sévère
dans la mise, même âpreté dans la discussion, même
dialectique serrée et forte. Ce petit homme, sec d'apparence, très susceptible d'émotion et de sensibilité
quand on le pénétrait, était né magistrat comme
d'autres sont par nature peintres ou musiciens. Il

parlait avec une admirable netteté, une précision et une propriété d'expression qui n'était jamais en dé-faut. Il savait s'élever aux plus hautes considérations, parvenir à la grande éloquence sans pompe et sans emphase. Les journaux du temps, contre lesquels il eut à sévir, le malmenèrent sans l'émouvoir. Il n'eut contre eux ni rancune, ni colère, ni indignation, et c'est, bien contrairement à l'appréciation de ses con-temporains, qu'Henri Rochefort le qualifia de « petit et rageur ».

Le Peletier ne présentait guère que des dissem-blances avec Pinard. Le monde est heureusement fait de ces contrastes qui nous préservent de la mono-tonie. Sa mise était plutôt celle d'un étudiant du quar-tier et sous sa robe qu'il tenait constamment entr'ou-verte en concluant, les deux mains dans ses poches, on apercevait un pantalon et un gilet disjoints au point de laisser passer du blanc entre eux. Son éloquence très vivante, très sans façon, qui avec sa tenue, sem-blait le rapprocher des journalistes qu'il poursuivait et dont il prenait les allures avec le style, fort adroi-tement peut-être à son insu, participait à cette négli-gence, à cette absence de correction magistrale. Cela lui donnait dans ses duels oratoires avec Laurier, avec Gambetta surtout, qui pouvaient voir dans ce léger débraillé comme un indice sympathique de cama-raderie, l'assurance de ripostes moins agressives. Jamais il ne montait son diapason jusqu'aux hautes considérations de la politique. Jamais il ne crut utile et il trouvait dangereux, en tous cas maladroit, de faire l'éloge du gouvernement impérial. Tandis que son collègue Ducreux s'écriait, dans le procès de la Lettre sur l'histoire de France, que l'Empire avait fait la France grande, glorieuse, respectée à l'étranger et lui avait donné l'ordre et la tranquilité à l'intérieur, il se contentait, dédaignant ces notes-là, d'examiner

21

la prévention. Et lorsque Gambetta ou Laurier, ses
adversaires habituels, combattaient pour leurs clients,
ses poursuites en diffamation ou en outrages contre
le Gouvernement, on le voyait se lever, le sourire aux
lèvres, se tourner vers eux sans émoi et leur adressant
familièrement la parole, comme en conversant, leur
dire : « Mes adversaires seraient désolés si je leur
« disais qu'ils aiment et respectent l'ordre de choses
« établi. Ils avoueront que toutes leurs convictions,
« tous leurs efforts tendent à le renverser et qu'ils
« le haïssent de toutes leurs forces, de tout leur talent ».
Il concluait en les exhortant à reconnaître que l'outrage
envers l'Empire était dans leurs intentions, dans leurs
habitudes constantes auxquelles ils n'avaient pas dé-
rogé dans les articles incriminés. Ce ton léger de
sarcasme déridait les avocats, leurs clients et l'auditoire. Le succès était pour le Parquet. Les défenseurs et l'avocat impérial étaient devenus, chose
inouie et sans exemple ! les meilleurs amis du monde.
On les rencontrait se promenant ensemble. Il fut
cependant révoqué après le 4 septembre sous le ministère dont faisait partie Emmanuel Arago. Nous
nous trouvions tous trois ensemble, vingt-et-un ans
après, à Montreux. Arago et moi, le rencontrâmes au
Kursaal. Il m'aborda, se joignit à nous en saluant
son ancien bourreau, qui, toujours cordial, empressé,
à la poignée de mains facile, l'accueillit comme un
vieil ami, le reconnaissant vaguement sans se rappeler son nom. Comme il me le demandait à mi-voix,
mais pas assez bas pour n'être pas entendu, Le Peletier prit les devants et lui dit : « Monsieur l'Ambassa-
« deur, je suis le conseiller à la Cour de cassation, Le
« Peletier, que vous avez jadis révoqué, bien enchanté
« de vous revoir et de vous présenter ses devoirs ».
Arago ne se démonta pas et lui répondit d'un air
gracieux : « Jamais je ne l'ai autant regretté, mon

« cher conseiller, et je suis touché de vos bonnes
« paroles ». La conversation s'engagea vive, gaie,
sans arrière-pensées. Nul n'avait plus d'esprit imprévu
que cet ancien membre du Parquet et Arago, quand
il nous eut quitté, me dit : « Ce Le Peletier est « un
bon garçon et il a oublié d'être bête ».

Aubépin, à qui ressemble tant, et, sous tous les
rapports, Faclimaigne, que les générations actuelles
connaissent mieux, était posé, méthodique, avait le
jugement droit et sûr, la conscience forte, un beau
talent de parole, plus approprié aux causes civiles
qu'aux procès criminels. Il ne toucha guère aux affaires politiques, mais il excellait dans ses conclusions
à la Première Chambre. Il y montrait des qualités
solides, sérieuses et brillantes : l'expérience de la vie
et la connaissance du cœur humain. Jamais il ne fut
terne ou insignifiant. Il argumentait avec une logique
convaincante et sa forme était impeccable, simple,
élégante, sans déclamation. Son autorité était considérable. Il acquit toute sa réputation, comme président du Tribunal. Ni avant, ni depuis lui, on ne vit
dans ces fonctions, peut-être les plus importantes
de la magistrature, qui exigent tant d'aptitudes diverses — celles de juge, d'administrateur, de conci-
liateur et de conseiller familial, — un homme réunis-
sant à un si haut point ces conditions. Il a réalisé
l'idéal et laissé un souvenir au moins égal à celui de
Belleyme.

Nous avons cité le nom de l'avocat général Hémar.
Il était bien dangereux aux assises par sa douceur,
sa modération, allant jusqu'à une insouciance apparente du sort de l'accusation. Il n'en avait que plus
d'autorité près du jury parfois indisposé par l'ardeur
trop zélée du ministère public lançant des foudres
d'un air terrible. Celui-là était souriant, bon enfant.
Les relations avec lui étaient des plus agréables. Sa

conversation ressemblait à ses réquisitoires. Elle était
naturelle, enjouée, et sans humeur, quelque sujet qu'on
traitât.

Je n'ai pas connu d'avocat général plus consciencieux dans ses recherches, plus minutieux dans ses
conclusions à l'audience, que Descoutures. Il parlait
d'abondance, plus prolixe que Pinard, moins correct,
moins précis et moins ordonné qu'Aubépin, n'ayant
rien de la fantaisie de Le Peletier. Il montait à son
siège, suivi d'un garçon qui apportait un arsenal complet de recueils de jurisprudence et d'auteurs qu'il
citait avec excès, ce qui alourdissait sa discussion.

Choppin d'Arnouville avait toutes les traditions,
la dialectique et la solennité des anciens parquets.
Il ne vivait pas dans le style moderne et la familiarité. Ses traits accentués, qui ne pouvaient tromper
sur sa profession, étaient graves, sans affectation. Sa
parole « vieux jeu » était surtout poncive par l'accentuation. A prendre sa phrase et à la relire, on constatait qu'elle était après tout exempte d'emphase. A
quoi bon faire de lui, après cela, un portrait plus détaillé ? Il était l'avocat général incarné.

La chancellerie se préoccupait alors de régler les
relations de la magistrature et du barreau en conservant la distance entre les robes de toile à voile et les
robes de soie, entre la toge flottante et les ceintures
de moire. J'appris, avec une certaine surprise, qu'on
avait donné des instructions minutieuses à cet égard.
Je rencontrais un jour, sur le chemin du Palais, mon
vieux camarade de collège Lascoux, alors simple juge
suppléant, réputé depuis comme musicien consommé,
un des premiers admirateurs et un apôtre de Wagner,
le fils du procureur de la République de 1848, si peu
républicain et dont on disait par un bien mauvais
calembour : « Le Procureur de la République Lascoux » (la secoue). Ce fut lui qui m'aborda, me prit

par le bras et m'offrit de faire route ensemble. Arrivé
à la galerie Mercière il me quitta en me serrant la main
et s'excusant : « On nous recommande de ne pas
« nous montrer ici avec les avocats ». De fait, on ne
voyait pas, comme aujourd'hui, les magistrats se promener avec les membres du barreau et les officiers
ministériels. Cette attitude distante se manifestait
même dans les cabinets des Présidents qui ne nous
invitaient pas à nous asseoir, et encore moins à accepter une cigarette. Ils se levaient, nous laissaient debout et nous saluaient. Tout au plus faisaient-ils
quelques pas pour nous reconduire quand nous sor-
tions. Le barreau eut-il à souffrir de cette réserve
voulue ou commandée ? La familiarité du juge lui
permet de malmener l'avocat à l'audience et le force à
subir ces vertes répliques dont nous sommes témoins. Le
magistrat tolère souvent sans sourciller les railleries
du défenseur pour le plus grand plaisir de la galerie,
surtout quand il sait que celui-ci a ses petites et ses
grandes entrées chez le ministre. Le magistrat plaisanté
rit aussi par contenance et pour ne pas avoir l'air de
s'apercevoir que c'est de lui qu'on se moque. Les
magistrats de 1864 à 1870 étaient plus sévères et plus
circonspects. Ils avaient raison. Ils se faisaient respecter en respectant les autres.

Les avoués « ces utiles auxiliaires de la justice »
comme les qualifiaient les discours de rentrée du
Parquet, ont moins changé au fond. Mais ils ont re-
noncé à la tenue gourmée que leur donnait leurs vêtements tout noirs avec la cravate toute blanche, trois
fois enroulée autour du cou des Boinod, des Guyot
Sionnest, et le haut chapeau arboré aussi bien l'été
que l'hiver. Ceux qui faisaient partie de la « Chambre »
de discipline étaient plus rigides dans leur col que
leurs successeurs. On ne peut se figurer les minuties
et les pruderies prudhommesques par lesquels ils tra-

cassaient les jeunes confrères nouveaux venus. L'un
d'entre eux, homme de beaucoup d'esprit, sous l'extérieur imposant d'un parlementaire de 1830, avec
lequel il complétait sa ressemblance en s'appelant
Martin du Gard, comme il y avait Martin du Nord
sous Louis-Philippe, me contait son aventure. Possédant une grande fortune, il avait à Paris chevaux
et voitures. Comme il venait de traiter de son étude,
il crut, de temps à autre, pouvoir s'en servir et venir
au Palais dans son tilbury qu'il conduisait lui-même.
Le Président de la Chambre le fit venir et lui demanda
de justifier de ses revenus. Martin du Gard s'étonna
et protesta contre une telle inquisition. Il lui fut alors
expliqué que ses confrères s'étaient émus de lui voir
équipage et qu'il était chargé de faire une enquête.
La justification ayant été jugée satisfaisante, l'entretien se termina par cette admonestation : « Du moins
« ne venez pas en voiture jusqu'à la porte. Vous
« risqueriez de rencontrer un magistrat venant à pied.
« Arrêtez-vous au Pont-au-Change ou au Pont Neuf ».
Voilà un signe du temps qui ne manque pas de saveur.
Nous arrivons aujourd'hui, Place Dauphine, en voitures de maître, même en automobiles et faisons courir aux juges le danger d'être renversés ce qui est
encore plus grave que d'être éclaboussés.

Parmi ces officiers ministériels, quelques-uns avaient
une grande situation judiciaire et mondaine. Plusieurs avaient une valeur incontestée.

A la Cour, le premier était Déroulède, le père de
Paul Déroulède, le beau-frère d'Emile Augier et de
l'avocat Guyard. Grand comme son fils, la voix un
peu enrouée, il était homme d'affaires de premier
ordre et jouissait, près des magistrats et du public,
d'une grande autorité. Ses confrères le jalousaient.
Il avait une clientèle énorme dont l'origine remontait
à 1844, au temps de la grève des avocats. Apparte-

nant alors au barreau, il traita de son étude et plaida
devant le Premier Président Séguier qui lui en sut
gré. Il fit ainsi connaître son habileté, la fertilité de
ses ressources et son intelligence. Les jeunes avocats
n'eurent qu'à se louer de ses procédés. Lorsque, déférents envers un personnage comme lui, ils lui pro-
posaient un rendez-vous dans la salle des Pas Perdus
pour lui parler d'affaires, il répondait que son devoir
lui imposait d'aller chez eux et de conférer dans leur
cabinet.

En première instance, Glandaz et son successeur
Lacomme, si grand et si imposant, tenaient la tête
et celui-ci fut loin de laisser déchoir l'étude de Glandaz,
jadis rattaché à la magistrature par son frère, jouissait d'un crédit personnel sans exemple. Lacomme,
très capable, instruit, sachant à merveille le droit
et la procédure, avec un prestige moindre, possédait
une égale valeur.

Dromery fut un avoué de beaucoup supérieur
par sa science, la culture de son esprit, sa souplesse
en affaires. Ami très ancien et très éprouvé du duc
de Morny, il eut une clientèle influente dans le monde
de la cour. Ses connaissances financières le firent
rechercher par les banquiers, gens de bourse ou lan-
ceurs d'émissions, à une époque où les spéculateurs
honnêtes et louches fournissaient tant d'aliments aux
tribunaux. C'était le temps fortuné des Millaud, des
Mirès, des Pereire avant la débâcle, et où il suffisait
de créer une société anonyme pour recueillir des souscriptions. Rochefort, avec son esprit habituel, n'a-t-il
pas écrit plus sérieusement qu'il ne paraît, que si un
miséreux logeant en une chambre au sixième étage,
venait à fonder une société pour la fabrication du
sucre de bâtons de chaise, il trouverait des capitaux
et des actionnaires crédules.

L'avoué, plus qu'à l'heure actuelle, tenait en mains

ses clients et leur faisait facilement accepter l'avocat de son choix. La mode des associations et des syndicats de toutes sortes, les cercles, les réunions publiques, les ligues, les grandes maisons de banque et les grands magasins, la publicité au profit du cabinet ont changé cela et les clients qui ne s'acheminaient guère directement chez l'avocat qu'ils avaient rarement l'occasion de connaître, consultaient leur mandataire légal demeurant, suivant l'expression consacrée, le véritable *dominus litis*.

Sauf, au cas où l'avocat, comme cela s'est vu, emploie de mauvais moyens pour se procurer des affaires, ce changement dans les habitudes des plaideurs a peu d'inconvénients. Choisi directement et sans intermédiaire, il a su plaire au client qui l'a apprécié, tandis que l'avoué, dans son choix, se laissait guider par la camaraderie ou la parenté. A Paris, il ne connaît guère le talent d'un avocat que par oui dire, puisque il va rarement aux audiences du tribunal. Le mot de Cléry à ce sujet est célèbre. Comme, dans un procès qu'il plaidait, son avoué n'avait pas pris place à ses côtés, il dit : « l'honorable avoué qui ne m'assiste pas » parodiant la formule habituelle : « l'avoué qui m'assiste ». La préface des « Souvenirs du Palais » mérite d'être consultée sur ce sujet.

Tout cela est bien spécial, bien monotone, et m'a trop longtemps retenu loin de la vie extérieure, de la vraie vie de Paris. Je laisse donc là, pour le moment, ces études qui ne peuvent intéresser que les robins, et je suis heureux de passer à des souvenirs moins professionnels.

La fin de 1866 m'en fournit l'occasion.

A la rentrée des vacances, on était en pleine gestation de l'exposition universelle de 1867. Peu d'étrangers encore. Pas d'augmentation de frais de vie : loyers, alimentation, plaisirs, qui devaient bientôt s'élever à des taux jusqu'alors inconnus. Les théâtres seuls, anticipant, préparaient leurs spectacles pour attirer la foule internationale sur laquelle ils comptaient à bon escient. En l'attendant, ils essayaient sur les Parisiens, leur nouveau répertoire.

Par *théâtres*, nous n'entendons ni l'Opéra, ni la Comédie-Française, ni même l'Opéra-Comique qui ne changeaient pas leur affiche aussi fréquemment que les autres et ne recherchaient pas les pièces d'occasion ou de circonstance. L'Opéra vivait déjà alors sur ses anciens succès. Wagner n'était pas venu : sa musique n'était pas goûtée. Les compositeurs nouveaux étaient difficilement reçus. Auber, Meyerbeer, Rossini, Halévy régnaient en maîtres. — La Comédie-Française jouait surtout les classiques : Corneille, Racine, Molière, car la tragédie était bien délaissée depuis la disparition de Rachel. Beaumarchais, grâce à Bressant, si brillant dans Almaviva, comme il l'était dans Amphitryon et dans Don Juan, qu'on ne reprend guère ou qu'on joue sans panache avec d'autres que lui, était, comme il sera toujours, la grande ressource de la Comédie. Marivaux, grâce à Delaunay, qui excellait dans ses rôles d'amoureux, était toujours fêté. Lesage, avec Turcaret et cette délicieuse comédie : Crispin, rival de son maître, qui vaut certaines pièces de Molière lui-même, était représenté et applaudi. Parmi les modernes, Augier et Ponsard étaient les hôtes habituels. Alexandre Dumas fils ne devint un des auteurs favoris de notre grande scène qu'un peu plus tard. On le jouait surtout au Gymnase. Octave Feuillet occupait la scène du vaudeville avec Dalila et le Roman d'un jeune homme pauvre. — Les proverbes d'Alfred de Musset, qui ne furent pas mis à la scène d'abord, eurent un succès prodigieux. Il faut qu'une porte soit ouverte ou fermée, On ne badine pas avec l'amour et les Caprices

de Marianne où la censure modifia le passage dans
lequel il était question du recteur pour remplacer
ce haut fonctionnaire, chef de l'Académie, par un
simple doyen, quoique la scène se passât à Naples.

L'Opéra-Comique nous donnait du Grétry, du Méhul, du Nicolo et surtout de l'Auber, avec les paroles
de Scribe, mais aussi de l'Adam et de l'Hérold, dont
Zampa paraissait trop romantique aux vieux mélo-
manes qui en critiquaient l'ouverture !

Le public était-il à plaindre ? Ce qu'on lui offre
aujourd'hui vaut-il ce qu'on représentait alors ?

On laissait au théâtre lyrique l'Orphée de Gluck,
avec Pauline Viardot, et même Roméo et Juliette
de Gounod, jugé trop dramatique pour une scène riante
et où cependant avaient chanté Montjauze et Madame
Miolhan Caivalho. Le chef-d'œuvre fut joué pour la
première fois devant les hôtes de 1867. Ils en eurent la
primeur. Les Anglais accoururent en foule pour voir
l'Opéra tiré du drame de Shakespeare, comme les Allemands pour entendre celui de Faust. Ils pouvaient
concevoir une haute idée de l'école musicale française.

Mais les étrangers, — et surtout les monarques —
les princes et les grands seigneurs, ceux-mêmes qui
parlaient de notre légèreté comme Bismarck, — s'occupaient moins de notre primauté littéraire et artistique que de leurs plaisirs. Ils auraient volontiers
chanté avec le baron de Gondremark de la Vie Parisienne, ce joyau de Meilhac, Halévy et Offenbach,
représenté en Novembre 1866 sur la scène du Palais
Royal :

> « Je veux aussi voir les théâtres,
> « Non ceux où l'on s'embête, mais
> « Ceux où des actrices folâtres
> « Font voir au public mille attraits ».

... et ces théâtres-là étaient avec le Palais Royal,
les Variétés, les Folies dramatiques, les Délassements

comiques et les Bouffes parisiens, auxquels on peut ajouter sans blasphémer le Gymnase et le Vaudeville. Les actrices « folâtres » y étaient légion. Beaucoup même étaient «folâtres» sans être vraiment actrices, si ce mot est synonyme d'artiste.

La première représentation de la Vie Parisienne ! Ce fut un événement prodigieux ! Dans l'édition illustrée de la pièce, Ludovic Halévy a écrit une préface étincelante où il raconte ce qu'était la salle et ce que fut le succès, qui se prolongea pendant un an et fut universel, car toutes les grandes villes du monde eurent à honneur de jouer cette opérette qui fut mise à la scène jusqu'à San-Francisco. Rien n'était cependant plus exclusivement parisien que la Vie Parisienne.

Le triomphe, sans être tout à fait imprévu, déconcerta beaucoup de critiques. Je me rappelle que, en attendant l'ouverture des portes, je rencontrais, outre Laurier, sceptique et gouailleur, le charmant et gentiment artiste Armand Gouzien, rédacteur au Gaulois de Tarbé-des-Sablons où il écrivait les articles de musique. « Ce sera » me disait-il, « un four noir ». ou un « succès pyramidal ». Il craignait le « four ». De fait on voyait un défi dans le tour de force que révélait l'affiche. On y lisait que la pièce était mêlée de couplets et que la musique était nouvelle et d'Offenbach ! C'était donc un opéra-bouffe ! Et qui allait-on faire chanter ? Brasseur, cela ne surprenait pas ; on le savait chanteur comique. Mais Lassouche, Gil Pérès, Priston... et Hyacinthe, n'était-ce pas de la folie ? Et les femmes ? Bien pour Zulma Bouffar, la divette préférée du maëstro, soit pour Céline Montalant, qui avait si crânement chanté la chanson de la Reine Bacchanale dans le Juif Errant. Honorine était encore peu connue... Mais Paurelle et ces jolies comparses, qui n'avaient jamais montré que leurs yeux, leurs dents et leurs talents chorégraphiques ! On

était curieux et intrigué et les amis du théâtre ne dissimulaient pas leurs inquiétudes. Depuis longtemps,
depuis Désaugiers et Brazier, on ne chantait plus à
proprement parler, dans les vaudevilles. Les couplets
de Scribe, avec leurs paroles ineptes ou insignifiantes :

> « En le voyant sous l'habit militaire
> « Je reconnus que c'était un soldat.

ou bien

> « Un vieux soldat sait souffrir et se taire
> « Sans murmurer ».

ne méritaient pas d'être dits.

Les interprètes étouffaient, pour qu'on ne put les
entendre, ces vieux ponts neufs si mal utilisés. Labiche se fit leur complice dans ses pièces où ils ne leur
faisaient chanter que des chœurs de sortie qu'on ne
perdait rien à ne pas bien saisir, car les acteurs chantaient en s'en allant, à la cantonade. On allait donc
ressusciter l'ancien vaudeville en le rénovant. Ce ne
seraient plus les airs connus et tirés de la Clé du Caveau, mais une musique inédite. Et laquelle ? Celle
d'Offenbach, pétillante, endiablée, qu'on ne pouvait
écouter sans se trémousser et s'agiter comme des
épileptiques.

Or, voici que le rideau se lève. Sur le décor de la
gare de l'Ouest, avec un chœur d'employés et de
douaniers. On avouera que rien n'était plus trouvé
et mieux approprié à l'Exposition universelle qui
allait s'ouvrir. Les étrangers se reconnaissaient et
entendaient répéter les premiers mots qui, à leur
arrivée, avaient frappé leurs oreilles :

> « Nous venons,
> « arrivons
> « de tous les pays du monde.
> « Nous venons,
> « arrivons
> « par la terre ou bien par l'onde ».

et l'interpellation des employés d'octroi, supprimé
plus tard :

« N'avez-vous rien à déclarer ? Les voyageurs
« Nous n'avons rien à déclarer ! »

Ils assistaient à toutes les phases de leur vie à Paris :
— La sortie de la gare ; — la pluie et la difficulté
de trouver des voitures ; — l'hôtel ; — la table d'hôte ;
— les soirées dans un monde de pacotille ; — les
mystifications ; — et le théâtre italien revu dans le
délicieux rondeau si bien détaillé par Montalant,
rayonnante de beauté et de jeunesse.

A côté de l'à-propos, quelle verve, quelle observation, quelle prodigalité d'esprit ? Le duo, ou plutôt
les monologues alternés de Priston et Gil Pérès,
Bobinet et Gardefeu, disant chacun à part, le récit
de leur histoire, tout en se croisant sur la scène,
parce qu'ils sont brouillés et ne se saluent plus,
déchaîna l'enthousiasme. C'était une invention des
plus drôles. — Hyacinthe, en boyard, avec ses four-
rures, le baron de Gondremark, se révéla très fin
comédien. Il ne jouait plus et ne chantait plus en
pitre et on oubliait presque ce nez monstrueux dont
Gil Pérès avait dit : « Un nez comme celui-là, ça
trompe ». Il avait longtemps joué les jocrisses et les
anciens le considéraient comme le successeur de Bru-
net. Il disait à merveille ses couplets, détaillant en
artiste accompli. Il se montrait parfait dans les scènes
de comédie, et dans son habit de gala, en culotte
courte, avec son claque qu'il portait sous le bas en
vrai talon rouge. Il allait jusqu'à la distinction dans
le comique. — Lassouche, lui-même, à la voix de gavroche ou de vieux portier grincheux, chanta sans scandale, Paurelle dit avec charme le refrain des femmes
de chambre :

> « C'est nous qui les habillons
> « Et les désabillons.

Zulma Bouffar, en veuve du colonel

> « Qui mourut à la guerre »

puis revenant en gantière, était délicieuse. — Hono-
rine détailla d'une façon étourdissante la lettre de
Frascata à Metella. Mais le triomphe fut pour Céline
Montalant et pour son rondeau :

> « Je suis encore toute éblouie,
> « Toute ravie ?
> « Le soir, enfin, j'ai vu Paris ! »

Brasseur, en bottier, — en brésilien, — en garçon
de restaurant, — en ministre plénipotentiaire, — (il
excellait dans ces transformations), — transporta
le public et ce fut sur une ovation que le rideau baissa
et il dut plusieurs fois se relever.

En réalité, les auteurs nous avaient donné un
« Monsieur de Pourceaugnac » modernisé, avec une
musique plus gaie, plus divertissante et plus variée.

Bientôt les auteurs et leur compositeur rempor-
tèrent un succès au moins égal aux Variétés, cette
fois, avec « la Grande Duchesse de Gérolstein ». C'était
six mois plus tard. On était en 1867, l'année même de
la grande fête internationale. Les souverains, venant
à Paris, faisaient retenir leurs loges par dépêche.
La pièce était merveilleusement montée. Les théâtres avaient des troupes complètes et homogènes.
Les artistes faisaient moins de tournées et étaient
moins friands de courir le cachet. Le rôle de la
Grande Duchesse était tenu victorieusement par
Hortense Schneider, celle que les boulevardiers
avaient surnommée peu galamment « le Passage des
Princes » ! Petite, très fine, très élégante, à la physionomie intelligente et spirituelle, elle avait, sans être
jolie, le charme le plus captivant. Nulle n'avait plus
de montant et de brio. Elle savait dire et chanter les
choses les plus lestes sans canaillerie et faire comprendre les sous-entendus en les soulignant seulement
avec délicatesse et bon goût. Sa notoriété était accrue
par ses hautes relations, toutes personnelles. Elles

étaient si grandes qu'on put, sans trop d'invraisem-
blance inventer l'histoire suivante à laquelle quelques
naïfs accordèrent créance : — Le Pacha d'Egypte aurait envoyé un télégramme adressé tout simplement à
« Schneider, Paris ». Il donnait à l'actrice rendez-vous à
minuit, à son domicile. La suscription étant incomplète, on l'adresse à M. Schneider, alors président du
Corps Législatif, qui se creusa la tête pour deviner comment le vice-roi le voulait, sans gêne, déranger au milieu de la nuit !

« La Grande Duchesse » — Schneider était ainsi
désignée désormais — qui fut une belle Hélène sans
pareille, était inféodée aux pièces de Meilhac et d'Halévy. On ne se les imagine pas sans elle..., sans elle et
sans son digne partenaire Dupuis, qui fut un de nos
plus grands artistes sur cette petite scène. Il était
le type rêvé du parodiste musical, avec ses notes de
tête, dont il savait tirer les sons les plus comiques.
Il jouait avec confiance et sa diction était d'une rare
perfection. Il trouvait dans la répétition d'un mot,
un surprenant et très original effet dans la drôlerie.
Qui ne l'entend encore raconter la galanterie d'un
grand seigneur du XVIIIe siècle envoyant dans la
fosse aux ours, une dame qui y avait laissé tomber
son mouchoir et croyait qu'il allait descendre pour le
lui rapporter :

« Les voilà bien, — oui, les voilà bien ces grands seigneurs de la Régence ! »

Il tenait sans doute de « Jocrisse », mais d'un ordre
supérieur. C'était un niais au naturel. Qu'on se rappelle
avec quelle candide stupidité il joua la célèbre scène
de la déclaration de la Grande Duchesse à Fritz et
la manière dont il répondait pour demander à qui il
fallait la transmettre : « Dites-lui qu'on l'a distingué, remarqué ».

Son physique répondait à son emploi. Il était bien

bien bâti, d'une élégance déjà comique. Il n'était pas laid ; il n'était pas sans ressemblance avec Barras. Ses traits et ses attitudes annonçaient un homme candide et bête, ses intonations étaient bouffonnes.

J'ai vu la première représentation de la Grande Duchesse, dans l'avant-scène de Chabrier, avoué à la cour, un des propriétaires de la salle, Varnet et Lestibondois, mort si malheureusement d'un accident de chasse aux environs de Melun, il y a quelques années. On ne peut se figurer une assistance plus brillante. Ludovic Halévy en a été si frappé qu'il a donné les noms des assistants connus dans la préface déjà citée de la Vie Parisienne.

On sait qu'il était de mode sous l'Empire, de dénigrer la musique d'Offenbach. Si on pardonnait à Meilhac et Halévy de s'être associés à lui à cause des allusions satiriques qu'on croyait saisir dans leurs pièces, aux choses et aux hommes de l'époque, on ne reconnaissait pas encore la valeur de leur œuvre de lettrés raffinés et leur originalité savoureuse. Qu'on relise la belle Hélène sans la musique et sans le diable au corps des acteurs et on sera surpris d'être encore ravi ; on y trouve un parfum de réminiscences caricaturales de l'antiquité grecque. A chaque ligne éclatent des mots si imprévus et si trouvés ! Quand on compare ce comique-là à celui d'aujourd'hui, avec sa recherche des complications des situations risquées ou obscènes, sa « rosserie » ou son rire amer, on se demande comment, en 1867, il se trouvait des gens pour crier au scandale et considérer le théâtre de Meilhac et d'Halévy comme étant d'un genre inférieur.

C'était, il est vrai, avant tout à la musique d'Offenbach que s'en prenaient les adversaires de l'Empire, car, introduisant la politique là où elle n'avait que faire, ils voyaient dans toutes les manifestations de l'art, quand elles n'étaient pas teintées d'opposition, des signes de décadence et de démoralisation ! Musique de foire, disaient-ils, ne voulant se rappeler que le quadrille d'Orphée aux enfers ! — Il avait débuté comme chef d'orchestre à la Comédie-Française, — quand elle avait un orchestre et ne croyait pas déroger en faisant précéder ses solennels trois coups par quelques notes mélodieuses. Il avait écrit la musique délicieuse du : « Si vous croyez que je vais dire » du Chandelier transporté dans sa « Chanson de Fortunio ». Ses « Contes d'Hoffmann », un opéra-comique qu'on reprend enfin et qu'on applaudit, est une œuvre de maître. Il y a des perles dans sa musique des Brigands, de la Périchole, de Barbe Bleue, de Lischen et Fritschen. Qui n'a souvenance de ce visage tout en profil, de ces yeux pétillants de malice sous le lorgnon au large ruban de moire, qui semblait être figé et qu'il ne quittait pas, de ces larges favoris tombant jusqu'aux épaules. On comprend après tout qu'on l'ait méconnu dans les partis violents qui, cependant, accusaient de bêtise le gouvernement. Il a symbolisé tout ce temps. Il avait de l'esprit, de la gaîté, avec une pointe de scepticisme et d'ironie, parodiant sans méchanceté, et sa musique douce ou entraînante faisait danser et n'avait rien de révolutionnaire ni de brutal.

Etait-ce de la petite musique ? On est un peu revenu de la classification des arts. On distinguait alors, en musique comme en peinture où les tableaux de genre, de fleurs ou de fruits et même le paysage, étaient considérés inférieurs aux toiles symboliques, historiques ou religieuses. Tant vaut l'œuvre tant doit être estimé l'artiste. La conception actuelle est la vraie. L'art même appliqué à l'industrie n'est pas moins digne d'admiration quand il est admirable que l'art pur et sans destination utile. A plus forte raison, les diverses variétés des talents doivent-elles être appré-

ciées sans exclusion, sans parti pris et sans tenir
compte du genre auquel elles appartiennent. Une
pièce de Meilhac et d'Halévy, vaudeville ou opéra-
bouffe, vaut mieux pour les vrais lettrés qu'une
tragédie d'Andrieux ou même de Renouard. Un plat
de Bernard Palissy est-il d'art inférieur à un tableau
de nature morte parce qu'il est un plat ?

L'opérette ne fut après tout qu'un succédané de
l'opéra-comique, et, même au temps où il avait sa
plus grande vogue n'y eut-il pas déjà des opéras-
bouffes ? Qu'est-ce que les Rendez-vous bourgeois,
le Tableau parlant, le Déserteur, le Sourd ou l'Auberge
pleine, le Caïd, le Voyage en Chine, si ce n'est de précurseurs du genre nouveau ? Que l'opérette ait dégé-
néré entre les mains de certains successeurs d'Offenbach, cela peut être. Qu'elle ait trop versé dans la
mauvaise parodie, dans la grosse charge et que certaines
partitions n'aient eu aucune valeur musicale, en quoi
cela incrimine-t-il le genre lui-même. On pourrait
condamner aussi la comédie, le vaudeville et la tragédie lorsque, à certaines époques, ? ils ont été abîmés,
on dirait maintenant « sabotés » par des faiseurs sans
talent. Encore les Lecoq, les Edmond Audran, les
Léo Delibes n'ont pas déshonoré notre scène et on
trouverait même dans l'œuvre d'Hervé des motifs
qui ne dépareraient pas une partition sérieuse.

Le « Lion amoureux » de Ponsard, qui mettait en
scène des épisodes du Directoire eut, quoique médiocre,
un grand nombre de représentations. Le talent de
l'auteur et son style surtout ont été vivement atta-
qués. Déjà, en 1853, lors de la représentation de
« l'Honneur et l'Argent », il parut une brochure où
on relevait minutieusement les fautes de français qui
y pullulaient. Il y avait cependant, dans ses pièces en
vers, des pensées heureuses comme celle-ci, hélas ! si
vraie :

« ....La misère profonde
Est celle qu'on promène en gants blancs par le monde ».

Le théâtre de l'Opéra-Comique avait un rival redoutable dont j'ai déjà parlé : le Théâtre Lyrique, qui
nous a peut-être donné plus de chefs-d'œuvre. Comme
son nom l'indique, il n'avait pas été sur les brisées
du théâtre Favart. Son genre était intermédiaire
entre lui et l'Opéra qui lui a emprunté plus tard une
partie de son répertoire. L'ancien opéra-comique, avec
ses paroles entrecoupées de chant, sembla peu à peu
rococo et on s'achemina vers le récitatif qui est devenu
de mode d'aujourd'hui. Le « Mignon », d'Ambroise
Thomas, releva le théâtre de la Place Boïeldieu. Après
la Flûte enchantée de Mozart, on ne peut rêver une
plus douce et plus gracieuse musique. Les airs chan-
tent encore dans les oreilles des contemporains.

Les fêtes étaient des plus brillantes à la fin de 1866,
mais combien elles nous paraîtraient ternes et mesquines en 1911 ! Combien les salons considérés alors
comme somptueux, nous sembleraient dénués de goût
par ce temps où chacun connaît ou se pique de dis-
cerner les styles et surtout sans confortable, maintenant que les ameublements anglais et américains ont
répandu les besoins d'aise et de commodité. Mais
c'est surtout l'éclairage, que nous trouverions bien
primitif et peu brillant, car on ne connaissait pas la
lumière électrique et les lustres portaient des bougies qui, en fondant, laissaient tomber leur cire sur
les habits. Les meubles étaient disparates et peu gracieux et les banquettes destinées aux jeunes filles
sans aucun goût. Les soupers par petites tables n'étaient
pas admis. On n'aurait pas permis aux danseuses,
d'aller seules avec leurs cavaliers y prendre part loin
des yeux de leurs mères. Peu de buffets. Des plateaux
circulaient, avec leurs petits fours et les verres de

sirop qu'un maître d'hôtel maladroit pouvait renverser sur les manches des invités ou sur les robes.

On dansait la polka, non pas comme à l'origine,
mais par couples enlacés ainsi qu'une valse. On ma-
zurkait et on schottischait. Nous dansions même la
Sicilienne. Le quadrille ordinaire dominait, grave et
sans battements. Celui des lanciers, tout nouveau
faisait fureur.

Un des bals particuliers les plus recherchés et les
plus-réussis était celui que, le 31 décembre, offrait
le bon Kugelmann, imprimeur du *Gaulois*, le pro-
totype du brave homme, dans les salons de Cellarius.
Allemand de naissance, il s'était vite fait naturaliser
français, mais n'avait perdu ni son originalité, ni son
caractère fantasque, ni l'accent de son pays. C'était une
république que son imprimerie de la rue de la Grange-
Batelière. Ses ouvriers le considéraient non comme
patron, mais en camarade. Ils l'aimaient et n'avaient
aucune peur de lui. Ils le traitaient même avec sans
gêne. Kugelmann bougonnait-il, comme il lui arrivait, les protes allaient prendre son fauteuil qu'ils
renversaient et le traînaient ainsi à travers les ateliers pendant qu'il criait : « Allons ! pas-t-pétisses,
pas-t-pétisses ! ». On le remettait debout et lui
rendait la liberté et tout était fini par de robustes
poignées de mains.

Pour bien finir l'année, Kugelmann réunissait donc
en une fête qu'il voulait grandiose et somptueuse,
mais qui était surtout des plus gaies et des plus pittoresques, les rédacteurs du *Gaulois* de Tarbé-des-
Sablons ainsi que ses amis personnels, de bons et
calmes bourgeois. Les invitations n'étaient pas libel-
lées en un français très pur ; elles n'étaient empreintes
ni d'esprit ni de gaîté gauloise, mais d'une épaisse
lousticité germanique. Je me rappelle encore le programme que je dois avoir conservé :

« Toast à Ernest communiqué. » (Le communiqué était au premier degré des mesures disciplinaires infligées au journal).

Le bouquet offert à « Anastasie », qui était le nom donné à la censure, faisait partie de la même plaisanterie.

On y annonçait le souper où une « monstrueuse « salade de pommes de terre savamment mariée « avec le bœuf, les œufs et les concombres serait « servie dans une soupière colossale ».

Ce qu'il y avait de plus attrayant, ce n'était ni ces grosses farces, ni le souper moins pantagruélique qu'on l'annonçait, mais la composition bigarrée des gens invités. Par Tarbé, le monde des lettres y compris les femmes, Olympe Audouard et Marc de Montifaud. Les journalistes, les artistes et les théâtres étaient largement conviés. Il y avait donc beaucoup d'actrices, grandes et petites, jolies ou jeunes. Jusqu'à minuit, tout ce monde, très diapré, dansait sans fougue, mais :

« A minuit sonnant, la fête commence ! »

C'est l'heure où arrivaient les actrices sortant de la représentation. Les jambes commençaient à s'agiter. Puis la sarabande devenait infernale, les quadrilles étaient osés, les pas risqués... Et les familles attendaient le souper sans se montrer trop scandalisées, quoiqu'elles eussent plus de pruderie qu'aujourd'hui, car les cabarets de Montmartre ne leur ouvraient pas encore leurs portes.

Un des plus magnifiques spectacles auxquels j'aie assisté sous le second Empire, était celui de l'ouverture des Chambres par l'Empereur, dans la salle des Etats, au nouveau Louvre.

Les voitures et les automobiles aux couleurs sombres, actuellement à la mode, ne peuvent donner une idée du luxe éblouissant des équipages et des livrées sous Napoléon III. On se figurera ces calèches à quatre lanternes, qu'on ne rencontre plus guère qu'aux mariages, sortant de chez un loueur qui les a achetées au rabais, avec ces plates-formes d'arrière sur lesquelles se tenaient trois ou quatre laquais poudrés à frimas, aux livrées multicolores, aux culottes courtes, aux bas blancs et aux souliers à boucles. C'étaient les voitures du Corps diplomatique qui attendaient dans la cour du Carrousel la fin de la cérémonie.

L'Empereur aimait cet apparat des grandes solennités. Il avait ce goût commun avec Napoléon Ier. En dehors de là, il était d'une grande simplicité. Souvent, on le rencontrait tout seul ou accompagné d'un chambellan, à pied, faisant sa promenade favorite le long de la terrasse du bord de l'eau, dans le jardin des Tuileries. Il lui fallait traverser de l'un à l'autre côté, après le jardin réservé, du côté du public qui restait en dehors des grilles qu'on fermait. Il était acclamé. On prétendait que les enthousiastes étaient des agents de police postés là à cette double fin de pousser des vivats et de le protéger. Dans sa redingote boutonnée, avec sa rosette rouge, sa moustache effilée et cirée en queue de rat, il avait l'air d'un simple officier. — En promenade au Bois avec l'Impératrice, dans sa grande calèche, sans escorte, faisant son tour du lac, on eut dit de bons et riches bourgeois.

Ses goûts littéraires sont problématiques. Il y a lieu de supposer qu'ils lui manquaient. Tandis que Napoléon Ier avait un culte pour la tragédie, si fort en conformité avec son règne, Napoléon III et l'Impératrice Eugénie préféraient les petits théâtres, les pièces où l'on s'amuse et où l'on rit. Ils fréquentaient même les Variétés, le Palais Royal et le Châtelet où on jouait les féeries. Parmi les bijoux de la Couronne, on put voir une clinquante ceinture d'or garnie de pierres précieuses, que l'Impératrice avait eu la fantaisie de faire copier d'après celle que l'actrice Delval portait dans son costume de fée et qu'elle avait admirée. — A Compiègne, au théâtre de la Cour, on jouait même des revues et les comédiens de l'Empereur n'étaient pas toujours appelés. Si Napoléon Ier offrit à Erfurth, au parterre de rois si célèbre, des pièces tragiques, son neveu conviait les souverains, qui lui rendaient visite, à entendre des vaudevilles et même des opérettes d'Offenbach. Les augustes spectateurs de jadis, auraient sans doute, s'ils eussent été consultés sur le programme, préféré celui-ci.

La prédilection du couple impérial pour les petits théâtres où, dans la salle, s'asseyaient tant de grandes courtisanes et les dames de la cour, amenait une certaine promiscuité entre elles. On se connaissait de vue, et, comme l'Impératrice copiait les parures de Delval, ses dames, chez les mêmes couturiers, se commandaient des robes pareilles à celles des actrices et des femmes en renom :

> « Tout d'abord, deux femmes divines
>   « mes deux voisines,
> « par leur éclat frappent mes yeux.
> « Toutes deux, elles étaient belles,
> « mais à faire perdre l'esprit.
> « Je demande : qui donc sont-elles ?
> « Et voilà ce que l'on me dit :
> « L'une est une femme à la mode
>   « assez commode ;
> « L'orchestre est plein de ses amants !
> « L'autre, oh ! l'autre est une comtesse,
>   « et sa noblesse
> « date de cinq ou six cents ans.
> « Examinez bien leur toilette
> « et quand vous aurez vu, parlez !
> « Dites quelle est la cocodette
> « et quelle est la cocotte ? Allez !
> « Je regardais : mêmes frisures,
>   « mêmes allures,
> « mêmes regards impertinents;

> même hardiesse à tout dire,
> « même sourire
> « allant aux mêmes jeunes gens.
> « Pour choisir, ne sachant que faire,
> « je dis : La grande dame est là ! »
> « C'était justement le contraire,
> » mais comment deviner cela !

On apercevait souvent, à côté de l'avant-scène où étaient assis l'Empereur et l'Impératrice, dont le buste rayonnant se montrait au bord de la loge, Anna Delion, la Barucci, Cora Pearl et tant d'autres *ejusdem farinæ*. Les courses confondaient au Pesage les grandes et les petites dames, et, au retour, la victoria impériale attelée en daumont et celle de Madame de Metternich, se croisaient avec celle de la Païva et l'on échangeait des regards qui n'avaient rien d'hostile. Là fut peut-être le seul prétexte pour reprocher la démoralisation qu'il est de mode d'opposer au régime d'alors. A-t-elle disparu avec lui ? La tolérance de notre époque pour les unions libres, les fréquentations communes des femmes mariées et des demi-mondaines aux cabarets de Montmartre permettent-elle de se montrer aussi sévère pour des mœurs qui, dans leur facilité, avaient du moins le mérite de n'être pas sans élégance et sans distinction ? M. Roujon, un de nos meilleurs et plus sensés écrivains, a fait depuis longtemps bonne justice, en un article très impartial et très courageux, de la « dépravation du Second Empire », qu'il est curieux de voir flétrir par nos contemporains dont la pudibonderie est si peu de mise !

Les bals officiels étaient pleins d'entrain et d'humour. Rien de comparable à ceux de l'Elysée, plutôt mornes et tristes, sauf à l'heure où une cohue d'affamés, faisant queue, comme au théâtre, attende avec impatience l'ouverture de la salle des soupers, ni surtout à ceux de l'Hôtel de ville, où, au lieu des habits brodés d'or, se promènent les vareuses des électeurs

et les robes montantes et étriquées de leurs femmes.
Le fameux bal costumé du Ministère des affaires étrangères où les cinq parties du monde étaient figurées
par cinq des plus jolies femmes de Paris, n'est pas
oublié encore. Qu'on lise : « Les élégances du Second
Empire », et on trouvera de nombreux détails sur
ces nuits fantastiques et ces féeries mondaines ».

VIII

1867 *(suite et fin)*.

« Points noirs à l'horizon ». — Le bal de l'Hôtel de Ville. — L'exposition de 1867 comparée à celle de 1855. — Les restaurants étrangers. — Les concerts du soir. — Les délégations ouvrières. — Le renchérissement des vivres et la hausse des loyers. — Victor Hugo : les Misérables. — Taine : Thomas Graindorge. — Kaempfen et Texier . Paris, capitale du monde. Saint-Pair — Jersey. — Saint-Hélier. — Bree's Boarding House à Rouge Bouillon. — Marine Terrace. — Les exilés politiques. — Exode à Guernesey. — Hauteville House. — Rencontre d'un confrère anglais. — Les pique-niques — La Cohue. — Le connétable et les sénéchaux. — Le droit du seigneur pour un shelling. — Les annonces des journaux jersiais. — Steam-Boot de plaisir pour Guernesey. — Saint-Pierre-Port. — Paul Stapfer. — L'Ile de Sark et le révérend Collins. — Eugène Dévé à Saint-Gervais d'Asnières. — Le Bourgeois et le Château de Longpré. — Infortune conjugale. — Falaise et le faubourg de Guibray. — Sigismond Rothschild. — Mahiet de la Chesneraye et son Château de Beauchesne. — Attentat contre le tzar. — La mort de l'empereur Maximilien au Mexique. — Mon frère nommé premier au concours d'agrégation. — Housset — Bédarrides. — L'inspecteur Giraud. — Constans et Laîné-Deshayes. — Paul Cauwès. — La faculté de droit de Nancy et le doyen Philippe Jalabert. — Le conseiller Alexandre May. — Demi-retraite de M. Hébert. — Pelouze, De Laire et Girard. — Le Prince Demidoff et Céline Montalant. — L'agent d'affaires Léonard et sa maîtresse en lycéen. — Jules Favre à l'Académie française et le banquet du Barreau. — André Pommier : Paris. — Paris guide. — Rochefort : la Grande Bohême et les Français de la décadence. — Reprise d'Hernani. — Dumas fils : Les idées de Madame Aubray. — Labiche : la Grammaire. — Hervé : l'Œil crevé. — La Langouste atmosphérique et le Serpent à plumes. — Le procès de l'Association internationale des travailleurs. — Le procès de la souscription Baudin et Gambetta.

L'année 1867 ne fut pas l'apogée du Gouvernement impérial, comme elle semblait l'être à cause de son exposition universelle et du défilé des souverains de toutes les grandes nations à Paris. Ce fut plutôt la première phase de son déclin.

Il y avait déjà, suivant l'expression favorite de l'Empereur, des « points noirs à l'horizon ». La mort du duc de Morny en 1865, les prodromes de la maladie, l'évidente indécision de l'Empereur et l'influence politique de l'Impératrice avaient produit dans la direction du gouvernement, des erreurs graves que nous devions payer. La pire fut la généreuse utopie au point de vue de l'intérêt de la France, qui attachait Napoléon à son principe des nationalités, et lui fit prendre l'intiative de l'unité de l'Italie et le fit assister, neutre, passif, à l'établissement de l'hégémonie prussienne et à l'exclusion de l'Autriche-Hongrie de la Confédération germanique. Il se laissa berner par Bismark, crut à des compensations qu'on lui laissait entrevoir et qui ne vinrent pas. La clairvoyance d'homme d'état lui manqua. On crut ou on vit que l'habileté et l'intelligence supérieure de son frère Morny avait caché l'impéritie de ce rêveur qui eut cependant une volonté très personnelle. Une lettre de lui au Ministre du Commerce, Lefebvre Duruflé, à la veille du 2 décembre, récemment publiée par M. de Freycinet, établit que, contrairement à l'opinion commune, ce fut bien lui qui eut la pensée du Coup d'Etat et qui l'organisa.

Les bals de l'Hôtel de Ville ne furent jamais plus brillants par les uniformes français et étrangers, la présence des grands personnages qui y assistaient.

Quant à l'exposition elle-même, elle dépassait de beaucoup en éclat celle de 1855, qui semblait plutôt un grand bazar sans ordre méthodique apparent, et ne dépassait guère les limites du Palais de l'Industrie construit sous les ordres de l'Empereur. Or, il ne comprenait en fait d'architecture pour les grands édifices comme celui-là, qu'un seul modèle, son idéal : les gares. Lors de la construction des Halles centrales, il s'était écrié : « Qu'on prenne pour type nos gares de chemins de fer ! » Et là, il avait réussi. Si le Palais de l'Industrie fut un édifice commode, pratique, propre à toutes les destinations, bien placé en bordure des Champs-Elysées et les longeant sans les couper, il était sans caractère, sans art et il n'avait de beau que son fronton. Les distractions intérieures manquaient. Il fallait les chercher dans Paris car le soir, les portes se fermaient, la solitude se faisait dans le grand Hall. Les annexes étaient peu visitées.

Toute autre fut l'exposition de 1867 au Champ de Mars. On la voulut gaie, amusante, au milieu d'un parc où étaient réunis les pavillons, les buvettes et les attractions de toutes sortes. Le palais principal, avec sa forme ovale, contenait, suivant une classification commode et bien entendue, les produits des différents pays. Le succès principal, pour ceux des visiteurs qui n'étaient pas venus dans un but sérieux, fut surtout la galerie extérieure où se trouvaient en suite continue les cafés et les restaurants de toutes les contrées. On n'avait pas encore inventé le truquage de notre exposition ultérieure de 1889. On n'avait pas imaginé les faux restaurants russes, turcs et grecs, où des garçons de nos boulevards étaient costumés en serveurs de ces pays. On était vraiment à l'étranger avec toute la couleur locale, la cuisine indigène et des nationaux qui ne savaient pas toujours notre langue. Dans les jardins, toutes les distractions possibles. On y débitait des rafraîchissements exotiques et on y goûtait jusqu'à des boissons chinoises qu'une jeune mandchourienne offrait avec un sourire gracieux et provoquant.

Des musiques jouaient de tous côtés. On montait sur des chameaux ou des dromadaires mis par leurs cornacs à la disposition du public. Mais c'est surtout le soir que les concerts donnés dans une salle spacieuse, bien aménagée, attiraient la foule élégante avide d'entendre les orchestres des divers pays. La musique de Strauss faisait salle comble.

Foire, disaient les mécontents. Et cependant la cohue n'était pas aussi formidable qu'en 1889 et en 1900. La foule était moins bigarrée. On ne voyageait pas aussi facilement, à aussi bas prix et les trains de plaisir ne déversaient pas encore les flots pittoresques, mais encombrants et sans gêne des nouvelles couches apportant leurs victuailles et déshonorant les expositions par les papiers sales et les détritus laissés à terre.

La seule ombre au tableau était l'essor du mouvement socialiste favorisé par les délégations ouvrières, composée de faux travailleurs, doués d'une faconde qui fait croire à la compétence qui leur manque, intelligents sans doute, mais trouvant plus commode, moins fatigant et surtout beaucoup plus lucratif, de mener et de diriger leurs camarades, que de travailler manuellement avec eux. Faux intellectuels, car l'instruction leur fait défaut, les idées fausses les obsèdent et ils ne sont pas des ouvriers ! J'en ai bien connu un, Tartaret, brave garçon, comprenant facilement, causant bien, comme disaient ses amis. Il faisait avec nous des conférences populaires à la mairie de la Place du Prince Eugène, aujourd'hui place Voltaire, dans un sous-sol, concurremment avec des médecins comme Hénoque, des savants comme Louis Léger et de Boisjolins, des professeurs comme Gidel, des industriels comme Armand et Julien Hayem, qui les avaient organisées sous le patronage d'Adolphe Frank de l'Institut. Cette forme d'enseignement, qui n'eût pas été encouragée dans les premières années de l'Empire, était encore dans toute sa nouveauté. L'affluence était grande, donnait des preuves de compréhension, protestait parfois contre les théories bourgeoises, applaudissait les déclamations de Tartaret, menuisier ébéniste, mais goûtait en revanche, les beautés des classiques qu'on lui apprenait à connaître !

Le Palais de justice ne chômait pas malgré les fêtes. Les grands procès civils étaient nombreux. C'étaient alors les affaires financières et commerciales, qui, en ce temps de prospérité et aussi de spéculations éhontées, en fournissaient la matière. Un des côtés attrayants des professions judiciaires est la continuelle variété des litiges, suivant les époques, les événements politiques et les changements survenus dans les mœurs. — Procès relatifs à la vente des biens nationaux, lors de la révolution, à la responsabilité de l'Etat et des communes en cas d'émeute, aux exécutions de marchés, aux sociétés qui se forment quand l'industrie et le commerce marchent, aux faillites quand ils périclitent, en séparation de corps et plus tard en divorce quand le mariage est sapé par le scepticisme, l'insensibilité, l'égoïsme des hommes et les sophismes qu'engendre le féminisme ; procès de presse, quand le gouvernement est despotique ou autoritaire et en diffamation sous le régime de la liberté et de la licence des journaux.

Les expositions universelles ont toujours produit le renchérissement des vivres et la hausse des loyers. La population sédentaire s'accroît peu cependant, mais l'affluence des étrangers, quoique momentanée, détermine les exigences des marchands et des propriétaires qui n'abaissent plus le chiffre de leurs prétentions après le départ des visiteurs. De là des plaintes qu'on a vu se reproduire plus intenses encore en 1889 et 1900.

Jamais on ne publia plus de livres. Les éditeurs espéraient que la population plus nombreuse leur fournirait plus d'acheteurs. Il y eut des mécomptes.

Outre les Misérables, dont Victor Hugo venait de faire paraître le dernier volume, un livre fit sensation : « *Thomas Graindorge* » où Taine, descendant des hauteurs de la philosophie, de l'histoire, des voyages et de la critique, accumulait les tableaux les plus gais et les plus drôles de la vie parisienne, ne reculant pas devant les peintures les plus réalistes des lieux où on s'amusait sans décence et des mœurs d'une société qui n'était pas celle des salons. Il collaborait d'ailleurs au journal de Marcelin où il entraîna un de ses amis, M. Boutmy, auteur de nouvelles pornographiques ne faisant pas présager qu'il fonderait un jour l'Ecole libre des sciences politiques.

Tout le monde alors entrait dans la sarabande joyeuse.

Un autre livre consacré à Paris fut « Paris, capitale du monde », de Kaempfen et d'Edmond Texier ; le chapitre « De plus grand en plus grand » était une satire comique et vraie de la tendance d'alors. On voulait faire grand comme on veut aujourd'hui aller vite. Les magasins se disaient tous les plus grands ou les plus vastes du monde. Le petit, l'étroit, le mesquin, le restreint et le modeste n'étaient pas à la mode.C'était moins dangereux que le « de plus vite en plus vite » de 1911. L'amour du grand entraîne parfois la ruine de l'ambitieux, mais la vitesse est dangereuse pour le public tout entier.

J'avoue que la perspective des vacances au 15 août, fut pour moi une délivrance. J'étais heureux de quitter Paris bruyant, poussiéreux, encombré. J'allais avec mon ami d'enfance, Albert Rischmann, à Saint-Pair, cette petite plage alors naissante, près de Granville, là où

se passa plus tard le drame épouvantable où Thiroux
et le fils Delacourtie furent noyés. Albert, fils d'un
chef de bureau au Ministère des Finances, n'était
alors qu'un modeste rédacteur avant de devenir agent
judiciaire du Trésor dont les fonctions avaient été
autrefois remplies par le futur Ministre Magne. Il
fut ensuite directeur de la dette inscrite et a pris
sa retraite comme receveur central des finances de
la Seine. Un de ces fonctionnaires, comme il en est
tant, écrivain dans leurs moments perdus... à moins
qu'ils ne soient employés accidentellement et quand
ils n'écrivent pas, — nous retrouva là-bas. Il était
homme d'esprit et assez connu dans les journaux. Il
s'appelait Dupuis et avait adopté le pseudonyme de
Dermont. Saint-Pair n'était ni joli, ni distrayant ;
c'était un trou fort peu habitable. Pour comble, une
tempête formidable éclatait le jour même de notre
arrivée. La mer montait dans les rues, assiégeait les
portes des maisons. Une vitre de la fenêtre fut brisée
dans ma chambre, et, comme le vitrier ne passait
qu'une fois par semaine, il fallut, huit jours durant,
me contenter en guise de carreau, d'un journal collé
pour le remplacer, et qui, sous la violence du vent,
éclata comme les sacs qu'on crève pour amuser les
enfants. J'avoue que je n'y pris pas le même plaisir.

A Saint-Pair venaient pourtant villégiaturer Jules
Favre et Cresson. Durant l'année et au Palais, une
semblable société eut été pour moi d'un charme que
j'eusse recherché... Mais en vacances ! Loin de Paris
et des dossiers ! Quand on court après la solitude, le
changement, la trêve aux conversations judiciaires ou
politiques, la fréquentation d'un monde nouveau, la
rupture avec ses habitudes, tomber sur une nichée
de confrères ? Plus que le trou béant laissé par le verre
brisé de ma fenêtre, cette perspective me fit prendre
la résolution de fuir au plus vite !

Je m'embarquai pour Jersey. Georges Coulon, qui y était allé l'année précédente, m'avait recommandé un hôtel anglais : Bree's Boarding House, Stopford Street, dans un quartier portant un de ces noms bizarres si fréquents dans cette île. Il s'appelait Rouge Bouillon et était le plus aristocratique de Saint-Hélier. Il n'y avait ni commerce, ni boutiques, mais c'était une suite de ces jolis petits cottages qui ont été copiés dans le quartier de Passy. J'avais évité l'hôtel de la Pomme d'Or, tenu par un nommé Boisnet, le seul hôtel français. Il portait la marque de nos vieilles auberges de Granville et de Saint-Malo. La propreté y était douteuse, les chambres étaient mal tenues, garnies de vieux meubles, la cuisine y était médiocre et on était dévoré par les mouches. La société y était mélangée et il fallait être très réservé et très circonspect avec les compatriotes. De Port-Bail et de Carteret, petits ports de Bretagne et de Normandie, les banqueroutiers et les malfaiteurs prenaient volontiers les vapeurs, coquilles de noix qui les conduisaient à Gorey. Les exilés politiques avaient, à la suite d'un esclandre causé par un article de leur journal, quitté Jersey pour Guernesey avec Victor Hugo. La cause de ce départ est symptomatique de l'horreur des Anglais pour le « Shoking. » — La reine Victoria avait conféré l'ordre du Bain à un personnage ; les journaux anglais l'annonçaient. Le journal français commit cet acte de mauvais goût et fit cette détestable plaisanterie de répéter l'information en écrivant que la Reine venait de mettre M*** au bain ! C'était un de ces coups de lancette dont notre ancien « Figaro » était très coutumier. Le vacarme fut énorme. Des meetings d'indignation s'organisèrent et nos compatriotes durent chercher, dans l'île voisine, une hospitalité moins susceptible. Victor Hugo quittant sa maison de Marine Terrace au Havre des Pas, alla établir ses pénates à

Hauteville House, à Saint-Pierre-Port, chef-lieu de l'île de Guernesey.

Les Français n'étaient pas bien vus à Jersey, même avant cet incident qui mit le feu aux poudres. On y avait d'abord conservé le souvenir de la descente opérée par eux sous Louis XVI et on se défiait trop du Gouvernement impérial pour ne pas craindre une tentative d'annexion. Aucune partie de l'Angleterre n'est aussi anglaise que Jersey. La domination ne s'y fait pas sentir. Elle laisse subsister intactes toutes les traditions et l'organisation, qui remonte au moyen âge, de ses institutions féodales. Ce système, que la France imite maintenant avec le régime des protectorats, a complètement gagné à la métropole la population des villes où il y a beaucoup d'Anglais et les habitants des campagnes sont restés, par leur langage, de vieux Normands. — Ce qui surtout nous aliénait les Jersiais, c'est que, en un temps où les Français voyageaient peu dans les îles de la Manche et où il n'y avait guère que des familles venues de Londres ou de Southampton, les rares spécimens de nos compatriotes étaient peu fortunés : exilés, ayant perdu leurs moyens de vivre et réduits à leurs faibles ressources, condamnés de droit commun, ne faisant pas de dépenses, ce qui est une tare en tout pays, mais surtout dans un lieu de villégiature et de bains de mer.

Bree's Boarding House, où je me trouvais en une société exclusivement britannique, m'a permis de faire connaissance plus approfondie avec la vie anglaise et avec les Anglais, en détruisant mes préjugés nés des types représentés sur nos théâtres et des rencontres de voisins encombrants et sans gêne dans les wagons !

A cette époque, on ne pratiquait point encore l'usage des petites tables, mais on mangeait tous ensemble. C'était la vraie table d'hôte. Elle avait sa saveur. On avait des voisins avec qui, souvent, en dehors des

hôtels de voyageurs de commerce, on pouvait lier
d'intéressantes conversations. On ne se regardait pas
en chiens de faïence comme dans les salles où chaque
famille est servie à part. Les gens qui étaient seuls
avaient des compagnons. L'isolement leur pesait
moins. Ils avaient l'illusion d'une société. Je n'eus
pas cette ressource la première fois que je vins m'asseoir pour prendre part au festin ! Les convives étaient
des messieurs en habit, aux gilets ouverts, propres,
nets, reluisants, des dames en toilette de soirée, tous
froids, d'une impassibilité silencieuse. Comme je regrettais déjà ma vieille salle à manger et mes commensaux
de l'Hostellerie de Guillaume-le-Conquérant ! Ce regret
fut encore plus vif quand je pris place entre deux
hommes grands et immobiles ou plutôt entre les deux
dos qu'ils me tournaient pour causer avec leurs voi-
sines ! Il fallait, pour me faire passer le sel ou les
sauces contenues dans tout un jeu de flacons réunis
comme en un huilier, leur toucher la manche, car ils
ne semblaient même pas entendre mes demandes !
On percevait à peine le susurrement des conversations
à mi-voix. Coup de théâtre ! Tout fut transformé
quand on arriva au dessert ! On enleva la nappe et
sur la table d'acajou massif on fit circuler les plats. Les
maîtres d'hôtel avaient disparu et ce départ parut
mettre fin à l'étiquette. L'intimité s'établit, le sans-façon
succéda à l'attitude gourmée ; on riait, on échangeait
des plaisanteries. Je n'en profitais pas parce que je
ne savais pas l'anglais et on m'ignorait, car je n'avais
pas obtenu ce laissez-passer qu'on appelle en Grande-
Bretagne : *la Présentation*. Lorsque je montai au salon
de conversation pour prendre le thé, je me sentis encore
plus à l'écart. Des groupes se formaient, on causait, les
jeunes filles se mirent au piano... Ce fut ma revanche !
Je pus me moquer sous cape de l'exécrable musique
instrumentale, surtout vocale de ces miss !

Je me sentis tout heureux de rentrer dans mon
room. Je me déshabillai avec hâte et je commis une
énorme infraction aux usages du pays ! Je mis, comme
on le fait en France, mes vêtements devant la porte
pour être brossés. J'entendis des voix qui me parurent
irritées et, le lendemain, le père Bree m'apprit, quand
je lui rapportai le fait, qu'on m'avait sans doute
reproché d'exhiber mon pantalon sur la chaise dans
le couloir ? Shoking !

Cet incident me poussait à quitter Jersey le lendemain, mais c'était un dimanche et il n'y avait pas de
bateaux pour rentrer en France. Bonne fortune inat-
tendue ! Au moment où je demandais mon courrier
au portier, il me montra deux lettres, que tenait entre
ses mains un de mes voisins du dîner, en me disant :
« Ce Monsieur a votre correspondance. » Je m'apprêtais
à réclamer quand, se tournant vers moi, il s'écria :
« Aoh ! vous advocat Paris, moâ barrister, London. »
Il avait lu ma profession sur les enveloppes. Il me
donna le « Shoke hand. » J'étais présenté ! Tout me
parut agréable. Que fût-ce plus tard !

Le premier déjeuner à la cuillère me dédommagea
du dîner trop cérémonieux. Les hommes descendaient
en veston et même en pantoufles. Les dames étaient
en robes de chambre et avaient le petit bonnet coquet
et pimpant. — On prenait le thé, les œufs et surtout
le porrech, si doux et si bienfaisant.

Et on ne se retrouvait plus que le soir, car il n'y
avait pas de second déjeuner, mais le lunch froid où
les énormes pièces de bœuf, ou roastbeef, étaient le
plat de résistance. La plupart du temps, on ne le prenait pas à l'hôtel. On partait en excursion, emportant
à volonté un panier de provisions pour luncher sur les
rochers. On préférait aussi les ragoûtants petits hôtels
ouverts partout dans l'île et, où, sur des nappes bien

blanches, on trouvait les mets préparés et le couvert mis.

Le soir même de ma « présentation, à dîner, mon confrère de Londres me traitait déjà en ami. Je me convainquis combien, sous leur flegme de commande, les Anglais cachent de cordialité et d'expansion. La première marque de bon accueil fut, pour mon nouveau camarade, de me placer entre sa femme et sa fille. — Sa femme, de quarante ans environ, un peu raide dans ses mouvements, en toilette dépourvue de grâce et de goût, — car les Anglaises d'alors ne s'habillaient pas chez Worth ou chez Laferrière, — portait les cheveux plaqués sous un chapeau de paille noire à bords plats rabattus par un épais ruban de même nuance formant mentonnière. Son teint était couperosé. Ses dents étaient larges et longues. — Sa fille, de 20 ans, jeune, fraîche et rose, avec des dents de perle, avait une voix qui eût été douce sans l'accent guttural que donne la langue du pays. — Le père me proposa de la promener en voiture, les parents préférant la marche, pour aller au château de Montorgueil. J'étais heureux, ravi !

Par malheur, je voulus faire le galant... et je n'étais qu'un lourdaud. Je pris un tilbury chez un loueur et voulus conduire moi-même ma compagne ; voilà qu'en voulant tourner, tirant trop court, je vis le cheval près d'entrer dans la voiture, qui fut sur le point de verser. Le groom, assis derrière nous, se lève effrayé pour prendre les guides et la jeune miss s'empara du siège pour remplacer son cavalier maladroit, qui fut penaud, déconfit, humilié de perdre tous ses avantages ?

Je renonçai à tenter une seconde épreuve, et, j'acceptai de prendre part à un *pique-nique* avec les gens de l'hôtel. Il s'agissait d'une excursion en grand break appelé là-bas : « vagonnette ». La partie était à frais communs : déjeuner à la Grève de Lecq, sur le sable de la plage. Les jeunes filles débridées, nous bombardaient de pommes emportées de chez Bree. Après la première présentation, que, grâce aux enveloppes de mes lettres, mon confrère m'avait faite aux autres pensionnaires de l'hôtel avait suffi pour rompre complètement la glace, à ce point que je me serais cru au milieu d'une bande d'amis.En France,le premier accueil eût été plus aimable, plus courtois du moins, les relations n'auraient pas atteint ce maximum d'expansion.

La connaissance du « barrister » me fut précieuse à d'autres égards. Elle me facilita l'étude des mœurs et des institutions judiciaires. Comme je l'ai indiqué, elles offrent ce caractère intéressant d'être encore empreintes de féodalité. Il n'en reste guère que la forme, les appellations. Mais combien cela était curieux pour un parisien du XIXe siècle ! L'île est divisée en paroisses et, dans chaque paroisse existe le manoir. Le maire est un connétable et les adjoints sont des sénéchaux. Que ces noms sont plus nobles et plus relevés ! La justice est rendue en français et c'est en français que les avocats plaident. Mais quel français, bon Dieu ! Rien n'est amusant comme d'entendre massacrer notre langue avec cet accent anglais très prononcé. Un jour, comme j'étais entré à la Cohue, palais de justice de Saint-Hélier, où, avec mon chaperon, je m'installai à la barre, je vis un avocat s'approcher du juge, en robe rouge et en perruque, assis sous un dais comme Almaviva dans la scène célèbre du Mariage de Figaro, et crier d'une voix glapissante, en s'appuyant sans façon sur le bureau du magistrat, siégeant seul en matière correctionnelle. Et le juge d'exclamer : « Vos écorchez les oreilles à moâ ! »

Ce baragouin anglo-français se lit à la quatrième page des journaux, dont les annonces faisaient ma joie. On y lisait par exemple : « Pavillon à louer sur le derrière du boulanger » ce qui signifiait : au fond de la cour de la maison dont la boutique était occupée par ce marchand.

Parmi les institutions féodales, le droit du seigneur, aboli de fait, ne consistait plus que dans la perception d'un shelling (1 fr. 25) inscrite en marge des actes de mariage avec les autres taxes.

Jersey est une île qui, par le cosmopolitisme de ses visiteurs, sa garnison et les nombreux magasins de King's et de Queen's street a la réputation méritée d'être de mœurs faciles et dissolues. Tous les étrangers ne manquent pas d'aller voir, le samedi soir, à la sortie des boutiques, les jeunes filles rejoignant des soldats et des employés avec lesquels elles s'en vont bras dessus, bras dessous. Aussi les Guernesiais, leurs voisins plus austères, appellent-ils Jersey : « Le Jardin d'Armide. »

J'allai à Guernesey presque à regret, non à cause de sa réputation plus sévère, mais parce que je quittais les pensionnaires de Bree devenus si gracieux pour moi. Je leur fis mes adieux et reçus tant de rudes serrements de main que j'en avais le poignet las. Mon confrère me reconduisit avec sa famille jusqu'à bord du paquebot et me donna l'accolade en me disant au revoir, tout ému. Il m'engagea à venir le voir quand j'irais à Londres, en m'offrant de descendre chez lui. Je lui répondis, très touché, que mes parents seraient bien enchantés de le recevoir, ainsi que moi, à Paris, et de lui en faire les honneurs. Il m'apprit qu'il connaissait à merveille la capitale, et beaucoup les Parisiens. Il m'en donna de suite la preuve. « Non, me dit-il ; « j'ai des amis à Paris. Ils m'invitent toujours, mais « ne me reçoivent presque jamais. Quand nous arri- « vons, ils me demandent : « Pour combien de temps « êtes-vous ici ? » et quand je parle de huit jours, ils « s'écrient : « Ah ! quel dommage que vous ne restiez « pas plus longtemps ! Nous sommes désolés ! Pas une

« soirée libre cette semaine ! Nous dînons en ville tel
« jour ; nous allons à une soirée où il faut nous rendre,
« ayant promis ; et nous avons nos abonnements aux
« théâtres ! » J'étais confondu. Telle était bien l'hospitalité parisienne en 1867. S'est-elle modifiée ?

Le coup de sifflet, l'échappement de la vapeur, l'en-
lèvement des passerelles d'embarquement annoncèrent
le départ. Les mouchoirs agités, nous gagnâmes le
large. J'avais pris, pour me distraire, un bateau de
plaisir. C'était un dimanche, jour choisi à dessein
pour permettre aux habitants occupés en semaine de
faire le voyage et cela donnait aux Jersiais l'occasion
de jouer un tour malicieux à leurs voisins.

Guernesey est une île puritaine, si Jersey est une
île joyeuse, aux allures libertines. Entre voisins les
contrastes sont souvent accentués comme les rivalités.
C'est ce qui existait, non seulement pour les habitudes
et les mœurs, mais aussi pour les sympathies. Si à Jersey on n'avait pas grand enthousiasme pour les Français ni même pour notre langue, qui y était cependant
officiellement parlée, au point que les boutiquiers fei-
gnaient souvent de l'ignorer, on était, à Guernesey,
empressé à montrer qu'on la savait et on faisait au
Collège Elisabeth des Conférences françaises très cou-
rues et suivies par un nombreux auditoire. Le purita-
nisme affiché se traduisait, les jours fériés, par des
prêches en plein air. On voyait les pasteurs monter
sur les bancs des promenades et des réunions de l'armée du salut... Et c'est ces jours-là que, de Jersey,
débarquaient à Saint-Pierre-Port une armée de promeneurs bruyants, gesticulant, criant et chantant,
précédés d'une musique exécutant les galops et les
quadrilles de notre Offenbach.

J'avais un mot de recommandation de mon ami
Alfred Monod pour son cousin Paul Stapfer, intime
des Hugo et professeur de littérature française au

Collège. Je fus accueilli comme un parent par ce lettré éminent, qui a écrit sur le Voyage sentimental en France de Lawrence Sterne, le meilleur ouvrage qui ait paru, et il restera. Ce grand jeune homme, à la physionomie intelligente et sympathique, avait été précepteur des petits-enfants de Guizot, les fils de Cornélis de Witt. Curieuse interversion des conditions sociales ! Le grand père de Stapfer, ministre plénipotentiaire de Suisse à Paris, avait pris lui-même Guizot pour précepteur de son fils ! Paul Stapfer a été doyen de la faculté des Lettres de Bordeaux. Il a écrit de nombreuses études de critique littéraire.

Je visitai l'île en cette précieuse société. Nous fîmes un pèlerinage à Hauteville House, d'où Victor Hugo était absent. Je fis connaissance avec son fils, qui m'offrit « la Voix de Guernesey ». Elle venait de paraître en ce minuscule format de poche de Napoléon le Petit et des Châtiments plus faciles à soustraire aux visites de la frontière.

Je le quittai pour aller à l'île de Sark, une des plus petites, mais certainement la plus pittoresque des îles de la Manche. Faire la description de ce rocher si romantique n'est point dans le cadre de ces notes. Mais je m'attarderai avec délices à parler d'un fonctionnaire, le plus rare cumulard qui se puisse trouver. Le révérend Collins, pasteur de l'île, était, en même temps, gouverneur nommé par la Reine d'Angleterre, lord justicier, agent-voyer supérieur, souverain pour décréter et faire exécuter les travaux publics et enfin Seigneur du pays qui ne compte qu'une centaine d'habitants. Le Révérend, qui ne voyait pas dans sa résidence nombre de nouveaux visages, aimait à recevoir, à donner une complète hospitalité et à « s'exercer » comme il disait, dans notre langue. Je pus causer avec lui à loisir.

Je rentrai de là en Normandie. Je passai à Saint-

Gervais d'Asnières chez Monsieur Hébert, où je rencontrai Eugène Dévé, son filleul, un peintre paysagiste de grand talent et de vocation, car il avait quitté le Ministère des Finances auquel il était attaché pour s'adonner complètement à son art. Le séjour en fut attristé par les traces qu'avait laissées chez mon maître, une récente attaque de congestion cérébrale.

Mes vacances se continuèrent au château de Longpré, situé sur la petite colline qui domine Falaise, au-dessus du faubourg de Guibray, chez M. Le Bourgeois, un riche propriétaire et un grand éleveur. Ce château, presque historique, avait été la propriété de la mère de Madame de Souza sur laquelle Frédéric Lolliée a donné des détails complets et circonstanciés dans son livre sur de Morny.

Le Bourgeois était le type parfait du normand, replet, rose, toujours rasé de près, plein de finesse et de malice.

Il avait eu une aventure célèbre, qui a été rendue publique avec le procès auquel elle a donné lieu.

Célibataire et déjà parvenu à la cinquantaine, il s'était lié dans les comices agricoles de son département, avec son préfet qui le rechercha et lui donna sa fille en mariage. Lorsque, après la célébration, il rentra chez lui, il eut la surprise de voir sa femme s'enfermer dans la somptueuse chambre bleue qu'il avait fait installer et meubler pour elle. Elle refusa de le recevoir. Il demanda la séparation de corps et sur mon conseil, choisit Jules Favre comme avocat. Il gagna et resta désormais seul. Voilà comment, en 1867, j'habitai la chambre de la mariée.

Je me trouvais à Longpré avec mon ami d'enfance, un des meilleurs et plus intimes, Sigismond Rothschild, qui m'avait autrefois fait faire connaissance avec le châtelain. Fils d'un digne et excellent homme, Jonas Rothschild, contemporain et camarade de mon père,

ancien ouvrier carrossier, devenu patron et ayant
fondé un des plus réputés établissements de Paris,
Sigismond avait fait, au delà de toute prévision, prospérer la maison. Il avait séjourné à Londres, alors que
la carrosserie anglaise était la première du monde et
développé chez nous le luxe des décorations et des
garnitures intérieures. Il revint très épris de son métier, qui devenait de plus en plus une industrie d'art
et il n'eût pas fait bon le déprécier devant lui. Il en
voulut à Labiche d'avoir ridiculisé un carrossier sur
la scène, sans se rendre compte que Monsieur Perrichon
est atteint d'un vice qui n'a rien de professionnel mais
commun à tous les hommes : la vanité.

De Longpré je me rendis avec mon père, chez un
de ses amis du Caveau, M. Mahiet de la Chesneraye,
un gentilhomme provincial n'ayant à Paris qu'un
pied-à-terre. Propriétaire du château de Beauchesne,
près de Loches, dans un pays qui, avec ses vignes et
ses coteaux me rappelait mon Rabelais, il venait passer
l'hiver dans la capitale où il disait d'une voix juste
et avec agrément, les chansons qu'il avait composées,
paroles et musique. Certaines comme le « Cabaret de
la Pomme de pin » étaient de poétiques réminiscences
des villages du pays. Il y avait du sentiment dans ce
qu'il écrivait et il reçut même la croix de la Légion
d'Honneur. Grand, le teint enluminé, la voix légèrement
enrouée, ce qui ne l'empêchait pas de chanter juste, il
était bien le vigneron du terroir. Après le dîner, où on
avait pour commensaux les Saint-Albin, les Eugène
Grangé, le greffier de la justice de paix et sa très jolie
femme en costume de chasse, en culotte et en guêtres,
on faisait, en file indienne, son tour de vignes et on
rentrait causer ou plutôt chanter.

La vie y était plus intellectuelle qu'à Longpré où,
du matin au soir, on ne pensait qu'aux agapes panta-
gruéliques qui se succédaient.

Tous ces séjours me procuraient de bien douces journées en de beaux pays, en attrayante et aimable compagnie.

Quand on se reporte au temps des vacances, on se laisse volontiers attarder. Il faut revenir aux travaux et aux occupations de l'année judiciaire.

La période de l'exposition n'avait guère été marquée que par l'attentat commis sur le tzar par un polonais et la prétendue apostrophe de Floquet, lors de la visite au Palais. — Au dehors, la mort de Maximilien, empereur du Mexique, fusillé à Queretaro, après avoir été abandonné par Napoléon III, la folie de sa femme, furent la fin tragique de cette folle expédition du Mexique dont la créance Jecker fut la cause originaire et dont les dessous ont été révélés de manière si curieuse par de Kératry.

Cette année 1867 mérite d'être marquée par nous de cailloux blancs. Après tous ses succès à la Faculté de droit, Charles, mon frère, né le 25 décembre 1843, se présentait au concours d'agrégation. C'était un grand jeune homme aux cheveux châtains, naturellement ondulés, abondants, broussailleux, droit plantés sur un front haut et intelligent. Il avait les yeux gros et louchait légèrement, ce qui lui donnait une expression originale. De sa première jeunesse, où il était rieur et enjoué, il avait conservé une propension à la causticité et se déridait volontiers aux balourdises qu'on pouvait débiter. Sa physionomie rendait ses railleries inoffensives. Elle respirait la bonté et la droiture. Bon et tendre, il n'abordait pas sans émotion des épreuves qui le faisaient entrer en lutte personnelle avec des concurrents, camarades d'études ou amis, parmi lesquels était Paul Cauwès, son collègue plus tard et son successeur comme doyen.

C'était le troisième concours auquel j'assistais. Le premier avait été celui d'Albert Desjardins, le second

celui d'Eugène Garsonnet. Le spectacle ne manquait
pas de singularité. Ces candidats en robe, revêtus
de la chausse rouge fourrée de docteurs, étaient des
lauréats de toutes les facultés de France. Le jury,
composé mi-partie de professeurs de toutes nos écoles
et mi-partie de magistrats de la Cour de Cassation
— Glandaz et Bédarrides, cette année-là — était
présidé par l'inspecteur général Giraud, ancien ministre
de l'Instruction publique sous la présidence du Prince
Louis-Napoléon. Très érudit et très lettré, il avait
écrit une préface célèbre pour une édition luxueuse
des Contes de Perrault. Bibliophile passionné, il avait
une bibliothèque réputée. — Les concurrents comptaient dans leurs rangs deux hommes qui, dans la
politique et dans l'enseignement devinrent célèbres :
Constans, toulousain de naissance et de tempérament,
qui fut ministre de l'Intérieur et sut habilement
mettre en fuite le Général Boulanger, — et Laisné
Deshayes qui, comme avocat et jurisconsulte, tint,
après Demolombe, la tête du barreau de Caen, où il
avait fait ses études. — Ce méridional et ce normand
eurent des duels juridiques qui manquaient de courtoisie. « L'argumentation » leur fournissait des occasions de se tendre des pièges et d'épiloguer désa-
gréablement l'un avec l'autre.

Il y avait alors deux épreuves qui avaient leur parfum de vétusté et qui rappelaient les traditionnels
exercices de scholastique.

La première était une dissertation écrite en latin,
hâtivement, en quelques heures, nécessairement
émaillée de solécismes et de barbarismes propres à
faire dresser les cheveux sur la tête d'un professeur de
rhétorique. Les auteurs en étaient réduits, en faisant
imprimer leurs compositions, à rectifier en insérant
en note l'expression correcte précédée de : *dixeram*
ou *scripseram.*

L'autre épreuve était l'argumentation à laquelle je viens de faire allusion. L'argumentant discutait contre l'argumenté auquel il avait posé la question Il réfutait ses opinions, cherchant à l'embarrasser et à le confondre. C'est là que Constans et Lafsnés déployaient une hargneuse ardeur, qui indiposait le jury.

Au contraire d'eux, mon frère et Paul Cauwès semblaient trembler en croisant l'épée et avoir peur de trouver le contradicteur en défaut. Ils s'approuvaient souvent au lieu de discuter. Cauwès, avec un tic nerveux, paraissait visiblement impressionné. Le jury fa sant la comparaison entre les deux tournois, fut touché et devint sympathique. Ce furent là les renseignements que me donnèrent Housset, un brave et excellent homme, qui, sous une apparence de marguillier et avec une foi catholique intense, était bienveillant et tolérant, — et mon ami Barrême, intime avec l'avocat général Bédarrides.

A 23 ans 1[2, mon frère, dont la leçon sur l'amende avait été un triomphe, était reçu premier. Nous en eûmes une grande joie, et j'en fus personnellement orgueilleux. Mais les plus grandes satisfactions ont leur amertume. Il dut quitter Paris et s'installer à Nancy, dans la petite rue Saint-Michel, 21, où il mena la vie de cénobite qui lui assurait le succès. Absorbé par son enseignement, par ses collaborations aux revues de droit et par ses annotations d'arrêts dans le recueil de Sirey, il était constamment au travail, peinant dès l'aube, jusqu'au soir très tard. Quand j'allais le voir, c'était toujours à son bureau que je le trouvais et qu'il me fallait m'asseoir. Je me souviens avoir passé un après-midi à couper les feuilles d'un répertoire.

Il avait comme doyen un très digne homme, M. Jalabert, un des chefs du protestantisme libéral, non moins si ce n'est plus passionné en religion qu'en jurisprudence.

C'est en venant à Nancy, en 1868, que je fis la connaissance d'un conseiller à la Cour, fort estimé. Comme président du tribunal de Remiremont, il s'était intéressé au jeune Jules Méline qui lui en était reconnaissant : Je parle de M. Alexandre May, si accueillant dans son petit hôtel que je vois toujours avec ses piliers surmontés de têtes de lions. Il devint le beau-père de mon frère.

J'avoue — et on ne sera pas surpris, maintenant qu'on sait quel y était l'emploi de mon temps — ne pas avoir conservé un souvenir égayant de Nancy à cette époque. Il était bien, quoique ancienne capitale de la Lorraine et résidence du roi Stanislas, la ville de province comme on peut se la figurer. Malgré la place portant le nom de ce roi avec d'admirables grilles en fer forgé et de gracieuses constructions de style rococo, elle n'était guère animée. Ses rues rectilignes où s'engouffrait le vent, étaient, en hiver, dangereuses à parcourir pour les gens à bronches impressionnables. Pas de fiacres ni de stations de voitures. Il fallait pour s'en procurer une la commander chez le loueur. Les maisons étaient tristes. Il y avait des grilles sur les paliers des escaliers dans beaucoup d'entre elles. La place de la Carrière seule, avait un joli square. Quant à la promenade de la Pépinière, elle était jolie, certes, mais en contre-bas et humide. La Chapelle Ronde et le tombeau de Stanislas sont deux merveilles. Les environs ne manquaient pas de charme et la route de Toul est particulièrement agréable.

Au Palais, je fus douloureusement affecté de la demi-retraite de M. Hébert, qui me privait d'un puissant et amical patronage. Il me donna la preuve de son attachement en me présentant et en me recommandant à ses clients. J'ai rencontré parmi eux quelques personnalités intéressantes ou curieuses, comme Charles Girard, Georges De Laire, Eugène Pelouze, le Prince Demidoff et l'agent d'affaires Léonard, qui avait pour spécialité les réclamations contre lès compagnies de chemins de fer.

Charles Girard, qui fut si longtemps directeur du Laboratoire municipal de Paris, dont il a été le créateur et qu'il organisa de toutes pièces, était alors à ses débuts. Il n'avait pas trente ans. Il était avec Georges De Laire, l'inventeur de couleurs dérivées de l'aniline et provenant de la houille. Le charbon noir et terne donnait, par un de ces prodiges dont la chimie est coutumière, naissance à ces nuances infinies, claires, brillantes, lumineuses, délicates au préjudice de leur solidité. Les deux inventeurs s'étaient associés avec des industriels lyonnais, Renard et Franc. C'est le nom de Renard qui a servi à baptiser la *fuchsine*, ce que généralement on ignore. Lorsque M. Renard alla trouver le célèbre chimiste Hoffmann, celui-ci lui suggéra l'idée de donner à sa découverte son nom même en le traduisant en allemand où le renard s'appelle *Fuchs*.

Il est à la fois doux et plaisant pour moi de me rappeler comment mon père apprit que j'étais chargé des intérêts de ces messieurs. Le père de Charles Girard était son collègue au Caveau. Ils revenaient ensemble de leur banquet et se mirent à causer de leurs fils. M. Girard lui dit : « Mon fils réussit à merveille. Il vient d'obtenir une médaille d'or à l'Exposition Universelle. » Mon père lui parla des succès de mon frère et lui apprit que j'étais avocat ; — « Si j'avais su que votre fils aîné était au barreau, je l'aurais indiqué à Charles, qui a un procès. Il en avait chargé un grand avocat dont je ne sais pas le nom, qui vient d'être malade et l'a envoyé à son secrétaire. » Mon père me rapporta cette conversation et il apprit de moi que le grand avocat était M. Hébert et que le jeune secrétaire, le remplaçant, n'était autre que moi.

Georges de Laire, parent de Persigny et frère du secrétaire général de la Préfecture du Rhône, était un savant de la même valeur que Charles Girard. Il a depuis, inventé la vaniline ou vanille artificielle entrée aujourd'hui couramment dans l'alimentation. Quel contraste apparent entre lui et son collaborateur et ami. Tandis que de Laire, correct et raffiné, semblait un fonctionnaire posé et grave, Charles Girard était un enfant de Paris, goguenard, friand de plaisirs, avec une verve gamine. Tel il resta à son laboratoire de la Préfecture où ses facéties ne furent pas toujours comprises par les conseillers municipaux socialistes, mais demeurés prudhommes, et par des bourgeois obtus. Un jour, appelé comme témoin devant un juge d'instruction, comme il y en avait tant, hautain et intimidant, il répondit de son ton gouailleur à ce magistrat qui lui faisait un exposé grotesque des procédés chimiques, écorchant les expressions techniques avec une imperturbable assurance : « On voit bien que vous n'êtes pas un savant ! » Le juge furieux, ne se contenant plus, prenant le mot dans son acception vulgaire, s'écria : « Il est possible que je ne soie pas aussi « savant que vous, mais j'en sais assez pour vous « vous envoyer à Mazas ! » Il n'en fut rien d'ailleurs et on ne comprend guère sous quelle inculpation il aurait pu exécuter sa menace.

Eugène Pelouze, fils du célèbre savant, qui, avec Frémy, a écrit une chimie classique, et qui avait été un des maîtres de Girard et de Laire, était été intéressé par eux dans leurs affaires. C'était un grand et solide gaillard, plein de vie et d'intelligence, un grand seigneur d'allures et de manières. Il avait épousé Mademoiselle Wilson, et possédait avec elle le château historique de Chenonceaux. Très aimable, il était en même

24

temps de goûts très simples et avait des habitudes de vie très modestes. Il me disait combien il se trouvait déplacé dans la calèche que sa femme faisait atteler à quatre chevaux pour une promenade et il avait refusé d'y monter.

J'ai connu aussi le Prince Demidoff à l'occasion de son procès contre Céline Montalant, qui fut transigé avant plaidoirie. C'est par une légère erreur que Jacques Charpentier, dans son discours, a parlé de l'actrice comme étant la cliente de M. Hébert.

Quant à Léonard, c'était bien le plus singulier personnage qu'on pût imaginer. Petit, remuant, gesticulant, toujours en l'air, il prenait en mains les intérêts de tous ceux qui voulaient intenter des procès contre les Chemins de fer. Il avait inventé un moyen inconnu avant lui de se procurer, sans qu'il restât trace du déplacement, les documents secrets et délictueux, renfermés dans les tiroirs des grandes compagnies qui se croyaient tout permis, même les actes illicites et prohibés par leurs cahiers des charges. Se liant avec des employés subalternes, fêtards et besoigneux, il obtenait d'eux, en leur offrant l'argent qui leur manquait, la communication des pièces qu'il faisait photographier, et qu'il rendait ensuite. Les Compagnies assignées les retrouvant où elles les avaient célées, niaient leur existence et étaient confondues par la représentation des photographies. Le procédé était peu recommandable et tombait sous le coup du Code pénal. On peut se demander toutefois qui était plus blâmable, ceux qui ayant commis des actes dolosifs, préjudiciables au public, en abusant de leur monopole, les dissimulaient et espéraient qu'ils ne seraient pas surpris, ou l'agent d'affaires qui, grâce à la complicité d'un employé indélicat, procurait à ses clients, dépouillés par la Compagnie toute puissante, la preuve d'un méfait qui, autrement, n'aurait jamais été décou-

vert et aurait continué impunément. Léonard n'en
était pas moins un aventurier des plus véreux. Je fus
moi-même dupe de la plus cruelle de ses mystifications. Je le rencontrai un jour chez l'imprimeur Brière.
J'étais allé corriger des épreuves. Il arriva avec un
charmant collégien paraissant âgé de 16 ans, qu'il me
présenta comme étant son fils et que j'interrogeai
naïvement sur ses études. « Il remporte tous les prix »
me dit-il. J'appris peu de temps après que le prétendu
fils n'était autre que sa maîtresse, une essayeuse du
couturier Félix — on dirait maintenant un mannequin
— qu'il avait costumée en lycéen. Léonard finit chanteur de café-concert en Amérique où il s'était expatrié.

Il y aurait une revue complète à faire du mouvement littéraire. Mais fidèle à mon plan, je ne veux
que noter mes impressions personnelles en insistant
seulement sur ce qui, pour moi, caractérise le mieux
cette époque. Elle réunissait les écrivains de la génération de 1830 et la nouvelle école. A côté de Victor
Hugo, Sainte-Beuve, Mérimée, Théophile Gautier,
Alexandre Dumas père, George Sand, Michelet, on comptait Taine, Renan, Sully-Prudhomme, François Coppée,
Jules Simon, Emile Augier, Ludovic Halévy, Meilhac,
Labiche, Flaubert, Théodore de Banville, Leconte de
l'Isle, Barbey d'Aurevilly, que je cite au hasard
de la plume, sans tenir compte des différences d'âge,
de genre et de rang. J'estime que c'était là une
phalange d'élite et telle qu'il s'en est rarement
produit. Le théâtre fut surtout bien partagé.

Cette année-là (1867), Jules Favre fut élu à l'Académie française. Le barreau lui offrit un banquet
auquel j'assistais. Ces sortes de fête sont toujours
émouvantes, mais elles imposent à celui qui en est le
héros, une corvée dangereuse. Il doit parler et il ne
se montre pas toujours à la hauteur de sa renommée.
Jules Favre fut superbe et justifia son apothéose. On

peut lire son allocution dans les journaux de cette date, mais ce qu'on n'a pu rendre, c'est cette voix merveilleuse et l'*habitus corporis* de l'illustre orateur: Sa tête puissante sous son épaisse chevelure, l'expression de ces lèvres, cette fois plus aimable, habituellement dédaigneuse, exprimant à la tribune et à la barre l'ironie et, suivant ses ennemis, une perfidie qui n'exista jamais. Il fut, en réalité, dans la vie privée, un tendre et un naïf, comme il s'est révélé lors de ses déboires. Le masque, comme doit être celui des maîtres de l'éloquence parlementaire, s'imposait à distance. Mais sa parole était trop soigneusement élégante et correcte, sa diction trop mélodieuse. On sentait trop le culte méticuleux de la forme, le souci raffiné de la pureté. Ces qualités pour le parlementaire et l'avocat nuisaient à son action sur les masses. Il n'était pas tribun. Laurier avait donc raison quand il le traitait de soliste perdant ses effets dans une foule et au forum. Que valent ces critiques à côté de l'admiration méritée par son héroïque conduite en 1870, ses proclamations courageuses, son attitude digne d'un grand citoyen au 31 octobre, son patriotisme lors de ses entrevues avec Bismarck ?

Le Thomas Graindorge de Taine. « Notes sur Paris », que j'ai citées, montre sous une face nouvelle le talent du grand écrivain, historien, philosophe et critique. Il est là tout simplement le collaborateur de la Vie Parisienne dont j'ai parlé. Il y avait écrit, sans les signer, de petites nouvelles un peu érotiques. Tous les aspects, tous les milieux de la capitale, les mœurs, les caractères, les ridicules sont passés en revue et si je voulais comparer ce livre moderne à un livre du XVIIIe siècle, c'est aux lettres persanes de Montesquieu que je songerais. Ce sont deux étrangers qui viennent à Paris et rendent compte de leurs observations. Leurs nationalités seules diffèrent. Usbek est persan ; Tho-

mas Graindorge est de Cincinnati, ce qui n'a rien de
surprenant puisque, alors, ce fut le commencement de
l'invasion des Américains, de leurs dollars et de leurs
habitudes. Un chapitre très humoristique est consacré à
la proposition de Graindorge qui veut, utilisant la cen-
tralisation qui règne en France et l'usage des agences
matrimoniales, créer dans la capitale une institution
qui mettrait en rapport les candidats au mariage,
avec registres indiquant leurs âges, dot, talents d'agrément, leur taille et la nuance de leurs cheveux. Suivant leur dot, ils auraient droit à un certain nombre
de photographies de la personne offerte, à pied, à
cheval et en toutes sortes de costumes, même de nuit.

Il y eut bien d'autres ouvrages sur Paris, dont
l'Exposition Universelle fut l'occasion. Il en parut
un fort original : un poème de plus de 400 pages dont
l'auteur fut un des rimeurs les plus abondants qu'on
puisse imaginer, Amédée Pommier qui a écrit l'Enfer
et les Colifichets. Le livre s'appelait tout simplement :
Paris. Il rappelle, par sa facture, les poésies de Scar-
ron et la Gazette rimée de Loret. Il y a là, sous une
forme qui n'a aucune prétention à la poésie, une docu-
mentation précieuse sur le Paris de 1867. D'aucuns
y virent une succession de vers mirlitonesques. Qu'on
en juge par ce court extrait :

> « De près, de loin, Paris exerce
> « Un ascendant surnaturel ;
> « Soit qu'il élève ou qu'il renverse
> « Tous ses arrêts sont sans appel.
> « De l'élégance et de la mode
> « C'est lui qui promulgue le code ;
> « Son hospitalité commode
> « Dans tous les temps plut et charma.
> « Nul à ses douceurs ne résiste :
> « C'est le séjour d'un peuple artiste,
> « C'est une Athènes petit format !

Non, ce ne sont pas là des vers de mirliton ou de pa-
pillottes ! Tout au plus, dirait-on un rondeau de revue...
quand l'auteur a de l'esprit.

Lacroix et Verbœckoven, les éditeurs des Misérables
de Victor Hugo, qui avaient ouvert sur le boulevard
Montmartre, cette grande librairie, rendez-vous de
tous les intellectuels, publiaient le Paris-Guide, qui
fut le plus beau monument élevé à la Grande Ville.
Confier à tous les écrivains, à tous les artistes, à tous
les savants, à tous les personnages en renom, la rédaction et l'illustration du livre, était une idée géniale.
La préface si magistrale, était de Victor Hugo et c'est
là que se trouve sa première vision des « Etats-Unis
d'Europe ». Malheureusement pour les éditeurs, le format et le poids rendaient l'ouvrage peu commode pour
les étrangers qui voulaient emporter un livre moins
encombrant, plus portatif, d'une lecture plus facile et
moins longue. Les caractères mêmes étaient trop petits
et trop compacts. Paris-Guide était en deux gros volumes, vrais dictionnaires ; il tomba en solde. Il est
appelé à une meilleure fortune et sera très recherché
comme le plus précieux document de l'histoire de
Paris.

La « Grande Bohême », deuxième série des « Français
de la décadence » d'Henri Rochefort, qui était une
réunion d'articles du Figaro, sorte d'avant-garde des
« Lanternes », fut entre toutes les mains. La préface
tout entière, violent pamphlet contre le Duc de Morny,
est une des plus spirituelles satires qu'ait publiées l'auteur sur la société et sur les spéculations industrielles
et financières. « 50 pour 100 », le roman qu'il écrivit
plus tard sur le même sujet ne le vaut pas. Son invention de la « Société pour l'exploitation du » sucre de
« bâton de Chaises » qui trouva des actionnaires, est moins
fantaisiste qu'elle ne paraît. Lisez l'ouvrage déjà cité
de Duchesne ! sur la spéculation devant les tribunaux !

La reprise d'Hernani fut un événement considérable
au point de vue littéraire et au point de vue politique.
Il marquait une évolution saisissante dans la marche

progressive vers l'Empire libéral. Ce gouvernement
qui interdisait la publication des œuvres d'exilés politiques, permettait la représentation des pièces de
Victor Hugo et on lui rouvrait grandes les portes de
nos théâtres. Depuis 1852, on ne le jouait plus. Les
amis politiques applaudirent avec enthousiasme et on
était loin des luttes de 1830. Tout le monde était
devenu admirateur ou hugolâtre. On passait outre le
mauvais goût de certains vers risqués par le poète
pour accentuer son romantisme. La pièce, d'ailleurs,
était merveilleusement montée et fut jouée avec talent
par une troupe d'élite.

Le fait capital de l'année dramatique fut la première représentation au théâtre lyrique de « Roméo
et Juliette » de Gounod. Mme Miolhan-Cawalho et
Montjauze furent divins. Les décors étaient fort beaux
et l'orchestre supérieur même à celui de l'Opéra-Comique que surpassait son concurrent. On peut discuter sur la supériorité de Faust ou sur celle du nouvel
opéra. La partition de Faust est peut-être plus brillante ; une plus grande part y est faite à l'harmonie,
comme le sujet le comportait. La marche est un des
chefs-d'œuvre de la musique française contemporaine.
La composition m'en semble plus large. Roméo et
Juliette appartient plus exclusivement au domaine
de la mélodie. Elle est plus inspirée de Mozart. Ce sera
toujours la gloire de Gounod d'avoir immortalisé en
musique les œuvres géniales de Shakespeare et de
Gœthe. A la même époque, on l'applaudissait avec
rage et on avait raison, mais on sifflait Wagner et on
avait tort. Il a pris aujourd'hui sa revanche !

Alexandre Dumas fils, qui se cantonnait au Gymnase et en était l'auteur préféré, comme jadis Scribe,
avec un répertoire plus bourgeois, donna la Fille de
Madame Aubray. Chaque pièce de lui était d'ordinaire
un thème à discussions passionnées dans les salons, où

on ne parlait pas encore de politique. Celle-ci fit moins scandale. On s'habituait peu à peu à ces audaces et les idées généreuses et humaines de Madame Aubray ne choquèrent personne. Elles furent approuvées par le public.

La Grammaire de Labiche, ce petit acte qui, sur la scène du Palais-Royal, sut être désopilante sans mots salés et à double entente, par la peinture d'un simple ridicule et par des farces... de syntaxe. Aussi fut-ce un succès qui se répandit sur tous les théâtres de société. Comme il n'y avait ni intrigues, ni situations risquées, toutes les jeunes filles purent jouer la Grammaire ! Songez quelle rareté ! avoir un rôle dans une pièce du Palais-Royal quand on ne leur aurait pas permis de se montrer dans la salle ! Ce fut un engouement.

On riait, mais d'un rire plus épais et plus nerveux, à l'Œil crevé du compositeur toqué Hervé, qui fit courir la foule aux Folies dramatiques. C'était une bouffonne insanité que cette opérette où figure un « duc d'en face » et où on chante « la Langouste atmosphérique ». Il est vrai qu'en ce temps de cocasses inventions, Léo Delibes, le compositeur sérieux de l'exquise Lakmé, avait écrit la musique du « Serpent à plumes » ! Étrange ménagerie d'animaux fantastiques !

Quelques procès politiques d'une signification inquiétante pour l'avenir du pays et pour le discrédit où allait tomber la dynastie, éclatèrent dans l'atmosphère sereine des fêtes de l'Exposition.

Ce fut d'abord le procès de l'Association internationale des travailleurs, première tentative d'une organisation socialiste, issue des Congrès à l'étranger et née des délégations ouvrières dont j'ai parlé à propos du menuisier-ébéniste Tartaret, mon collègue aux Conférences de la Place du Prince Eugène. L'association fut dissoute, mais les idées qui présidèrent à sa fondation germèrent et il n'est pas difficile d'y voir l'origine du mouvement, qui aboutit à la révolution sociale actuelle avec la Bourse du travail, la lutte ouverte contre les patrons, l'anti-patriotisme et l'anti-militarisme de notre triste siècle !

Dans les pages que j'ai consacrées à Gambetta, j'ai dit un mot du procès de la souscription Baudin, qui fut son grand triomphe et la consécration de sa renommée et de sa popularité. Il plaida plutôt en tribun qu'en avocat. Les murs de la sixième chambre tremblaient, ébranlés par sa voix de tonnerre, mais il eut d'admirables élans. Cependant, d'après M. Hébert, la plus belle plaidoirie qu'il eut prononcée, fut celle qu'il fit dans le procès des Consuls du Mexique. Moins sonore, moins éclatante, plus mesurée et plus proportionnée à l'enceinte exiguë où il parlait, elle fut une œuvre oratoire d'un goût parfait et un modèle d'éloquence judiciaire.

IX

1868

Il est des années de transition où des événements notables ne se produisent pas. L'année 1868 ne se signale guère par aucun fait important dans la politique, dans les lettres et au théâtre. Accalmie et repos pour les parisiens, que les fêtes, le vacarme, les embarras de circulation avaient fatigués et surmenés pendant l'Exposition ! Napoléon III, déjà atteint par la maladie, pouvait, entre ses conseillers très divisés, méditer sur l'orientation qu'il projetait vers l'Empire libéral et le couronnement de l'édifice qui bientôt devait s'écrouler. La vie était douce et placide, agrémentée des plaisirs habituels et je n'aurai guère qu'à résumer des impressions et à consigner des réflexions sur les menus faits dont j'ai été témoin. La revue très complète que j'ai faite antérieurement du Palais, me dispensera d'y revenir. Je craindrais d'être monotone et fastidieux par des redites déjà trop abondantes dans ces souvenirs.

Le théâtre me retient d'abord.

Le maëstro Auber qui, depuis 1864, n'avait rien produit fit représenter à l'Opéra-Comique, une de ses dernières partitions : *Le premier jour de bonheur.* Le succès fut surtout dû à Capoul, alors dans l'éclat de la jeunesse et la plénitude de son talent. Il jouait le rôle principal, celui de Gaston. Comme dans la plupart des opéras-comiques d'autrefois, le jeune premier était un lieutenant. Les ténors étaient voués à l'uniforme d'officier. Le public goûtait fort les duos d'amour entre la jeune fille en robe blanche et son soupirant aux épaulettes d'or, dont la flamme était toujours triomphante. Aussi Dennery, l'auteur du livret, le dramaturge le plus adroit et le plus malin de son temps, n'eut gardé de rompre avec la tradition ! Il alla plus loin et multiplia les rôles d'officiers ! Au lieu d'un seulement comme d'habitude, il en mit quatre ! Heureux temps ! On n'avait pas encore osé introduire sur la scène de la salle Favart, les costumes d'ouvriers, comme cela s'est vu depuis, dans la Louise de Charpentier. Si, dans certaines pièces, les ouvriers paraissaient, dans le Maçon, par exemple, c'étaient des artisans de convention, en des habits aussi fantaisistes que ceux des bergers de Florian. Ces costumes s'harmonisaient bien avec le public pimpant des places de luxe. Ce théâtre était le lieu habituel des premières entrevues à fin de mariage. Les loges, grâce à leurs salons à portières de soie et à leur mobilier élégant, étaient appropriées à ces sortes de rencontres. Parfois, les familles préféraient les simples promenades, moins significatives, au foyer pour ne pas trop provoquer l'émotion de la jeune fille. Le spectacle était alors

vraiment drôle de ces gens se croisant et se regardant
à la dérobée pour ne pas se dévisager trop ouverte-
ment. Je n'oublierai jamais avoir accompagné un de
mes bons amis en une telle et solennelle circonstance.
Nous nous installâmes, adossés contre le buste de Méhul,
O profanation ! Passant en un cortège, compassés
mais souriants avec art, la mère et la jeune fille dans
leurs plus beaux atours du dimanche déployaient
toutes leurs grâces et étudiaient leurs démarches. Le
père, derrière elles, avec l'obligeant intermédiaire chargé
de signaler le jeune aspirant qui ne soupirait pas encore,
fermaient la marche. Après deux ou trois défilés devant nous, retour à la loge où, à l'entracte suivant,
l'aimable courtier nous conduisait et nous présentait
tous deux, ce qui ôtait tout caractère compromet-
tant à la visite.

Il m'a semblé intéressant de présenter ce tableau
très exact de ce qu'étaient, en 1868, les préliminaires —
à l'Opéra-comique — de l'affaire la plus sérieuse de
la vie. On cherche aujourd'hui moins de complications.
Les jeunes filles moins naïves, beaucoup plus éman-
cipées, ont moins besoin de ménagements et de mys-
tères. Les parents ont moins de peine à se donner pour
faire croire à un hasard dans la rencontre avec un
jeune homme. Habituées au flirtage, soupant côte à
côte avec leurs danseurs, allant au buffet à leur bras,
elles sauraient tout de suite ce dont elles se doutaient
peut-être, alors. On a surtout moins de souci de l'étiquette et des convenances, qu'on qualifie volontiers
d'hypocrites usages. Et puis, le répertoire actuel, malgré leur moindre innocence ne conviendrait pas toujours aux ingénues moins naïves encore que celles
du théâtre de Dumas fils. Un libretto, tiré des romans de
Zola, de Louys et même de Murger ou de l'abbé Pré-
vost, serait plus propre à inspirer aux jeunes gens le
goût de l'union libre en leur en faisant voir les charmes,

qu'à faire naître chez eux des idées matrimoniales. Les opéras-comiques de Sardou et d'Auber se terminaient au moins par un mariage mieux à sa place ! Le Zampa d'Hérold lui-même mettait en relief les dangers et les horreurs de la séduction et finissait, pour la plus grande satisfaction de la morale, par le châtiment du coupable. Dans l'état de nos mœurs, il se négocie moins de légitimes unions dans les salons des loges de la nouvelle salle Favart.

L'influence d'Alexandre Dumas fils s'est fait sentir dans tout le théâtre de cette époque. L'auteur de Gabrielle et de Philiberte l'a subie. Son Paul Forestier, plus sombre et plus pathétique que ses œuvres précédentes, plus vigoureux de touche surtout, frisant la pièce à thèse, eut, dans la société parisienne, un grand retentissement. Comme tous les succès, elle eut les honneurs d'un calembour populaire. Une parodie parut sous le titre de « Paul faut rester ».

L'Opéra donna Hamlet, d'Ambroise Thomas, avec Christine Nilson, rivale de la Patti, aussi jolie, mais blonde, avec moins d'expression. Elle devint bientôt la diva favorite. La partition est l'œuvre maîtresse du compositeur et une des meilleures de l'Ecole française contemporaine.

La mine de Meilhac et Halévy était inépuisable. Après leurs opérettes de 1867, ils firent représenter la Périchole avec la collaboration d'Offenbach dont la musique était originale et distinguée. Les recettes des Variétés furent superbes. La chanson de la Périchole, qui n'est autre que la lettre de Manon à Des Grieux, est devenue populaire.

L'Athénée, un autre théâtre d'opérettes qui, beaucoup plus tard, après la guerre, reprit tous nos vieux opéras-comiques, Gilles ravisseur, Joconde, le Portrait parlant, les Rendez-vous bourgeois, le Carnaval à Rome, eut aussi sa part de succès avec la Fleur

de Thé de Lecocq, qui, sans être aussi spirituelle
que le Voyage en Chine, de Labiche et Bazin, contenait
quelques scènes gaies et piquantes. Cette opérette
n'a, depuis, été reprise que de temps à autre. Elle
méritait une vogue plus durable. La musique en était
agréable, sans vulgarité, et mélodieuse. Lecocq en était
à ses débuts. Il fut dès lors classé au premier rang.
Ce fut après la guerre qu'il écrivit ses œuvres les plus
brillantes et que tout le monde a vues : La fille de
Madame Angot, Giroflé-Girofla où débuta Jane Gra-
nier, et le Petit Duc, qui fut son chef-d'œuvre.

Peu de gens savent aujourd'hui quelle fut l'émouvante origine du petit théâtre Déjazet situé en haut
des marches qui, sur le boulevard du Temple, donnent
accès à la partie en contre-haut de la chaussée. Moins
encore, ont connu la première destination de cette
salle et ses premiers exploitants. Rivale secondaire des
Folies dramatiques, situées du côté opposé, recrutant
surtout ses spectateurs parmi les habitants du quartier du Temple, cette petite scène bénéficia de la disparition des théâtres si nombreux du boulevard du
Crime, — le théâtre du Cirque, le Théâtre historique,
les Délassements comiques, le Petit Lazari, le théâtre
Saqui, les Funambules, où Deburau jouait avec tant
de brio les Pierrots des pantomimes. Ils avaient été
démolis lors du percement du boulevard du Prince
Eugène. La vieille et célèbre Déjazet avait, par un
dévouement maternel touchant, installé là, comme
directeur, son fils, qui éprouvait des embarras financiers, espérant que, en reprenant son ancien répertoire
et en créant quelques rôles nouveaux, dans des pièces
qu'écrirait pour elle Victorien Sardou, les recettes
seraient fructueuses. De fait, l'actrice brillante dont
le nom comme celui de la Dugazon sert encore à désigner un genre particulier dans l'art dramatique, jouait
encore avec sa verve, son entrain et sa finesse d'autre-

fois. Mais il ne fallait pas trop la regarder de près ou par
le gros bout de la lorgnette. On voyait avec tristesse les
rides de son visage décharné, sous son sourire toujours
séducteur et malin. Les premiers temps furent pros-
pères. Les anciens admirateurs et ceux qui, n'ayant
pas connu l'actrice dans sa splendeur, étaient curieux
de la voir, emplissaient la salle. Ils purent encore, dans
cette vieille artiste, retrouver l'espièglerie, la grâce
sous le travesti, l'élégance sous les habits du XVIIIe
siècle, qu'elle portait avec le même charme que Delaunay à la Comédie-Française. Bientôt, Virginie Déjazet
quitta les planches. Elle avait fait, la pauvre femme,
ses dernières armes dans « Les premières armes de Richelieu ». Le spectacle qui lui succéda fut moins spirituel,
les acteurs furent moins distingués, mais ne manquaient
pas d'attraits ou de verve, et de fantaisie. Je vois
encore le gros Heuzey, si ventripotent et le grand
Legrenay, maigre, efflanqué, faisant un désopilant
contraste : — Heuzey, la mine épanouie, faisant ressortir sa bedaine dans une culotte blanche de jockey
venant de gagner le Grand Prix et imitant le pas triom-
phal de sa monture, chantait :

« J'arrive toujours le premier »,

Tandis que Legrenay, essoufflé, haletant, simulant
le pas de son cheval épuisé, disait, tout poussif :

« J'arrive toujours le dernier ! »

On jouait des revues où ces sortes de grosses plaisanteries sans sel égayaient les petits fabricants et
les boutiquiers du Marais.

Je ne dirai rien des actrices dans ces pièces à femmes.
Elles constituaient moins une troupe qu'un « bataillon
de Cythère » en tête duquel on peut placer en vedette
pour leur beauté et leur charme, Marie Leroux, brune,
provocante, endiablée, qui, plus tard, fut au Palais
Royal, et Régina qui, sous ce simple prénom, sentant

le parfum d'une loge de concierge, était une jolie
blonde aux yeux bleus faïence, qui attiraient aux fauteuils d'orchestre, tant d'habits noirs et de gilets en
cœur.

J'ai fait allusion à l'origine de la salle qui devint
le théâtre Déjazet. Il y a près de 59 ans qu'elle fut
ouverte au public sous le nom de Folies-Mayer. C'était
non pas un café, mais un dîner-concert. On entendait
les chansonnettes et la musique tout en dînant. L'idée
était neuve. Elle appartenait à un chanteur comique,
Joseph Mayer, frère de Maurice et d'Hippolyte, nos
amis, et beau-frère de ce célèbre farceur et grimacier
Joseph Kelm, qui ressemblait en plus laid et en plus
trivial, à Lhéritier, un du Palais-Royal. Kelm chantait et
mimait avec une irrésistible drôlerie ces insanités :
Le Sire de Framboisy et *J'ai un pied qui r'mue*,
devenus populaires et qu'on entendait partout dans
Paris. Joseph Mayer avait un talent particulier d'imitation instrumentale. Il excellait à faire le joueur d'orgue
de Barbarie. Tournant le bras en singeant la manœuvre
de la manivelle, il faisait sortir de sa gorge des sons
métalliques, qu'on aurait cru émaner de sa boîte à
musique, avec son agaçante mélodie ! Singulier talent
chez un fils de rabbin ! Petit, de physionomie caricaturale, avec un nez très long et très judaïque, rejoignant un peu le menton, il avait un profil qui rappelait en raccourci, celui d'Offenbach.

Les Folies-Mayer n'eurent pas le succès durable sur
lequel il comptait. La foule se lassa de ce spectacle
monocorde et de ces sempiternelles bouffonneries,
moins triviales et surtout moins pornographiques que
celles de nos cafés-concerts actuels. L'invention du
repas, qui, par le bruit des assiettes et les cris des garçons « Voyez au 8 ! Servez au 10. — Voilà le Château-
briand du 9 » interrompait les chants et accompagnait si
fâcheusement l'orchestre, était vouée à un piteux échec.

Le théâtre Italien, depuis tant d'années favori de la haute société, et dont la salle, aménagée pour satisfaire les goûts mondains de ses abonnés, avait un air de salon, ne cessait pas d'être en grande vogue. De beaucoup moindre dimension que l'Opéra, il jouissait d'une disposition acoustique parfaite. La douceur des instruments à cordes composant son orchestre, s'accommodait bien avec celle de la langue italienne, et permettait d'entendre sans fatigue, une soirée entière de musique. Les chanteurs eux-mêmes, peu comédiens, avec leurs gestes rares et modérés, s'avançant à la rampe pour chanter leurs morceaux, imprimaient au spectacle, l'apparence d'un concert. Et quel répertoire ! De Rossini avec la Gazza Ladra, de Donizetti avec Lucie de Lamermoor, La Favorite et Don Pasquale, de Verdi, avec la Traviata et Rigoletto aux frères Ricci avec Crispino e la Comare, qui, plus tard, traduit en français, fut représenté sous le titre du « Docteur Crispin » ! Nous avons goûté le charme de cette dernière partition si gracieuse. Il est vrai que Adelina Patti, dont tout Paris était engoué, y fut supérieure. Ce fut, à mon avis, son plus grand succès. Elle était surtout délicieuse de gentillesse. Sans avoir l'ampleur de voix de l'Alhoni, son chant était mélodieux et facile. On eut dit d'un rossignol. Elle était, à la différence de tant de cantatrices de ce théâtre, jolie, élancée, souple, agile, ne se contentant pas du chant, mais y ajoutant le jeu, et cela avec un goût parfait. Elle courait la scène, esquissait même quelques pas de danse en disant son fameux air près du puits d'où sort la « commère ». Quel contraste avec d'autres divas, lourdes, immobiles parce qu'elles étaient trop grosses ! On ne se contentait pas de l'applaudir pour son talent et pour sa voix. On l'aimait pour son joli ovale, pour sa belle chevelure et ses grands yeux noirs si expressifs. La conséquence de l'enthousiasme du

25

monde, même officiel, fut un mariage malheureux avec un personnage des Tuileries, le Marquis de Caux, qui, lui sacrifia sa charge à la Cour, où, devenant le mari d'une actrice, il ne pouvait plus figurer. Il laissa sa femme continuer à chanter sur la scène et on le voyait souvent, aux premiers rangs de l'orchestre, l'applaudir sans modestie. Elle put ainsi réaliser les grands profits que lui procurait son art. Plus tard, elle céda à l'amour de son camarade Nicolini, de son vrai nom Nicolas, puis se remaria.

Le fait le plus saillant de cette année-là pour l'ordre des avocats, fut la mort de Berryer, qui survint à la fin du bâtonnat d'Allou. L'illustre orateur, qui avait atteint l'âge de 78 ans, ne paraissait plus à la barre. Une de ses dernières grandes causes avait été le procès Patterson. On se rappela que son adversaire avait été Allou, qui allait conduire le deuil du barreau et lui dire le dernier adieu en retraçant sa gloire. Le bâtonnier ne pouvait que garder la mémoire d'un glorieux combat et d'un commun triomphe.

Les obsèques de Berryer furent une apothéose, d'autant plus imposante que la foule immense venue pour y assister avait dû s'imposer un long et fatigant voyage. Elles eurent lieu au château d'Angerville-la-Rivière où il était décédé, c'est-à-dire en pleine campagne. Des trains spéciaux furent organisés à la gare de Lyon pour y conduire les invités. La cour était encombrée par les équipages de gala, aux quatre lanternes voilées de crêpe, de toute l'aristocratie française. Le faubourg Saint-Germain resta désert toute la journée. Des délégations de tous les barreaux français et étrangers, parmi lesquels se faisaient remarquer les avocats anglais aux habits rouges chamarrés d'or, s'étaient joints à leurs confrères parisiens.

A Angerville, on trouvait, en arrivant, une foule nouvelle moins brillante, mais plus émouvante par son attitude recueillie : les habitants du pays, riches et pauvres, accourus en voitures ou en charrettes.

Le château n'avait pas l'aspect lugubre et désolé que pouvait comporter une telle cérémonie. Le catafalque posé sur la grande pelouse au milieu de la verdure, des fleurs et des arbres, ne donnait pas la sensation pénible qu'on ressent en le voyant dans une chapelle ardente ou dans l'Eglise. Les portes des salons étaient grandes ouvertes et un buffet somptueux était dressé. Comme les simples ouvriers qui, après un enterrement, vont déjeuner de compagnie, les invités allaient déguster les sandwichs et sabler le champagne. On eut dit une soirée mondaine. On critiqua déjà cette choquante diversion au milieu même des obsèques ; ce fut pire ensuite, et on se scandalisa du grand banquet du lendemain.

Au sortir des salons, on était en présence du plus saisissant et plus solennel spectacle. C'était le défilé de tous les avocats célèbres, recueillis et dignes, en tête desquels marchait Allou, qui jamais ne fut plus superbe d'attitude et d'éloquence. Sa noble et belle prestance, sa démarche naturellement majestueuse, cadraient avec le premier rôle qui lui était dévolu.

Le lendemain, comme nous l'avons indiqué, le barreau eut l'idée bizarre d'inviter en un grand dîner d'apparat les confrères étrangers. On se serait cru à une fête continuant celle des obsèques. Sans doute, la figure et la vie de Berryer furent évoquées, mais au dessert, au milieu des toasts que se portaient les vivants. On en voulut à Paul Andral, l'ancien secrétaire et l'ami de Berryer ; on lui attribuait la pensée et l'organisation du banquet. On voyait là un manque de tact. Il eut mieux valu une réception intime chez le bâtonnier, qui pouvait réunir pour les remercier ces délégués des barreaux venus de loin. C'eut été plus décent. Mais il ne faut pas oublier que les obsèques des grands hommes, — par la foule énorme qui y assiste, par le bruit des conversations, l'absence forcée de recueillement, et aujourd'hui par la musique des orphéons et l'exhibition des sociétés de gymnastique, — ne donnent guère l'illusion de la tristesse et des regrets. Qu'on se rappelle celles de Gambetta, de Thiers, et surtout de Victor Hugo, vraies fêtes populaires. Celles de Berryer, même avec son buffet et le banquet qui a suivi, furent après tout plus empreintes de sévérité. Ce n'était pas du moins, un public banal que celui-là !

Cette page mémorable de l'histoire du barreau de Paris fut une des dernières phases du bâtonnat d'Allou, auquel Jules Grévy allait succéder.

J'ai déjà parlé de cet homme considérable qui, avec un talent de parole, n'ayant rien de l'abondance de son prédécesseur, puissant par sa concision et sa netteté, marqua moins à la barre qu'à la tribune et moins peut-être aussi à la tribune que dans le conseil où il brillait par son bon sens aiguisé, sa finesse et sa perspicacité, qui nous sauvèrent de la guerre menaçante lors de l'incident Schwœblé.

Sa haute renommée, datant de 1848, l'indiquait aux suffrages. Son caractère froid et réservé, sa prudence, la rareté de ses épanchements, son maintien modeste et digne, faisaient de lui, avec moins de prestige qu'Allou, le type du bâtonnier.

Trop avare de ses paroles, quoique avocat, pour se laisser aller à la médisance non plus qu'à l'éloge sur le compte du prochain, il ne s'était créé aucune inimitié. Sa vie était pure et irréprochable comme sa tenue, et on a vu lors qu'une odieuse coalition le renversa en l'obligeant en violation de la constitution à abandonner la présidence de la République, que ses adversaires mêmes ne purent le viser qu'en visant Daniel Wilson.

« Ah ! quel malheur d'avoir un gendre ! »

chantaient les camelots.

Aux vacances, je retournai à Dives et retrouvai bien l'hostellerie de Guillaume-le-Conquérant, la mère Le Rémois, son fils Léon, mais non plus la brillante société de ma première venue, sauf le peintre animalier d'Haussy, auquel il m'était bien agréable de tenir compagnie dans les herbages où il allait faire, d'après nature, des études de taureaux et de vaches, — et mon inséparable ami de villégiature, Fontaine de Rambouillet.

Je suppléai au vide que me créait l'absence de la causerie du soir au « Casino bleu » par des pêches en mer. A minuit, à la marée montante, je m'embarquai une fois, séduit par une belle mer phosphorescente, comme éclairée par une lumière électrique et où les poissons se voient comme en l'eau claire et limpide d'un bocal. J'allai avec des pêcheurs, sur leur grande barque à voile, mollement bercé. J'étais somnolent lorsque, tout à coup, une tempête éclata. Je fus réveillé en sursaut et m'aperçus que j'étais seul sur le pont. L'équipage, composé de quatre hommes, avait détaché le canot où il était descendu pour aller relever ses filets à une certaine distance, en laissant le bateau à l'ancre, ce qui faisait que les vagues me secouaient plus rudement. Je craignais qu'elles ne cassassent la chaîne qui le retenait. Je me cramponnais au mât par peur d'un coup de mer, car je ne pouvais descendre dans la cale sans être renversé par la violence du roulis et du tangage, qui se succédaient sans interruption. Enfin, les matelots revinrent avec leur pêche où dominaient les chiens de mer, jetés pêle-mêle autour de moi, et, au jour, ces hideux poissons tout ensanglantés ne laissèrent pas de donner à mon estomac vide et fatigué par les secousses de la nuit, les plus fâcheuses sensations. On me ramena à Cabourg. Il me fallut débarquer à dos d'hommes, à l'heure du bain, la marée montant, sur la plage encombrée, au milieu des élégantes, dans un accoutrement tout maculé, avec les cheveux en désordre.

Je rentrai en hâte faire ma toilette à l'hostellerie, heureux de fouler le plancher des vaches et de reprendre ma vie paisible au milieu des quelques peintres qui s'asseyaient à côté de moi à table. Dans cette auberge toute normande pourtant, on pratiquait l'hospitalité la plus large et la moins défiante. Les artistes marquaient à la craie leurs consommations supplémentaires sur la porte de leurs chambres, sans aucun contrôle, et en relevaient eux-mêmes le nombre au moment du règlement. On rapportait que, quand il y en avait un trop grand nombre, certains, indélicats, effaçaient d'un coup de manche, quelques-uns des traits blancs qui servaient de marques.

La confiance si mal placée de la mère Le Rémois ne l'empêchait pas d'être pour le reste une madrée et intéressée commerçante. Ne me demanda-t-elle pas de l'accompagner à Honfleur, se disant bien ravie de me faire admirer la côte de Grasse. J'étais très touché de son offre amicale. Or, elle allait porter chez son notaire sa recette de la saison, et elle m'avait tout bonnement choisi pour lui servir d'escorte ne voulant pas voyager seule dans sa carriole avec un aussi gros magot. — Elle excellait dans le marchandage sur la place de Dives, les jours de foire, dépréciant d'abord la marchandise qu'elle voulait acheter pour l'avoir à moindre prix. — Et si elle ménageait ses pensionnaires, elle savait merveilleusement pressurer les riches Trouvillais de passage.

Elle m'apprit à discuter les prix chez les marchands, et elle me fournit une occasion unique d'apprendre

comment se crée et se lance une entreprise d'eaux
minérales. Ses pensionnaires organisèrent une excursion et parmi eux était un médecin connu de Paris,
le docteur Marchal de Calvi. Nous allions dans le
petit village de Brucourt. Là, Léon Le Rémois, notre
guide, nous faisait descendre, pour goûter d'une
eau rougeâtre d'un goût acide, comme celle de la
fontaine Sanguinède des hauteurs de la Solle, dans la
forêt de Fontainebleau. Marchal de Calvi la dégusta,
prit des notes, emporta un échantillon et fit analyser
l'eau à Paris. La Faculté la signala au public comme
eau ferrugineuse. Les prospectus et les étiquettes en
vantèrent les bienfaits, et aujourd'hui, on la débite
couramment dans les boutiques parisiennes où se
vendent les boissons minérales.

J'ai eu souvent la bonne fortune de revoir dans des
salons amis ce docteur, dont la société était agréable
et la conversation intéressante.

Marchal de Calvi avait débuté par une campagne
célèbre contre l'embaumeur Gannal. Il prétendait que
son procédé ne conservait pas les corps. Cette macabre
discussion le fit d'abord connaître. Mais il avait d'autres qualités grâce auxquelles il fut bientôt très recherché, puis très répandu dans le monde. Ses succès étaient
facilités par le galbe le plus séduisant, surmonté d'une
tête intelligente de savant. Il avait, avec cela, une
faconde intarissable et était étonnamment doué au
point de vue de la mémoire qu'on ne trouvait jamais
en défaut. Il eut été un acteur incomparable. Sa voix
était forte, il savait la rendre imposante et dominatrice quand il discutait, douce et tendre quand il parlait aux femmes. Il récitait d'abondance des poèmes
entiers. Ses auditeurs étaient médusés par son talent
de diction et son charme de causeur.

Parlant de mon séjour à Dives, je ne veux pas passer

sous silence une plaisante méprise qui me coûta fort cher.

M. Jonas Rothschild et sa femme, amis de famille, et des plus intimes, villégiaturaient, comme tous les ans, à Trouville, où ils étaient descendus à l'hôtel de Paris. Je les invitai à venir déjeuner au Grand Hôtel de Cabourg et j'allai les prendre dans la tapissière du père Auvray, un boulanger de Dives, qui me l'avait louée au mois. A notre arrivée, je commandai simplement pour nous, trois repas, ce qui, dans ma pensée, signifiait ceux du menu de la table d'hôte, à prix fixe. M. Rothschild me quitta un instant et alla retenir, sans m'en dire mot, le coupé de la diligence pour son retour. Il s'inscrivit suivant la coutume. Lorsque je voulus me mettre à table, grande fut ma surprise lorsque au lieu de nous faire entrer dans la salle, on nous introduisit dans un petit salon où on avait placé de gros bouquets dans les vases. Mon étonnement s'accrut lorsqu'arrivèrent les plats. C'était une succession de poissons de choix, de gibiers, d'entremets et de desserts princiers. Je ne pouvais faire d'observations devant mes invités. Quand ils furent partis, je demandai l'addition. Elle s'élevait, avec les vins, à 90 francs ! Je jetai les hauts cris en protestant que je n'avais rien commandé de tout cela et voulais le déjeuner à 4 francs. On me répondit que *les Rothschild* avaient l'habitude d'une table luxueuse et qu'ils pouvaient bien payer 90 francs pour déjeuner ! On les avait pris pour les barons... et moi, probablement, pour leur régisseur ou leur courrier !

Une telle homonymie n'est pas sans inconvénient pour ceux qui le portent et qui risquent d'être ainsi trop bien traités en voyage.

Elle donna lieu, pour mes amis, à une aventure qui mérite d'être contée.

Le journal « Le Figaro » publia un article sur les homonymies et signala que certains noms célèbres sont souvent portés aussi par des gens obscurs, tels : Valette, le grand jurisconsulte, et Valette, charbonnier. — Jules Ferry, l'homme politique et Jules Ferry, le cordonnier. — Jules Favre, le grand orateur et Jules Favre, marchand de vins. — Rothschild, le roi des banquiers, Rothschild, tailleur et Rothschild, carrossier.

Mon ami, Sigismond Rothschild, s'émut. Il écrivit au Figaro pour se plaindre. Son nom, disait-il, honorablement porté, valait bien l'autre, celui des financiers. Le lendemain, rectification en première page. Le rédacteur, revenant sur son article de la veille, qui, disait-il, avait, contrairement à toute mauvaise intention de sa part, blessé certaines personnes très respectables, se justifiait, ajoutant que Rothschild était le prince des carrossiers, si les barons de Rothschild étaient les rois de la banque. Sigismond reçut, peu de temps après, la visite d'un rédacteur qui lui demandait la forte somme pour sa *réclame* en première page, et en bonne place ? Il lui fallut une énergique résistance pour s'en débarrasser et il lui envoya... un encrier !

Les commerçants et les industriels ont toujours convoité la décoration de la Légion d'Honneur. Ils n'ont pas jadis été aussi largement partagés qu'aujourd'hui. On ne voyait pas de simples boutiquiers commandeurs, ni des restaurateurs officiers de l'Ordre. Les expositions universelles, mais surtout les intérêts électoraux, ont étendu à certaines catégories de professions peu favorisées jusque-là au point de vue des distinctions honorifiques, le ruban rouge dont Napoléon Ier se montra moins prodigue. Sigismond brûlait du désir de l'obtenir et je dois dire que nul ne l'avait mieux mérité que lui, par les progrès qu'il fit faire à son industrie. Il m'expliquait sa tarentule en me disant quelle en était la raison. Ses clients riches, orgueilleux, ne pratiquaient pas toujours la politesse et n'avaient pas tous les égards auxquels il avait droit. Il en était qui l'appelaient par son nom tout court, entraient dans son bureau le chapeau sur la tête et le cigare à la bouche. Il pensait qu'ils auraient plus de procédés en face d'un chevalier de la Légion d'Honneur. Mais il manquait d'un protecteur dévoué et influent pouvant enlever de haute lutte sa nomination.

Or, si cette faiblesse humaine pour la croix a toujours existé, il y eut toujours des gens habiles et indélicats pour l'exploiter. Alphonse Karr raconte déjà dans ses Guêpes, une curieuse invention d'un chevalier... d'industrie. Rencontrant un individu qu'il sait désirer la croix, il s'étonne qu'il ne l'ait pas encore. — L'autre lui ayant répondu qu'il n'a pas de personnage s'intéressant à lui, il s'offre, comme ami de M. Thiers, alors président du Conseil et son ami intime, de la lui obtenir. Comme le naïf interlocuteur doute de son crédit, il lui propose de parier avec lui un couple de billets de mille francs, qu'il le fera décorer. — C'était déjà l'affaire Wilson. Comme dans celle-ci, M. Thiers était bien innocent et c'était le courtier-intermédiaire qui avait trafiqué de sa prétendue influence !

Sigismond était une victime désignée à cette variété d'escroqueries, mais il fut une victime récalcitrante et qui sut confondre son dupeur.

Un personnage considérable de la Cour des Tuileries vint visiter ses ateliers, accompagné d'une dame fort jolie et très élégante qui n'était autre que sa maîtresse. Celle-ci, en voyant un petit coupé comme savait en construire la maison Rothschild : tout tendu en soie capitonnée avec nécessaire en or et en ivoire, s'extasia. Le puissant seigneur causa avec Sigismond du ton le plus affectueux et lui demanda, tout comme

plus haut l'ami de M. Thiers, comment il se faisait
qu'il ne fût pas décoré. — On n'a pas pensé à moi,
répond mon ami. — Je me fais fort de vous obtenir
la croix riposte le Mécène.

Sigismond alléché

« Laisse tomber sa proie »

ou plutôt renvoie, le lendemain, chez la dame, le coupé
admiré par elle et dans lequel il place la facture
acquittée... Le 15 août survint. Le « Journal Officiel »
resta muet. Visite du protecteur qui apportait un superbe écrin. « On n'a pas pu vous comprendre « dans
cette promotion », dit-il avec un air confus, « mais voici
en attendant la prochaine, une petite compensation ».
La boîte qu'il remit et le rouleau qu'il y joignit contenaient la Croix de Chevalier de l'Ordre du Lion et
du Soleil de Perse, avec le diplôme qui y afférait !
Cette fois encore, c'est l'engeigneur qui fut joliment
engeigné ! Un ouvrier de la carr_sserie fut chargé
d'aller reprendre, tout menaçant, la voiture qu'il ramena aux magasins d'où elle ne sortit plus que pour
être vendue.

X

1869

1869 fut une année agitée au point de vue de la politique intérieure. Elle annonçait le désarroi dans les
idées de l'Empereur et le détachement progressif du
suffrage universel jusque-là docile et soumis à ses
volontés. Une émeute, qu'on a appelée l'émeute des
blouses blanches, avait troublé l'ordre de la rue. On
l'avait attribuée à la police, qui l'aurait organisée pour
effrayer les bourgeois et les rallier à l'Empire. Que de
fois, sous tous les gouvernements, n'avons-nous pas
entendu dire, soit que les troubles avaient été fomentés
par eux, soit qu'ils les avaient même organisés !

La suite a toujours démontré que le pouvoir n'avait
pas songé à se créer des embarras pouvant tourner
à son désavantage ! Même sous la République, a-t-
on assez parlé de faux complots, et, lorsqu'éclatent
les grèves crie-t-on assez que le parti socialiste y est
étranger et que les grévistes sont de faux ouvriers ?
L'émeute des blouses blanches fut bel et bien une
sérieuse tentative d'insurrection !

La lettre que Napoléon écrivait au « Vice-Empereur »
Rouher, le 19 janvier et par laquelle il annonçait des
réformes comme « couronnement de l'édifice », était un
indice des préoccupations de l'Empereur, qui se sentait
acculé par le flot du mouvement libéral. Ce fut un
acheminement vers la Constitution du Ministère Emile
Ollivier. Les élections, qui envoyèrent au Corps législatif un nombre considérable de députés de l'opposition, malgré la pression des candidatures officielles,
furent un symptôme inquiétant pour l'Empire. Enfin, le
pays était habitué, tous les 18 ans environ, à une révolution et au renversement du gouvernement existant,
or il y avait dix-sept ans que Napoléon régnait ! Déjà,
à l'étranger, on prévoyait sa chute. Je possède une
curieuse caricature d'un journal anglais de la fin de
1868, représentant Napoléon III acculé par les vagues
de la mer montante (Révolution) contre un rocher
auquel il cherche à s'accrocher et sur lequel est écrit :
Wart (la guerre).

Comme, en 1847, le procès Teste et l'assassinat de la
Duchesse de Praslin furent des événements imprévus,
des signes précurseurs du mouvement populaire de
1848 et largement exploités par les ennemis de Louis-
Philippe et de sa monarchie bourgeoise, — la chute
de l'Empire fut précédée de faits significatifs : la
publication des pamphlets virulents de Rochefort,
que tout le monde lisait avec avidité, lorsque de
Bruxelles où il dût se réfugier, ils étaient introduits

en France en cachette ; les satires violentes de Victor Hugo et enfin quelques mois après par le meurtre de Victor Noir, dont l'auteur était un des cousins mêmes du souverain, Pierre Bonaparte, puis l'élection de Rochefort comme député.

Emile Ollivier se présenta aux élections législatives, comme candidat du quartier du Sentier. Ses anciens collègues, du temps des cinq, et les intransigeants, lui reprochaient son rapprochement avec l'Empereur quoique à cette époque, comme il l'a expliqué dans son livre sur le 19 janvier, il restât dans l'opposition constitutionnelle, mais en cessant d'être anti-dynastique.

J'avoue que, quoique étant républicain en un temps où « la République était belle », j'éprouvais pour la tentative d'Emile Ollivier d'instaurer un Empire libéral la plus grande sympathie. J'admirais depuis longtemps l'orateur, son caractère, et je voyais en lui l'homme qui nous délivrerait du régime autoritaire du 2 Décembre, sans effusion de sang. Mon opinion n'avait rien de choquant. Elle fut celle des hommes les plus éminents de ces anciens partis qui combattaient le gouvernement. Qui ne se rappelle que Thiers et Guizot furent les premiers conquis et que l'Académie française lui ouvrit ses portes lorsqu'il eut réussi, sauf à le répudier en ne procédant pas à sa réception officielle, la guerre étant survenue. Après le Coup d'Etat, on ne croyait pas à la durée du régime ; il en fut ainsi, même après la proclamation de l'Empire. Victor Hugo prédisait son proche effondrement. Les nombreuses années écoulées depuis, faisaient désespérer les ennemis de l'Empereur. Beaucoup pensaient que la conquête de certaines libertés serait au moins un salutaire adoucissement. La plupart se mirent à espérer qu'on s'acheminerait ainsi vers le renversement de « l'édifice ». Dans le centre commercial où il

se présentait, Emile Ollivier eut pour principal appui
et pour zélée propagandiste la famille Hayem, qui
reparaît ici. La plupart de mes amis le soutenaient.
Charles Delpon avait été chargé de me demander mon
concours pour le représenter dans le quartier. Je fis à
cette occasion, une décevante expérience de la parole
dans les réunions publiques. Elle me guérit à jamais
de l'envie d'y reparaître. C'était au Théâtre Molière,
dans le Passage du Saumon, aujourd'hui disparu, un
coin curieux du vieux Paris. Il allait de la rue Montmartre à la rue Montorgueil et la salle était très rapprochée de cette dernière étroite petite rue. L'assistance était agitée et houleuse. On avait recruté tous
les républicains hostiles qui constituaient la partie
sérieuse de l'auditoire et surtout ces gamins, qui forment l'appoint important des assemblées où on crie et
des manifestations où on se bouscule. Quand je montai
sur la scène où était le bureau qui me donna la parole
comme partisan d'Ollivier et m'avançai vers la rampe,
ce fut une huée formidable, des hurlements, des
poings qui se levaient menaçants, des « Il ne parlera
« pas ! » qui, après quelques mots, me firent abandonner la place et descendre dans l'orchestre. Le commissaire de police ordonna de lever la séance et on sortit
en braillant. La cohue et les bousculades furent ter-
ribles dans la petite rue Montorgueil. Des sergents de
ville voulurent disperser les bandes de manifestants
qui s'apprêtaient à parcourir Paris en poussant des
cris séditieux. Ils les poursuivirent en les chargeant,
et ceux-ci, se prenant par le bras, s'enfuirent jusqu'à
la Tour Saint-Jacques, m'entraînant bon gré, mal gré,
avec eux. Là, seulement, ils se dispersèrent et je pus
rentrer rue Saint-Marc !

Cette légère échauffourée n'était rien à côté de la
fameuse soirée du théâtre du Châtelet. Ce fut une
ruée colossale ! L'entrée fut prise d'assaut. On se

poussait, on s'écrasait. La multitude vociférant, injuriant, criant « traître ! vendu ! » à Emile Ollivier, causa un tel scandale qu'on dut fermer les grilles. Elles furent escaladées et des myriades de chapeaux, perdus dans la bagarre, furent retrouvés le lendemain sur la place.

Je fus introduit par un avoué près le tribunal, Me Lesage, qui avait, le premier, jadis témoigné de son admiration pour Emile Ollivier en le faisant charger d'une affaire importante. Il était devenu son ami dévoué. Il avait une loge et une entrée par la porte des artistes.

La salle offrait l'aspect d'un club révolutionnaire. Quand Ollivier, qui avait provoqué cette réunion pour s'expliquer devant ses électeurs, se présenta, il fut accueilli par des coups de sifflets stridents, des cris féroces auprès desquels ceux que j'avais entendus à la salle Molière semblaient douce musique ! Or jamais, je l'affirme, on ne vit plus merveilleux effet du génie oratoire, de l'action d'un homme isolé, mais puissant par son talent sur une masse hostile et déchaînée ! Jamais Ollivier ne fut plus beau ! Debout au milieu de la scène, immobile sous les apostrophes et les outrages, les bras croisés, fixant cette foule qui voulait l'empêcher de parler, il tenta de dire quelques mots. Trois ou quatre fois il recommença, et enfin, grâce à son attitude ferme, impérieuse, dominatrice, il prononça et acheva son discours au milieu d'un respectueux silence.

Et que faisait, pendant ce temps-là, le Paris étranger à la politique, le Paris artiste, le Paris mondain, le Paris qui s'amuse ? Il ne paraissait nullement préoccupé et ne mettait aucune trêve à la vie joyeuse. On allait de fêtes en fêtes comme par le passé. Nulle part comme ici on ne danse sur un volcan. Les théâtres représentaient les pièces les plus gaies ou les plus folles.

Les Variétés donnaient les Brigands de Meilhac, Halévy et Offenbach, un des meilleurs opéras-bouffes de ce répertoire, où des plaisanteries du plus haut goût tombaient dru sur les financiers, les diplomates, la police et la gendarmerie représentée par les carabiniers arrivant toujours trop tard au secours des particuliers, sur l'étiquette et le protocole des cours et sur la morgue espagnole ! La musique en était plus élégante, plus distinguée, moins endiablée que dans les précédentes œuvres de ce trio sans pareil. Elle pouvait satisfaire les plus délicats. J'ai déjà portraituré les artistes qui jouaient dans cette pièce et surtout Dupuis, dans le chef des brigands Falsacappa, Léonce, dans le Ministre des Finances, qui

> Pour s'entendre dire : je t'aime
> Par de petits chiens-chiens chéris,
> A mangé tout son argent et même
> Aussi celui de son pays ;

mais s'écriait :

> « Si c'était à refaire, je le referais ! »

Il fallait l'entendre dire ce refrain de sa voix dédaigneuse et sifflotante ! La chanson du « courrier de Cabinet » et le duo : « Mariez-nous, charmant notaire » sont des bijoux.

Les insanités qui, peu à peu, s'introduisirent dans les librettos et la musique de l'opérette, finirent par la discréditer et lasser le public. On peut citer d'abord le *Canard à trois becs*, dont la musique est de Jonas et les paroles de Jules Moinaux, et tant d'autres pièces qui n'avaient d'autre mérite que leurs plaisanteries stupides, leurs mots à double entente et leur inconvenante vulgarité.

Mais le changement de goût des Parisiens ne fut pas subit car, après la guerre même, le genre subsista et ne disparut qu'après quelques derniers triomphes

26

de compositeurs qui passèrent, comme Léo Delibes, à des œuvres plus sérieuses et qui jouissent encore aujourd'hui de tout leur succès.

Aux Folies dramatiques, Hervé « le compositeur toqué » faisait jouer son « Petit Faust » qui fut alors considéré comme un chef-d'œuvre de parodie musicale. Elle eut un nombre incalculable de représentations. Elle ne paraît pas avoir été très goûtée des générations nouvelles lors des reprises. Il est vrai qu'on l'avait transportée dans un autre cadre, sur une scène plus vaste, avec une mise en scène et une figuration qui dénaturaient cette bleuette et faisaient du «Petit Faust» un trop grand Faust. A côté de ces insanités mises à la mode par l'auteur, comme « *le militaire* » qui « *sort d'une soupière* », il y avait des drôleries peu communes. Telle la leçon d'anatomie que doit faire à ses élèves le docteur Faust :

> « Les nerfs, les muscles, les tendons
> « Pour vous n'auraient plus de mystères »

et le cadavre qu'on remporte parce que les jeunes filles ont été trouvées jouant à saute-mouton ?

Il y avait mieux que cela dans cette bouffonnerie. On y découvrait de délicieux motifs comme la chanson des quatre saisons et l'air de Méphisto si bien détaillé par Van Ghell :

> « Je suis Méphisto, serviteur fidèle
> « De l'ange déchu qu'on nomme Satan.
> « Je hais comme lui la race mortelle
> « Et fais en petit ce qu'il fait en grand. »

Le chœur des vieillards transposé et le chœur des soldats étaient amusants et l'auteur avait eu le mérite de suivre pas à pas l'opéra de Gounod.

Ces plaisantes opérettes m'ont laissé plus tard de pénibles souvenirs lorsque je me les suis rappelées en

1871. On joua « Les Horreurs de la Guerre » où on chantait, hélas !

> « Nous avons des fusils
> « Se chargeant par la culasse ;
> « En dehors, ils sont gentils
> « Mais, en dedans, ça s'encrasse ! »

Quand fut survenue la guerre de 1870, on regretta d'avoir ri de ces farces en 1869 ! Mais qui pouvait prévoir, même en 1870, à la veille de la lutte terrible, les tristesses et les deuils qui nous attendaient !

Le théâtre des Bouffes parisiens donnait la Princesse de Trébizonde, une opérette qui mettait en scène des saltimbanques gagnant un château à une loterie où ils avaient pris le n° 1313 :

> « Treize cent treize !
> « J'en suis bien aise ! »

chantait l'heureux gagnant. Céline Chaumont s'essayait dans les « Dejazet », non travestis, quittant la comédie où elle avait été si fêtée et où elle devait revenir sur les scènes du Palais Royal et des Variétés. Petite, menue, gracieuse, avec une voix légèrement nasillarde, qui rappelait son modèle, d'une diction parfaite, nuancée et savante, à laquelle on ne pouvait reprocher que son afféterie, elle fut une actrice consommée. Elle chantait délicieusement :

> « Si tu n'peux pas
> « Si tu n'peux pas t'y faire,
> « Tu n'fais pas mon affaire, »

Quel style, diront les gens graves, sans doute ! mais c'était celui de l'opérette. Elle fut remarquable de finesse plus tard dans la Petite Marquise avec Baron et dans les Sonnettes avec Dupuis, aux Variétés. Elle fatiguait un peu par son accentuation trop rythmée.

Deux pièces représentées à la Comédie Française et à l'Odéon sont restées au répertoire.

Au théâtre Français, ce furent « Les faux ménages »
d'Edouard Pailleron, qui, comme toutes les comédies
de cet auteur fortuné, appartiennent au genre tempéré
de la comédie bourgeoise : *Le dernier quartier*, — *Le
monde où l'on s'ennuie*. Convenablement écrites, bien
pensées, honnêtes et morales, de bon goût, sans écarts
d'imagination, elles plaisaient au public qui commençait à reprendre le chemin de la Comédie Française,
moins friand des auteurs classiques que des écrivains
contemporains, préférant les modernes aux anciens,
et qui devait fournir plus tard le contingent des abonnés par genre plutôt que par amour des lettres, du
Mardi et du Jeudi. Elles n'étaient pas plus fatigantes
à entendre que nos anciens vaudevilles et pouvaient
être appréciées sans grande culture d'esprit.

A l'Odéon, c'était le poétique petit acte de François
Coppée, — plus poétique que les œuvres ultérieures
de cet écrivain dont les vers furent si empreints de
réalisme prosaïque, tels ceux si connus du petit épicier
de Montrouge. — Le Passant eut l'heureuse chance
d'être joué par Sarah Bernhardt, débutant dans le
rôle de Zanetto et par la belle Agar, si aimée au quartier latin, si intelligente, et qui aurait dû briller au
premier rang des grandes actrices. La « voix d'or » de
Sarah Bernhardt était dans toute sa fraîcheur et elle
faisait valoir les vers par sa façon de les dire ou de les
chanter.

Une troisième pièce fit courir tout Paris. Le Gymnase avec Froufrou de Meilhac et Halévy, une comédie sans musique et tournant au drame, qui fit rire
et pleurer. Froufrou, c'était la parisienne légère, facile
à entraîner, mais qui, même dans ses entraînements,
ne cesse pas d'avoir du cœur. Nous avions gardé son
souvenir :

> « Sa robe fait froufrou
> « Ses petits pieds font : toc toc toc »,

D'où le titre de la nouvelle œuvre. Incarnée par la grande artiste que fut Desclée, Froufrou donnait l'illusion de la vie réelle avec toutes ses émotions. Les auteurs si experts en attractions affriolantes pour les spectateurs, qui aiment tant les clés et les allusions, imaginèrent de donner au père de Froufrou, que jouait le vieux Ravel, la tête de Mirès. Tout le monde le reconnut.

Patrie, de Victorien Sardou, au théâtre de la Porte Saint-Martin, donna la note dramatique de l'année en opposition avec les pièces gaies ou folles, et les flons flons des revues. Comme dans tout le théâtre de cet auteur inventif, doué de ressources comme pas un, supérieur à Scribe même par la machination et par l'intrigue, mais sans style aussi, il y avait des situations émouvantes, poignantes, dont l'une ressemblait singulièrement à la scène de l'exécution de Didier dans la Marion Delorme, d'Hugo. Décors nombreux et pittoresques. Dumaine y fut supérieur. Avec sa stature puissante, son col de taureau et sa voix tonnante, il était bien le type de l'acteur des théâtres du crime où il jouait, d'ailleurs, les rôles nobles et généreux, luttant contre les traîtres. On le disait remarqué et très recherché par les femmes, à ce point que les avant-scènes du rez-de-chaussée étaient toujours occupées par « les amoureuses de Dumaine ».

La bouffonnerie n'était pas qu'au théâtre. Qui croirait, si on n'en avait pas la date, que le 17 février 1869, la Chambre des Notaires de Paris, cette ville où, dit-on, l'esprit court dans les ruisseaux, prit une délibération solennelle interdisant à ses confrères, comme un acte contraire à la dignité de la corporation, de monter sur l'impériale des omnibus ! On en rit fort au Palais et surtout, au théâtre, où, dans les revues, on entendait des tabellions ventrus louer le nouvel arrêté.

L'apparition du livre de Champfleury : « les Chats »,
bien supérieur à celui de Montcrif par l'érudition,
l'observation et les charmantes illustrations qui ornent
le volume, dont le frontispice représente l'auteur avec
la tête même d'un angora, fit le plus grand honneur
à ce grand artiste qu'était l'éditeur Jules Rothschild.
De l'avis des bibliophiles, il s'entendait mieux que
tout autre à la composition, au choix des caractères
et à l'habillage des dessins du texte. Quel soin méticuleux il apportait à son travail, quel amour de son
métier, quel labeur obstiné qui le fit mourir avant l'âge
par suite des maladies contractées, la nuit, où en toute
saison, on le trouvait penché sur les épreuves dans ses
magasins humides et froids de la rue des Saints Pères !
Il a publié de superbes ouvrages de Charles Yriarte
sur Venise, Florence et Rome. Mantegna, Fragonard
ont eu chez lui d'admirables éditions. De même pour
les monographies sur les Borgia, et celle des « Ardennes »,
de Montagnac. Il fut l'éditeur d'Alphand, dont il
publia « les Promenades de Paris » et « l'Art des jardins », d'Alfred Picard, pour le traité des eaux et celui
des chemins de fer, du comte de Franqueville pour « les
Institutions de l'Angleterre ».

L'auteur des Chats, Champfleury, très artiste aussi
et grand curieux, un des chefs de l'école réaliste, a
traité les sujets les plus divers, depuis les « Bourgeois
« de Molinchart » si observés et si ridicules, proches
parents des provinciaux d'Henri Monnier et de Gavarni, les misères du professeur Deltheil si poignantes
et si vraies, jusqu'à sa belle fantaisie sur le Violon de
faïence, l'imagerie populaire, l'histoire de la caricature
où il fut le précurseur de Grand-Carteret, et les
faïences patriotiques. Il prit, le premier, et développa
le goût de l'art japonais et possédait une précieuse
collection d'estampes de ce pays. On peut voir en lui

un maître des Goncourt, qu'il précéda de quelques
années. Au physique, le réaliste avait toutes les appa-
rences d'un parfait bourgeois, correct dans sa tenue
comme dans son langage, mais il avait des idées originales qu'il développait avec humour. Sa conversation
chez Jules Rothschild, celle de Charles Yriarte, d'Henri
de Parville, de Thémines, et du baron de Vaux, étaient
pleines d'attraits au triple point de vue de l'art, de la
science et des voyages en Italie.

Au Palais, les procès suivaient leur cours et aucun
événement important ne se produisit. Gambetta, qui
venait d'être élu député de Paris, se montrait toujours
à la barre dans les procès de presse. La sixième chambre était envahie par une telle affluence d'avocats, que
des bancs et une enceinte spéciale avaient été aména-
gés pour eux. Mais les débats avaient perdu de leur
acuité. Delesvaux était remplacé par le Président
Vivien, aussi doux, aussi débonnaire qu'était ardent,
violent, passionné, son prédécesseur. Les temps avaient
changé ! La grande publicité donnée aux comptes-rendus
détaillés du Corps législatif, la violence de langage des
parlementaires non réprimée, exerçaient une influence
évidente sur les juges et sur le ministère public. On
n'aurait plus sévi alors, comme à l'époque de la suspension d'Emile Ollivier. La justice humaine est toujours influencée, malgré tout, par l'atmosphère am-
biante, quand elle ne l'est pas par des considérations
tirées d'un avenir à ménager. Elle sentait que l'Empire était ébranlé.

A la fin de l'année judiciaire, le 18 juillet 1869, je
fis à Fontainebleau une excursion avec mes parents.
Ce fut la dernière que je fis avec mon père, que je
perdis le 21 avril 1870 !

Fontainebleau, résidence impériale d'automne, n'avait
pas sa physionomie actuelle. Elle avait l'aspect
d'une toute petite ville de province. Les rues, même

sa rue Grande, étaient presque désertes pendant
la semaine et peu animées même le dimanche. Le quartier qui s'étend de la Place de l'Etape aux vins à la
gare, n'était pas encore construit. Avon était séparé
de Fontainebleau qu'il rejoint aujourd'hui par l'Avenue du Chemin de fer, alors bordé de terrains avec peu
de maisons. Le quartier aristocratique, les rues Saint-
Honoré, Saint-Merri et de l'Arbre sec étaient les plus
recherchés par les parisiens venant passer la belle saison. Il restait de vieux hôtels historiques, avec des
parcs grandioses et des arbres séculaires qui dispa-
raissent de plus en plus. On venait plutôt séjourner
que visiter du matin au soir le Château et la Forêt. Les
parisiens ne venaient pas en troupe. Les voyageurs
Cook n'avaient pas encore fait invasion ; on ne rencontrait pas ces breaks gigantesques, les vagonnettes des
Jersiais, les voitures de courses de notre temps. Pas
de sociétés traversant la ville en jouant du mirliton
ou en agitant des crécelles. Pas de tramways. A l'arrivée en gare, on ne trouvait, en dehors de quelques
fiacres démodés, que d'antiques omnibus non encore
mis au rebut, vieilles pataches sonnant la ferraille.
On avait, dès le passage sous ces grands et beaux pla-
tanes qui bordent l'Avenue, la sensation de la Forêt.
Pas de garnison et peu de casernes. L'Ecole d'application d'artillerie et du génie était à Metz. Lors du séjour
de l'Empereur et de l'Impératrice seulement, la Garde
impériale venait avec le superbe et brillant escadron
des Cent Gardes dont l'uniforme bleu et rouge n'était
pas sans ressemblance avec celui des gardes françaises
du 18e siècle. Ces hommes d'élite, de haute taille,
anciens sous-officiers de l'armée, étaient supérieure-
ment montés. Les chevaux provoquaient l'admiration. Les casernes, en dehors de ces résidences passa-
gères, n'étaient pas habitées.

L'automne, les chasses à courre étaient très suivies.

L'équipage était nombreux. Les écuries contenaient quantité de chevaux de sang. On allait voir, chaque soir, au chenil, l'exercice de la curée. Des valets de chien à la livrée impériale, vert et or, commandaient la meute. Les piqueurs, en nombre, étaient, les jours de chasse, postés aux divers carrefours et correspondant entre eux par les fanfares de leurs cors se renseignaient et ils renseignaient le public sur le passage de la bête et des chasseurs. On avait toute chance ainsi d'assister au moins à un des épisodes de la chasse : lancé du cerf, passage de la meute et de l'équipage ou l'hallali. Que de fois, — curieux spectacle digne du pinceau de nos grands peintres ? — le cerf suivi des chiens, des piqueurs et des cavaliers traversaient la route devant les chevaux des voitures ! Aujourd'hui, *suivre la chasse* c'est se promener sur la Route Ronde et s'arrêter à tout instant pour demander, à défaut de piqueurs trop rares, où se trouvent les chasseurs, et on rentre sans avoir rien vu, en des landaus cher payés, conduits par des postillons en belle livrée et attelés de chevaux allant au pas.

Les breaks de la Cour contenant les invités de la série, les dames et parfois l'Impératrice, s'arrêtaient en Forêt, surtout au carrefour de l'Epine où on goûtait près des rochers, sur des tables dressées et servies par les gens du Palais. Joli spectacle dans ce site pittoresque !

Les hôtels étaient peu nombreux. Les deux principaux s'appelaient : l'hôtel de France et d'Angleterre, tenu par M. Dumaine, père de sa tenancière actuelle, et l'hôtel de la Ville de Lyon, dirigé par sa femme. L'hôtel de l'Aigle noir venait ensuite. Les exigences des hôteliers étaient à ce point exorbitantes que le guide Conty dut prévenir par une note supprimée dans les éditions postérieures sur la demande de la municipalité, qu'il fallait en venant à Fontainebleau,

veiller à sa bourse. Les faits justifiaient la recommandation. On a vu, depuis, un des barons de Rothschild,
descendu pour séjourner, quitter son hôtel au seul
vu de la facture de la semaine. Longtemps après, car
rien n'a changé à cet égard, le Shah de Perse refusa
de payer, plaida et obtint du tribunal une forte réduction.

Quant à nous, mes parents et moi, voyageurs plus
modestes, logés à l'hôtel de la Ville de Lyon, nous
lûmes avec stupéfaction qu'un verre d'eau sucrée
monté dans la chambre de ma mère, était compté
4 francs 50 ainsi composés :

Sucre..................	1 fr. 50
Fleur d'oranger........	3 fr.
Total............	4 fr. 50

Sur mes exclamations, on me réduisit 1 franc 50, en
me faisant remarquer qu'on avait servi, non un petit
plateau de sucre et un compte-gouttes d'eau de fleurs
d'orangers, comme dans un estaminet, mais un sucrier
plein et un flacon que nous avions la faculté d'emporter ! J'ai remis, il y a dix ans, cette note à la directrice
de cet hôtel, Madame Mercier, curieuse, me dit-elle,
de voir les prix de sa maison en 1869. Grâce à ces gens-
là, la Forêt de Fontainebleau eut la réputation d'être
une seconde forêt de Bondy !

Elle était admirable cette forêt ! Elle n'avait pas
encore été déboisée pour les exercices de tir au canon
et à la cible, par les carrousels et le dépotoir. Partout
on trouvait de l'ombre. On n'y avait pas encore créé
des jeux de tennis, ni dans l'ancien enclos du grand
parquet si joli avec ses arbres aux branches courbées
pour servir de perchoirs aux faisans des tirs impé-
riaux, un jeu de Polo dénudant le terrain. On n'avait
pas fait un camp à Avon sous les arbres. Au mail de
Henri IV, on n'avait pas installé un tir au canon, qui

réveille, dès cinq heures du matin, les habitants sur-
sautant dans leurs lits et fait un désert de toute la
plaine jusqu'au Rocher de la Salamandre ! Les incendies
allumés par les fumeurs étaient rares parce qu'il y
avait moins d'excursionnistes et les hautes futaies
n'étaient pas salies par les papiers gras des déjeuners
des jours fériés. Les routes étaient bien entretenues
par les employés de la liste civile impériale dont la
Forêt dépendait. Les petites routes de promenades
du Prince impérial étaient particulièrement soignées.
Les sentiers étaient déblayés avec sollicitude par Dene-
court, que subventionnait la cassette privée du souverain. Il est fréquent aujourd'hui qu'une voiture se
trouve brusquement arrêtée par un gros tronc d'arbre
tombé ou abattu qui lui barre la route et que l'administration des forêts, sans souci des promeneurs, ne
prend pas la peine d'écarter.

La fin de l'année 1869 vit mourir Delangle, l'ancien
bâtonnier, qui, depuis bien des années, avait quitté le
barreau pour les fonctions publiques, et qui, an 1865,
devint procureur général à la Cour de Cassation, nommé
après le décès de Dupin.

Les hommes de cette génération disparaissaient
successivement. Un autre bâtonnier, Baroche, devait
mourir peu après, et moins heureux, assister à nos
désastres. Son fils fut tué en combattant pendant la
guerre, et Victor Hugo, qui l'avait flétri dans ses
« Châtiments », cédant à un sentiment généreux, et,
par un de ces gestes théâtraux qu'il aimait, effaça le
nom de Baroche dans les vers où il le clouait au pilori.

XI

1870-1871

Mort de Marie. — Mort de Troplong. — M. Devienne, premier
Président de la Cour de cassation. — M. Gilardin premier
Président de la Cour de Paris. — M. Millevoye, premier Président
de la Cour de Rouen, nommé à Lyon. — Millevoye et Jeanne
d'Arc. — Le Plébiscite. — Le Prince Pierre Bonaparte et le
meurtre de Victor Noir. — Les obsèques. — Théâtre du Palais
Royal : Le plus heureux des trois. — La candidature Hohenzollern. — La déclaration de guerre. — « A Berlin ! ». — Le discours
de Thiers. — Mon voyage à Nancy. — Les défaites — Trahisons
partout. — Sedan. — Le 4 septembre. — La fin d'un régime.
— Au corps législatif. — Dernière séance du Sénat. — La rue
du 10 Décembre débaptisée. — Le gouvernement de la Défense nationale. — La délégation de Tours. — Le général de
Chabaud-Latour et l'investissement de Paris. — Comment je
fus nommé Procureur de la République. — Mes amis d'Albi. —
M. Piou. — M. de Saint-Grèsse. — M. Manau. — Carcenac. —
Vieu. — L'archevêque d'Albi. — Malavialle. — Caze. — Dupin
de la Forcade. — Fabreguettes. — Gorguos. — Soulages. —
Rigault. — Jalladieu. — L'armistice. — Premier retour à
Paris. — La Traversée de la France. — Aspect de Paris. — Le
restaurant Baratte et ses menus du siège. — Deuils. — Le
18 mars. — Les émissaires de la commune et le faux Journal
Officiel. — Second voyage à Paris. — M. et Mme Magnabal.
— Paris en Mars 1871. — Départ pour Fontainebleau. — A
Barbizon. — Les pensionnaires nouveaux. — Les incendies
de Paris. — Les lueurs aperçues de la Barbizonnière. — Voyage
à Versailles. — M. Hébert. — Une nuit au château. — Démission remise à M. Dufaure. — Voyage à Paris. — M. Stevens. — Entrée dans la capitale. — Deux hommes dans un
coupé et une dame sur le siège. — Retour définitif, rue St-
Marc, 22.

Dès le mois de janvier de cette année sinistre, l'agitation se manifestait dans les rues et des émeutes réitérées venaient troubler la tranquillité.

Marie, l'ancien membre du Gouvernement provisoire de 1848, l'ancien bâtonnier auquel on avait offert un grand banquet à l'occasion du Cinquantenaire de son inscription au tableau, mourut. Ce fut un grand deuil pour le barreau. J'ai esquissé le portrait de ce grand et noble confrère.

Les hauts postes de la magistrature donnèrent lieu à un important mouvement, par suite de la mort du Premier Président Troplong, survenue à la fin de 1869. — Le Premier Président Devienne passa, en cette qualité, de la Cour de Paris à la Cour de Cassation et fut remplacé par M. Gilardin, premier président de la Cour d'appel de Lyon. J'ai assisté, en cette ville, à l'installation très solennelle de M. Millevoye qui lui succéda.

M. Gilardin avait les plus rares qualités du magistrat. Sa dignité toute naturelle et sans hauteur, son impartialité, son jugement droit et perspicace, ont été reconnus, par ses collègues et le barreau qui l'ont entouré de la plus respectueuse estime.

M. Millevoye, fils de l'auteur de la Chute des feuilles, n'avait rien d'un poète. Il était très considéré. Quand il était à la tête de la Cour de Rouen, se doutait-il que son nom était associé à celui de Jeanne d'Arc ? Les Anglais, qui visitaient la ville après avoir été conduits à la Place du Vieux-Marché où fut dressé le bûcher de la Pucelle, allaient admirer le merveilleux Palais de Justice, et leur guide, les conduisant dans la salle des Pas Perdus, chef-d'œuvre de l'art gothique, leur proposait de leur faire voir le fils du grand poète.

J'ai indiqué, à propos des élections de l'année précédente, avec quelle faveur le Ministère d'Emile Ollivier avait été accueilli par les personnalités les plus marquantes de l'Union libérale. Des anciens Cinq, deux seulement se tinrent à l'écart. Darimon avait depuis longtemps suivi Ollivier et on avait-fait alors force plaisanteries sur sa fameuse « Culotte » courte, exigée pour assister aux soirées des Tuileries. Les républicains avancés et les révolutionnaires intransigeants, criaient de plus belle à la palinodie et à la trahison L'histoire, dégagée des passions contemporaines, rendra justice à la dignité du concours d'Ollivier qui ne fut pas offert par lui, mais sollicité, dès avant 1865, par le duc de Morny, diplomate habile, comprenant de quelle utilité serait la collaboration d'un tel homme. Il refusa tant que les réformes jugées par lui indispensables à la liberté qu'il voulait rétablir ne seraient pas accordées et on a vu qu'il ne se satisfît pas de celles promises par la lettre du 19 janvier 1869. Sa sincérité et sa loyauté ne peuvent être mises en doute après la conduite qu'il a tenue depuis la chute de son cabinet, dans lequel il s'entourait de ses anciens amis politiques et après la guerre, où il supporta stoïquement, comme Ferry et Gambetta, les amertumes de l'injustice et de l'impopularité. Son premier rapprochement avec l'Empereur eut lieu à l'occasion de la fameuse loi qui, hélas ! accordait aux ouvriers le droit de grève. Quand il fut appelé à la présidence du Conseil, avec le portefeuille de garde des sceaux, sa première réception fut un triomphe. Les hommes politiques qui, depuis 1851, n'avaient pas reparu dans les salons ministériels, les chefs du parti orléaniste et des républicains de marque accoururent et se pressèrent, Place Vendôme.

Très simple de manières, tout en ayant en lui-même une grande confiance et en portant haut la tête, très épris d'art en dehors de son éloquence à la tribune, d'un esprit élevé, d'une culture exceptionnelle, il avait un extérieur ingrat. Il fallait s'approcher de lui et le connaître !

L'Empire paraissait affermi. Le plébiscite du 8 mai

sur la question captieuse soumise aux électeurs s'ils voulaient des réformes libérales, donna à la majorité écrasante de 7 millions de voix, une réponse affirmative. On se demandait ce qui serait advenu si le corps électoral avait répondu : non. Certes, le Gouvernement n'eût pas interprété le résultat de la consultation comme signifiant que le peuple ne voulait plus de l'Empire. C'était le retour au régime absolu. Voilà ce que les républicains avancés ne voulaient pas comprendre. Des troubles éclatèrent à Belleville. Au risque de voir un mal pire résulter de leurs votes, les adversaires irréconciliables préconisaient de répondre Non, sans se préoccuper des conséquences de ce refus des réformes libérales offertes. Ils s'imaginaient que ce retour au despotisme hâterait la chute de l'Empire comme en 1852, ils s'imaginaient qu'il serait de courte durée. Est-ce qu'on ne voit pas aussi de nos jours, les monarchistes et les bonapartistes souhaiter les plus grandes violences des socialistes et des anarchistes, pensant que l'excès même entraînerait le renversement de la République ? Les passions et les intérêts nés de la politique font toujours abstraction de l'intérêt du pays pour ne se préoccuper que de leur satisfaction et on cria longtemps *haro* contre ceux qui avaient voté *oui,* en les rendant responsables de cette guerre qu'on n'eut évitée, d'ailleurs, sous aucun gouvernement. Cela est avéré depuis la publication des mémoires de Bismarck.

Je n'ai pas parlé de l'assassin Troppmann, qui tua la malheureuse famille Kinck. Ce crime odieux remua la France entière en Janvier 1870 et causa au Palais la plus vive émotion. Je n'ai rien appris de particulièrement intéressant qui ne soit connu de tous.

Il n'en est pas de même du meurtre de Victor Noir par le Prince Pierre Bonaparte. J'avais eu fréquemment l'occasion de rencontrer ce dernier en allant voir

les Hayem à Auteuil, où ils habitaient un hôtel contigu
au sien. Ce prince, dont la physionomie énergique
mais plutôt commune, avec sa barbe en fer à cheval
et son regard fixe et dur, appartenait à la famille
privée de Napoléon III, sans avoir été admis dans
la famille impériale. Il était au nombre de ces parents qui, comme Madame Ratazzi, gênaient fort
l'Empereur et dont il disait : « Tout être a ses maux :
le chien a ses puces, le lièvre a le taf et, moi, j'ai ma
famille ! » Jamais le mot ne trouva une plus sinistre
justification ! Le prince Pierre cherchait à se mettre
bien en cour en rendant à son cousin quelque service signalé. Les attaques de Rochefort contre les
Bonaparte lui parurent une bonne occasion d'y parvenir. Il envoya à ce dernier, un cartel auquel le
pamphlétiste répondit avec la même violence. Le
prince attendait ses témoins. Mais il avait publié dans
le journal « l'Avenir de la Corse » un article injurieux
pour les républicains de l'Ile et Paschal Grousset lui
envoya, de son côté, des témoins : Ulrich de Fonvielle
et le journaliste Victor Noir. Que se passa-t-il entre
ces hommes ? On ne le sut pas autrement que par leurs
dires contradictoires. Victor Noir tomba foudroyé,
dans le salon même, d'un coup de revolver. Ce meurtre
surexcita l'indignation populaire et surtout fournit un
thème à de virulentes diatribes contre les goûts san-
guinaires des Bonaparte !

Sans croire, comme Napoléon Ier, aux étoiles, pré-
sages de la bonne fortune, l'histoire nous apprend que,
la veille des révolutions, certains pronostics les annon-
cent, quoique sans rapports apparents avec elles. Le
4 Septembre ne fit qu'amener la déchéance de l'Empereur prisonnier et déjà tombé en fait du pouvoir.
Mais le meurtre de Victor Noir, qui le précéda de si peu,
donna lieu à une manifestation colossale qui fut l'avant
coureur de la chute quoique Napoléon III fut bien in-

nocent du crime d'un cousin déclassé ! Théophile Gautier écrit, quelque part, à ce propos, qu'il avait constaté, dans les rumeurs qui s'élevaient jusqu'à la terrasse des cafés, les premiers grondements de l'orage où l'Empire a sombré.

J'ai assisté avec M. Hébert, au sortir du Palais, rue de Rivoli, au retour de la foule immense qui avait assisté aux obsèques. Grouillante, chantant à tue-tête ou vociférant, elle me donna l'impression d'une troupe révolutionnaire comme celle que j'avais vue dans les mauvaises journées de 1848 et comme celle aussi qui, en 1789, alla chercher le roi et la reine à Versailles. C'était un mélange composite de gens bien vêtus, d'hommes en blouses et en bourgerons ; de bourgeois, d'ouvriers et de dévoyés de toutes sortes parmi lesquels un certain nombre de femmes qu'on a certainement retrouvées au nombre des pétroleuses de la Commune en 1871. Tout ce monde-là défilait sans être inquiété sous l'œil de la police.

Le Gouvernement dut déférer Pierre Bonaparte à la Haute Cour de justice, composée, on le sait déjà, de Conseillers généraux jurés et de magistrats de la Cour Suprême. La Cour se réunit à Tours. Me Emile Leroux, avocat occupé, mais qui n'avait pas jusque-là plaidé de grandes causes criminelles, fut chargé de la défense. Il avait à côté de lui Edgard Demange, auquel son éloquence vive et animée servie par une voix chaude et vibrante, procura un vrai succès. Les avocats des Parties civiles étaient : Floquet, Laurier et Chapron. Le Conseiller Glandaz présidait et le Procureur général Grandperret occupait le siège du Ministère public. La plaidoirie de Floquet fut relativement modérée, sauf en un passage où il traita l'accusé avec une telle véhémence que le Président le dut rappeler à plus de calme. Laurier, au contraire, en cette belle langue qui lui était familière, a été d'une grande violence. Il alla jusqu'à interpeller l'accusé, puis dans une sorte de prosopopée, parlant de lui comme s'il était absent : « Tu es ille vir » s'écria-t-il, « c'est toi, Bonaparte, qui as tué Victor Noir ». Il dit aussi : « On se demande si on est dans la « maison d'un Bonaparte ou dans celle d'un Borgia ! » Tel était le ton des avocats de la famille Noir et le diapason auxquels ils étaient montés ! Pierre Bonaparte fut acquitté, mais condamné à 2.500 francs de dommages-intérêts.

Entre ce drame et la guerre, se place une Comédie joyeuse de Labiche : « *Le plus heureux des trois* » au théâtre du Palais-Royal. Le sujet avait été inspiré par un feuilleton de Francisque Sarcey. On peut y voir une pièce à thèse bouffonne : le mari trompé, béat, choyé, entouré de soins par sa femme, inquiète, toujours sur le qui-vive, tremblant d'être surprise et par l'amant, obligé d'être l'homme lige de sa victime, de faire toutes ses volontés, d'obéir à tous ses caprices afin de ne pas éveiller ses soupçons. Premiers châtiments de l'adultère !

Peu de mois après, alors que le calme était revenu, après les émeutes, après le Plébiscite qui donnait à l'Empire une nouvelle consécration, après l'arrêt de la Haute Cour, éclatait tout à coup la Candidature Hohenzollern au trône d'Espagne. Je n'ai pas à conter ici l'histoire des négociations diplomatiques conduites à Ems par notre ministre Benedetti avec le roi de Prusse. Je ne consigne que mes souvenirs personnels et le résumé des événements.

Si la Prusse cherchait à nous entraîner à la guerre dans le but, prémédité depuis longtemps, de fonder l'unité de l'empire allemand et de conquérir les frontières du Rhin que nous convoitions de notre côté, la France voulait se précipiter dans la lutte avec cette *furia* qui est son tempérament. On a calomnié le Gouvernement impérial en l'accusant d'avoir, de parti pris, cherché cette guerre et d'être le provocateur de l'enthousiasme belliqueux qu'il aurait stipendié. La foule criant « A Berlin ! » sur les boulevards et jusque sur l'impériale des omnibus est celle qui, en toute occasion et même sans motif, aime à faire du bruit et à manifester. Que de fois, sous notre troisième République, a-t-on vu des attroupements et des manifestations très spontanées auxquelles prennent part jusqu'à des enfants, gâte-sauce et grooms d'hôtel ou de restaurants ? Ici, ce fut plus général. Lisez le siège de Paris de Sarcey, peu suspect de tendresse pour Napoléon III. Vous verrez que non seulement sur la voie publique, mais dans les salons et dans l'intimité des familles, on voulait la guerre. Le discours de Thiers fut considéré comme un crime de lèse-patrie. Je me souviens avoir eu avec mon cousin et ami, Charles Salomon, une très vive discussion à ce sujet. Il n'admettait même pas la contradiction et m'en voulait de défendre le langage trop avisé de cet homme qui fut pourtant un de nos plus grands patriotes ! On avait confiance dans notre armée toujours victorieuse depuis 1852, en Crimée comme en Italie. On n'admettait pas comme possible la défaite et on escomptait l'invasion, mais en Allemagne.

Les conversations d'officiers instruits et distingués que j'avais entendues en Janvier 1870, au camp de Sathonay, où je me trouvais avec mon ami, le commandant Marentini, me rendaient plus sceptique. Elles ne témoignaient pas d'une ferme assurance. Ils se défiaient même du nouveau fusil et de son tir trop rapide. Avec l'ardeur et la nervosité du troupier, les munitions, selon eux, seraient trop vite épuisées et ils craignaient la supériorité de la stratégie des Allemands.

La guerre survint trois mois après notre immense douleur. Notre père avait succombé le 21 avril 1870. Comment aurait-il supporté, lui qui avait déjà vu deux invasions, celle à laquelle nous allions assister ! Que de fois on a trouvé heureux ceux qui avaient disparu avant nos désastres !

J'allai chercher mon frère à Nancy pour le ramener à Paris où nous devions rester tous trois réunis. La route était navrante à voir. De tous côtés ce n'étaient que régiments en marche, batteries d'artillerie montées sur des plates-formes de trains et, à Nancy, j'ai pu contempler cette superbe Garde impériale encore intacte. Nous revînmes par un train bondé, et, rentrés chez nous, nous primes rang dans la Garde nationale.

Dès le début, les hommes habitués aux parades ordinaires qui constituaient ce service, partant le matin et rentrant le soir, furent assujettis à une corvée de 24 heures. On passait la nuit au corps de garde sans se plaindre. Les premières nouvelles de défaites affolèrent. On cria de toutes parts à la trahison, sans citer encore de noms et sans s'occuper de savoir quels étaient les traîtres. On en voyait partout et on malmena de pauvres gens bien inoffensifs. Cette croyance en une trahison quand on subit un échec est dans notre tempérament. Tous les hommes d'Etat de la République actuelle — sans parler de ceux de la Révolution — ont payé leur écot à cet égard. Un jour, que j'étais de garde au poste de l'Elysée, on amena un pauvre prêtre desservant de l'Eglise Saint-Philippe du Roule. Parce qu'il avait eu l'imprudence de rester près du Palais à regarder des enfants qui jouaient aux billes, on jugea, à son accent alsacien, qu'il devait être un prussien déguisé et il fallut, pour le dérober aux imprécations de la foule, le conduire sous escorte à son église où le curé affirma qu'il était bien attaché à sa paroisse. — Les exemples abondent de cette hantise de suspicion. Elle fut telle que le Préfet de Police conseilla à tous les Allemands habitant Paris depuis 20 et 30 ans, même à des naturalisés français de quitter Paris.

Plus nous avancions au milieu de ces sinistres journées, plus Paris prenait un aspect lugubre. La vie ordinaire était suspendue. On ne travaillait plus : on allait sans cesse aux nouvelles et aux informations. On se questionnait dans les rues, et le soir, dans notre quartier, on se précipitait à la Mairie de la rue Drouot où, sous des grillages, éclairés par des réflecteurs, on affichait des dépêches de plus en plus alarmantes. Toute la journée des cavaliers en uniformes incomplets, couverts de poussière ou de boue, les uns sans épaulettes, d'autres en pantalons civils prêtés par des paysans, avec des uniformes déchirés, arrivaient hâves, désemparés, jusque sur la Place de l'Opéra, devant le théâtre alors en construction. Entourés, ils donnaient sur la déroute de leur corps les détails les plus navrants.

Cependant, les bataillons de la Garde nationale allaient s'exercer au champ de tir de Vincennes, et, le soir, des patrouilles sillonnaient les rues, précédées de polytechniciens, l'épée au clair, et d'un tambour.

La capitulation de Sedan fut un coup de foudre. Elle fut suivie, le 4 septembre, de cette substitution sans combat, de la République à l'Empire. Ce fut un lamentable et pénible spectacle auquel j'assistai et fus forcé de prendre part. Devant l'ennemi, envahissant notre territoire, nous crûmes exercer la vengeance légitime de nos défaites en réclamant la déchéance de l'Empereur prisonnier. N'était-ce pas manquer à la grandeur d'âme et à la générosité de ce pays de France ? Ni après Pavie, les Français, ni après Sadowa, les Autrichiens, n'ont détrôné leur souverain et n'a-t-on pas vu acclamer en 1815, le vaincu de Waterloo à son retour de l'île d'Elbe ?

Or voici ce qui se passa à Paris, dans le 2e arrondissement : Les gardes nationaux allèrent, capitaine en tête, demander au Commandant Tranchant, homme intelligent, maître des requêtes au Conseil d'Etat, d'aller manifester devant le Palais du Corps législatif pour demander, fusil sur l'épaule, aux députés, de déclarer déchu le gouvernement impérial. Il refusa, comme c'était son devoir, de se mettre à la tête d'une telle manifestation. Nous allâmes, au milieu de toute cette plèbe, composée en grande partie de gavroches criant : « La crosse en l'air ! » sans savoir pourquoi, puisque nous étions non des ennemis, mais leurs alliés. Nous vîmes, — écœurés, — la grande majorité des hommes, obéir servilement à l'ordre donné ainsi par cette populace prenant plaisir à faire manœuvrer une troupe armée.

J'ai assisté à la dernière séance du Sénat. Lugubre vision que celle de cette tribune vide et de ce silence poignant, car les sénateurs, attendant les communications du Gouvernement et du Corps législatif, restaient inoccupés, anxieux. Ludovic Halévy a publié, en une plaquette rare, le pénible tableau de cet épisode dramatique. C'est une photographie très exacte de ce que j'ai pu voir et constater. Le Sénat se sépara et remit au lendemain. Il ne se réunit plus et Halévy raconte comment plusieurs sénateurs emportèrent leurs habits brodés sous lesquels ils siégeaient, tandis que d'autres, par crainte de se compromettre, les laissèrent au Luxembourg.

Sur la Place de la Bourse, des individus grimpés sur de grandes échelles enlevaient les armes impériales, les aigles sur les enseignes, ainsi que les mentions : « Fournisseurs de la Cour ». Comme l'espièglerie et l'amour du mot drôle sont essentiellement parisiens, on enleva les plaques indicatrices de la rue du Dix Décembre, date du vote approbatif du Coup d'Etat, et on les remplaça par des inscriptions à la main sur toile ou sur papier portant « rue du Quatre Septembre ». Le nom est resté. Cette facétie était-elle bien spirituelle ? Le 4 septembre était loin de rappeler des souvenirs glorieux. C'était la déchéance d'un sou-

verain qu'on pouvait détester, mais elle était motivée
par l'invasion. On se réjouissait du changement de
Gouvernement quand on aurait dû pleurer de chagrin
en présence des victoires des Allemands, de notre territoire envahi et des défaites se succédant toujours.

On renversait le Gouvernement établi, mais quel
serait celui qui le remplacerait ? Dans un pays aussi
divisé d'opinions on ne pouvait songer à un accord
sans avoir consulté les citoyens et on ne pouvait procéder à des élections sur un territoire occupé par l'ennemi. On constitua, comme en 1848, mais, dans des
circonstances bien différentes, en présence des Allemands goguenards et se frottant les mains, un Gouvernement provisoire qu'on appela le Gouvernement de
la Défense nationale. En réalité, ce fut la députation
de Paris qui s'investit elle-même de ce mandat ingrat
et avec un dévouement courageux et désintéressé. Il
faut proclamer sous l'irrégularité du procédé, le patriotisme qui a présidé à la formation de ce cabinet dont
le président était le général Trochu. Les hommes qui
le composaient et parmi lesquels se trouvaient d'anciens membres du Gouvernement provisoire et des
représentants du peuple de 1848 ne craignirent pas
de s'exposer à l'impopularité qu'entraînerait la conclusion de la paix après tant de désastres. Thiers prêta
son admirable concours à cette dictature temporaire
pour aller, à un âge avancé, par un hiver rigoureux,
jusqu'en Russie, solliciter l'appui des nations amies
ou sympathiques. On sait comment la Commune, en
1871, l'a récompensé de ses héroïques démarches, en
incendiant son hôtel de la Place Saint-Georges ! Grévy
se réserva et garda ainsi son autorité sur l'assemblée
nationale réactionnaire qui fut si hostile au Gouvernement de la Défense nationale.

L'investissement de Paris, en isolant la capitale,
aurait rendu impossible l'action du Gouvernement en

province. Il eut la prudence et prit la précaution d'envoyer à Tours une délégation qui se transporta à Bordeaux, quand la ville fut menacée par l'armée allemande. Malheureusement les délégués étaient inférieurs par leur âge et leur compétence, à la mission qui leur était conférée. Crémieux, vieil avocat, et, Glais Bizoin, vieux politicien, n'étaient pas de taille à organiser la résistance. Laurier n'avait que des qualités de finesse et des capacités au point de vue financier. Il n'avait pas l'envergure d'un tribun pouvant entraîner les masses. Que serait devenue la lutte si Gambetta n'avait eu l'héroïsme de quitter Paris en ballon, passant au-dessus des lignes ennemies, au péril de sa vie ? On sait les prodiges qu'il réalisa avec la collaboration de Freycinet.

Et cependant, j'avais entendu le Général de Chabaud-Latour, un des constructeurs des fortifications de Paris, lorsque mon ami Alfred Monod m'emmena chez lui pour parler des événements si tristes dont nous étions témoins et des éventualités à prévoir, déclarer que Paris ne pourrait pas être investi !

Cette assurance me fit accepter la proposition du Ministère Crémieux qui me fut faite par l'intermédiaire de mon confrère Narcisse Leven, d'un poste de procureur de la République à Albi où le Ministre avait des amis. Je continuais alors à faire mon service dans la Garde nationale, mais je n'étais qu'un très médiocre soldat ne connaissant pas le maniement du fusil et ne sachant pas tirer. De plus, une susceptibilité des bronches me causait de très fréquents rhumes. On me fit valoir ces considérations en ajoutant que je serais plus utile dans la magistrature. On me promit que mon frère serait pourvu d'une fonction près de moi, à Toulouse, peut-être. Je partis avec chagrin. Ce qui me détermina aussi, c'était l'espoir de trouver dans la carrière nouvelle, une situation plus

sûre que celle du barreau où j'étais encore dans la
période des débuts, puisque je n'avais que 30 ans.
Enfin, la guerre empêchait de plaider. Les tribunaux
vaquaient ou à peu près. Mais à peine parti, que de
remords et quelles angoisses ! J'avais comme compagnons de route, le juge Glandaz et l'avocat général
Hémar. On passait alors par Périgueux pour aller à
Toulouse. En arrivant dans cette ville, le 13 septembre,
on nous annonça que nous avions pris le dernier train
et que Paris était bloqué. J'eus une idée folle. J'y voulais rentrer. C'était impossible ! Il fallut continuer la
route.

Lors de l'armistice, je revins à Paris. Ma tante, Madame Charles Salomon, était morte à Bordeaux. J'avais
pu assister à ses obsèques. Ma mère ignorait que
sa sœur bien aimée n'était plus. — Mon cousin Emile
Leser, qui servait dans la Garde nationale mobile,
avait été tué à Buzenval par les Allemands... et son
père était Allemand de naissance, naturalisé français ?
Ma pauvre nourrice, Rosine, était décédée à l'hôpital
Rothschild et notre vieil et meilleur ami, Monsieur
Erlanger, le camarade d'enfance de mon père, avait
également cessé de vivre !

Je me rappelle toujours mon départ d'Albi. Braves
et bonnes gens que ceux de ce pays. Ils ont sans doute
reçu le coup de soleil du Midi. Cerveaux exaltés, ima-
ginations ardentes, leurs haines sont aussi violentes
que leurs sympathies et leur amitié est exubérante.
Les unes et les autres sont souvent versatiles. Mais
leur cœur est tendre et enclin aux meilleurs mouvements. Quand je quittai la ville, on me chargea de
provisions que je dus emporter. J'étais encombré de
paniers. Tous mes amis de fraîche date m'accompa-
gnèrent au vagon où je montai avec force embrasse-
ments. Je remplis un devoir de gratitude en nommant
le secrétaire général Vieu, père du sénateur actuel,

un de mes plus dévoués amis, l'ingénieur Travelet, l'avoué Jaladieu, les avocats Soulages, qui devint maire d'Albi, Carcenac, Rigault et surtout mes chers collaborateurs Fabreguettes et Gorguos. Fabreguettes un de mes meilleurs et plus intimes amis de vieillesse et qui est aujourd'hui un des plus distingués Conseillers à la Cour de Cassation, travailleur sans relâche, auteur d'ouvrages d'une haute valeur.

Quel voyage d'épouvante et de consternation ! De Tours à Paris, un amas de ruines, des maisons éventrées, des pans de mur à terre, des arbres coupés par les boulets, les habitations restées debout abandonnées et ayant les vitres brisées, certaines gares, surtout près d'Orléans, celle de Toury entre autres, démolies ; partout des traces de combats et dans toutes les stations les postes allemands !

Je voyageais avec Madame Magnabal et ses enfants qui m'avaient été confiés par son mari et par son beaupère, le concierge du Palais de Justice d'Albi. Touchante histoire que celle de cette famille ! Le père Magnabal avait fait élever, avec soin, son fils qui, étant entré dans l'enseignement, avait abandonné le professorat pour l'administration. Il était alors directeur de la comptabilité au Ministère de l'Instruction publique. Très instruit, très érudit, il avait publié un beau livre sur la poésie hébraïque au moyen âge en Espagne. Fils reconnaissant et tendre, on le voyait passer tous les ans plusieurs semaines chez son père, et, les magistrats du tribunal étaient tellement touchés par sa bonté et sa déférence, par la noblesse avec laquelle loin de renier ou de cacher sa filiation, il la proclamait fièrement, qu'on l'avait autorisé à habiter avec sa famille, non dans la loge paternelle trop exiguë mais dans l'appartement réservé au président de la Cour d'Assises ! M. Magnabal avait été obligé par ses fonctions de laisser sa femme à Albi et était rentré au Ministère. Il m'avait prié de la ramener avec moi et j'étais un peu soutenu dans mes émotions par cette bonne compagnie.

Il nous avait fallu un certificat du maire et en cours de route, les visas des Commandants d'étapes. Emmanuel Arago, ministre de l'Intérieur, m'avait envoyé un laissez-passer avec permis de circuler « librement » le 9 février 1871.

J'arrivai avec plus de douze heures de retard.

Quel aspect terrifiant avait Paris quand j'y entrai ! Il était éclairé à l'huile minérale, système Boital. Pas d'omnibus et pas de voiture. Je dus prendre un homme qui porta mes bagages à mains et aller à pied par les quais, de la gare d'Orléans à la rue Saint-Marc. N'ayant rien pu manger en route, je m'arrêtai à trois heures du matin au restaurant Baratte ouvert la nuit. J'y lus les menus du siège : le matou à la chasseur, les rats à la crapaudine, le filet de cheval. Je me suis toujours demandé s'il n'y avait pas là quelque fantaisie en ce qui concernait les rats, une de ces plaisanteries qui égayaient les assiégés et que Victor Hugo a rapportées dans « L'Année terrible ». Je trouvai ma bonne et vaillante mère alitée à la suite des deuils qui nous avaient assaillis et de la mort dramatique d'Emile Leser. Il avait fallu, en l'absence de ses parents, aller le reconnaître au milieu des innombrables cadavres alignés et pourvoir à ses obsèques. Mon frère, mobilisé, avait pris part aux sorties et n'était guère mieux portant. Il était tombé en marchant par un temps de neige et s'était blessé légèrement, par bonheur, à la jambe. Grâce aux provisions que j'avais faites chez Cuvillier avant de partir et au dévouement de la vieille cuisinière, Rosalie, ils n'avaient pas trop souffert de la faim. Dans un appartement inoccupé, ils avaient pu même avoir des poules et se procurer ainsi des œufs frais. Que de choses nous avions à nous dire !

Mais mon frère dut retourner à Nancy, reprendre ses cours, et il m'engagea vivement à rejoindre mon poste. Je quittai ma mère qui, dans son état de santé, ne pouvait m'accompagner. Je repartis désolé et me promettant de revenir au plus tôt. Les événements me firent réaliser ce projet plus vite encore que je ne comptais.

Je retrouvai à Albi des encouragements. Carcenac, bâtonnier des avocats, mit à ma disposition sa maison, si je voulais y installer ma mère. C'était une des plus jolies et des plus confortables habitations de la ville. Le président Crozes que je croyais à cette époque être un homme franc et sûr, en réalité sournois et perfide, m'entourait de soins et de prévenances. Je l'avais défendu avec énergie contre ses ennemis politiques et il m'en témoignait une apparente gratitude. Frédéric Thomas restait l'ami fidèle et constant sur qui je pouvais compter.

Mes relations avec l'Archevêque d'Albi étaient une grande ressource. Quoiqu'il fût bègue, sa conversation était pleine d'enseignements. Il était passé maître en droit canon, ses souvenirs remontaient à quarante ans au moins et il contait bien l'anecdote. C'est avec lui que je me compromis un jour, en faisant, en sa compagnie, le « Tour du Charron ». On nous rencontra ensemble et on m'accusa de cléricalisme ! Il m'a écrit, lors de ma démission, une aimable lettre de regrets. Le Palais de l'Archevêché était une merveille surplombant le Tarn, au-dessus de ses rochers roses si coquets et si égayants. Je logeais tout près, Place de la Cathédrale Sainte-Cécile, église crénelée, comme toutes celles de l'Albigeois, et qui, au temps des guerres de religions, servait de citadelle aux combattants. Je ne me lassais pas de cette vue. Il y avait à côté, de petites rues étroites et pittoresques comme celle des Prêtres, qui rappelaient les rues de Grenade.

A Toulouse, le Premier Président de Saint-Grèsse,

un vieux républicain aux sentiments nobles et élevés, affectueux et loyaux, me faisait bon et amical accueil. C'est surtout avec le Procureur général Manau que je me liai. Plus tard, quand il fut nommé juge à Paris, après la revision des cadres de la magistrature par Dufaure, je nouai avec lui une solide amitié qui ne s'est jamais démentie, mais s'est accrue d'une profonde vénération. Il fut un très grand magistrat. Sa conduite courageuse comme Procureur général à la Cour de Cassation dans l'affaire Dreyfus, lui valut l'admiration de tous et de ses adversaires eux-mêmes. Ancien collaborateur de Ledru-Rollin en 1848, ancien secrétaire de la Conférence des avocats de Paris, il y retrouva la trace de ses jeunes années et s'acclimata vite. Il était intarissable quand on le mettait sur le chapitre des mœurs et des habitudes méridionales et contait avec verve et esprit. Il m'abordait un jour, tout souriant, en tenant une lettre à la main. Elle émanait d'un bon méridional qui avait écrit au « *famulus* ». L'huissier ne comprenant pas avait pensé qu'une telle qualification ne pouvait s'appliquer qu'au chef du parquet et lui avait remis le pli. Or, *famulus*, à Toulouse, c'est le portier du Palais de Justice !

De ceux qui m'avaient reçu ou m'avaient assisté en Septembre 1870, partis ou disparus, il me faut dire un mot.

Le Premier Président, M. Piou, père du député actuel de la Lozère, un des orateurs les plus écoutés de la droite à la Chambre des députés, était un magistrat d'autrefois, d'abord froid, intimidant, sans aménité. Il me reçut avec la défiance d'un homme ayant servi l'Empire vis-à-vis d'un nouveau fonctionnaire républicain. Il m'invita à m'asseoir et à écrire mes antécédents. En lisant que j'avais été collaborateur d'Hébert, il me demanda si j'avais conservé des relations avec lui et sur ma réponse affirmative, il me reconduisit en me tendant la main. Il avait conçu de moi la meilleure opinion, qu'il communiqua au procureur général, alors de Saint-Grèsse, qui devait le remplacer lorsqu'on exclut les anciens membres des Commissions mixtes de 1852 dont il avait fait partie. Ces bonnes impressions n'étaient pas de nature à me concilier les bonnes grâces des gouvernementaux.

Les substituts d'Albi alors en fonctions, étaient Malavialle, qui fut bientôt envoyé comme Conseiller à la Cour d'Aix dont il a été le doyen, et Paul Caze, d'une famille de robe dont le frère avait été mon camarade de conférence. Caze m'offrit de venir loger dans la maison de la Place Sainte-Cécile où il avait deux chambres. J'y pris un appartement contigu et nous fîmes ménage ensemble jusqu'à sa promotion comme procureur à Villefranche. De taille moyenne, il avait une tête de prélat et était de fait catholique fervent, fréquentant chaque jour l'église. Au demeurant, affable, d'une agréable société, sans morgue quoique son père eût été Président de Chambre à la Cour, ayant hôtel dans le quartier Nazareth, le faubourg Saint-Germain de Toulouse. Cette vie en commun nous permettait d'avoir une cuisinière et de manger chez nous. Caze revint à Paris comme Conseiller et a été Président de Chambre. Il quitta ces fonctions pour devenir Premier Président de la Cour de Montpellier et a été retraité en cette qualité. Il avait présidé la Chambre des mises en accusation, qui rendit une ordonnance de non-lieu contre Esterhazy et ne parvint pas à la Cour de Cassation. Nous n'avons jamais cessé d'avoir d'excellentes relations personnelles. Il en a été de même avec le Substitut qui succéda à Caze, Dupin de la Forcade. Il a quitté les parquets et s'est retiré dans ses terres à Condom.

J'ai parlé plus haut, au fur et à mesure que je portraiturais des personnalités du pays, comme Frédéric Thomas, de bien des gens d'Albi. Fidèle à mon pro-

gramme de ne point faire ma propre biographie, je
ne note pas mes actes et n'interviens que pour présenter les autres, en disant comment nous nous sommes
rencontrés.

De Février en Mars, rien de bien intéressant ne survint. Mais le 18 Mars au soir, je recevais un télégramme annonçant la retraite du Gouvernement à Versailles
et la proclamation de la Commune. Les jours suivants
furent des jours d'angoisse. J'ai dit comment, dès le
12, Frédéric Thomas donnait sa démission de préfet,
suivant Gambetta dans sa retraite. « Aujourd'hui,
« disait-il, que je suis relevé de ma faction, je m'en
« retourne au logis », promettant de revenir au jour de
« la revanche », car, ajoutait-il : « C'est bien le moins,
« quand je ne fais pas le métier de fonctionnaire, d'user
« du droit qu'on a de se réserver pour les voisins de
« son berceau dont on fait aussi les fidèles de sa tombe. »

Les dépêches officielles se succédaient et le parquet
ne chômait pas. Le 21 mars, c'était un télégramme de
M. Thiers portant : « Faites arrêter sur le champ et
« poursuivre selon la rigueur des lois, les délégués ou
« émissaires du prétendu Gouvernement de Paris. Tra-
« duisez-les immédiatement devant les tribunaux. » —
Le 23, ordre de faire saisir les numéros du « faux »
Journal Officiel, que publiait la Commune de Paris.

Après avoir exécuté les ordres que j'avais reçus pendant ces premières journées et quand un calme relatif
se fut rétabli, je demandai à Manau l'autorisation de
rentrer à Paris, en faire sortir ma mère et je l'obtins
sans difficulté.

Je rentrai donc, mais mon voyage fut encore plus
pénible que le premier. A Etampes, un commissaire
de police parcourait les vagons et invitait les fonctionnaires à descendre et à se transporter à Versailles pour
y obtenir du Ministre la permission d'entrer à Paris.
Nous louâmes à trois une charrette de paysan qui nous

amena au Ministère de l'Intérieur où on nous autorisa tous, pour raisons de famille, à continuer notre route en nous prévenant que nous risquions d'être pris comme otages, par les insurgés. Nous passâmes outre. Je décidai ma Mère à partir avec moi et ses bonnes pour Fontainebleau.

Il n'y avait guère de fiacres à Paris et ceux qu'on trouvait étaient des voitures de rebut, faisant le service de nuit dans les gares. Nous fîmes charger nos bagages et parvînmes à celle de Lyon. En chemin, les malles, qui avaient été mal attachées tombèrent et, un peu plus, nous manquions le train, le seul de la journée ! Enfin, comme nous étions dans la salle des bagages, des communards en uniformes d'officiers tout couverts de galons d'or, demandèrent à visiter nos colis. Je n'étais pas bien tranquille. J'avais des documents et des lettres qui établissaient mes attaches officielles. Un hasard voulut qu'un de ces hommes me reconnut pour l'avoir jadis défendu devant un Conseil de guerre contre une accusation d'insoumission. Il se mit à notre disposition, fit apposer à la craie le laissez-passer qui nous permit de partir.

A Fontainebleau, tous les hôtels étaient combles. Les Parisiens fuyant la Commune, avaient eu comme nous, l'idée de s'y réfugier et ce ne fut que grâce à ma qualité d'ancien client de l'hôtel de France et d'Angleterre, que nous y fûmes, par faveur, autorisés à coucher tous quatre dans un petit salon du rez-de-chaussée où ma mère seule eut un lit. Je m'étendis sur un canapé. Les bonnes dormirent dans un fauteuil. Le lendemain, nous allions à Barbizon, premiers arrivants de la bande qui bientôt nous rejoignit. Nous descendîmes chez les Luniot au « Château » c'est-à-dire à la nouvelle auberge dont il a été question. C'est là que M. Hébert m'écrivit et me demanda de le rejoindre à Versailles où je me rendis dans un landau de Melun, loué en commun avec un commissionnaire de Paris, M. Muller, M. Wolowski, neveu du député. Le voyage par Corbeil, où des relais étaient établis et où, en attendant les chevaux frais, on déjeunait, eût été pittoresque et intéressant sans la tristesse qui nous envahissait. A Versailles, une cohue. L'Hôtel des Réservoirs était inabordable. Les autres hôtels étaient également pleins. Les relations de mon maître lui firent trouver une chambre à deux lits chez un gardien du château. Le lendemain matin, sur ses conseils, j'allai porter ma démission à M. Dufaure contre qui j'avais eu l'occasion de plaider. Il me proposa de rester magistrat avec l'espoir de rentrer dans le ressort de Paris, mais M. Hébert insista pour que je reprisse mes dossiers et mon cabinet qui commençait à prospérer déjà avant 1870. Je me conformai à son avis et en descendant de la Chancellerie, je rencontrai M. de Gonet, alors chef du Personnel, qui ne me dissimula pas sa satisfaction de pouvoir me donner comme successeur M. de Bazelaire, ancien procureur impérial à Metz. On avait à replacer tous les magistrats alsaciens et lorrains. Je revins libre et simple citoyen à Barbizon où nous sommes restés jusqu'au 1er juin.

J'avais pu assister à Versailles au défilé des Communards, hommes et femmes, faits prisonniers, et qui passaient sur les avenues, hués par les élégants et les élégantes qui peuplaient la ville.

Le 26 mai, après l'entrée des troupes, je voulus voir si notre vieille maison de la rue Saint-Marc était encore debout. Du haut des monts Girard et de la Barbizonnière, nous avions aperçu les flammes qui s'élevaient de tous côtés du Paris incendié par les pétroleurs et les pétroleuses. Nos aubergistes cherchaient à retenir encore leurs clients en les faisant assister à ce spectacle. Je n'en partis pas moins avec un de nos commensaux, M. Stevens, parent du peintre belge si connu, qui était contrôleur des contributions directes et propriétaire comme nous, d'une maison située rue des Beaux-Arts. Le train n'allait pas jusqu'à la gare terminus. Il s'arrêtait à Charenton. Nous y pûmes trouver une vieille patache attelée d'une haridelle. C'était un coupé à deux places. Une voyageuse, jeune et très élégante, nous demanda de la prendre, mais n'accepta pas, par convenance, de faire route dans la voiture avec un de nous, l'autre montant sur le siège. Il fallut nous résoudre à la laisser s'asseoir à côté du cocher et c'est de cette singulière façon que nous franchîmes la barrière aux yeux surpris des officiers du poste et des employés d'octroi.

Paris était encore en état de siège. Les barricades subsistaient, gardées par des marins. La colonne Vendôme déboulonnée gisait à terre. Les Tuileries, la Cour des Comptes, l'Hôtel-de-Ville, le Palais de Justice flambaient encore.

Après m'être assuré que la maison était intacte, je repartis, mais avec quelle difficulté ! Il fallait aller demander au Général de Geslin, commandant la place, un laissez-passer rédigé mi-partie en allemand, mi-partie en français et visé par le « Stappe commando » allemand. J'ai dit comment Rauter, alors Conseiller de préfecture, me facilita la délivrance de cette pièce sans faire queue. Par une étourderie qui faillit m'empêcher de rejoindre Barbizon le jour même, on m'indiquait la porte de Saint-Cloud comme point de sortie — car on avait établi une sorte de souricière — réservant certaines barrières à l'entrée dans Paris et d'autres pour le quitter. Or, la porte de Saint-Cloud était une entrée ! Le poste, malgré mon permis en règle, refusa absolument de faire fléchir la consigne ? Force me fut de revenir à l'Hôtel-de-Ville et de me faire autoriser à nouveau à quitter Paris mais cette fois par la porte d'Ivry !

Quelques jours plus tard, nous nous réinstallions rue Saint-Marc !

Ici finissent ces souvenirs ou plutôt ces notes et les temps déjà anciens que j'ai voulu faire revivre. Une ère nouvelle s'ouvrait. D'autres idées succèdaient à celles que nous avions avant la guerre. Après le coup de massue de 1870, les Français tout étourdis, se reprirent et se retrouvèrent, mais combien humiliés, déconcertés, sans orientation ! La foi dans la supériorité de la Patrie et de son armée disparaissait avec la défaite écrasante. De la suprématie que nous croyions exercer et qui, de fait, existait incontestable, même après Sadowa, rien ne subsistait. Du premier rang, la France tombait au cinquième ou au sixième dans le concert européen. Une indemnité ruineuse nous était imposée et on se demandait comment jamais nous pourrions nous relever. Nous perdions deux provinces les plus précieuses et les plus riches. La guerre civile succédait à la guerre étrangère. Communards et Prussiens fraternisaient dans une lutte commune contre l'armée régulière. Le patriotisme disparaissait sous cette insurrection criminelle. La générosité de notre politique étrangère faisait place à des combinaisons qui démentaient notre ancien renom de défenseurs des opprimés contre les oppresseurs. Nous recherchions des alliances avec les forts, puisque nous devenions des faibles et étions des vaincus. Champions de la Pologne, nous devenions les alliés de la Russie. Il y avait là de quoi confondre ceux qui avaient encore le culte des errements du passé. De tout cela, il est resté bien des traces douloureuses. Le relèvement a été miraculeux, car nous comptions au nombre des grandes puissances et on nous le dit. Il eut été plus complet sans l'invasion des politiciens professionnels dans le parlement, sans les menaces du socialisme révolutionnaire et avec un gouvernement fort et stable. La

République, sous une étiquette fixe, n'est qu'une succession de gouvernements contradictoires puisque chaque changement de ministère est l'avènement d'une politique nouvelle. Elle satisfait ainsi notre goût versatile. Enfin, et pour parler la langue du jour, l'incohérence et surtout l'incompétence règnent seuls en maîtresses et ne peut-on pas légitimement regretter un temps où il en fut autrement, celui de mes jeunes années ? A la courtoisie des relations d'intérêt entre concurrents ou rivaux a succédé la lutte féroce pour la vie avec toute son âpreté. Ces réflexions que me suggèrent les calamités que j'ai connues ne me font pas perdre de vue l'objet principal de ces pages écrites pour mon fils. Il se convaincra, en les lisant, qu'il y a de braves et dignes gens dans le monde et qu'il ne faut pas se laisser aller à la misanthropie pour avoir trouvé sur son chemin, des coquins, des méchants ou des traîtres. En faisant l'inventaire des faits et des actions que j'ai contées et le dénombrement des hommes dont j'ai parlé, je constate que les bons sont encore loin de constituer une faible minorité ; que le talent et le caractère pour être rares, et former l'apanage d'une élite, se rencontrent et se trouvent plus fréquemment qu'on ne pourrait le croire.

Table des Matières

apaisement. — « Des lampions ! » — Echauffourée du boule-
vard des Capucines. — La fusillade. — « On assassine nos frères!»
— Départ du roi. — Souvenir de 1847 : Louis-Philippe, la
Reine et Madame Adélaïde à l'église de Neuilly. — Topogra-
phie des Grands Boulevards. — Les passages et les restaurants.
— Du boulevard des Italiens à la rue de Rivoli.—Rue Laffitte
et l'hôtel de Rothschild. — La sécurité de Paris. — Le Palais-
Royal et son canon. — Les magasins et les théâtres. — La
Comédie-Française d'alors et les « Romains ». — La rue Saint-
Honoré et le vieux Carrousel. — La rue de la Vieille-Lanterne.
— Le jardin des Tuileries et les fossés. — Le Marais. — Rue
Vieille-du-Temple, 30 ; rue du Bouloi, 22 ; deux vieilles maisons. — Grands-Parents. — Deux grands-oncles. — Un vieux
professeur : M. de Marsillac. — Le général Tom Pouce. — Les
passages Jouffroy et Verdeau ouverts en 1845 et 1847. — Conséquences diverses de la Révolution. — La nouvelle pièce de
cinq francs. — Arbres de la Liberté. — Suppression d'impôts
et leur rétablissement. — Nouveaux uniformes militaires. —
Les Vésuviennes. — Les Montagnards — Le képi. — Le ceinturon. — Protestation des « bonnets à poil ». — Un régiment
d'enfants jouant au soldat. — Frayeur bourgeoise et capita-
liste. — Le droit au travail. — Dissolution des ateliers nationaux. — On bat la générale. — Les journées de juin 1848. —
Léopold Clément. — Les carrières Montmartre. — Assassinat du général Bréa, de son aide-de-camp et de l'Archevêque
de Paris. — La Garde mobile. — Fin de l'insurrection. —
Répression. — Les colonnes d'insurgés prisonniers à travers les
rues. — « Ouvrez les persiennes et fermez les fenêtres ». — Maisons éventrées et criblées. — Arrivée des gardes nationales de
Province. — La monnaie du Prince de Monaco. — Propagande
bonapartiste. — Le prince Louis Napoléon. — Son élection
comme Président de la République. — Echec de Cavaignac.
— Le spectre rouge de Romieu pour 1852. — Coup d'Etat du
2 décembre 1851. — Ratification par le Plébiscite du 30 décembre. — Proclamation de l'Empire le 1er décembre 1852. —
Considérations sur le nouveau régime.   21

III

1852-1857

Sainte-Barbe. — Labrouste et Guérard. — Maîtres et élèves. —
Les livres rendus et Joly. — Louis-le-Grand. — Mariage de
Napoléon III. — Voyage à Lyon en 1853. — Bourg et l'Église
de Brou. — Madame Bozounet et ses poteries. — Mâcon et
le Président Leduc. — Opéra-Comique : le Sourd ou l'Auberge
pleine ; les Noces de Jeannette. — La Fanchonnette. — La
bifurcation. — Madame de Girardin : La joie fait peur ; le

IV

1857-1863

V

1863-1866

protestante orthodoxe et l'église libérale. — La Cour suprème. — Le Président Nicias Gaillard et ses facéties. — Les avocats généraux Blanche, de Marnas. — L'avocat général Bédarrides : « argent contre parole et parole contre argent ». — La conférence des secrétaires d'avocats à la cour de cassation. — M. Potel, successeur d'Albert Desjardins à ce barreau. — Engagement de M. Giraud. — Paul Jozon. — Arbelet. — Rauter. — Martinet. — Gonse. — Le Conseil d'Etat : M. Aucoc. — Stanislas Brugnon. — Le barreau de la Cour impériale. — M. Hébert. — Ses secrétaires. — 14, Place Vendôme. — Brisout de Barneville. — Grandmanche de Beaulieu. — Delasalle. — Lefèvre-Pontalis. — Rousseilier. — Léon Renault. — Emile Lorois. — Ameline de la Briselaine. — Adrien de Tourville. — Thiroux. — Parmentier. — Bedel. — Othenin d'Haussonville. — Henri Mettétal. — Léon Béquet. — Le coupé de M. Hébert et la cour de la Sainte Chapelle. — Léon Duval et : « Via Scala secondo Piano ». — Une brouille et une réconciliation. — Dives et l'hostellerie de Guillaume le Conquérant. — La famille Le Rémois. — Alexandre Dumas père et Miss Adah Menken. — Henri Rochefort. — Adrien Marx. — Le peintre d'Haussy. — Fontaine de Rambouillet, Eugène Carré et Emile Daireaux. — Montjauze. — Mon frère et son premier prix de droit romain. — Louis Renault. — Les Assises et le conseil de guerre. — Les présidents Falconnet et Salmon. — L'avocat général Ducreux. — Le bâtonnier Ernest Desmarets. — Le colonel de Gondrecourt. — M. Hébert à Saint-Gervais d'Asnières. — M. Troplong. — Hébert, Delangle et Mathieu. — Les éloges de Banaston et de Jacques Charpentier. — Georges Lechevalier et Lechevallier. — V*** et la soirée de la Place Vendôme. — « On se croirait en face ». — M. Dufaure et Gambetta. — Mariage d'Adrien Huard et Mademoiselle Etienne Blanc. — « Etre avocat et s lever matin ». — Me de la Boulie et Me de Barthélemy. — Les anciens secrétaires de Liouville. — Pourquoi Desmarets fut préféré à Hébert. — Labiche : « Moi ». — Emile Augier : Me Guérin. — Dumas fils : L'ami des femmes. — Labiche : La Cagnotte — Meilhac et Halévy : La belle Hélène. — Gounod : Mireille. — « Fallait pas qu'y aille ». — La grève des avocats et le rôle d'Hébert. — La conférence et le résumé du bâtonnier. — Edgard Demange, Alexandre Ribot, Edouard Laferrière, Lagrolet, Griolet, Lesourt, Cadot et Ernest Hendlé, Maisonabe — Georges Le Chevalier et ses parents. — Fruneau. — Eugène Garsoune — Paul Sipière. — 10.000 francs aux sergents de ville. — Gustave Chaix. — Le Procureur Général Chaix d'Est-Ange. — Meyerbeer : L'Africaine. — Sardou : La famille Benoiton. — Gabriel Benoît Champay. — Rogeard et les Propos de Labiénus. — Le Café de Fleurus. — Edmond et Jules de Goncourt : Henriette Maréchal. — Pipe en bois. — M. et Mme Simon Hayem et leurs fils. — Benjamin Ulmann, André Wormser et Emile Abraham. — Saint-Gratien. — Un bal chez le carrossier Ehrler. — Les salons de Monbro. — Bal costumé chez Madame O'Connel. — Ollivier Pichat. — Armand Gouzien. — Louis Figuier.   138

VI

1866

Le barreau. — Les nouveaux secrétaires de la conférence. Maurice Sabatier. — De Borville. — Melcot. — Gabriel Debacq. — Martineau. — Desprès. — Maritain. — Maillard. — Edmond Bertrand. — Paul Flandin. — Georges Potier. — Le renouvellement du Conseil de l'Ordre et Gambetta. — La causerie au barreau jadis et aujourd'hui. — La Presse judiciaire. — Maurice Joly, Norbert Billiard et *tutti quanti.* — Le Canu. — Barbizon et Chailly-en-Bière. — L'hôtellerie du Lion d'or et l'hôtelier Barbey. — Le Père Ganne et les Luniot. — Le juge de paix et la Sagesse de Sancho. — Bethmont. — Léon Cléry. — Dufaure. — Jules Favre. — Berryer. — Marie. — Du Buit. Crémieux et Hébert. — Narcisse Leven et Lehmann. — Andral. — Sénard et ses codes. — Ernest Picard. — Albert Liouville. — Templier. — Allou. — Nicolet. — Cartier. — Albert Martin. — Ribot. — Fromageot. — Edmond Rousse. — Bétoland. — Menesson. — Léopold Toussaint. — Horace Helbronner. — Léon Devin. — Léon Duval. — Paillard de Villeneuve. — Duverdy. — Plocque. — Lacan. — Rivière. — Magnier. — Reboul. — Eugène Duval. — Péronne. — Thureau. — Boulloche et Binoche. — Germain. — Frémard. — Massu. — Dutard et Fauvel. — De Jouy. — Emile et Charles Durier. — Paul Beurdeley. — Busson-Billault. — Cresson. — Payen. — Eugène Carré. — Lachaud. — Léonce de Sal. — Carraby. — Demange. — Octave et Oscar Falateuf. — Grévy. — Ballot. — Victor Lepane. — Champetier de Ribes. — Emmanuel Arago. — Du Miral. — Nogent Saint-Laurens. — Taillefer. — Limet. — Lenté. — Malapert. — Bertrand Taillet. — Pinchon. — Papillon. — Beaupré. — Jules Périn. — L'avocat A. — Sardanapale et Damoclès. — Cliquet. — Trouillebert. — Craquelin. — Bertout. Guerrier. — Maugras. — Fernand Desportes. — Clément Laurier. — Blot-Lequesne. — Martini. — Trolley de Roques. — Rivolet. — Jules Ferry. — Floquet. — Gambetta. — Henri Barboux. — Pouillet. — Huard. — Ernest Lefevre. — Pataille. — Calmels. — Forni. — Arrighi. — Decori père. — Binoche. — Hubbard. — Versigny. — Henri Bertin, junior. — Delacourtie. — Le Brasseur. — Barrême. — Victor Lefranc. — Decrais. — Charles Delpon. — Lassis. — Le conservateur Haureau. — Ferdinand Duval. — Bournat, Bourriat et Delprat. — Brésillion. — Pradines. — Tanon. — Henri Celliez. — Frédéric Thomas. — Fauvre. — Laborde. — De Lagarde. — Les avoués Audouin et Gaston Lemaire.

VII

(1866 (suite et fin)-1867

VII'

1867 (*suite et fin*).

IX

1868

X

1869

XI

1870-1871